2015年

散文随笔选粹

陈克海 _ 主编

名作欣赏杂志 鼎力推荐
权威遴选 深度点评 中国最好年选

山西出版传媒集团 北岳文艺出版社

图书在版编目（CIP）数据

2015年散文随笔选粹/陈克海主编．—太原：北岳文艺出版社，2016.1

ISBN 978-7-5378-4668-4

Ⅰ．①2… Ⅱ．①陈… Ⅲ．①散文集—中国—当代 Ⅳ．①I267

中国版本图书馆CIP数据核字（2015）第304081号

书　　名：2015年散文随笔选粹
主　　编：陈克海
责任编辑：史晋鸿
装帧设计：张永文

出版发行：山西出版传媒集团·北岳文艺出版社
地　　址：山西省太原市并州南路57号
邮　　编：030012
电　　话：0351-5628696（发行部）
　　　　　0351-5628688（总编室）
网　　址：http://www.bywy.com
E-mail：bywycbs@163.com
经 销 商：新华书店
印刷装订：三河市华东印刷有限公司

开　　本：710mm×1000mm　1/16
字　　数：358千字
印　　张：23
版　　次：2016年1月第1版
印　　次：2019年1月河北第2次印刷
书　　号：ISBN 978-7-5378-4668-4
定　　价：45.00元

序

/ 陈克海

终于把这一年的散文随笔选编完。工作完成了，并没有心安。原因也简单，就是看到时下的文章，那么多人沉浸在一己的黑暗世界里，发泄个人情绪，也跟着抑郁，想不明白他们长篇大论，沉溺其中的乐趣。

我不写散文，对职业化的散文写作也难免带有先入为主的偏见，人的感情能不能用文字完全表达，另说，那些即兴的情绪，事后添加，删改，总有夸张变形的地方。有意思的是，流传至今的散文作品，还就是这些即兴的文字让人回味无穷。从《诗经》到《庄子》，甚至明朝的公安三子，以至明末清初的张宗子，平日里仍不时要抽拣出来翻看一番。还有周作文的随笔，过了这么多年，我还是很喜欢他，读他的文章，如听智者话家常，有时五迷三道，完全把他的话当成了真理。偶尔回过神来，琢磨为什么喜欢他。说白了也就是他涉笔成趣，清峻通脱，却又明白如话，没有故弄玄虚。他是有话说的。

而这些文字，与我之前标榜的什么关心民瘼之类，并不相通，为什么我还看得这么起劲？我也疑心自己是不是在说真心话。为什么面对历史时，谈起这些言志的散文，就眉飞色舞，而到了当下，又枯着眉头，想着要文以载道，总希望写作者们对现实发声呢？

这才意识到，我企图在散文的世界里看到更有作为的天地，真是值得怀疑。我不知不觉就把自己的懦弱和无能为力绑架到了散文上。我把散文当成了匕首投枪。问题是，散文随笔能承载那么多吗？

有了困惑，只好胡乱翻书，好像只有躲在故纸堆里，才可以喘口气。也凑巧，读到周作人为《陶庵梦忆》写的一篇序，其中有这样的话："对于'现在'，大家总有点儿不满足，而且此身在情景之中，总有点迷惘似的，没有玩味的余暇，所以人多有逃现世之倾向，觉得只有梦想或是回忆是最甜美的世界。讲乌托邦的是在做着满愿的昼梦，老年人记起少时的生活也觉得愉快，不，即是昨夜的事情也要比今日有趣：这并不一定由于什么保守，实在是因为这些过去才经得起我们慢慢地抚摩赏玩，就是要加减一两笔也不要紧。"

倒是豁然开朗了一回，只是仍有不甘心。所以看到有明白人对当下发声，作出有条理的评判有根据的分析，自然欢喜地放在了这本集子里。我还是看重有体温的文字，读了一回，好似也能感觉到作者热血的涌动。虽说书生百无一用，即便为山河的破碎，历史的吊诡，人事的无常，发两句牢骚，感觉也是为了让现实不至于变得更加糟糕。批评总归是建设的一种。于是，我看重"非虚构"栏目里众多作家对现实的关照。就是谈到个人史，我也偏爱那些借历史浇个人块垒的书写。

有一回酒后，和小强兄又说起选择的两难，他说，一定得有标准，比方说，选点年轻人的，有思想的。我明白他话里的意思，年轻人有锐气，在现今这个驳杂的世界，年轻人的声音，年轻人的感受，年轻人的视野，年轻人的姿态，有可能带来更为鲜活的经验。经验常常需要时间的积累，需要岁月的沉淀，但年轻人对生命的感觉，初涉社会的新奇和困惑，却也能碰撞出有意味的文字。这也是为什么把"新经验"单列一辑放在最前面。年轻人写的文章多了去了，单单选了他们，有偶然，也有必然。偶然是，我遇见了他们，并被他们的文章折服；必然是，他们写得如此之好，想视而不见，也不大可能。至于思想，真不太好讲，那些载道有思想的文字，往往天生一副哲学家的面容，看得就让人提不起兴致。我不太希望一篇文章机锋四出，最好是平实的话里，有端正诚恳的态度，这就像是看中国的山水画，疏朗有致，大量的留白也终能恰到好处。至于文章的写法，我也喜欢这些年轻人呈现的方式，好像一看到这些随性自然的文字，就真切看到了他们干净的长相，自在的灵魂。

2015年11月20日

目 录

新经验

3　　在柏林　　　　　／春树
15　　博物学家必须死去　　／淡豹
21　　纪念　　　　　／张惠雯
27　　浮生一日　　　／唐望
31　　吸引　　　　　／鱼禾
52　　院子,院子　　　／端木赐

非虚构

63　　坏人诞生记　　　／鲁顺民
73　　明亮的忧伤　　　／梁鸿
89　　一个诗人的祥树家　／阿贝尔
99　　定西支农队的饥饿　／杨显惠
103　　空穴来风　　　　／阿微木依萝
112　　凉山的民工　　　／郑小琼

个人史

121　一个没有经过丈母娘训练的男人　　/ 韩石山
129　歌手和游击队员一样　　/ 张承志
139　我迟早会让他们懂得　　/ 侯孝贤
144　我穿墙过去　　/ 口述 | 冯远征 采访 | 张莹莹
158　祖母即将死去　　/ 塞壬
176　我的两个额吉　　/ 艾平

读书会

189　"走"与"走"
　　　——小说内部的逻辑与反逻辑　　/ 毕飞宇
206　在恐惧与热爱之间　　/ 刘瑜
215　所有的名字　　/ 徐则臣
225　本来无一物　　/ 黄毅鸿
229　弟弟的十四次告别
　　　——闲谈约翰·契弗的短篇小说　　/ 张楚
235　近代史的黯淡一刻
　　　——评《天国之秋》　　/ 赵柏田
242　日瓦戈之死　　/ 任晓雯

人世间

249　一个山西青年的任逍遥　　/ 王琛
262　说话不是件好玩的事儿　　/ 白岩松
268　栋梁　　/ 陈再见
276　半岛纪事　　/ 胡烟
289　母亲的房子　　/ 蔡崇达
302　我仍相信集市的魔法　　/ 舒飞廉

宇宙风

309 就是一个好玩儿　　　/老树画画

314 温柔的天下体系(外二篇)　　/张鸣

325 闲抛碑帖　　/胡竹峰

338 普洱出山记　　/曾园

349 遥远的葵花地　　/李娟

353 赣南七则　　/雷平阳

新经验

在柏林

/春树

我的黄金时代

我搬到柏林的郊区住了,这里是柏林的东北边,差一点就不属于柏林了。可能按地理位置说,有点像通州或者望京吧。只是这里离田地很近,信步可及。这里也没有高楼大厦,只有几幢很朴实的、前东德风格的楼房,和一些矮层建筑。幸运的是,我们选择了独栋小屋,没有楼上楼下的邻居,再也不怕打扰及被打扰。

在北京住了二十多年,从来都是生活在军队大院和东城区的胡同里,习惯了钢铁丛林,习惯了熙熙攘攘。一下子搬到郊区,是不是不太习惯?一开始我也有的担忧很快便烟消云散了。阳光射过云朵,穿过透明玻璃窗,屋里全是阳光。要知道柏林和北京一样,冬天基本上都是阴沉的天气,这里比北京还要潮湿寒冷,这里的雪很大,次数很多。当阳光灿烂的一天,你必须要走出门,否则对不起这样的天气。

穿上在奥斯陆买来的羽绒服,戴上帽子围巾手套,沿小路走出去,向左拐,便是一望无际的一片田野。间或有些树,它们在冬天也掉完了叶子,看上去有种冬天的萧索。阳光透明,空气清澈,云彩在天上移动,我们走在田野的小路上,视野极为开阔,遇到不少和我们一样穿着防寒服出来散步的周围的人,有些还遛着狗,还有人跑步。果然是不能辜负这样的天气。小时候我在山东农村生活，三面环山，一面通往大海。半岛丘陵的美景，同样有蓝天云彩和田野，还有群山环绕带来的安全感以及傍晚家家户户的炊烟。中国北方农村的家常感生活感和柏林郊区是太不一样了。两种完全不同的气质。在这里，人与人的距离很大，每个人都有足够的空间。村里则每家每户近在咫尺，基本上都是亲戚。此时又有机会住在乡下，感觉自己就像回到了母体中，安全而放松。曾经受过的伤害和委屈，都在这里得到了补偿和疗愈。

走着走着，想去超市买点菜晚上做饭。突然想起来今天是周日，超市不开门，一瞬间我回到了现实。这也没什么不好的，一直渴望过独立生活的我，此时就是我的独立生活。萧红在日本说"窗上洒满着白月的当儿，我愿意关了灯，坐下来沉默一些时候，就在这沉默中，忽然像有警钟似的来到我的心上：'这不就是我的黄金时代吗？此刻。自由和舒适，平静和安闲，经济一点也不压迫，这真是黄金时代，但又多么寂寞的黄金时代呀！别人的黄金时代是舒展着翅膀过的，而我的黄金时代，是在笼子过的。'"这也是我的黄金时代，我的黄金时代是自由的，并不寂寞。即使寂寞，也是我所需要的寂寞。写作总是需要寂寞。

所谓乡愁

和闺蜜聊感情，说起曾经爱的那个人，我们都感慨，真的爱过，而现在生活平静愉快，却总觉得不怎么得劲，好像哪里是错的，原来这就是红楼梦里写的"纵使举案齐眉，到底意难平"。原来这些，红楼梦里都写过。悲剧能一次次轮回，在这世间大部分地方大部分人身上重复，可见这悲剧是常见的现象，真正的好小说里也肯定留意到了这点，并精确地写了出来。"都道是金玉良姻，俺只念木石前盟。空对着，山中高士晶莹雪，终不忘，世外仙姝寂寞林。"

中国人，骨子里真是中国人。在海外的中国人家里总是会有一两册的红楼梦。有新版有老版，但《红楼梦》总是得有的。别的书无所谓，可这本书不一样，仿佛有了它，就有了镇宅之宝，到了哪儿也不会忘了咱的归属和文化传统。在纽约住的时候，我认识了一位画家，他住在皇后区，有回我去他家里做客，发现他家里什么都有，毛笔、宣纸、字画、中式的器皿和摆设。平时他写邮件，就是用毛笔写到宣纸上，再拍下来发附件。传统与现代工具相结合。挺酷的。美国，尤其是纽约和西海岸一带，中国人多，中国的东西也好找。伦敦也可以。但是柏林没有那么全，柏林也没有一个中国城，只有一条街汇聚了许多中国和东南亚的饭馆。乡愁，一是通过胃，通过中餐；二是文化，通过语言、文学和音乐等艺术类的表达来反映。

吃，是在国外的头等大事。毕竟当一个粗人，没有文化是可以活下去的，只是活得比较糙，但不吃饭是活不下去的。所以所有的中国人到了国外就都无师自通学会了做饭。生存问题解决了，就必须要满足精神需求。这也就是为什么许多旅居海外的，稍有些文化修养的人变得比在中国的中国人更热爱中国文化和中式情调。因为缺什么补什么。西式的菜吃久了就会发现还是中餐更满足味觉，西式的建筑和室内装修看多了，更觉得中国的文化影响下的中式家具中式建筑更可亲。当然没有能力也不必要全盘照搬，有那么一两件家具搭配着，有那么一些书读着，有那么些戏曲或者中国摇滚乐听着，也可解乡愁。

给我点颜色

柏林是一座黑色的城市，一方面指它的建筑及天气，另一方面就是指在此生活的人们的穿衣风格。它被黑色笼罩，我认识的那位艺术大学的学生就是每天一身黑，从头到脚。而他在德国南部上学的时候，还曾穿灰色、褐色、深蓝色等其他颜色。柏林似乎有种让性格浪漫快乐或热烈的人变得严肃和压抑的能力，并且是在不知不觉中。我这次来，随身只带了几件衣服，正好冬天还没过去，又下了几场雪，不得已，买了几件衣服。事后我一看，几乎都是黑色。太有趣了，我买了一条黑色的皮短裤，一件黑色长羽绒服，一件二手店买来的黑色grunge（摇滚）风格的破洞毛衣，一双黑色高跟凉鞋（一时冲动）和几双黑色连裤袜。黑色和皮革，这可太德国了。当然也包括几件不同颜色的衣服，比如深红色的T恤、海军条纹上衣等，但不得不承认，还是黑色占主体，尤其是在搭配上，我没有太多选择，总是不由自主地穿一身黑出门，要知道我向来认为黑色甚至不是颜色，黑色是种绝望。

黑色很柏林，卷烟而不是现成的纸烟很柏林，健美的身材朴实的装扮很柏林，染着奇怪的头发很柏林，街上的行人拎着一条大狗也很柏林。每个城市都有其经典元素，我希望能去芜取精，才不枉曾经自称过"国际主义者"。

漫长的、比北京更寒冷更潮湿的冬天终于要过去了。树枝发出了嫩芽，地上开出了紫色的小花，布谷鸟和别的鸟类开始争鸣，人们走在街上开始微笑，众多的理由告诉我，春天来了，我需要色彩了。

不必把所有的黑色衣服都换掉，只要穿其中一件就好了。蓝色的牛仔裤，灰色或者枣红色的马丁靴，配白色或者浅色的衬衫，再系上一条颜色鲜艳的腰带来点睛，背一个天蓝色的包包，这样看起来有活力多了。漫步在"博物馆岛"的路上，欣赏着壮观的建筑，呼吸着春天的空气，耳畔听着来自世界各地的口音我留意观察他们的穿着，只要不是一身黑，他们就一定不是柏林本地人。情不自禁，我嘴边浮起一丝微笑，估计他们不知道我在笑什么。

像玩具房一样的房屋

搬到这里快两个月了。在这两个月里，发生了许多事。有些是事先料想到的，有些出乎意料。比如我现在在歪着头，耳朵的一侧滴了药水，医生叮嘱说要歪头五分钟，再把药从耳朵里倒出来。这就是我事先没想到的。

歪着头的时候，几乎什么事都不能做。世界在眼前都是歪的。脖子在歪头时更酸，每当这五分钟过去，把头侧向另一侧让药流出来时，那一瞬间舒服得像天堂。

这是耳鸣引起的另一种病症，发炎了。医生向我说了一个德语词，我用手机上的德语助手一查，是"湿疹"。也不知道是不是这个词。总之我们鸡同鸭讲，这也不重要，只要能治好就行了。耳鸣是因为耳鼓膜破裂，当医生告诉我的时候，我很茫然，我也不知道它是什么时候破的，又是什么原因造成的。

我来德国后，病灾不断。实际上耳鸣和后背疼痛，这都是在北京时就有的。来这里只是更难受了。

从北京带来的三只猫，一死一伤。死是因为车祸，伤的那只是因为换了环境不适应，不怎么吃饭，后来严重到得了脂肪肝。只有我最爱的那只安然无恙，只是常常寂寞。猫和人一样，也需要陪伴。

看不下，放不下，长不大

这世界上有些人，也是我很敬佩的人，很接地气，整个人就像大地一样踏实丰盈，成熟稳重，也见多识广有文化。这样的女人是高素质的，完全可以入得厨房出得厅堂，搞定生活就像搞定一盘菜。和她们在一起是很舒服的，因为她们不计较，不是非。

然而我更喜欢的，是另一种人。这样的人就是会有种种问题，生活对于我们并非目的也不是手段，只是一种存在。我们所追求的，是这世界上并不把它称为必需品的精神共鸣，或者说是感情。情字为重。因此就更有灵性，也因此，其实就没有那么踏实，那么成熟。

为什么后者我更喜欢？也许就因为我就是这样的人。现实里得到什么好处我也高兴，可还是比不得与朋友畅谈更高兴。凡属于物质及生活上的东西，也都热爱，但绝不会把它们看得像感情一样重。所以时常有迷茫，时常忧郁，黛玉葬花那一幕，就是发生在我们这类人的身上的。宝钗看透了，自然有更理性的态度来面对大自然的花开花落和人世间的分分合合。

移居柏林已快两个月了，从最初的兴奋到如今的思乡，就像经历了一条抛物线。从图书馆借来一堆中国书，也是因为太想亲近一下我们的文化了。这些都是些我在国内懒得看或者没有心思看下去的书。我终于明白为什么德国出了那么多哲学家了。安静的生活勾起我对曾经青春年少时的友情的回忆，包括我以为早已忘在脑后的初中时最好的朋友。梦醒之后，依然留恋不已。只能告诉自己，本就是个多情人，又发现了自己的心性，那就不要长大吧。追求灵性，而非经验，在生活中发现容易忽视的美和真，这就是我们的目的。

柏林野玫瑰

黛色的云，犹如中国水墨画。让我想起朋友的画作。他什么都有，并且会一直幸运下去。最近我的所思所感，都让我回到一个话题上：有钱人是不是比没钱人更快乐？他们的社会资本，用于艺术和开阔视野上，的确比普通人更要有可能优秀的途径。从城铁车厢里看着窗外墨色却柔和的云彩，许多事就像离得很远很远，远到就像是发生在许多年前，甚至像在另一个世界里的事。前尘往事都飘得很远很远。甚至我离自己都特别远。想起几年前，在前男友家柏林附近的波兹坦开车路过一片美丽的德国黑森林，夏日的阳光透过树林之间的空隙洒下来，那时候我们都那么年轻纯真，那时的阳光就像酒一样纯粹。

此时这里的冬天，犹如中国北方，树都光秃秃的，但是没有看到中国北方的白杨。虽说这里一切都安全、有序、明了，甚至还挺革命、酷、反叛。但有点压抑。著名的德国式的压抑。当然柏林是我很喜欢的一座城，这里酷的人特别多，有着和纽约不同的理想主义，而非成名成家的欲望。然而有时候我还是会有种荒谬感，这种感觉，就像我那个在多伦多学习的朋友所说，"有时候我感觉很荒谬，为什么我在这里，在这个地方？"

天下之大，此心安处是故乡。我的故乡就在那个小小的山村，山东半岛，离海很近。其他，都是我的旅途。每个地方都滋养着我，然而原谅我，我无法将它们称之为故乡。唯一能为它们做的，就是在这些地方写出我的作品，给它们命名"纽约是我的城""柏林是我的城""北京是我的城""巴黎是我的城""那些叫不出来名字的地方是我的城"，仅此而已。

乡愁如酒

昨晚我梦见我回到了北京。在夜幕初降的街头，前前后后的人们都在低头走路，空气里不冷不热的，是北京独有的气息。我想，你看，这北京的人就是多，我宁可在这里多看看人。

其实基本每天我都会梦见认识的朋友，这可能是刚到一个新地方的典型反应，思乡、想家，最后上升到了乡愁。比如刚开始我就会觉得自己有点"西出阳关无故人"，这还算是比较正常的联想。一个月后，我觉得自己简直是苏武牧羊，心里念念不忘祖国的一切，好也罢、坏也罢。这意识形态就是这么升华的。自此我终于明白为什么有些留学生会看《中国好歌曲》《中国好声音》或者《武媚娘》之类的电视剧了，一是希望跟上节奏，跟国内的朋友在网上聊天也好有话题；二是这些节目里透露出来的世界是那么熟悉，好坏不管了，反正就是亲。

当然，想念是想念，我并没有忘记离开北京前我的迷茫。写作需要新的突破，生活需要新的意义，看世界也需要新的视角，这都是在我熟悉的北京做不到的。我只是没想到，我这么眷恋熟悉的一切，包括北京这座我又爱又恨的城市，它居然这么让我放不下。我明白了，这就是家。我甚至不仅仅思念北京，整个中国我都是那么想念，包括我去过的所有的地方，它们都在记忆里召唤着我。天呐，我完全就是一个典型的"独在异乡为异客"啊。与此同时，那些唐诗宋词简直写进了我的灵魂，每句诗都像是诗人前辈们对我的叮咛。而我也再一次感受到，唐诗宋词里的中国是那么美，"月落乌啼霜满天，江枫渔火对愁眠。姑苏城外寒山寺，夜半钟声到客船"，这是典型的中国的美。

其实我所在的城市也有美的一面，它的美是另一种，比如此时疯狂生活的草木已郁郁葱葱、满天的白云就像牧场的天空、河里游荡着白天鹅，河边坐着成双成对的年轻人。它一定有更美的地方待我去发掘，然而它的美属于另一个系统，它不是我熟悉的东方美，它一丝一毫的东方美都不具备。

或许这是为了告别的聚会，这是为了离开的到来。为了让我更了解东方美的含义我才来到西方。乡愁如酒，干了它吧。

柏林生活落魄记

就在那一天，我感觉自己完全受不了自己的处境了。三月底了，还需要穿厚厚的外衣，尽管地上已经冒出了青草，花也开了蓓蕾，可总觉得这里的春天来得比别的地方更慢一些。连续刮了两天大风，天气也瞬间多变，从早晨起床时的漫天大雪到下午时的短暂晴天，再恢复成阴沉的模样，一天有无数种气候形态。那天晚上依然狂风大作，我和阿白一起去宠物医院看望我们住院的猫咪vanunu。

Nunu之所以住院，大概也是因为水土不服，它天生胆小，我们刚来也没有顾及它的情绪。家里有三只猫，其中黑猫克罗娜在我们住了一个半月时突然出了车祸，我们大为悲痛。那段时间又要忙着去办手续繁琐的公文事务，又为克罗娜伤心不已，当我们注意到nunu已经茶饭不思的时候，赶紧带它去了医院。做了几乎所有能做的检查，确定它并没有得什么致命的感染病，唯一的问题就是它不吃饭不喝水，迅速消瘦下去，已经造成了脂肪肝。其间它稍好了一些，接回家几天又不行了，于是只好又送回医院。

那个刮着狂风的夜晚，是我们第二次一起去看nunu。它被插了鼻管，看起来很可怜，无精打采，还不如没住院之前。当时我的眼泪就下来了，多少天来累积的压力和恐惧让我一下子崩溃了，我边哭边安慰它，当时我就决定，第二天要带它回家治疗。

从宠物医院出来，我们心情灰暗，又饿又累。只顾得上在旁边的土耳奇人开的小店吃了点简单的东西，就打算直接回家。街上几乎没有什么路人，就连汽车也不太多。怕危险，我们决定打电话叫辆出租车。那个夜晚，我们站在路边，听着响彻耳边呼呼的风声，看着被风吹得东倒西歪的树枝，惦记着生病的nunu，那是我第一次茫然了：我是不是不该来柏林生活？

一到家，我就上网搜索了关于猫因为不吃不喝而生病的信息，其中有个论坛帖子正对我心，这个帖子的主人，也是一只得了同类病症的猫主人，在她的精心调养下，她的猫恢复了健康。这让我看到了一线希望。希望正是目前我们最需要的东西，有希望才有未来。而主动权永远掌握在自己手里。

经历过痛苦，才能变得强大。一步步向前走，主动把握自己的命运和亲人的命运，这就是这段在柏林的生活教给我的生活的意义。

东柏林郊区的穷人

也许是因为上帝为了让我具备一个看待世界更客观的视角，因此我现在住在了这里——柏林东郊某村。

每天出门的时候，我都会被周围群众的脸所震惊，他们往往面无表情，无表情中还流露出一种痛苦的、不被满足的，甚至一种深深的绝望感。到底是对什么绝望呢？周围丑陋的房屋？像养老院一样的廉租房？乏善可陈的风景还是他们没有任何奇迹和渴望的生活？都有吧。环顾四周，我也不得不承认他们的绝望有道理。哪里都有中年闰土啊。他们的生活，无非是这样了。资本主义社会上升渠道就那些，他们是没有希望了。不知道生活在这里的人，是不是大部分都靠着救济金过活，还是打着一份体力劳动的工，勉强维持生计呢？

柏林的电影院在放电影前也会放一些广告，其中有一个公益广告，讲的是个夜间工作的单身父亲，每天的工作都很疲惫，而在早晨，他又会换上另一份工作，就这么坚持着才能抚养孩子。这是一个关于最低工资的公益广告。

这则广告上的父亲，应该就来自于我现在居住的周围的这些普通的属于东德的人。我是误打误撞住了这里，再呆几个月就会搬走。而他们是没有机会搬到别的地方去的，这牵涉到太多东西、太多他们不具备的条件。

真是触目惊心。资本主义社会的残酷性是我搬来德国前并没有亲身体会过的。以前看文学作品里那些穷得叮当响的人，我只关注了他们的心理状态，他们也是小说里的主角或者比较重要的配角，否则作者不会那么细心地描写他们。而在现实生活里，如果你看到，有一大批饿不死，但却活着没意思的人，这又是什么样的生活呢？感慨，还是中国和亚洲好，穷人们的脸上还会有笑容，还有更多的乐子。

穷，不仅仅是物质，更是精神和心灵的贫穷。

一个下午的简单历险记

这个下午，我一个人搭了几站城铁后，换了另一趟车，然后又步行了十几分钟，穿过一座有些年头的小教堂，过了一次马路，这才来到我曾经去过的那家宠物医院。来这里是为了给我家生了病的猫买一种猫罐头，哎，我一路走一路抱怨，这要是在中国就好了，完全可以提前从网上买，根本用不着自己出门嘛，省了多少事儿啊。德国真不像中国那么方便，没有及时迅速的网上购物啊。那天下午天有些阴沉，气温恐怕不到十五度，这都已经五月下旬了，还像早春一样寒冷。我倒是挺喜欢路两边的风景，与我住的四周不同，这里没什么移民，大部分都是德国本地人，这能从他们住的房子看出来，还有些房子外面挂着小幅的德国国旗，这挺不常见的，要知道许多德国人一看到自己国家的国旗就想到那些不光彩的历史。这也从侧面说明了四周居民都是比较中低阶层的人，这里属于东柏林，在整个柏林来说算是便宜的地段，完全不热闹，上下延伸的小路还能看到一小片森林，风吹过还颇有种美感，怪不得有人说过德国的所有魅力都在于德国农村而非城市。

坐在收银台前的男前台穿着短袖的白色工作服，露出两只手臂上的几何状文身。我用德语向他问好，然后换成英文，说我想买一种特殊的罐头。他问我叫什么名字，因为这是种处方类的罐头，必须得有医生的证明才可以。然后从电脑记录里找到了我的名字，我买了六罐，向他道谢后离开。整个购买过程不超过五分钟。

原路返回，此时我更可以再仔细地观察一下周围的环境。一个地方给人带来什么直观的感受完全取决于这个地方的地理结构。怪不得一瞬间我觉得这里很熟悉很亲切，是因为这里起伏的坡度让我想到了旧金山和美国西海岸。当然，只是一瞬间而已。

在城铁站等车时，坐在我旁边的是两个穿着染满颜料的工作服的工人，他们可能是建筑工人或者是装修工人。他们正在吸烟，其中一个人拎着一箱啤酒。香烟加啤酒，这是德国典型工人的标配。我很快就会搬离这里了，从我在这片区域住过的这几个月的经验来说（其实不需要几个月就明白了），不同的地区分为不同的阶级，这可比中国严重多了。如果你住在下层人士居住的区域，你每天看到的就是穿工作服工人、满地的烟头、肥胖而无奈的中年妇女、染着头发穿着一身廉价服装和旅游鞋的年轻女人……这些人是不可能手里带本书坐地铁的。他们比我更惊讶为什么在这里看见我，因为我们完全不是一类人嘛。我也只好说，再见了，我希望有一天这里不再是一片被遗忘的角落。

巴黎，一场流动的盛宴

搬到柏林三个月后，我们急需度个假，我的第一选择就是：巴黎。

每每因柏林的粗糙、狂野而感慨的时候，我都会用巴黎来安慰自己。这是座给了太多人安慰的城市，它离柏林大概一千多公里，坐飞机一个多小时就能到达，然而这两座城市的区别又是那么明显，一座是阳性十足的生猛严谨，一座是女性化且精致无比的浪漫抒情。它们犹如猛男和淑女一样对比强烈。

抵达巴黎的时候是夜里十一点多，当时我还在想，会不会街上没什么人。哦，这真是太小看巴黎了，街上依然车水马龙，路过的咖啡馆外都坐满了人，这座享乐的城市是不会那么早就打烊的，夜色温柔，巴黎越夜越美丽。

  依然住在十三区的一家小旅馆，它只有二十几间房，小巧得犹如巴黎本身，有一个狭长的院子，草长得很整齐，草坪周围种植着几棵不知名的花树，有一株是金黄色的，不知道是不是我在台湾见到过的俗称"黄金雨"的花。还有一株灌木，粉红色的花还是合拢状态，待到白天，它便绽放了。这次我们没有订到一层的房间，二层的房间需要走一段窄窄的楼梯，房间布置和一层类似，只是楼道非常窄，只能单人通过。拉上白色印花的窗帘，躺到桃红色的枕头上，顿时感觉到一股巴黎特有的感受——像飘在云朵里。那枕套的颜色就像成熟的蜜桃，又甜又软，配上蜜橘色的毯子和极浅的鸭蛋青色的被套和白色的床单，视觉感觉恰到好处。

  正饿着，楼下服务员送来了一杯甜白葡萄酒，一杯热巧克力和两块酥皮点心，统统来自旅馆旁边的餐馆，一家法国西南部特色的餐馆。

  起床后第一件事当然是去吃早餐。错过了旅馆自带的早餐，不怕，还有许多选择。我们去的是一家名为LeLoirdanslathéière的咖啡馆，这里热闹极了，差点没进去……服务员热情周到，但放心，如果你是单独出现或者只是两个人，他是不会给你四个人的桌子的。像巴黎所有的咖啡馆一样，这里密度很高。我们坐的桌子，旁边的人离我们只有一台苹果电脑MacbookPro的距离。但是没有人抱怨，因为下午之前这里真的很抢手。点壶有水果香气的绿茶，再叫一个沙拉或者夹着辣椒和西红柿的蛋卷，总之味道实在棒极了，周围的人也都在滔滔不绝地聊天，包括坐在我左手边上的两个老太太，她们真的很巴黎，打扮得体，具备巴黎女人可爱的八卦本能，虽然我听不懂她们的对话，但她们真的一直在说说说，直到我们离开，她们还在聊。

  依旧，像每次来巴黎，总是上街随意逛。总是在散步的过程中能发现许多有意思的店，除了耳熟能详的连锁店以外，还有些是更有特色的小店。除去逛街购物以外，我最开心的一天是周日，那天所有商店关门，只有博物馆还开着。LVFondation位于十六区郊外，排队的人大把，大部分都是本市人，偶有少量热爱艺术的游客。在这里我居然看到了蒙克的嚎叫和莫奈的睡莲。楼上也有先锋艺术家的展览，质量很高。凭票，又免费游览了近在咫尺的有一百五十年历史的大公园JardinD'acclimatation，这里有许多儿童游乐设施，还有农场、动物园、马场、蔬菜园，大人们在这里也可以玩得心满意足，包括在草地上野餐、参观首尔园、日本长野小木屋，渴了还可以去中国茶楼喝一壶……这个大公园里的餐饮水平很高，我们在里面居然发现了现场制作的广东式蒸饺和稍梅，价格不便宜，然而咬一口后会发现物有所值，每一只的馅都不一样，只只好吃！而冰淇淋呢，也有更为健康的酸奶冰淇淋，来自于诺曼底地区的酸奶，不含脂肪，随意加些水果进去，比如草莓或菠萝片，口感棒极了！这时候就不能抱怨价格的高昂了。

　　巴黎于我而言，完全变成了一座吃喝玩乐的圣殿，满足口腹之欲或者是逛街购物，所有人都会在这里如愿以偿，千万不要过于迷恋巴黎哟，因为它实在是太贵了！

选自春树新浪博客　2015年6月15日

评鉴与感悟

女性，而且叛逆，而且诗人，还在国外，注定了她笔下世界的基本格调。异域风情只是底色，作家以她的眼睛画出了几幅速写，观察世相，回望故乡，反省自我，写得安静，简约，又不乏热烈。

博物学家必须死去

/淡豹

大约十岁时，我读到一套书，觉得自己的生活有大错。

《哈尔罗杰历险记》一套共十四本，由北京少年儿童出版社带到中国，1992年出了初版，几年后我读到它。十九岁的哈尔·亨特和十三岁的罗杰·亨特兄弟俩，跟着当博物学家的父亲，前往亚马孙流域捕捉动物，下南海探险，跟食人狮和杀人鲸打架，与语言不通的土著民族一起吃烧烤，吃完貘肉就去狩猎大猩猩。

这像是最理想和神奇的生活。两个外国小子上九天揽月、下五洋捉鳖，他们的生活中充满异邦的气息与奇异的历险，那种香气可以被概括为"遥远"。之后我回头做奥数，恨日子无聊，再带着些自作成熟的体谅安慰自己，"谁让我妈妈不是博物学家"，便在少年时第一次尝到犬儒主义的滋味。

很多年中，我没有再翻开这套书，不过立下了去读博物学的志愿，到哪个新城市都会去逛一下当地动物园。我也不少次遇到《哈尔罗杰历险记》的同好。我们都生于20世纪80年代，在90年代读到这套书，那时世界正逐渐打开，1993年，《东方时空》开始在电视上呈现多种面孔的中国，黑暗似乎也因新鲜而令人激动。同一年，《张恨水全集》由北岳文艺出版社整理出版，我一气儿看了很多，曾显得腐朽的如今标志了安适生活，情爱和消费能力不再被视为人类精神的无意义损耗，而成为对文明成就甚至文化自信心的一种肯定。

在那些令人眼花缭乱的"后南巡时代"文艺产品中，《哈尔罗杰历险记》是个异类。它具有古典式的浪漫英雄主义，主人公无畏无惧，好旅行，爱真理，置生死于度外，有急智、有知识、有钱，还有枪炮，似乎必将战胜猛兽、土人、广袤的自然。可以说，这十四本书是齐刷刷为人类的自由意志与非凡能耐唱赞歌，几乎必定会蛊惑90年代那些发育过快、营养不良的少年——说到底，在互联网降临之前学会阅读、向往世界、急于逃脱规定的我们，是最后一代"方枪枪"式的中国孩子。

再翻开这套书，是多年以后。

我记得书里漩涡在河湾中打转，印第安人崇敬的神鹰臂展无限，在人类驾驶的小船上投下神秘的暗影，哈尔罗杰兄弟乘坐的独木舟上供着猎头民族的圣物，战士的一枚头颅保佑向导与探险家的航行，直到夜里他们休憩于大树浓荫庇护的河滩。

我也记得母貘痛苦时嘶叫的声音像野马，亚马孙巨鹰能一连四十天不吃东西，一旦捕获猎物却可以一口气吃下十八磅肉，海啸是那"像潮汐波似的活动水堤，从海洋冲入内河"，高达十到十二英尺。

我所不记得的，是哈尔罗杰两兄弟的父亲，老亨特的职业：原来他不仅是为真理而探索世界的，亨特在纽约州长岛经营私立动物园，将在世界各地捕获的动物、收集的奇珍异宝贩卖到欧美的动物园与博物馆。这位博物学家同时是动物贸易贩子，掠夺者，西方知识的传教士，他擒拿大猩猩，和土人首领达成协议，把土著民族的宝物运上前往新英格兰的货船。哈尔罗杰两兄弟带着"搜集动物"的愿望，随父亲前往异邦，书中的土著部落野蛮、狡诈、纯真，自然界迷人又凶险，他们在环球旅行中遭遇的土人、动物、自然界三者有着相似的形象：世界是等待征服的荒漠，而土人正如同动物，短暂抗争后便匍匐。

人力巨大，人的外头是如日如夜不断地行进着的自然。

这是种启蒙时代与大航海时代特有的浪漫英雄主义。征服欲是想象力的核心秩序，而在"征服"这个复合项目中，"物种采集"是博物学家与探险家负责的门类。捧着赛先生的神牌，博物学家出征，前往蛮荒之地。

探险家为大地立法，博物学家携带活体动物、植物种子、标本和图册回朝献礼。交通工具、火器与通译，在大地上划下时而灵活时而渗出血珠的切痕，于是动物园成为永恒的世界博览会，自然历史博物馆中陈列来自不同部落的人头，不同大洲的土豆，不同时代的黍。秘鲁纳斯卡陶器与乾隆瓷器都以碎片物的形式干燥下来，成为大都会博物馆以货币或暴力的形式购入的考古遗存。

要到能查询维基百科的地方，读到作者威勒德·普赖斯的生平，才觉得《哈尔罗杰历险记》的意识形态并不奇怪。90年代，我读到这本书时，普赖斯所描写的世界令人感觉相当"当代"，不过他实际上出生于1887年，是上上世纪的人物（达尔文也不过逝世于普赖斯出生之前五年）。普赖斯本来要做传教士，后来成为博物学家，作过三次环球旅行，为美国自然历史博物馆收集展品，在三十年代时曾长期居住于日本——实际上当时他是美国政府派往远东的间谍，还写过《中国的革命》等书籍。博物学家是他顺畅旅行于人世间的表面身份，他所"收集"的既有动物标本也有政治情报。

这多重身份是种隐喻。博物学诞生于探索世界的雄心，但近代博物学并非法布尔《昆虫记》式温柔注视下森林与庭院里无关政治的波澜微兴：这门在英文中名为"自然史"的学科依傍于探索世界的能力，也即知识、枪炮、船舶、资本这四样强力。积累关于异邦和多样物种知识的愿望，在实践中往往落实成采集、征服、与陈列这三种强暴的动作。带着一些自惭，人们将狂暴的征服欲与焦虑的收集癖称为好奇心。

动物园是博物学家物种采集成果的集中展示，而博物馆是考古学家与人类学家物质文化收藏的集合，在当代文化语境中，这两种机构似乎具备某种无邪的中立性，还携带着人们对旅行者（博物学家、考古者、探险家）的浪漫想象。动物园和博物馆，像美术馆一样被普遍想象为既传播知识又净化灵魂的复合性教育空间，人们对其最常见的批判是"动物园对待动物太残忍"。就似乎，假如动物园能更温和、开明地对待动物，令来自世界各地的动物在与自身栖息地较为类似的环境中更优裕地享有长寿，这些机构就能彻底优美，就如同世界性的"物种采集"行为背后并无征服史与殖民史的原罪。

博物学家正是"知识人"的原型。怀着这种反省，人类学家列维·斯特劳斯在1955年写下《忧郁的热带》，记述自己30年代考察巴西的经历，反讽地写下这样一个开头，来省察博物学家的历史性罪孽："我讨厌旅行，我恨探险家。"

而历史学家伊恩·杰拉德·米勒在新书《野兽的本性：东京动物园中的帝国与陈列》一书中，从东京动物园的20世纪史出发，诊断了"动物园"这种机构的三重性质：它同时是博物馆、大学、监狱。这种机构随帝国体制成长、协助着帝国生成，动物园所具备的内在"帝国性"使它在现代成为国家力量的展演、在当代成为人主宰自然的机构性印章。

如今我和其他的"方枪枪"都已经长大。新的意识形态先倡导开放，后号召征服。去政治化的政治重新塑造的地球仪上，轻描淡写地标着"世界是平的"，这是"地球是圆的"2.0版。而自以为叛变了意识形态的人挣脱"人民"，走入"市民"或"公民"的阵营，将共和国史视为从束缚到自由的单线进化过程。人们在地球上、在野生动物间划下与意识形态殊途同归的轨迹：旅行成了自由意志和安全产权的证明，对那些大地与云朵与人群的经过，常被赞美为实践。一颗颗似乎永恒朝向自由的心在旅途中体认那早已由幻想勾画清晰的自我，走异路，乐于异地，脸庞便剐蹭别样的人们，便说，"有趣迷人"。

坊间赞颂"行走"的书何其多也。有些关乎探险者英雄主义的浪漫和苦行僧式的日常生活，有些谈心灵如何在路上、在异邦得到清洗，仿佛"远方"这个概念是最终极的修道院，有些谈内在于旅行像一种内核的优美。在这些叙述中，游记作家是旅行者、探险家、修道士、博物学家的综合，以行走激发情感与思辨，以历史反省此刻，以异邦反省故乡，在自然在野外抬头望向星空、回头注视城市，以旅行实现对现代的拷问和自我改造。

这些叙述中，自然等待踩踏、命名、发现，人类是唯一可能成为博物学家、以规则概括他者的种群。所谓智人。

而在读过游记、旅行指南、探险小说后，或许是看看诗的时候了——现代诗这种最反现代的文体——譬如谢默斯·希尼的《一个博物学者的死》。在1966年，希尼还远不是后来获得诺贝尔奖的他，当时年轻的希尼还在大学英语系任教，《一个博物学者的死》是他的第一本出版物：

每年春天
我都会装满几罐稠如果冻的
蛙卵,排排放在家里的窗台
和学校教室里的架子上,每天观察
等待,直到那些胖胖的黑点突然破裂成灵活的
游来游去的小蝌蚪。沃丝小姐给我们讲过
……青蛙妈妈
怎样产下几百个卵这就是蝌蚪。
你还可以从青蛙看出天气的变化
因为它们日晒则黄
遇雨则棕。

又到了一个炎热的夏日,田野里植物茂盛
牛粪在草中,有一群愤怒的青蛙
侵入了亚麻池。当我迅速穿过灌木潜入水中
就听到一种从未听过的粗鲁呱呱叫声,
这低音合唱使空气凝重
就在水闸下边,肚皮臃肿的青蛙们在泥浆中
准备出击。它们松弛的脖子搏动着像帆一鼓一鼓。
有的齐足跳着:啪哒,扑通发出可憎的威吓
有的沉着地坐着,好像土制地雷,
短粗的脑袋放着屁。
我简直要作呕,转身而逃,这些十足的黏滑皇帝们
在那儿聚集为了报复。我很明白
一旦我把手伸入水中蛙卵们便会一把抓住。
(吴德安译)

　　有泥土气味和粪臭的自然令人心悸,它充满微小的暴力,生灵不断生生死死,呱呱有声,其光明与幽暗超越人类视觉之限。这完全不同于少年

博物学家对那"泥土芳香"的想象。自然的声响攫住诗人，他被迫承认，生物并不只是为人类贡献可总结的知识的"多样性存在"，生物不是智慧的造物。在诗歌的末尾，希尼选择臣服于自然的逻辑。

常以农场、自然、爱尔兰的荒野为写作题材的希尼曾在访谈中说，"我不能想象有哪首诗，是不属于所有其他诗歌的。"类似的，物种属于其他一切物种。最难的并非深入虎穴的冒险，环绕世界的游历，辨识广大事物的博杂，或是费尽心思的收集，而是对一个地方、一个民族、对生物的专注与忠诚。

我渴望服从。

《哈尔罗杰历险记》，威勒德·普赖斯著，北京少年儿童出版社，2012年
《忧郁的热带》，克洛德·列维-斯特劳斯著，王志明译，三联书店，2005年
Iam Jared Miller, The Nature of the Beasts: Empire and Exhibition at the Tokyo Imperial Zoo, University of California Press, 2013（伊恩·杰拉德·米勒著，《野兽的本性：东京动物园中的帝国与陈列》，加利福尼亚大学出版社，2013年）
《希尼诗文集》，西默斯·希尼著，吴德安译，作家出版社，2001年

选自《三联生活周刊》第847期，2015年8月"夏日阅读"特刊

评鉴与感悟

最初接触淡豹的文字，好像是在关于某个跑步的网页上。一个热爱跑步的姑娘。谁知她的文章也写得这么好。翻她的微博，她读书真是多。那么多让人望而生畏的书，她竟也说得头头是道。比如这一篇。简直是生机勃勃。读了感觉好像《忧郁的热带》我就从来没有读过。显然，这一篇放在"读书会"栏目中更恰当，然而，对我来说，这于是一次新奇的阅读体验，放在这里，也说得过去。

纪念

/张惠雯

一个人如果曾有个非人类的朋友,如果他曾在某个瞬间真诚而平等地注视他那朋友的眼睛,他就会经由这双眼窥见另一种生命那纯净的灵魂,走到另一个世界的秘密中去。这样的人是幸运的。给予我此种幸运的是点点,它是一条斑点狗,在我家生活了十四年。对于我来说,这不是平常的十四年,而是人生中最美好的十四年,我从二十二岁走到三十六岁。在这段时光里,如果每次还乡在记忆里最终剩下了一些画面,那么几乎每个画面里都留有点点的影迹。

很难用"宠物"这个词来描述点点,它是条极有灵性的忠犬,理解人、信赖人,它是我的朋友,一个忠诚、温厚、沉默的朋友。它表达爱的方式是忠诚地守在你身边,离你近一点、更近一点,直至偎依着你。它和你一起散步,总是走在你旁边,即使因为什么新奇事物稍微跑到前面几步,它也会立即意识到,然后停下来回头凝望着你——它是在等着你。有时候,你到家附近的小店去买东西,出门时并没有带着它,但很快你会发现它来找你了,找到你,就欢喜地和你一起回家。

前一个冬天,我有种莫名的忧虑。有一次,我和母亲打电话,我说,北方的冬天寒冷,如果点点能熬过这个冬天,它就能多活一年,那么我下次回家时也许还能见到它。母亲叫我不要担心。过后,我做了一个梦,梦见自己回到家，家里显得格外荒凉，似乎人都出去了。于是，我想到点点，我想至少它应该在家。我到它住的杂物储藏间里找它，里面铺着干草，仿佛废弃已久，我里里外外地喊它、寻找它，突然，我想到，难道它已经不在了？因为这个梦太不祥，我不愿对别人提起。两三天后，我给家里打电话，问起点点，我母亲说它正在外面卧着晒太阳呢。后来，每次打电话问起它，母亲都说它很好。

就在几天前，我又梦见了点点。我梦见终于回家了，我走进往家去的那条小胡同，突然，点点迎面朝我跑过来，就像过去很多次我回家时一样，它是来迎接我的。不过，这次它显得更欢喜，看起来就像一两岁时那样年轻。我记得它的表情像是在笑。这是个温暖的梦，但醒来的我却十分悲伤，因为我觉得它太过温暖，倒像是种告别。这一次，我打电话给三姐，她告诉了我实情：点点已经在三个月前去世了，家里人一直瞒着我。现在想来，它大约在我做那个不祥的梦之后不久就去世了。

点点似乎精心地选择了自己的死期。也许为了让我这个和它聚少离多、不在场的好朋友记住它，它是在我三十六岁生日后的第二天离去的，而这一天刚好是星期天，是全家人团聚的日期，姐姐们都带着孩子回来了，它因此能在临走前和大家告别。之前的三天它已经滴水不进，一直待在它那间小屋里，卧在母亲冬天特地给它铺的厚毯子上。三天里，它再也没能站起来，姐姐试图喂它一些葡萄糖水，但它无法下咽。不知道是什么毅力让它撑到了那个星期天的中午，它一直等着，等所有人都到了以后。当时，大家聚在它的小屋里，它来回地看着他们中的每一个。大人都落泪了，狗也流泪了，孩子们抚摸着它，已经泣不成声。它就这样呼出最后一口气，平静地闭上了眼睛。后来，大家就在后面的小菜园里埋葬了它。它死时有众人的陪伴，而不是在某个寒冷的夜里孤独地离开，它也没有长期瘫痪而后痛苦而屈辱地离开，这对我来说是最大的安慰。

我不相信人或动物死后仍有灵魂，但我相信它们活着时有灵魂，这灵魂就是一颗心灵能走进另一颗心灵的桥，就是我从它那双眼睛里看到的令我感动的东西。尽管如此，我想当我再回到家，我还是会去埋葬它的地方陪伴它一会儿，就像它过去无数个时候曾静静地陪伴我。那时，我们两个顺着门前那条南北大街来回地走着，常常是在夏日的晚风中，或是冬日上午温暖的阳光里。有时,我骑着自行车,它跟在旁边。最初,年轻健壮的它四蹄飞奔;再后来,它跑得慢了;终于,它老得几乎跑不动了,我得骑得很慢,还要不时停下来等它。两年前最后一次回家,点点的两条后腿骨质老化,它有时高兴地站起来想朝我走来,却会突然摔一跤。我最喜欢带它去父母在房后开辟的那个小菜园里,站在石榴树或柿子树下,吹着风,就那么安静地站一会儿,我感到我们同样在体会着世间的某种美好,那种温暖的欣欣的生意,感受着极其祥和的相伴的快乐……

  我觉得点点是条和我有缘的狗。因为尽管我常年不在家,但每次我回家,它都会立即认出我。在家里,它只愿跟随我和父亲到街上去,家里其他人只能带它出去两三百米,出了那个界限,它就会转身自己跑回家。显然,它把父亲当作老主人,把我当作小主人,我们俩是它最信任的人。我曾经和它非常亲密,那是我还在新加坡的时候,我每年都会回家住上一段时间。有一年假期,我在家住了很久,它对我比任何时候都亲密。我的房间在楼上,夜里我上楼睡觉时,它总是陪着我一起爬上楼梯。我至今还记得它上楼时埋着头、前后腿交替跳跃、攀上一节节楼梯的样子。我们家不允许狗在人的卧室里睡觉。所以,等它陪我到了房间门口,我就得和它说再见,让它下楼去睡。它不舍得走,也不敢进屋里来,就在门口蹲着。我偶尔允许它进屋一会儿,我会坐在窗前那条棕色的布沙发上读一会儿书,而它就安静地蹲在我的脚边。如果我停下来,朝它看一眼,会发现它也正仰望着我。它看到我终于注意到它,就忍不住再往我跟前靠近一些。睡觉前,我不得不把它请出去。而当我躺在床上以后,它仍然会蹲在门外守候一会儿。隔着纱窗门,我看到它那忠诚、沉默的影子。它似乎在仰望夜空,不知道它看见夜空中的星辰、云朵会想些什么……矇眬的睡意中,我终于听到它下楼的、细碎的脚步声。

  那一年,我走了以后,家里人说它经常跑到楼上,在我的房间外面徘徊。有一天,母亲在电话里提起它,说点点现在变淘气了,竟然往卧室里溜。那天,她打开我房间的门换空气,再上去关门的时候,发现点点在里面,还卧在沙发上。它因为弄脏了沙发而挨了我父亲一顿训斥,因为它过去非常守规矩,不会自己溜进卧室,更不敢爬上沙发。但只有我知道,那不是因为它淘气,而是因为它怀念小主人,怀念我在沙发上读书时它伏在我脚边度过的那些夜晚。如果我说点点的陪伴甚至胜过很多人给予我的陪伴，希望不至于引起误解。在我看来，它的陪伴里有一种英语里所说的 healing 的力量，因为它给予人的全然的信任和爱，它能够使人的灵魂纯净起来。

在这十四年中间，它曾经离开我们一次。那大概是它四五岁的时候，我当时不在家，不知道为什么，父亲突然嫌养狗麻烦，把它送给了三姐的婆家。把它送去大约一个星期后，姐姐的婆婆给姐姐打电话，说点点除了喝水，什么食物都不吃，担心它这样下去会饿死。我姐姐赶去把它接回家。回到家里，饿得奄奄一息的它才重新开始进食。它似乎知道自己被抛弃了，以绝食来抗议，只为了回到原来的家。此后，我父母再也没有要把它送人的想法，决心把它养到老，因为它是这么一条有骨气、念旧主的狗。

过去，点点还跑得动的时候，它每天早上跟着我父亲去买菜。我们从来不必担心它会跟丢，因为万一找不到主人，它会自己回家。我四姐开了一家幼儿园，有段时间，父亲每天早上去集市上买了菜会先去幼儿园给我姐姐送去。父亲出门早，到的时候四姐通常还在睡，父亲就把买好的菜放在大门外。那天早上，四姐蒙眬中听见拍门的声音，她以为是幻听，但过了一会儿，声音没有消失。后来，她下床打开幼儿园大院的铁门，发现拍门的竟然是点点。点点一进门就在院子里到处查看，我四姐就猜到一定是它在街上的人流中和父亲走失了，但它没有直接回家，因为它知道父亲会先来幼儿园送菜，所以到这里找他。它就是这么一条聪明的狗。

点点不算短暂的一生里生育过三次，我们不知道它什么时候偷偷跑出去给自己找了伴侣。第一次它只生了一只小狗，但第二天早上小狗就不知去向。它为此狂躁地找寻了好几天，把我父亲花坛里的泥土都刨开了。第二次和第三次很顺利，每次它都生了五只小狗。但我们养不了它们，就把其中的四只都送给了亲友，给它留一只在身边。其中第一只留下的小狗叫乐乐，所以我在《相伴》里给那只小狗起名叫"乐乐"。乐乐那窝小狗出生时刚好我在家，大家都说点点是故意选我在家的时间生育，因为它知道我待它最好。它生育后，我喂它加红糖的热牛奶。小狗长大一点儿，四处乱拉，我每天早上给它们房间的地面铺上一层干净的沙土，每天打扫它们的窝，把小狗一个个擦干净。我那一次也在家待了很久，把乐乐养到了满月。我走了以后，乐乐大概三个月时因肠胃炎死了。一年多后，点点又生了一窝小狗，这次我们仍然留下一只，叫花花，但花花后来走失了。花花走失后，我决定带点点去做绝育手术。我们县城的兽医院不做这种手术，于是，我找了一辆面包车，带它去郑州一家动物医院做手术。我们不知道它那时已经怀孕了，医生做手术时才发现它腹中有胎儿。当我看到那团模糊的血肉时，有种罪孽深重的感觉。但我极力说服自己我这么做是对的，因为我不能再让点点无节制地生育，它年纪大了，不能再损耗身体，我更不能把它的小狗交给未卜的、往往是悲惨的命运。之前送给别人的小狗，几乎没有一只能活下来。我不愿去问，更不愿想象那些小狗是在如何缺乏照料的情况下死去的。我知道，在这个县城里，狗仍被当作看家的工具、低级的畜生，许多狗连一个挡风遮雨的最简陋的狗窝都没有，它们是在一尺长的锁链上度过一生的。

2011年，点点十一岁的时候，也是我来美国后的一年，我听说它腹下长了一个瘤子。家里人带它去兽医院，那里的人说没有办法。后来，长瘤子的地方总是溃脓发炎，我母亲和姐姐每天要给它擦洗、敷药。但我对她们说，必须想办法把肿瘤切除，这样下去狗会很痛苦，她们也会疲累不堪。点点很幸运，后来我四姐夫找到了他的两位医生朋友，这两位给人治病的医生不忌讳某些荒谬的说法，愿意为点点做手术。它的肿瘤切除了，伤口愈合得很好。医生夸奖它是一条非常勇敢、通人性的狗，因为从清洗伤口到打麻药，它从没有试图挣扎，偶尔因疼痛扭动一下，在旁边的主人告诉它说这是给它治病呢，它就立即安静下来、默默忍受着。手术以后，它又活了将近四年，最后平静地老死，这对我们来说像是奇迹。

我们的亲戚、朋友都说点点是有福气的狗，这无非是指我们给了它足够的食物和一个栖身之所。可是，和它给予我们的信任、爱，和它带给我们的快乐相比，我们给它的多么微不足道！作为它的朋友，我的心此时充满悲伤和愧疚。在来美国以后的这几年里，我难得陪陪它。即使在短暂的回国假期里，我也要抽空去旅游，待在家里的时间并不多，加之在家时亲友应酬频繁，我每天匆匆忙忙、来来往往，竟忽略了这位老去的、忠诚的朋友。如今，一切补偿都已不可能。它的死令我意识到我已经太久没有回家了，它也提醒我，当一个人还能够给予爱的时候就尽力给予爱，不要寄望于不可知的未来。

点点是一条被我们人类视为卑微的狗,但它却让我体会到仁慈、悲悯的更博大的意义。没有它的启发,我不会写出《相伴》《安娜和我》这样的小说。人的大部分生命都浪费在那些自认为重要的事务中了,但最后发现真正赋予这生命温度的却是那些短暂的美好、瞬间的感动,在记忆里,这瞬间成为永恒。点点留给我许多这样的瞬间,如今想起,我感到庆幸,也忍不住流泪,一切过于美好、温柔的东西总是令人伤感的,仁慈本身就令人伤感。

人生就像一个旅途,在前面的旅途中,你不断发现新的东西,不断遇到新的朋友和所爱,你的生命成长、不断丰富,充满蓬勃的活力,而从某个时候起,亲人日益萧索,你发觉自己开始告别那些熟悉的人、眷恋的事物,它们逐渐远离、消失,你甚至不得不面对一次次死别的痛苦,同时焦虑着另一些无可避免的、未来的别离和失去。而不知哪一天,你自己也会远去,变成别人追忆往昔时的温柔和痛苦……这是个伤心的旅途,除非我们能将顺序颠倒过来。就像这些年来其他的告别一样,失去了这位挚爱的朋友,我擦干眼泪后仍得继续前行。而除了更加尊重、善待其他生命,我想不出更好的、纪念它的方式。

选自《今天》2015年5月7日

评鉴与感悟

读张惠雯的小说,感觉像看印象派的画。倒不是说她的文笔夸张、变形,而是她的文字有一种内在的宁静,归于绚烂之极的平淡。这篇随笔,着力描述的,是一条斑点狗。这条陪伴了她十多年的狗,显然已经不能完全用"宠物"来形容。狗,既是她的朋友,也是镜子。也是在对它的回忆中,作家体味到了更多隐秘的情感。这情感,关乎悲悯,关乎尊重。因为心怀感恩,最终呈现的文字,自然气象大为不同。

浮生一日

/唐望

天蒙蒙亮，那个人就迫不及待地起床，顾不上洗漱，随手取出一盆苞谷往围栏外叫食不休的鸡儿飞撒出去，许是这些天不亮就咯咯叫的鸡惊醒了他的梦也未知，他穿上笨重的胶鞋挎上采茶的箩筐就出去了。

远山被云雾罩着露出些许暗淡的亮色，那漫长的雨季浸透了这寂静的山林，空气中飘飞着如絮的雾气，在那条已成沼泽的进园子的路上，他缓缓地低头走着，不时抬头看看四下里阴沉沉冷飕飕的天，无需心中有草，出门就是那种浓得青翠欲滴的绿，空气也非常清冽，他不费气力就来到茶园里的那几棵古老的核桃树下，这是捡核桃的日子。山里有山里的规矩，这核桃树谁家的谁捡，可是，现在大家都请了采茶工，这可是一家人长年累月地住下来，慢慢规矩就让这些外来人给破坏了，虽没发展到谁捡谁得的地步，可要是真跟不讲规矩的认真，好像有点不通情理似的，所以，只好早起一些，趁着天蒙蒙亮，那些人还没起来，把自家的核桃捡了也省得跟那些人胡乱地生气。

昨夜雨大，核桃落了不少，就那么几棵树也捡了不少，沉甸甸一筐，手虽然很快就弄黑污了，可这也是收获的喜悦吧，心情还是好的。只有背了这么一筐才发现这人腰不大好，树下就是一蓬蓬绿中泛青的茶树，露水很快弄湿了他的衣裤，他费力地背回了裸露在雨夜的小院，从石缸里瓢了桶水，把那些核桃淘洗了几遍，这时，采茶工老胡一家才起来，他黑黑瘦瘦的在这个凄清的早晨倒是很应景似的，他的老婆比他还瘦，但没他那样黑。这些核桃如果他不起早就是他们的了，想到这点他转过头去看看这位黑瘦的人。他们谈了谈今天的工作安排，关于水桶里的核桃却是他们不愿讨论的话题。

　　各自弄点吃的，那两口子就去园子里采茶了，而他就要把昨天萎凋好的茶揉捻，发酵。当他背着茶来往于萎凋房与揉捻房时，那些还有所期待的鸡还围着他转，不时发出咯咯的叫食声，那叫声要模仿起来，好像在叫"我饿，我饿"似的。他被弄得有些烦，就放下手中的茶作势要打，把它们撵进园子里，这鸡一飞狗就叫，好像有了一些人家的气象，再看，只见那只叫作佐罗的土狗被铁链拴在往一边倾斜的小木楼的掌子下，它是山宝死后的一天来的，对别的人狂吠不止唯对他摇尾点头，就有人说，这狗儿与你有缘法，你要好好养它。许是宠爱的缘故，从小他就喂生肉，所以不久就学会了咬食小鸡，后来渐渐无法无天起来，连别人家的大鸡也难逃掠杀，教了几次无效后就只好用铁链拴起来守家了。这不过二三十分钟的光景，天色却也渐渐亮堂起来，没人希望今天还像昨天那样断断续续下雨，可那从山谷飘过的云雾一阵阵地似乎不给他们多少希望。雨水依然多，山里湿漉漉的，随便抓把空气也可以拧出水来。

　　做茶的间隙他会看看微信，有时觉得有什么分享的也会发一条，然后看一看回复什么的。山里的信号不是很好，特别在阴雨天。如果时间宽裕也会读一读书，自从有了电盖了结实一些的房子，似乎也不用再往山下的小镇跑了。去年山宝死后，他的人生观渐渐被改造了，这虽说不是一夜之间完成的，可他似乎听到有扇门悄然向他关闭，他与这块生活劳作了八九年的土地好像断了某种联系，山里或山下都乏善可陈，没有什么人与事还能吸引他。这也是他不再更新博客的一个原因。有位朋友劝他："你别太难过了，山宝就是来度你的菩萨，到一定的时间，他自然会走。"自从这位菩萨走后，他就陷入"言说休克"的状态，文字如若是种"生命"的话，他想似乎也跟着山宝被埋进后山的乱石岗了。唯有一个人静静地做茶，内心沉浸在宁静的思绪里，好像活着才是真切的。

　　天渐渐还是开阔了，雨后的阳光透过层层云雾把山谷的一角镀上一层明快的橙光，待到又去冲洗脱了青皮的核桃时小院瞬间通透起来，山泉依然是冷的，他才想起一直没顾上洗漱，就着这样的冷水擦把身子也是舒爽的。这时，从通往后院的小径上一个熟悉的小孩子怯缩着走近前来，原是隔壁李二家小老二，可是，都好几年了依然没见长高一点点，他抓了几个核桃递过去，小老二手提打小鸟的弹弓往后退了一步说，我家有的，不要你们的。他就笑着问这位好久不曾遇上的小老朋友说："几年级了？"小老二说，四年级。他笑出了声，有些怜惜地说："你吃的饭都往哪里长了，怎么一点个不长呢。"小老二有些不知所措地想逃走，他说，别动，我给你拍个照。这个建议小孩倒是爱听，因为，他不单单给他们照相，有一天总会去给他们送洗出的相片，这让他手上有了些童年印象。小老二站在照壁前，脸上不知是笑是哭，从树叶间漏下的光点投映在他身上，这时他那位有名的爹大李二也从小径那头出现了。时间久了，邻里会有一些小误会，他们其实有些日子没怎么走动了。李二过来是告诉他老历六月二十四也就是立秋那天，刚好是火把节，照山里的规矩，这天要杀鸡祭茶神。他问，每家都要吗？李二说，我们几家出只鸡统一交个人去办就好，他说，那就交给你吧，鸡嘛我们出也行。这事就算说成了。可李二父子走后，他又奇怪往年是祭山神，怎么今年要祭茶神？可人已经无声无息不知去哪儿，怕也问不出个所以然来。

摸估到了发酵好的时间，他放下手中的书去查看箩筐里布包里的茶，闻闻香，选取了不同深度的茶，把芽蕊搓开。虽说每年做相同的茶，可四季流转，心境不一样，每年的味出来都是不一样的，这让喝茶人有些不习惯。也有做得完全迷失的时段，就是做茶的人竟然全然没有对茶的味觉，这个时候他会非常焦虑，可也实再找不到合适的人讨论这个事。实在没感觉了就一个人静一静，把往年的存样一个个翻出来，慢慢喝慢慢想，也有遇上四哥下山的时候，他们就把各自的茶拿出来喝它大半天。"今年雨水多，哪家的茶都一样。"他问四哥："是不是把萎凋时间再延长一些？"四哥说，你不是去了什么斯里兰卡吗？怎么茶越做越没信心了？对了，你的腰怎么样了，我倒有个偏方，等下午做好茶，我去给你包一副，我前几个月抬机器震着，那个疼法连腰都直不起来，后来卖茶时遇到牛肩山的一个老表，他说，你怎么忘了老一辈人是砍什么药草治腰伤的，我就回想回去咱公咱爹那些年代的土方子，找齐了那几味药，按着想象他们的做法，包了一剂就好了。

他还记得，四哥的药草就取自家旁边的茶园里，几味草药用石臼捣烂，生一半熟一半用了他的小便做药引就地一拌和就给他敷上了，四哥说，管不管用不知道，反正也没什么坏处，要管用你就包它十日半月的，干了就用小便弄湿，不用管了，什么时候取下丢了就是。他留四哥吃晚饭，四哥说，对门山的老鼠二还等着他去放蜂，手一挥骑上摩托就走了。

这一日将尽时，他坐在那间凌乱的卧室兼书房桌前，在纸上写到："腰疾，烦而恍惚兮，读书难静，茶事缠累，是夜宿山，翻读五柳先生《归园田居五首》渐神思澄清，气韵飘爽，至子夜熄灯安睡。

选自唐望新浪博客　2015年9月2日

评鉴与感悟

每年冬天刚过，就会躁动那么一阵子，就像顾长卫在电影《立春》里讲述的那个王彩玲，这个季节一来，就期盼大事发生。结果，大事没发生，内心却无休止地蠢蠢欲动起来。那种对工作的怀疑，对庸碌日常的悔恨，都在脑子里疯转。应该就是那段时间，看到了唐望的博客。一个渴望写出理想诗篇的人，放弃城市生活，一心在遥远的景迈种茶。当然，他对世界的好奇并没有停止，农闲时，他发几张照片，讲几句种茶故事，谈一点读书心得，所有的这些，都让我满心欢喜。这一篇，也是劳作之余的喟叹。我总想着"天渐渐开阔的样子"，好像如此一来，整个身心也得到了一回清洗。

吸引

/鱼禾

1

谁都不明白一个人干吗跑这么远去看盐。不就是盐嘛。一起走的人也不明白,问,没有别的事?问得我都恍惚起来。

似乎都这样,习惯了"有事"地活着,闲下来就会觉得无聊,空落落的,觉得光阴虚度甚至"白活"了。仿佛"活着"只是一个悬挂的空壳,一个旗幌,非得有足够的"事情"来撑着,活着才有理由继续下去。

我只是迷上了那些镶嵌在藏北高原荒漠里的白色湖泊,打算去看看。

这毫无效益的企图算不算是一件"事情"?大约是不算。但它就在我心里亘着,拔除不掉,就像对什么东西一下子上了瘾,别人说这对你没有用对你不好,但你还是不可救药地上了瘾。谁没有对什么上过瘾呢?某种食物比如小茴香馄饨,比如烟,酒,茶,咖啡或者大麻,男色女色……张岱说了,一个人要没点什么嗜好那是不可交的,因为,没嗜好的人没有深情。这话我信。对过于正常的人或过于正常的日子,我一向缺乏耐心。

我曾被形形色色的"事情"填得很"充实"。太"充实"了,每天都需要在记事本上罗列一长串"事情",然后以分秒必争的效率去"办了"它们。差不多有十二年,我无比"充实"地活着,跟那种蒙着眼睛闷声前行的家伙一样,为了一根悬在眼前却总也吃不到的胡萝卜,孜孜不倦地磨道里绕圈。十二年,在时间的意义上只不过是一个小小的轮回,对于人生来说则几乎是全部的盛年。久而久之,充实的人成为纯粹的事务执行者,事情成为轴心,进而成为依靠(见过吧,许多活得兴兴头头的人,一旦退休没了事情,就会失魂落魄)。被事情填满的人深谙高速旋转的快意,舍不得也不知道怎么停下来。

圆,被作为自修的目标。

这本来也没什么。绝对自足的"圆",绝对的不合作,不怀疑,的确可以算是平坦舒适的境界。但是……怎么说呢,有一天雨后,我看见一条钻出泥土的蚯蚓爬到了水泥地上。它应该是在试图回到泥土那边去,但是它在水泥地上行踪古怪地绕行,爬了一圈又一圈,爬得让我快闷死了,它却离泥土越来越远。我怀疑这种虫子的脑容量是负值。看上去它毫无方向感,它的爬行完全是一种身体惯性。但它确实在努力地爬着。没准儿那驱使它蠕动的本能也在提示它,努力爬下去总会有收获。

再也受不了了。我于是把那些"事情"哗的倒空,彻底闲了下来。我让自己成了一个虚度光阴的人。对,人们管这叫"白活"。

那时候我才惊觉,对我这样的人来说,无所事事是个前提。

2

不时会把整个下午的时间用在看地图上。不是给自己规定了一个下午的长度,而是看着看着天就黑了。

看地图是一项旧嗜好,从第一眼看到地图就开始了。无论住到哪里我的墙上都少不得地图,我选购的都是大比例尺的地图,全开不覆膜的那种,可以在上面随便勾画。

我一直盼着哪天买到一个巨大的地球仪,大到,嗯,一间屋子放得下,又可以在上面找到我所在的街道。我估算过,要让门前这条四公里长的伊河路在地球仪上显示为一毫米(视觉上就是一个点),需要四百万分之一的比例尺。按照这个比例微缩地球,地球仪的直径不到三点二米,刚好可以放到一间屋子里。

常常看到天黑的是卫图。

看卫图其实就是直接从天上俯瞰地球,感觉自己像神。准确地说卫图不是图，而是另一种"眼见为实"，是来自天上的"遥看"。另一种眼睛在天上看这个日行八万里的圆滚滚的小东西。卫图就是天眼所见的即时景象，每一瞬间都不一样。由于依靠了强大的电磁波，天上的眼睛可以看得很远，看数万米，也可以看得很仔细，看得见一个人的表情。

看卫图的人也在天上。一只在天上盘桓的鹰想必也是这样，可以随便对着地面上哪个目标俯冲下去。这只鹰非同寻常，可以在两秒之内从东非大裂谷飞到阿拉斯加。把地球缩小到一枚棋子大小然后迅速拉近，一秒钟你就从天而降，你下到凡间，到了地中海，上岸，贴地飞行，哦！那座古老的圆形废墟……鹰还是不够高，不够自由。这样的"看"只能来自神。

我在天上，我借上神之眼，盯住了青藏高原北部那一片空无一物的灰白。

对，我迷上了那些深嵌在藏北高原上的白色湖泊。在卫图上它们和藏北高原的背景色混为一体，要努力分辨才能看到。这可能从来没在"充实"地活着之中发生过，可是，事情就是这样，我迷上了那些镶嵌在藏北高原的灰白色湖泊。一眼便可捕获：它们集中在柴达木盆地，位置很低，如白色镶边的小井。

3

事实上这种情形越来越频繁——在某些瞬间，毫无端倪，我犯了瘾，想立刻尝一尝盐块的滋味。不是装在塑料袋子里已经碎为齑粉的盐，而是另一种盐，一小块一小块的结晶体，粗盐。它的咸也不是菜碟汤钵里面被酸甜苦辣团绕的咸，而是另一种咸，粗朴孤单，沉甸甸的，但有一丝入口，立刻就来了精神。

一种令人上瘾的咸。

这些天的身体反应只能说是犯了瘾——对盐块的渴念突如其来，令人心神躁乱，双手抖颤，比饥饿反应还要强烈。

盐罐里盛着盐。盐块棱棱角角的，半透明，不规则，大小不等。人们管它叫"盐坷垃"。亮晶晶的盐坷垃堆在深褐色陶罐里，冰莹或者玉白，泛着青凌凌的光，让人心痒。上学之前我总是磨蹭。我需要趁机掀开盐罐，拣一小块盐坷垃装到衣袋里。

在课堂上没有比我更能坐得住的小孩了。我的课堂一点也不枯燥，坐一整个上午或一整个下午，一点问题都没有。嘿，盐就在右边的衣袋里，我左手写字，闲着的右手伸到衣袋里拨弄那块盐，不时拿出来吮一下。我的天，那真是救命的滋味（后来，每听谁说起"嘴里淡出个鸟来"我就忍不住大笑，我太明白这个"淡"有多么索然无趣了）。

谁也不知道是什么安抚了我。

吮一口盐坷垃跟吃一口廍粉般的盐可不一样。盐坷垃的咸薄薄的，却锐利无比。吮一下，那点咸便像无数的小箭，从舌尖一下子辐散到两颊，迅即指向咽喉、后脑，让人猛地一激灵。那时候老觉得脑袋里面长着棵小树之类的东西，小树本来蔫耷着，一旦受了盐分的浇灌，就扑棱棱活过来，枝枝丫丫都在舒展。盐坷垃在衣袋里慢慢变小，越来越圆润。那些数字啊符号啊生字啊拼音啊……都在枝头开花，新鲜，明亮，喜洋洋美滋滋的。

都知道我脑子好使，反应特快，却不知道为什么。

哈，不知道盐是我的暗器。

就像正在手指间燃烧的烟。吸一口，深吸一口，烟叶燃烧的气息探入肺腑，便使无数的"此时"扑棱棱活过来。

我的身体一定是对盐有格外的钟情，也有格外的容忍。每天中午下楼去一家叫"永康"的小馆子吃面，总是叮嘱老板娘，盐要重一点。老板娘一边往汤里加盐一边担心，吃这么咸不好吧？或者直接质疑我的味觉，你这舌头怎么了？盐已经比别人多出许多了。后来习惯了，不用交代，她就会狠下心肠在我的汤面里加盐，一边端给我一边唱喏般地说明，来喽！你的面——少点面，多点汤、少点油，多点青菜、不要味精，多点盐！

我比别人吸纳了多得多的盐，却没有推想中的后遗症——血压的问题，肾的问题，心脏的问题，胃的问题，骨头的问题，等等等等。在生理逻辑中这样的食盐量简直等于慢性自杀。而我每年初夏参加例行体检，都会听到做彩超的医生（她认识我）啧啧称奇：好完美的甲状腺，好完美的颈动脉，天呐好完美的肝胆胰脾肾……怎么可能，一个胡吃海喝不运动的人。

对我而言，盐肯定具有某种连我自己也没有意会到的必要性。如果食物必须调味，有盐就够了，不是吗？不要糖，不要油，不要味精，不要酱醋，有盐就够了。这甚至化为某种尺度，质朴，却又精确，灵验：正在踊跃扑来的一切有没有接受的必要，其实根本不是问题。

4

这一趟，我要去察尔汗。已经上路了，一起走的人还在问，真没别的要看了吗？

顺便看看茶卡。

别的呢？

没了。

察尔汗有什么看的，一片荒滩，连草都不长，去了就会后悔。

不会。

他们觉得这匪夷所思的出行背后肯定有个什么故事。当然，也可能有个故事。成年人，谁不是沿着悬念丛生的道路过来的，谁背后不拖着一些晦暗不明的故事？有人要听我可以来一段虚构，硬是把盐扯上也没什么不可以：

小孩是被人从一个大盐罐里捡到的。小孩很小。有多小？谁也说不清楚，因为小孩身上连一个纸条都没有。小孩一直以为自己跟兄弟姐妹一样都是妈生的。被发现的时候，罐子底有一层残留的盐末，身上沾满盐末的小孩正在吮手指。小孩吮得津津有味，没有哭号。

一个经常在大街上"说古"的老疯子告诉我，那小孩就是我。肯定是胡说的。

究竟是这胡说给了嗜盐一个理由，还是这胡说培养了对盐的嗜好，我不能确定。我们成天给自己的种种古怪寻找理由，却总也弄不清自己怎么回事。

如果我自己都不了解，这世上当然也不可能有另外一个我，对我的一切都了解，不可能。"另一半"只是人们的臆想。我们都是完整的，不曾被切开过。我们对于那个人的渴望仅是出于自我完善的企图，是吸纳与释放，不是结合。每个人的秘密都只是自己的，不需要向任何人澄清。

好了，我要去察尔汗。

那一片寸草不生的荒凉世界在柴达木盆地中心。在了无遮挡的情况下我的视野半径只有四公里多一点，在辽阔的柴达木盆地底部，那一片近六万平方公里的盐湖……唉，我根本看不到边。

5
即使路过也不得不停下。

第三次来我住在黑马河，距离三块石最近的一处湖岸。但是三块石还是太远，即使调整焦距，也只能看见几个白色斑点。到西部必须得习惯"遥看"。到处是巨大的色块，或灿烂或萧索，都须有间距才能显现。青海湖也是一样，湖色遥看近却无。站在湖边只能看见一波一波的浪花拍击鹅卵石，水是透明的，鹅卵石青黑玉白，与普通的河滩没什么两样。相机镜头拉近的时候青海湖的边缘被切掉，只剩下层叠的蓝。

第三次来，我依然无话可说。

没有什么可以形容青海湖的蓝。我们的词语系统太小，而造物呈现的景象总是突破词语的外延。词穷是必然的。好在，词语不能穷尽的一切眼睛都可以穷尽。眼睛对那种灿烂一见钟情，有一瞬间的极乐。被蓝色抚慰过的每个瞬间眼睛都记得。时间被这灿烂击碎，那些瞬间从时间的长链中脱节而来，在此刻融会。

初来正值立冬，路上冷寂无人，周边的山丘上薄雪覆顶。我斜靠在座位上打盹，昏沉中陡然被什么惊醒。我呀了一声（随即意识到这反应激越得跟年龄不相称）。在远处，很远，一大块深蓝嵌在雪中，像是固体，一堵墙，一块玉或者别的……惊醒我的就是那种不近情理的蓝。不是我看出去，而是它逼过来。意图确凿的远行仿佛受到强烈的拍击。我要去哪里，做什么，一时模糊一片。

当时伤心。那蓝色便随心留存，成了伤心色。

总以为深受打击的时间是值得回忆的，其实不是。第三次来到这里也一样，湖蓝入目，人会在一瞬间惊醒。那些漏洞已经在时间的流逝中自动修复，甚至连痕迹都没有留下。

我知道我认真对待过一切。我的双手郑重其事地捧起过，先是滚涌不绝的生活，后是疑问和经卷。但试过的道路都指向了悬崖。被败坏的时间也不曾提供教训。

我们和自己其实是陌生的,对于身心之内的困难,既难诊断,更难处置。面对来自内部的问题就像面对电脑(大部分使用者根本不理解电脑的运行原理)罢工时托付某种修复工具,我们只能托付时间。有伤的心跟被败坏的山岭一样,只要封锁起来,经过一些时日以后,麻雀,松鼠,大风,雨水,阳光,土,还有土下埋藏的断根,就可以把所有的破坏修复。

修复只是自动发生的,哪怕你在绝望,修复也会自动开始。一切有生命力的事物都能够自动痊愈。时间会打补丁,删除恶意插件,粉碎特洛伊木马。

你只能一个人去远方。因为,独自远行是更决绝的关闭,不是打开,更不是呼救。

湖上有风。我的影子投在水上,忽高忽低。这湖水是咸的,鹅卵石也是。我看着远处,尽量远。那蓝色有些玄幻。自然,谁都会罗列许多词来描述蓝的程度——墨蓝,青蓝,深蓝,靛蓝,湛蓝,毛蓝,天蓝,浅蓝……我还可以更过分,给蓝色加上风格化的定语,称某种蓝为晴蓝、灿蓝、星蓝,另一种为阴蓝,暗蓝,夜蓝。但那蓝色依然玄妙莫测,一言难尽,令人脑力失效。这言语不能浸透的颜色,大约也是造物者的闭关自守,祂从造物之始就为某些作品设定了封锁线,不给言语入侵的机会。

6

出来第一天就把相机电池耗尽了。在黑马河的宾馆里,我发现座充漏带。附近只有西宁可能配到一个替代座充。可我不愿意返回——来回七百多公里,就为一个"可能",喊。

我可怜巴巴地用手机补救着我的疏漏。

手机的聚焦能力有限,根本拍不出眼睛所见的景象。我的手机更糟。这款网费预付附赠的玩意儿,几乎每天都会死机。想想吧,每次它当众罢工,死党们就纷纷表示,我应该为用着一款这样的手机感到惭愧。但我一直可耻地将就着,尽管它的屏幕总是暗沉,在室外根本无法看见都有什么进入了聚焦框。

拍照纯粹成了心理安慰。我举着手机,根据自己的估计调整着角度。

这情形太滑稽了（若他们看见一定会喊，不惭愧？报应来了）。

我决定住手。

天色向晚，黑马河的夜色渐渐醇厚。天上满是星星。我知道相机对这些星星无可奈何。没有相机也好，我哄着自己，又不是玩摄影的，煞有介事的干吗呢。除非动用专业手段，相机大致是属于白昼，属于强光的。在微弱的夜光里唯有眼睛看得见美景。即使有月亮，相机也无可奈何。随身带着相机，你的"看"就会走样：

你走马观花，发现值得注意的东西会立刻使用相机——"看"被截断，成为预习和初选，等待拍照鉴定。

相机的记录和表现能力似乎更值得信赖，于是所见的景象被更多地托付给镜头——"看"被替代，眼睛成为候补。

经过之后，你整理照片而不是回味所见——"拍摄"成果丰富，而"看"彻底失效。

……

终至视而不见。本来相机只是工具，我"看见"了，以"拍摄"记录我的所见。但是久而久之，"拍摄"成为惯性，进而成为劫持。仿佛没了"拍摄"，"看"就是不完整的、暂时的，甚至是可疑的、无可确证的。至于别的，听觉，嗅觉，味觉，触觉，以及必须基于这一切才得完整的知觉和省察，完整而连贯地感知一切的身体机能，因被搁置，也会从相机的场域里退隐。

相机打碎了时间，粉碎了注意力，从而，也瓦解了交流。镜框是一重如影随形的拦阻，凸显细节，模糊背景，呈现景深，削平经验。

现在它没电了。

黑马河的夜色给了我证据，让我确信相机失效是一件因祸得福的事。我不确定这证据的有效期有多久，但至少，在黑马河驻扎的夜晚我是确信的，"拍摄"无关紧要。

在"拍摄"出现之前，那些人去过多么远的远方啊。以至于每当我想到远方的时候，那些名字就会像星星一样冒出来：郦道元，法显，玄奘，鉴真，汪焕章，张骞，郑和，徐霞客，好吧，还有伊本·白图泰，阿美利哥或哥伦布，麦哲伦，马可·波罗……任何一个名字都足以劝慰不能再使用相机的远行者。如果我看，我所见的星空便跟他们所见的一样。

"如果你能看，就要看见。"尽管星空深不见底。

7

不开车的时候我喜欢坐在副驾驶的座位上向外看。如果不盯着白色的行道线而看向远处，几乎感觉不到自己在移动。大地涡轮般缓缓旋转，我在漩涡的垓心，一动不动。要超过一座山需要跑很久。就像跟着月亮跑，跑了很远，很远很远了，月亮还在那里，仿佛脚下有一条隐形的倒转传送带，你一直在奔跑，也一直在原地。

山的颜色在变，慢慢成了白色的。地平线陡然迫近，行道线直指天边。这意味着我已经到了海拔挺高的地方。

路标出现了——橡皮山，海拔3817米。这是青海南山的制高点。我是从青海湖上来的。青海人称向西为上，向东为下。上海西，下海东。我呢，我是从青海湖边上来的，从黑马河。

两旁雪山连绵，让我想到"白雪皑皑"。"皑皑"这样的汉字有着不可思议的象形暗示，好像这两个字有阔度有轮廓——雪野苍茫，有沙漠一样的纹理和起伏——但这样的含义只是我的附会。西部的云很低很重，贴着头顶黑压压的铺过来。记得有个人描述过青藏高原上突如其来的云团，说，"岛屿般的"。而我竟想到"鳞次栉比"，一个无趣的毫无力感的词。

比喻和成语无所不在。它们以迷宫般的路径引诱你，把你从荒芜引向街市，让你撇开乃至忘却正处身其中的现场，撇开陌生和不确定，堕入经验复制。在无效的互相说明里，那些以直截了当的方式难以穷尽的一切，貌似被一举捕获。远行被假借，成了跟踪、印证。即便描述人迹罕至之地，也有太多比喻和成语等在那里，像鬼打墙，要有足够的定力才能绕开。

这是另一种形式的"拍摄"，稍有松懈你就会跟从。

我也试图使用格外的事物来解释自己，试图"被拍摄"。似乎不这样，不被充分地曝光，存在就会虚化，会混入背景，混入无。

生活就像水泥，不摇动就会凝固。原有的程式被打破，总是很快代换在新的程式之中。我所处的方位一再改变，随波逐流的惯性却没有变。我一直以为必须如此，给自己订制匹配的生活，比如恰如其分的衣食住行，一款让我可以无时不在线的手机，得体的朋友圈，嗯，一个合适的"配偶"……就像对着镜子再度确认自己。

直到镜子突然被打破。预设被"意外"一举摧毁，我才不得不承认，我给自己预设了一个多么小的囚室。在预设之内，眼睛差不多是瞎的。

翻过橡皮山很快进入乌兰县。大水桥，小水桥，茶卡。茶卡，盐海之滨。西部有许多"茶卡"。正在经过的是乌兰县的茶卡，地貌柔和得有些意外。戈壁上出现大蓬大蓬的骆驼刺，芨芨草，苇草，偶尔还有直溜溜的箭杆杨。无尽的苍黄之上，是毫不含糊的晴空。

看到乌兰界标的一瞬间我再度想起那段路。是去年开车经过的一段路，从玛曲到郎木寺。那一趟远行，我走了很远的路，经过海拔四千多米的雪山，经过九曲十八弯的秦岭，经过几乎无路可走的河源……但不知怎么，念念不忘的偏是那段路。

从玛曲到郎木寺并不远，而且有很不错的高速。导航给出两条路让我选。我先选择北上，走比较远的高速路。因为出玛曲不久便遇到坎坷，我于是折返向东，走另一条路。那是川甘交界带的省级公路，因为尽量取直，公路的头尾在甘肃，中间一段却在四川。开始很好走，新修的省级公路乌黑地平铺在甘南湿地草原上，算得赏心悦目。刚到川甘交界，柏油路便陡然中断。四川那边还没有开始修这段省道，前头成了土路。土路坑坑洼洼，车速降到三十码还颠簸得厉害。遇到路面太过狭窄，就不得不下车甄别，再小心借道路边的草地才能通过。那个下午浓阴不雨，我们从午后一直走到傍晚。二百公里的路，走了五个小时。

真是寂寞的路程。因为难走，车速才慢到底，我也才注意到山谷，雾霭，在路边袖手等车的藏族女人，黑色的牦牛群，在湿地河曲边吃草的马匹，刻着藏文的岩石，山端上若隐若现的风马旗……不知是什么触动了我。第一次对陪在身边的人有了难以言传的依恋。也几乎同时，隐约觉察到远行的真意。能够撼动我的事物必定充满了意外，就像未经修整的道路，不平坦也不规则，会让某些理所当然的逻辑瞬间坍塌。

走在类似的长路上总会有些莫名的悲戚。所见的景象无非荒寂，仿佛混沌初开，或天地已老。没错，在预设之中很难自守。必须拆毁篱笆，尽量走远，进入不可预期的境地，隐形的关闭才能彻底。我指望遇见什么，还是阻断什么，在这样的长路上，已是无须设问的问题。

8

茶卡的运盐铁轨正在拆换枕木，只好下车步行。要走两公里。我们抄近路，从停靠着运盐火车的盐垛旁边绕过去。

阳光热辣，盐垛上满是细碎的反光。钻石一样的结晶盐到处都是，地上，火车上，眼前的盐垛，还有远处那一大片灿白的湖——湖面是耀眼的白，仿佛有反光，我在来路上，在几十公里之外就看见了，尽管在视野尽头它只是一抹白色地平线。

再向前走，手里多了一块盐。盐块通体澄澈，棱棱角角的硌手，像未经打磨的水晶石。忍不住舔了一下。那种味道还在，隔了许多岁月依然没有从身体记忆里消失。那种锐利的咸，先是刺入舌尖，随即迅速辐散到咽喉，两颊……只要一丁点就会让人打起精神。

干吗呢。

尝尝呀，青盐很香的。

嚯。

不许嚯。

从来没听说过盐是香的。

青盐就是香的。

吃不出来。

味蕾萎靡，真可怜。

可怜……嚯。

吃不出盐的味道就什么味道也吃不出来。

茶卡的位置很低。它深嵌在青海南山和乌兰、都兰东侧的丘陵之间，在卫图上，就像凿在柴达木盆地东端的一个孔洞。孔洞有着鹅卵石的形状，轮廓线豁豁牙牙的，不像别的湖岸线那样有着和缓的弧度。天的眼降低，再降低，天的眼逼近茶卡。茶卡的细节渐次显露：

——深蓝青海旁边的一小块白色凹陷。

——西北—东南向斜卧在山丘之间的白色椭圆。形状完美。一条路，由东而北，由北而西，半团绕经过，是青藏高速。一条河自东南方蜿蜒注入，是玛亚纳河。一条黑色线段从西北部伸入湖中，是运盐铁轨。

——两侧山丘布满玄妙的铁色线条。那是流水的痕迹，流水干了，水流的路径还在。湖边有一圈深色镶边，西北灰绿，东南灰黑。

——湖面雪白，其中有小块小块浮云一样的灰蓝，是尚未结晶的卤水。

再近就没有了。

此刻我在湖边，眼前一派冰雪覆地的景象。浅滩处盐花绣泥，形成四方连续的菱纹。湖面完全结晶，成了盐陆，可以在上面走来走去。云朵经过，湖面立刻成了灰蓝和雪白相间的颜色。远处有三个黑点在移动。他们在盐层上走了那么远，不知看到湖水没有，嗯，就是卫图上那浮云一样的灰蓝。不时会踩到结晶不足的盐水窝，让我疑惑会不会塌下去。尽管我知道不会（盐层是卤水蒸发形成的，从下到上全部是结晶盐，不像冰层那样下面是水），直觉还是难以调整。我于是回到铺着铁轨的路基上。

铺向湖心的双向铁轨在卫图上只是一小段，但这时候看去显得很长，看不到尽头。铁轨上停着一辆名为"盐湖号"的观光小火车，因为这时来人极少，盐湖号就停在岸上。而我不想走路，走到湖心去可能要走好久，太累的话，就懒得看了。我踩着枕木走了一小段路，然后坐在生锈的铁轨上漫无定向地闲看。

右侧湖滩很浅，差不多还是卤水，靠近铁轨的湖上满是或黑或白的石块。这些石块在卤水中浸泡日久，出水的那些便带着一层薄薄的盐花。奇异的是在石块中间有黑褐色的盐晶体，质地类若老冰糖。也许这就是传说中的黑盐。在一切自然景象中黑色的东西极少。我一直觉得黑色是反生命的，没有深浅与过渡，绝对的饱和、不透明，不讲和，可以把任何别的颜色变得跟它一样。但这块黑盐看上去，也是晶亮莹润，有十分养眼的光感。

左侧则是望不到边缘的盐陆。无边无际的白色令人感到压迫。深潜的气馁和涣散在体内轰然布散。这景象恍若一处质量巨大的黑洞（事实上像是另一种极端存在，绝对的真空，叫它白洞），而我被吸附，被消化，成为与它同质的东西，我不存在了。

醒来的时候已经过午。

我睡着了？

对啊，说话就睡着了。

采盐船的马达声从东边的湖面上传来，由近而远。没有水，采盐船是怎么行进的呢？茶卡的盐是天然结晶盐，掀开上面这层混杂了泥沙的盐盖，下面就是天然结晶的盐矿了，大约是不难采的。湖岸上有几台正在制造中的采盐船，旁边堆了许多长长的盐垛。

淡青盐粒在晴空下星星点点地闪光，我特想捧起一把，来个深呼吸。想想而已。有许多疯狂只是在心里悄悄发生过，就像闪电，闪一下，那种极端的能量就散尽了。极少这样喜爱过什么，强烈，而且持久。盐而已，没什么特别的。只是对我而言，它仿佛意味着某种终于现身的盼望，仿佛现世的许多奔波都可以在其中找到动机。

9

时间还早，但我不愿意撇下德令哈再往前赶。

我不记得是哪一年读过海子的《日记》，因为，我认真去看他的诗歌的时候，对，是2003年，海子离世已经二十五年了。2003年，网络兴盛不久，而我在一家机关单位做办公室主任，身陷重围，脱身无门。大约也是由于某种难以言明的绝望，我的业余时间几乎全部耗在了网络论坛上，而且突然迷上了海子的诗。当时刀郎的歌也正红火，其中正有与我心情十分合拍的《德令哈一夜》。那支歌与海子的《日记》有关。刀郎说，为了明白那种心情，他去了两次德令哈。但是直到离开德令哈，车到青海湖，外面大雨如注，某种情绪才突然贯通，他泪如雨下，差点把车开下了路基。

这些只是机缘吧。德令哈成为一种神秘的吸引，也并不全是因为这些。总之，在德令哈住一夜，仿佛是与他们订下的誓约，慢慢地，也成为一桩不能搁置的心愿。

有如鬼使神差，我也在一天之内，两度往返。

我在巴音郭勒河畔走来走去。河流对岸的楼群不高，稀稀疏疏反射着夕阳的红光。左手河面上是巴音河大桥，远处是黑色的哈尔拜山。我正在其中的这一段河岸在柴达木西路和格尔木西路之间，岸上有海西州图书馆和海子诗歌陈列馆。很难说这纪念是否合适，但无论如何，德令哈还记得海子，算是一件令人安慰的事。

时近傍晚，天空微暗，德令哈有如一汪清水。

他们来过的德令哈显得安静祥和，没有雨，没有悲伤和绝望。安静总是挂在我们嘴上，仿佛是随处可得的，仿佛进入一个房间，关上门就可以获得。但我深知这不可能。对于某些人而言，安静始终是言谈里的假设。近来我不知怎么了，也是一副心神不宁的德性。而在这个青砖铺地的院子里，我坐在一株小树旁边的木凳上，仿佛正在被德令哈的清凉浸透、澄清。

难怪他们到了这里会受不了。独自在这里待到傍晚，体内潜伏的孤独就会膨胀、外溢，衍生绝望。而这不也是从俗世中分别出来的一种方式？他既吸引，我必跟随。

出来之前我在房间饱睡了一个下午。我是正午到达的。正午，天空澄明，阳光强烈，德令哈棱角历历，耀眼而明确。这光灿灿的小城叫德令哈，叫"金色世界"。午餐后草草看了柏树山。柏树山是德令哈通往哈拉湖的必经之地。山上的柏树还没有长开，疏疏落落分布在土灰色的山峦上，让我想起山水画中有一搭没一搭的点垛。没错，我也和许多怀揣诗歌记忆路过这里的人一样，觉得这不是想象中的德令哈——在"草原尽头"，"雨水中一座荒凉的城"。我离开了，准备去看克鲁克和托素湖，再向前赶，住到大柴旦。

我也像他们一样不甘心。我走了几十公里，还是又掉头回到了德令哈。

德令哈的傍晚果然是不同的。恰逢农历十五，太阳余晖未尽，满月已经在天上高悬。昼与夜的交替悄无声息。时间取回有时，给予有时。昼与夜不过是时间穿过我们的不同方式。而怀揣诗歌投奔至此人都会觉得，傍晚的暗与沉郁才是属于德令哈的。

他们都曾在这里路过，住过，哭过。我并非刻意投奔，可是到了这里，当夜色降临，我的眼泪也毫无预兆地涌上来。突然爆发的痛哭仿佛也是一种约定，与我此刻的心情了无瓜葛。仿佛这城中原本就飘荡着无可名状的悲伤，这时候，在他们离开以后，我被悲伤魂灵附体，成为悲伤现身的介质。仿佛到了这里就该有这么一场莫名其妙的泪如雨。在那个晦暗的院子里，我对着满地的青砖哭得浑身颤抖。

眼泪落尽的时候方才悲从中来。悲哀干燥平坦，一望无际，空空如也，就像草原尽头的戈壁。我木呆着，心中仿佛有不白之冤。

陪我的人吓坏了，说，你索性哭你的，我来念那首诗给你。他于是念，姐姐，今夜我在德令哈。停顿了好久，我以为他已经不念了，他又接续下去：我今夜只有戈壁。姐姐，今夜我在德令哈，这是雨水中一座荒凉的城，除了那些路过的和居住的……

我要他停下来。算了，我说，受不了。

这太过分，谁也受不了。

这情意让我想起德令哈正午的太阳。而爱情只是烈日的反片，是一种绝对的令人粉碎的黑。路过的人里面有我。相隔二十五年，连德令哈的夜色都已经变得陈旧，路过的人还一如既往，会被这些诗句刺痛，深受压迫。被呼唤的人肯定也感到了压迫。在诗行里像麦穗一样温暖的姐姐——亦是生存之中值得被呼唤和想念的一切——为了阻绝这压迫，只好差人痛打他。我就在诗歌里的草原尽头。我倚在巴音郭勒河畔的石栏上看对岸楼群渐渐隐没在夜色里，又零零落落升起灯火，仿佛也触到了那种绝望。有许多切肤的纠葛无从分解，也并不总能够断然舍弃。块垒一直在那儿，只是不易浮显，唯有在诸如此类的时刻才能感觉到。

满月在厚厚的云层外面，我在小城的街头喝青稞酒。我心中的真意也如草原尽头的小城，荒凉，夜色笼罩，承受着雨水。我也一样不舍，在等着必然会降临的痛打。

10

正在飞奔的车突然剧烈震动，后底部发出唶唶墩墩的磕碰声，方向陡然偏沉，右手上突然增大的压力有如邪魔附体。爆胎了。我全部的力气都集中到了手上，带刹车，保持滑行，很快停靠到应急带。

副驾驶位置上的人咕哝了一句"破车"，打哈欠，伸懒腰，下车。看起来对突然发生的状况安之若素。我也下车。大风兜头扑来。这是西部旷野上才会有的风，又干又烈。冲锋衣一下子糊在身上，另一侧鼓涨起来，坠得我站立不稳。这个位置德小高速中途，柴达木盆地北缘，前不着村后不着店，不要说人和车，连棵树都看不见。

"副驾"正从后备厢里往外拿工具，那副慢悠悠的样子倒是一下子让我松弛下来。

一起走了多远了呢，没有计算过。认识以后就这么一起走，六七个人，或者两个人。道路逶迤，有时候是三千五千里，有时候超过一万里。吸引是什么时候来的，我也不知道。那种力来得没有逻辑，仿佛是上苍对远行的奖赏。

远行一直在校准我和世界的比例。第一趟远行回来，世界一下子小了。以前跑一两百公里都觉得是长途，我会郑重其事地提前把车开进维修厂，检查轮胎，刹车，方向，机油，甚至玻璃水。远行回来，几百公里成为一蹴而就的事。我在墙上挂了一张裸纸全开图，走一圈就用红色铅笔标出行走路线和日期，一个圈，又一个圈。红色圈圈渐渐多起来，有一天，我意识到校准正在反转——在路上遇到的一切没有巩固我的骄傲，却让我增加了许多小心。

而我依然喜欢在路上，渴望面对庞然不可对视的自然而不是面对和我一样的他人。并不是我懂得了讲和，而是，这庞然之物是空旷的，是空间性而非主体性的，它只容纳，不展示，为我的投奔留下了余地。

爆掉的是右后轮胎。本该预料到的，在青海湖右后轮胎已经充过一次气。可是，谁也没觉得这是一件值得在意的事。这辆车带着一个慢撒气的轮胎，从青海湖跑到德令哈，从德令哈跑到托素湖，在几十公里的土路上来回颠簸了一个小时，然后转回德小高速，奔向察尔汗。用得这么狠，爆胎几乎是注定的。

戈壁滩上的风实在毒辣，没多久头都被吹木了。我把冲锋衣的帽子拉到头上，裹起飞巾，捂得只剩两只眼睛。

到车里待着。

不，我想试试。

我必须知道怎么换轮胎。他瞄我一眼，把手里的千斤顶、摇棒和扳手摊在地上，示意我找位置。找到了。支好千斤顶，摇上去。千斤顶越来越偏。位置不对。这才看见那个小方框。小方框覆着千斤顶的插孔。

机械制品上的每一个细节都是有用的，肯定不是摆设。

嗯，知道了。

重新摇上去。越摇越沉，太沉了。除了迷你车，所有的车都这个德性，车座是男人的高度，千斤顶是男人的力度……但我还是要摇上去，把这个破轮胎像脱袜子一样脱下来。耗了半个小时才摘掉。换备胎——先对位，把对角的两颗螺丝钉先拧稳，然后稳定别的，再逐一拧紧，最后加扳手，拧死。

再上路，尽管保持着相对安全的车速，还是很快到了小柴旦。公路缓转向南，地表颜色由枯草色转为黄褐，再转为灰黑，然后灰褐泛白。

快到察尔汗了。

11

一辆车在这样的地面上奔驰真像一只碌碌而行的甲壳虫。从黑马河出发起，高速路一直沿着柴达木盆地北侧边缘走，到小柴旦附近上柳格高速，方才指向柴达木腹地。

这是一个自幼就熟悉的名字，柴达木，在地图上它就像一片枯萎的树叶。这名字对我而言意味着遥远和神秘，以及极端的荒凉——无边无际的沙漠。我一直不知道这个名字的意思就是"盐泽"。从看到地图的那一刻起我就迷恋上了这种奇异的书册。每一本地图册都被我翻看到糟烂。边界线，等高线，各种道路线，山丘的颜色，湖泊河流的颜色，沙漠的颜色，戈壁的颜色，以及没有任何图示的空白的无人区……地图上任何一个标记我都不会错过。

我曾用泥巴捏造过一个要素齐全的柴达木。我用蓝色墨水涂染每一条由南北两侧高地流向盆地中心线一带的河流——柴达木河，诺木洪河，格尔木河，那仁郭勒和台吉乃尔河，索楞郭勒河，鱼卡河，小柴旦河……它们蜿蜒伸展，正如树叶上的筋脉。事实上，这些河流也正具备了叶脉一样的功用，它们带来的高山雪水，无疑是干旱的柴达木最为重要的给养。

柴达木的轮廓依然清晰。这片二十多万平方公里的盆地嵌在青海西部的群山之间，像一片正在枯萎的树叶，修长，拧巴，褶皱密布。假如需要找一枚图钉把这枚树叶钉到墙上，那么，图钉应该钉到察尔汗——它处于柴达木的重心位置，不偏不倚。

在这个封闭的内陆盆地中有二十多个盐湖。在泛着白色盐渍的荒漠上，生长着柴达木特有的盐生植物——盐穗木，盐节木，盐云草，盐爪爪……大约在没有第二个地方有这么多以盐为名的植物了。除了沙漠和零星的绿洲，柴达木整个是咸味的，湖是咸的，土是咸的，植物是咸的，连风都是咸的。盆地四周，群山环绕：布尔汗布达，昆仑，祁漫塔格，阿尔金，以及祁连山阳的余脉——图尔根达坂山，党河南山，疏勒南山，青海南山。

严重的耳鸣提醒我，我们的垂直位置正在迅速下降。

多年以来一直禁锢在地图和泥塑中的柴达木正在眼前莽莽苍苍地展开。其中的等高线，其中的山脉、河流与湖泊，我不能一眼看尽。但这无限展开的柴达木正在造成一种错觉——我进入了地图，我也按照同一副比例尺被缩小，我仿佛看到了一只蚂蚁正在巨大的枯叶上慢慢爬行。蚂蚁已经爬到了图钉的位置。蚂蚁在那里停下，四处张望。

12

我在察尔汗了。我脚下就是盐液浸透的湖岸。

大风腥咸。大风打着呼哨从手指间经过，留下一层看不见的咸。空气仿佛有了黏度。脸也感觉到了。还有头发。蓬勃的头发在风中委顿下来，在脸上咸气咻咻地扑打。湖水向我涌过来，很慢，有如包裹着神秘重量、正在凝结的岩浆。哗的一声浪头就碎了。溅在鞋上衣服上的水花瞬间风干，留下斑斑点点的盐渍。

这是达布逊，察尔汗最大的盐湖，和涩聂湖、南霍鲁逊和北霍鲁逊一起构成了察尔汗浩瀚的盐湖区。柳格高速和青藏铁路从达布逊湖中间的盐层上平行穿过。这段三十六公里长的盐路，被称为"万丈盐桥"。说是桥，其实是以盐为路，盐层有十几米厚，路面是盐，下面还是盐，一直到盐土层，并没有悬空。盐桥看上去和普通公路没什么两样，若不是两边布满了鱼鳞似的盐土和排列整齐的卤水池，根本意识不到已经上了"桥"。

我在湖滩上踟蹰，脚下盐土冷硬。这冷硬在岸上看不到。在岸上看，会觉得我脚下踩着的是一张长长的刺绣地毯，底色灰褐，刺绣宣白。

湖岸线千姿百态。平阔的湖岸线边缘是沙滩般的盐层，陡窄的湖岸线缀满盐花。盐花在卤水下连成一体，团团簇簇从水中冒出来，有些圆润，触手光滑，有些棱角尖锐，碰一下会刺手。盐花质如白玉，看得我起了贪念。想采一朵，一朵就好。我在那些花朵中拣选，判断哪一朵与根部的连接比较马虎。我把手伸进去。卤水滑腻，但花朵却是坚固无比，任我左右用力，它自岿然不动。

看来是带不走啦。我站起身，有点不甘心。用矿泉水冲洗之前我吮了一下手指。一种令人眩晕的咸，含混，有古怪的重量感。

傻瓜，卤水不能吃的。

一点点。

天地苍灰，湖水深处也是一色的苍灰，没有水鸟，当然，一只都没有。我被无边的苍灰包围了。这是我此生所见的最萎靡的颜色，灰中泛着黄绿，无边无际，死气沉沉，仿佛世界已经终结，这灰色就是最后的遗留。

一时失神。我只好说向前走吧，我们向前走吧。钻进车里面，有了一层隔阂，似乎才能恢复神智。但湖水仿佛随时都会扑上来。伸向湖心的路是盐土砌筑的，颜色灰褐，视觉很低，仿佛是在凝固的湖面上勒出的一道凹陷。有些景象，并不是我能够承受的。这生机消弭的苍灰，也许恰恰呈现了被一再压抑的虚无。看久了，人的现实感会遭到打击。

达布逊的景象也有有古怪的重量感，含混，令人眩晕，与我有难以克服的隔阂。我的经验一片苍白，没有什么可以应和它。在浮碌时日中随我滑动的一切在陌生的疆界线上自动撤离。一瞬间，我的世界化为真空。

察尔汗的一切乘虚而入。

身如泥胎。察尔汗大风劲吹，仿佛在向我灌注魂魄。

13

不走上这条路就不知道盐意味着什么。

我曾和它须臾不离。每在长途，都会随身携带——对，一小瓶盐，饭粒上撒一点，茶里撒一点，洗漱水里撒一点……我的饥渴与别人不同，我必须像补充水一样不时补充盐。

带回家的也只有盐，察尔汗的盐，茶卡的盐。察尔汗的盐块是在湖边的盐土矮堤上掰下来的，扁平，有一本书大小，上层是盐，下层是土，由于湖浪的拍打，盐层像蜂巢一样穴窝密布。茶卡的盐则是一小块一小块的，或透明，或玉色，晶莹剔透。

看着我收拾行李别人郁闷坏了。

你确定要带这么些盐吗，迟早要化掉的。

又不是什么稀罕物件，到处都是。

带回去有什么用？

摆设？可这个不好看啊。

偏要带着。对啊不稀罕，没有用，也许不好看。可我还是要带着，而且确信这些盐块不会化掉。盐在空气中溶点很高，只有遇潮才会溶化。而它们很干。我带着它们沿着北纬35°线向东，一直在干燥的北方行进。伊城也很干燥，它们不会化掉。

行李箱很沉，还是一块也不舍得丢掉。我知道它们并不重复，每一个都有自己的名字：达布逊蜂窝。茶卡玉。茶卡冰。茶卡黑。

直到把它们从箱子里面拿出来才如释重负。

备好软刷，毛巾，宣纸，两池清水。它们风尘仆仆，需要清洗。刷一遍，再刷一遍，冲淋，毛巾吸水，包进宣纸里面阴干。一次只洗一块，这个过程不超过一分钟。泥尘和碎屑洗掉了，察尔汗蜂窝在毛蓝锦上平放，三块小茶卡在深褐陶盘里。

这是什么东西，水晶？工艺玻璃？托帕石？来我家的人站在茶架前面琢磨半天。谁也看不出它们是盐。

我也不说明。我不想申明理由，也不想讲故事。

随便你猜。比如我有病，我的汗水和眼泪都曾经过度地抛洒，我打不起精神了，我需要补盐。我丢了魂似的，沿着盐铺的道路奔跑，呼吸咸味的空气，让大风把盐尘吹进皮肤，吮食卤水，看盐开花。

仿佛必须如此。

仿佛自力失效的朝圣：祂既吸引，我必跟从。

选自《十月》2015年第2期

评鉴与感悟

读头两句，还以为是李娟的手笔。欢快，又别有一种俏皮。再往下，气息不同了。她不单是描述。她还在省察自己，省察世界。挺喜欢她评价苏珊·桑塔格的一句话："这分明是一个自我向多个自我的投奔，一种人生向多重人生的投奔。你难道不明白这样有多美吗？我们以想象与捏造，把自己从人生的僵化里，一次又一次，救走。""投奔"是她散文中的一个关键词。这一次，她投奔向西北，说是去看看那些白色的湖泊。她的姿态似乎足够迫切，但读了通篇文字才会理解，她的脚步如此从容，她的信仰，热烈又澄澈。

院子,院子

/端木赐

    清晨的一抹寒凉浸润在空气中,却挡不住整座城市烟尘的弥散。烟尘穿行在路上,我也是。班车转过一个大弯后,戛然而止。一睁开眼,我就能看到院子。院子坐落在郊区的村镇里,从院门口步行,不多远就是六环路,寂静中不断有车辆呼啸而过。院子从黑暗中走来,就是冬日变成了夏日。院墙外面的杂草更高更绿了。

    房子是一座孤岛。院子里的路分开两边,河流一样环绕。我站在原点,右手边是青灰的水泥路,刚刚凝固,坚硬而平整。可院子里的路只修了一半,剩下一半的荒芜或许要留给秋天。我站在初夏的繁盛中,却不知为何想到了秋天的衰颓。时间都去哪了?衡量时间的方式不同,似乎时间消亡的方式也不同。有时候,我会用地铁卡上消失的数额计算时间。有时候,我会用饭票变薄的触觉计算时间。而现在,我喜欢用一个完整的季节来计算时间。一个季节里有太多隐秘的变化,关于草木的、温度的甚至人心叵测的。如同所有琐碎的枝杈,又能够完整地呈现出一季植物的繁盛,我在细枝末节的问题上,总是显得有些迟钝,任由邪念横生。阳光下,院子的左半边脸,在空虚中燃烧。在无限的虚弱感袭来的时候,是每一脚落下去都要小心翼翼。地面上缓缓升起了细腻的粉末,那么轻盈,那么松软,那么妩媚。没有时常擦洗的黑皮鞋,只是变得更加肮脏罢了。在这样的旅程中，或许有多少尘埃的沾染并不重要，重要的是我们置身其中，还有多久按捺的时光。

当暖的天光流转，催促着整座城市开始嘈杂，院子也开始说话。敲打筋骨的声响，来自门诊后面的工地。远远望去，一幢三层小楼赫然成型，有小工正悬挂在半空中刷漆，和一根绳子相依为命。涂料是鲜艳的柠檬黄，有些迷离和古怪，听说是院长选的颜色，没有人喜爱。这幢新楼覆盖的位置，听说本是平房的职工宿舍，宿舍拆掉以后，只好腾挪了门诊楼深处的几间房作为休息室，正好挨着中医科的煎药室。我曾经拖着行李箱跨进房门，男职工宿舍里是满满的雄性味道，终日不见阳光的室内，似乎很少有人刻意去整理床铺，床单上的皱纹如波浪一样垂下来。烟头和杂物的尸体，被浪头推到了晦暗的角落，写满了颓废和自私的情感。有人试图要把他的铺位替换给我，可在他迟疑的那一瞬间，我拒绝了。

女职工宿舍的窗子向南，外面原本是一片密不透风的竹林，也正是现在的我所掠过的方位。前些天，有人钻进竹林，一边猛推，一边猛砍。竹子被大肆砍倒以后，后院突然空旷了许多。竹林原本是遮天蔽日的秘境，我能看见每一根竹子都像扎进眼睛里。它们威武雄壮，守护着许多秘密。女人说，这回宿舍里需要悬挂窗帘了。我曾爱着竹林上层裸着的雪，还有竹叶下藏着的鸟和窃窃私语。可竹子倒了，就一无所有了，变得了无生趣。竹林中央有一块刻字的大石头，这只耸立的坚硬的物体，这回终于重见天日。为了一块石头，他们还是砍了整片竹林，并修葺出一个规整的园子，四四方方的。但他们都说，竹子没有死，只是欠了一场雨而已。雨来了，竹子会规规矩矩地从荒原长到花园里。

掠过花园，来到简陋的小食堂。我在小黑板上寻找我的名字，并在后面画勾，以便饭堂大师傅计算今日午餐的成本，选择食材。其实食物和编制一样需要预算。大师傅是两名村妇，每日清晨都会煮了米粥或者蛋花汤，准备少许干粮。职工大多都拿了烧饼转身就走，烧饼是固定的一甜一咸。门诊一层，药房门前，一条队伍安静地守候着一个狭小的窗口。我爬向三楼，来到行政办公区，一间拥挤的档案室（办公室）。医科五年毕业，我被借到这里打杂。而我已经习惯了，打开办公室的第一件事，是把前一天同事没吃的早点丢进垃圾桶。

不知道为什么，在医院的半年里，我变得愈发羸弱了。我的身体似乎总是被各种隐患偷袭，我告诉自己要喝大量的热水，以战胜黑暗，可还是常常功亏一篑。接连不断反复发生的感冒、咳嗽甚至是微小的口腔溃疡，全都找不到明确的病因，我在不断的自我猜忌中，变得敏感又虚弱。院子里有太多病人，我只不过是其中一个罢了。母亲劝我在单位一边工作一边输液，两全其美，可是我并不愿意。我排斥院子和当中的自己。我时常盲目地购买药品，在院子外面的大药房。那些花花绿绿的盒子，令人捉摸不透又着迷。诸多中成药，颗粒的，丸状的，汁液的，无一例外都是苦涩的，并隐隐幻化着一些植物特殊的芳香之气，而我总是希望其中有一种可以穿越荆棘，神迹般治愈我。

曾几何时，我对身体管理总是异常谨慎，现在的我却沉迷于药物的能力。我喜欢"治愈"这个词，它能够贯穿始终，醍醐灌顶，立地成佛。它有时候是杀死，有时候是弥补，在潜移默化之中，就填补了我们生命中的某些未可知的缺憾。院子里充满太多美好的假象，人们愿意相信病房是治愈的初始，只是我有些模棱两可的直觉。在医院的走廊里，我收起所有的同情心行走，避免目光停留在那些饱受折磨的面庞上，我对突然而至的怒火感到恐惧。在我的感知里，所有异常强烈的情感都是可怕的，都是人类需要摒弃戒除的。而往往最可怕的，又是那些长久沉默的，比如一个校服蓬松的女孩子，在一场桃花初开又难以启齿的性事后，此时正安静地坐在妇产科门前。她的目光低垂，整个早晨，整条廊道，万籁俱寂。

上午十点，有一位老人气喘吁吁地攀爬上三楼，找院长投诉。她说自己长年吃一副配方不变的中药，一开始医院药房里只差两三味，现在竟然差到六味。我相信她的血液中长年流转着一些植物和昆虫的成分，发挥着宏大而不可控制的治愈能力。当然，同样还有一些微弱的不可知的毒性在慢慢侵蚀她。她看起来是那么暴躁，仿佛缺失的不仅仅是几味药，而是她一部分生命。我看着她用尽全身的力气行走，可是我不会去搀扶她。我就这样站在青灰颀长的背影中，踟蹰难行。我常常想，我应该以怎么样的姿态在院子里行走，我始终试图寻求一个位置，是无法替代的，自得其乐的。可渐渐的，我发现是院子在消磨我。母亲嫌我不太安分，她却希望院子里的生活能够治愈我。

我的邻居是财务科的女人们。来办公室第一天，办公室老大就语重心长地和我讲，要当心一位姓胡的会计，凡事要多忍让。如果说医院是江湖，胡会计就是医院中的李莫愁。她道行颇深，且性情古怪。有人说她是疯狗，逮到谁咬谁。有人说她是坑，要远走绕行。总而言之，她是个不怕事且不怕死的女人。我常听到胡会计在办公室喊院长的名字，院长顺着声音就寻来了。很多男人都朝思暮想要推倒她，然后狠狠甩她两个耳光。从她口中而出的，那些尖锐的脏话，常常像刀子在楼道里穿梭，又有多少幸灾乐祸的耳朵竖立着，然后暗自偷笑。我却笑不出来。

胡会计有个抽屉，木头的，变形的，还挂着小锁头，里面藏着各式公章，暗含所有权力的象征。而钥匙就散落在桌面无数的钥匙串之间，院子里几乎所有的钥匙都归她管。胡会计还有个旧印台，一副黄脸婆的外壳，吐不出湿润的舌。我盖的章，总是因此模糊不堪。那一天胡会计突然怒斥我，早就看你不顺眼，站起身来，用上全身的力气给我压。果然，这招管用。这一次，我承认我对她有些刮目相看。我差点忘记，胡会计还有一个崭新的印台，始终不肯给外人用。她对我说，旧印台是你们用坏的，抽屉是你用坏的。只有张会计一个人的时候会说，抽屉本来就是坏的，这次我把新印台给你用。

三层楼只有六间房。院长室、档案室、财务科、库房、机房、厕所。档案室和财务科以一间厕所相隔，相互之间带有浓重的鄙视之情。这间厕所，由三层行政区的六个职工共用。在医院，这间厕所算是整洁宽敞的，里面有一台不知好坏的电热水器，一个墩布池，一个蹲便器，以及零散的清洁工具。有一次我刚脱下裤子蹲下来，还没来得及酝酿情绪，就听到胡会计的砸门声，这真是令人尴尬的打断。如果要怪，是罗马人创造了下水道。胡会计说，厕所下水的通道和她房间的水池相通。她不允许这些男人们在厕所大便，因为排泄物的气味会顺着管道摸进她的屋子，挥发弥散。从此，我对这间厕所的使用也变得小心谨慎起来。我以为，一个人的欲望不需要理由，排泄是人类最原始的欲望，和性欲一样美好而至关重要。然而一个人最污秽的气味，就能够如此简单粗暴地轻薄她，激怒她。可院子里到处都在施工，那些浑身沾着凌乱污迹的男人，像麦子一样在日光中作业。在后院，在墙壁上，在屋顶上。他们会时不时与我们擦肩而过，又在我们的领地迅速消隐，留下痕迹。

　　一段时间以来，胡会计坚持以厕所为阵地，开展了一系列坚决的自卫战。她与世隔绝的骄傲，绝不容许失败。她害怕脏，她相信这个世界绝大多数事物是肮脏的。这些男人粗壮的身体上，有最下层的市侩的气味，有最卑劣的腐败品质。有时候，她发狂一样到处喷空气清新剂，一种混合的工业的香型。她终于成功地用一种浓重的甚至有毒的气味，覆盖了其他所有人的存在。记得每次下班后，胡会计都会一丝不苟地锁好每一间房门，包括这间厕所。她总是不断重复着开门和锁门的动作，其中有些锁要旋两圈，有些锁只能旋一圈。这些都是不容侵犯的规则。她试图用这些琐碎的规则改变这个世界，也同样改变着我们的习性。当有一天我突然发觉，自己竟然为了避免争端，开始遵守这些规则的时候，我心生庞大的恐惧。

　　有时候我去二楼打水，医生饮水机里的水似乎永远也烧不开。饮水机上面随处可见雀巢咖啡的袋子，总是不断扰乱我的心神。那些被封印的可溶性粉末，无疑通过视觉就可以呈现出一种状态来。忙碌的，亢奋的，上瘾的。爬回三楼，烟和茶才是属于这里的闲余享受。我看到走廊花盆里的烟头更多了。唾液、烟灰，混杂的情愫，却从未阻碍这些植物的生长。一棵柔软的植物从窗台流淌到地上来，不小心被旁人踩痛。即使被轻贱，它还是不断地伸出新的叶脉，旁顾无人地恣意低垂，用它的长发盘绕日光。

　　档案室杂乱的物品中间，藏着不少茶叶罐子。红茶，绿茶，半发酵的乌龙茶，有时候久到让人分不清楚属性和年份。我从南方迁徙回北方以后，遗憾再也没有朋友礼待我饮茶。那些烹茶的烦琐工具和程序，看来本身就不是深埋在我骨子里的事物，轻易就可以摒弃。虽也能提神，茶叶却似乎天生就带有某种懒散闲适的气质，是依水而生不断绵长的慵懒日光。其实在这半年来，我无数次在耳畔听到"懒"这个字眼，这绝不是什么好事，哪怕只是针对旁人。在这座院子里，"懒"绝对是窃窃私语里可以传染的人身攻击。

　　在过去整整一周的时间里，屋子的角落摆放着一只空鱼缸。鱼缸的玻璃壁和小石子上，沾满了墨绿色的鱼粪，腥臭味十足。这味道不断扩散，渐渐麻痹了我们的神经。连苍蝇都来了，我们却对此无动于衷。屋里三个人或许在暗自较量，等待第一个人的认输。鱼缸的主人曾是这里的院长，已经调离，但是他的鱼缸还是被带回故地刷洗。下属曾为他精心挑选的锦鲤，每一个晕染的斑点都充满赞美，这次也厄运连连全部殉难。听说鱼缸干净了，鱼就可以存活。无意中的应承，使办公室老大硬着头皮把鱼缸搬运回来。他迟迟不愿意清洗鱼缸，我却不愿意为了奉承一个陌生人干这脏活。

前两天，据说是开班车的刘师傅重新洗过鱼缸，一边骂脏话一边用清水淘洗了石子，放入花色最美的锦鲤，然后物归原主。可是我不知道这些美丽的鱼，到底能够活多久。等它们全都死了，鱼缸还会回来吧。我猜想，刘师傅一定觉得办公室里三个人，就像那些外表光鲜的鱼类，迟早会自掘坟墓，消亡在医院里。虽然在我的耳朵里，刘师傅和我说懒这个字眼的时候，只关联了其他两个人。但是我并不确信，在其他人的耳朵里，会不会也出现我的名字。

有趣的是，人们总是在怀念上一任院长。而现任是个土生土长的北京人，身体里藏着一个倒不完的话匣子。某次闲谈，院长和我说，等后院的楼房盖好了，有了我的床铺，就安排我值夜班，一晚十五块钱。那时候我保持了沉默。暗想没有风花雪月，甚至还有人身危险，却如此廉价。那天，院长竟然从一只茶盘说到古木，从古木说到收藏。他甚至还从柜子里拿出一只金丝袋，从中掏出一只紫砂壶。他说这只壶现在还不值钱，但是它有证书，等制作它的这名匠人成了大师，这只紫砂壶的身价也将水涨船高。这只紫砂壶小巧玲珑，没有任何花纹修饰，一只手可以把玩。若盛了水，对嘴啄饮，两口见底。话题从茶壶再到茶叶，可对于喜欢牛嚼牡丹的我，难免有些沉闷。告退时，他竟然说要送我一盒未拆封的茶叶。我想要拒绝，可这一次却不容推辞，竟有些本末倒置的可笑。

可没过几天，院长就再次找我约谈。原因是一个同事迟迟没有考下执业医师证，引咎辞职，所以要由我接替他的岗位，守护院子夜晚的安宁。我是一个悲催的替代者，逐渐实现着多重身份的交叠。医生，办公室职员，保安。院长问我愿意吗？我点头沉默。从此，我多了守卫院子的工作，固定五天一次。寂寞的时候就喝茶吧，院长送我的那罐茶叶，名字叫作"单丛"，来自我熟悉的广东省，传说品质好的单丛，冲泡后会有幽幽的兰花香。我准备在这臆想的花香里，等待一些命运相通的人到来。

其实我和他并不熟络，但终归有一些命运上的奇妙交错。他毕业后，将顺理成章取代我。而在他实习的日子里，我似乎感受到了某种威胁，甚至不自觉去相互比较。我们同样来往于打印机和复印机之间，琢磨一个机器是否有更高效的使用方法。我们保持沉默，又彼此映照着一场不可言喻的未来。可他离开院子的决定很突兀，他迫不及待离开的背影，甚至有些嘲讽的意味，而我的确为此震惊。第二日，他就顺着兰州、青海然后一路抵达拉萨，只身要赴一场与日光的约会。如果换作是我，会忐忑和失落吧。我在微信朋友圈看到他，墨镜果然比金丝眼镜更适合他。每当看见他黝黑的脸，我总能想到日光，想到酒肉、鼓点和舞蹈。我相信他目光所及，所有白亮的微尘都在灼烧发烫。日光倾城，熙熙攘攘，僧衣如葵，这就是我曾日思夜想的国度，是我自以为偏安一隅，到死也值得的高山之巅。他却如此轻易就上路了，如此轻易就抵达了。哪怕在雪山上，当他高原反应的时候，言语间都是那么不可一世。

在某个午后，他应我的要求，从青年旅舍的三层楼写一张明信片。我能想到他绞尽脑汁挤出一些干巴巴的词汇，组合拼凑而成，而邮寄地址就是这个临近六环的院子，那不变的三层楼和门牌号。如果加上几十个干涸的笔墨，一些光和灰尘的融合，一张明信片的质量，六克也几乎就是上限了。可就是这样一片纸，或许正在前行的马车上颠簸着。邮差对它不屑一顾，因为那些字迹看起来一点都不重要。或许就这样莫名遗失了，也无所谓吧。这是我至今还没能够收到的礼物。他走以后，院长说，这一次无论如何都要招到一个带把儿的。

姑娘来的时候，穿着一条淡黄的花裙子。她说话的声音像极了诗歌朗诵，时而高高的，时而弯弯的。她管我叫老师，这让我退避三舍，我只好用喝茶掩饰。她说男朋友在本区一间二甲医院就职，只是单位没能解决编制问题，但为了在一起，她愿意在社区医院工作。这一句话听起来是多么强烈而急迫，甚至极尽爱情中牺牲主义的美好。但我从她的表达中离析出两个画外音：一、她与男友感情的牢靠将促使她对院子的忠诚；二、她有户口了，她男友的问题也解决了，前提条件是他们会结婚。当然，这些坚贞不渝的情感都令我质疑，无论是院子，还是关于她的男友。与她那条黄裙子相比，我的世界无疑是灰色的。

小伙子来的时候，穿着一件灰蓝色的格子衫。他说话的时候有些温温吞吞，可院长说无所谓。在院长眼里，他是壮劳力。正午时分，他选择和我们一起在食堂用餐。圆木桌，透明桌布，有些寒酸。可赶上今日午餐是红烧肉，免费的，多么好。我给他递西瓜，最甜的一块，似乎有一些献殷勤的成分。或者说，我隐隐有些希望他将与我陷入相同的困境。他始终不说话，而我却想起曾经，自己乘私人公交来院子的情景。繁华褪尽，公交一路穿过低矮的村落和篱笆，烟尘中我渐渐心生绝望，而这个院子或许就是我生命中绝大部分的北京。小伙子离开时说，要和家人商榷。可在之后不断催促的日子里，他就失踪了。

小满已过，阳光更加充足。这是我在北京渡过的第一个夏天。院子附近有些很高的杨树，树顶的枝杈上，筑着很多椭圆形的巢穴，可我不知道上面是否有体温存在，或者它们只是一团团干枯的艺术。如鸟迁徙，来来去去，稀松平常。

下午四点半，猛然惊觉。胡会计巡查库房，看到两名衣不蔽体的民工，打开两台立式空调吹冷风，躺在地上昏睡。她尖叫并诅咒，如果电线烧了，就全都等着去死吧。我走出档案室，从窗子望到远处的工地，一些男人和女人，搬同样的砖块，从路的一边到另一边，堆成小山一样的堡垒。工头挺着小肚腩，手里举着一台老式收音机，在空气中捕获了讯号，电流鞭笞着，传出一场姹紫嫣红的浩荡京戏。我顺着三层走廊望去，穿过绿叶低垂的盆栽，发现院长的门紧锁。有人问我院长在哪里，我摇头。在这样的沉闷的下午，我竟然失语了。下楼去，我看到一层药房门口没人排队了，可楼道中的塑料椅上为什么还有人守候，他们拿了药，却迟迟不肯回家。大门上悬挂的塑料门帘被擦了又擦，还是泛黄的。院子的西南角，焚烧屋里的垃圾烧尽了，骗人的残余缓缓吐出一口青烟。跛脚男人终于打扫完公厕，提前关闭大门，要让我无功而返。班车在院子外面停泊着，等待下一个整点的准时到来，逃离院子的盯梢。我用力地呼吸，让肺扩张，感受着院子的气息。

下午的院子里突然升起一团无名火。有一刻，我觉得自己千疮百孔，每一个细胞中都钻出一股子燥的气息，在胸口化作一团。名字叫作"燥"的蛮荒野兽，在太阳的圣歌吟唱中苏醒，爬行在热的风里，穿梭于热的土里，在我须弥的身体里寻找出路。我看到它身上密密麻麻的鳞片，每一片都是一座轮回的圣山，山里持有欲望和痴迷，有一切复杂的情感，它们像种子一样，向上漂浮，向下坠落。我伸开手臂，张开五指，不断延伸，感受到院子中的气流，在翻卷。我同样是在寻找一条出路，一条关于生命的捷径。安身立命，祸福相依。我看到花园里生出了稀疏的植物。那些竹子和美人蕉，在经过了残缺的苦厄之后，还是找到了重生的甬道，坚决地钻出大地，尖尖的，硬硬的，亮亮的，又仿佛随时都会夭折。它们中，有些是预料之中的生长，有些是触类旁通的抵抗。可每一株绿色的穿越，都让人难以割舍。于是院子中，不管是顺从还是抗争的事物，都还是会渐渐壮大。或许生长，本身就是一场阴谋。在我眼里，这个院子里所有的事物，都能变成困惑的符号。我总是诧异这些植物，如何抗争了天空和大地无处不在的燥和热，以自身不灭的信仰，拒绝了燃烧和毁灭，以原始的冲动，在夏日里不断膨胀。或许只有对抗，才有力量。

　　转而茶凉了，太阳落山了，我该回家了。五点钟，我又告别院子的一天，从城市里逆流漂泊。积压在城市上空的气旋，也渐渐散去了。我读书入睡，等待黑暗彻底将我侵蚀。夜半时分，皇城被忽然飘来的云笼罩。一声响雷，让我睁开眼看向远方。

　　大雨突然浇透了院子里的花园。北京下雨了。

选自《野草》2015年第7期

评鉴与感悟

身而为人，总得与世界相遇。有人适应，有人对抗。对端木赐目前来说，这个世界，就是他面对的院子。院子，不单有花木，还有人事，还有正在建设的工地，甚至某个含混的床位。这一代年轻人遭遇了前所未有的变革。怎样在芜杂的快速变动中寻找意义？在看似泥沙俱下，或者说碎片化的整合中，端木赐敏感而快速地记录了这些看似毫无关联的图像，他的惶惑，他要找寻的位置，都在这安静清爽的文字中了。

非虚构

坏人诞生记

/鲁顺民

一

扶贫,说白了,就是每年给村里搞一些"项目",五万十万不多,一万两万不少。今年仍然有项目,项目是村里自作主张在那里搞,先将工程做起来,生米做成熟饭,工程已经做了,工程款欠在那里,你扶贫工作队看着办。当然,这种"要挟"的幅度并不大,也就是十万五万的规模。

今年,村里搞了两项"工程",一是把全村人家的屋顶旧瓦全部揭掉,换成红色的耐火材料瓦,再将每家每户的院墙整理粉刷一遍。这种工程,今年在公路上——尤其是公路两侧的村子里看见不少,有的将院墙刷成瓦灰色,有的刷成白色。其实,我知道,那些收拾得貌似整洁的村庄,正在不可逆转地一步一步走向消亡,村子里没有多少人,而且没有一个年轻人了。据说,这是建设新农村的一个"项目"。丁家沟今年也在搞这样的"项目"。是苗支书的主意。他说,他从市扶贫办争取了一笔不小的资金,换瓦整墙,修整进村公路,二十五万元。

二是,把村里的街巷硬化一下。这个"项目"已经搞过好一次,但苗支书说,是硬化的主干街道,村民入户的巷子并没有硬化。上一次我去的时候,也确实看见没有硬化。五一节前后,苗支书打电话过来,说,我们已经雇人把巷子硬化了,"工程"完哩,款欠下哩,再帮助给一下吧。我说怎么帮助？他说，现在落下五万元的缺口，需要补起来。让我给上头打报告，争取上五万元的扶贫款。

让我给"上头"打报告，我当然有"上头"，有不止一个上头。但是，打好报告，才知道这时候，"上头"并不认得我这个"下头"，上头很难找的。只能将报告端给负责扶贫的党组书记。他跟上头要比我近，不知道他找的"上头"是个什么意见。

我这两个月都在等上头的消息。苗支书几乎是一周一个电话，说是款还没到。他说：怎么款还没有到账上？他不知道，款还躺在那个起草好的报告上面，在"上头"那里放着。

"项目"是年年要争取的，每年都在争取这样的"项目"，而"项目"也一桩一桩落进村里。老实话说，并不知这些"项目"会在多大程度上对村里人的生活有触动。农村，我们传统意义上的农村，实在是一个没有多少道理的地方。因为做过一些农村调查，土地上，细节与细节之间的那些联系，我还是清楚的。

昨天晚上七点多，突然接到一个电话。是一个女孩打过来的，着急火燎地说，村里的李春明家出了车祸，现在正在医院里抢救。说话口气很硬的，说你们管不管？

这是什么话？我们管不管？我一时愣了！好像是我开车把人给撞了。

我说怎么管？

现在已经花进去五六万了，实在是没办法，他家里有四个孩子，特困户，你们怎么也得管一管。

我不知道怎么回答。我说，我给领导汇报一下，商量一下，明天再说好吗？这不是个小事情。那边的女孩子也是着急上火的样子，说明天就来单位。

我说人怎么样了？那一头说，现在还在抢救，已经昏迷四天了，命都保不住。钱都是借的。

这人命关天，还真是个事情。我忽然想，所谓扶贫，极像结一门亲戚，亲戚有事，怎么也得帮一下。这个李春明是个什么模样？肯定见过，但想不起来。一夜，为这事，翻来覆去没睡着。我这人，心里不能有一点事。

今天，一上班就把事情给书记说了。书记也吃了一惊，这是大事啊！平常怎么办的？我说平常也没出过这样的事情啊！书记说，这倒也是。吩咐我跟办公室主任商量一下，给帮助拿点钱，拿多少，看着办。

办公室主任是前年的扶贫队长，为村里装了沼气，跟村里人很熟。两个人在等村里人来单位。单位离医院不远，一会儿，一个女孩子跟两个男人就来了。

但不认识。女孩子很大方，才知道是在太原打工的，是李春明的侄女。她说通过114打听到我的电话——114还有这样的业务。我说，苗支书知道这事吗？她说，不知道，人一出事就来太原了。

原来，这女人在村街上走，被同村的一个人骑摩托车撞了，被一辆车救到县医院，抢救了半天，没醒过来，才转到省城。骑车的肇事者当场死亡。

给苗支书打电话，电话不通，手机也不接。但是，这种事，既然涉及扶贫队，就得与村里通个气，由组织出面会好一些，比如捐款，比如单位暂垫，都好说。

三个人倒也通情达理，说那就先联系一下村支书或村长，让他们出面，公家对公家吧。我忽然问，农村现在大病统筹可以解决一部分吧。李春明说：啊呀，人家不管！说是车祸，不属于大病统筹。我说怎么可能？春明显然比我更清楚，说，这是意外，不是胎带有病，人家不管的。我问来，人家不管。

三个人把情况说完，就告辞。说怎么也得给扶贫队说一下这个事情。村里出了事，首先想到了扶贫队，这让我感慨。看来，扶贫，尽管一点一滴，就这样一点一滴地融入到村庄的生活里了。

下午，仍然没有苗支书的消息。恰好，岚县来了一位同学，正好赶着回县里，让他把话捎回去。他说，管得真宽啊！我家离丁家沟八十多里地呢。

晚上，打电话过去，病人已经苏醒过来。

二

等了三天电话，没等着。前天夜里给苗支书把电话打过去，在家里。

原来，村里并没有通电话，支书家里的电话也是无线的，所以是一个手机号码。支书也是农民，这几天，趁着地里墒情好，一家人都泡在地里，抢种，这是最后一个播种季节。白天根本不在家里的。

苗支书说，老鲁啊，前几天春明家里就打过电话来了，但这个事情我怎么给你们说？没法说。遭了车祸嘛，又不是为村里做工程出的事，我们怎么管？我给他说，你最好不要麻烦人家扶贫工作队，人家又不是沈万三家里，钱多得没花处，这些年对咱村里够意思了，不管甚事就找人家？我说了他们一通。

我说，你说人家干什么？遭这么大的事，心情本来就不好。

苗支书说：你不知道，现在村里还放着一个死人埋不出去，两家扯不清。

原来，车祸的经过是这样的，两个女人骑摩托车到镇上买东西，在回来的路上开得很快，一下子撞到路边的树桩上，骑车的女人当场就撞死，坐在后面的就是春明的媳妇。

苗支书说，现在交警还没有做完责任认定，谁的责任大，到底该如何处理，这两天死者家属天天找苗支书，让他说个公道话——你说这咋有个公道！自己开车出下事，我怎么说个公道话？老苗说，老鲁啊，你可不敢管，明天死人这家找你作家协会你管不管？这家人过得不如春明家哩，连人也埋不了，人家让你埋人你也管？——你们想管你们管，我是不能说这个话！

是这么回事！

苗支书说，村里人，七灾八难的事情多下了，不能事事都找扶贫单位啊！你们是很有钱吗？

我忽然想起来，前年，苗支书的大女儿跟夫家闹别扭，死掉了。那个孩子我认识的，胖胖的。但是苗支书从来没有在我们面前流露过什么，是前年扶贫的梁处长告诉我的。

苗支书告诉我说，春明的媳妇现在已经救过来了，脱离了危险期，至于落下亏空，以后慢慢再说。先救住命，比什么也强。现在活的已经活了，死的还放在村里，你们扶贫工作队最好不要插手，一插手尽是麻烦。等交警部门认定之后再说吧。

我说行吧。

今天上午，那个姑娘又打电话过来，问我情况，我只好将苗支书说的意见转达给她。她说：他们已经商量好，扶贫资金落实到他们几户李姓人家的款项，能不能先垫付一部分？他们不要这些项目了，沼气、盖瓦、修路，他们李姓都退出来，不沾这个光了。

我一时不知道该怎么回答。那么多事情，大部分是县扶贫单位干的，并不是扶贫工作队的"项目"，我们怎么能管得了？我说那不行啊，况且也没有多少钱的，能解决多少问题？

电话那一头说，这些项目每户合起来还没有好几万？

天，哪有那么多钱啊！沼气、盖瓦、硬化，摊在每一户头上，也不过五六千元的样子。他们怎么会想到值很多钱？

其实，村里的硬化道路款直到今天还没有出处，交通厅那一头一直没有回话，打电话不接，找人又找不见，管扶贫的领导很犯愁，让我跟他多想想办法，看有没有其他门路。如果不能将今年这笔扶贫资金落实到村里，荣誉倒是其次，主要是没法向村里人交代。

顿时，一种愁绪结结实实压了过来。我说，慢慢跑吧。

但跑谁？怎么跑？我是连一点点底都没有。愁死了。

电话里，我说，村里合作医疗应该管这种事情的，哪个人的病是娘生胎带的？还能不管？

电话那头说：确实不管的。那女孩子倒也真是通情达理，搞得我很难受。她说：也的确，这种事情真是不该麻烦你们的。说完就挂了电话。

我心里头骂了一句：×××个大病统筹！

三

这么些天过去了，时间显得漫长无比，首尾之间，就像眯起眼纫针的老太太，线和针近在咫尺，却像隔着千山万水。

还是村里的事情。对春明说了村里的意见，春明当然很失望。这个后生看上去跟我差不多大小，那一天从苗支书那里知道，他竟然比我小出六七岁，而且，已经是一个四个孩子的父亲。春明不吭不哈的，对我传达给他的信息没有表示什么。

事实上，向党组书记汇报之后，翁书记决定让办公室梁主任办理，多多少少给一点。可是，村里传来的是这样的意见，村里不同意，我们自然也不能擅作主张。

村里的意见不能说不对。作为一村之长，在村里办事，必须一碗水端平，稍有不慎，碗倾水洒，局面就不好收拾了。

"一碗水端平"，这是基层干部的基本操守。十多年前，我在定襄县听到过这样一个故事。两家人，甲家的羊吃了乙家地里的玉米，乙家把这事情告到了村里，不依不饶。村长把甲叫来，甲并不否认自家的羊吃了人家的庄稼，但甲说：不就是十几棵玉米吗？态度很不以为然。乙当然不干，要村长主持公道。

村长说，羊吃了多少棵玉米？是十几棵？

乙说：哪里是十几棵，有二十多棵。

于是，村长领着甲乙二人到了事发现场，数了数，果然是二十多棵，是二十四棵。村长问甲：你还有什么说的？

甲说：二十四棵就二十四棵，你说咋办吧，秋后长大也就二十四个玉米棒子，赔你就是了。

乙却不干，说现在到秋天还有两个多月呢，我等不得。

村长说，那好办。三个人到了甲的玉米地，村长说，我有一个解决办法。他进了玉米地，把二十四棵玉米苗用脚踩死，抬头问甲：你服不服气？

甲没想到村长会这样处理，但他笑起来。

乙也愣了，气咻咻地扭过头走掉，再也不提这事情。

一碗水就这样端平了。

现在，一头是伤者，一头是死者，顾了伤者，还得考虑死者。苗支书说得很清楚，你前脚给了伤着的人，后脚死人的那家就会跑到太原要钱去。你信不信？

这话不由人不信。扶贫队前任队长老刘，是国家安全厅的，在岚县扶了三年贫。他对我说，去年，他在扶贫点上看见一位老汉很可怜，连买去痛片的钱都拿不出来，就随手给了老汉六十块钱。谁知道，第二天，村里另一位老汉和一位老太太找上门来，说你们一碗水端不平嘛，为什么给他钱不给我们钱？在扶贫队办公地缠了一上午，刘队长只好又分别给了两位六十块钱。刘队长深有感触，他听说我们扶贫点上的事情之后，说你可不能感情用事，靠感情解决不了问题，要解决也得等事情有了一个眉目再说。他说要钱你就给，那成什么了？

我觉得也是。

五月二十五日，又接到电话，是一位老太太打过来的。声气非常凌厉。她说：难道苗存旺说啥你们就听啥？

我说：那当然了，他是村支书，他说话代表村委会。村委会有了意见，我们才好办啊！

她说：我知道，你们是官官相护。苗存旺家要是死下人，你们跑得比谁也快。我们这病人病得这来严重，你们几天了也不过来看一看。

我说：你怎么这么说话？

她说：你们作家协会就是给苗存旺开下的嘛，你就是苗存旺的狗腿子嘛！

这哪里是请求帮助？我把电话扣了。

第二天，还没上班，电话就乱响起来。心里盘算着有事，果然事情不小。一行人，两男一女在单位办公室大哭大闹，把梁主任缠在办公室动弹不得，他打电话让我过去应付。

来的有春明和另外一个男人，另外一个女人坐在椅子上哭，一边哭一边诉说。正是昨天电话过来骂我的那个女人。原来，是春明的嫂子。

从来没见过这阵势，苦个脸站在一边。我没理那女人，那女人也没理我。她知道梁主任的官大，就对梁主任一个人说。

女人的嘴很会说，是农村里那种很会说的老太太。她说，某年某月，你们给了索家两千块钱；某年某月，你们又给了谁家七千块；某年某月，谁家娃上学学费不够，你们又给了人家三百——你们能给他们，为什么不能给我们？

那个苗存旺，就是一手遮天，恶霸嘛。前年你们修沼气，问也不问我一声，就没给我们修——你们没给我们修，就得把那个钱给了我们！

编年史，断代史，桩桩件件数下来，变成一部血泪史。

她这一说，梁主任就不同意了。梁主任说：给索家两千块，有这事，那一年下太原看病，急着没钱，苗支书给打了个借条，现在还没销账，至于七千块,三百块,从来没有的事——哪里有这事啊!

女人说:你们官官相护,你们就是官官相护。要是苗存旺家死下人,你们跑得比谁都快!

又来了!但梁主任比较冷静,说:你这更是胡说,人家老苗家闺女去年去世,从来没跟我们提起过。

女人说:她那是自杀下的嘛!谁叫她死来?反正你们得管,把给我们家沼气池钱给了也行。

说起沼气池,梁主任气不打一处来。因为这个工程是他那一年扶贫一手操办的。当初,跟村里提起这个事情,村里,包括苗支书都很冷淡,头一年,只有三户人家愿意做,其他人家说死说活不接受这个东西,勉勉强强做了三户。苗支书都没有安装。我们的副书记下去检查的时候,发现他家没有装,将老苗狠狠训了一通,说你如果不带头做这个事,以后我们的扶贫点就撤了。苗支书当然知道这里头的轻重,慌忙说好话,慌忙表态,下一年一定带头干这个事。

谁知道,第二年,梁主任他们带着五十四套的规模去搞的时候,乡长带着,村长领着,挨家挨户动员,结果只动员起二十六家来。苗支书也精,那些不愿意安装的人家,都让他们签字画押,是他们自愿不装的。

春明就是其中之一。梁主任说,这个人,老老实实,不说话,问他为什么不装,他说,怕装上你们又要要钱呢——哪里问他们要过钱嘛,说了半天,许多人家不愿意干,是因为还得他们自己挖坑,村里人说,既然是扶贫项目,为什么还得自己挖坑?真是不可理喻。

梁主任问那女人,乡长带着我去挨家挨户问过,一家也没漏,你怎么说没通知你?

女人愣了一下,说:反正没问过我。

梁主任说:你当时在哪里?

女人说:我搬到太原已经五年啦,你们就不能打个电话?

原来是这样。

话又说回到看病钱上面。我说:老嫂子,我们扶贫对村不对人,你还是让苗支书写个东西,或者让打个电话也行,村里不放话,我们真是不好办。你还是先做做村里的工作,看这么处理好不好?

几乎是我在求她了。她倒泛过神来，说：你就是今年扶贫的？

我说是啊！你昨天打电话还骂我的，没听出来？

你们为什么不去看看病人？看一下也不行吗？

真碰到难缠的主儿了。我说，老嫂子，你先回，我回头跟领导汇报，再说行吗？领导现在不在，村里如果有意见，我马上通知你好吗？

活说死说，这个女人坐在那里就是不走。梁主任扭头走了，对我说：你处理吧！

我说：我怎么处理？他前脚走，我也后脚走了。那三个人见没有人，也走了。

这是头一天。第二天一上班，门房大爷说：你别进去，那个女人又来了！一会儿，办公室打过电话来，说你别来了，人家在办公室门口堵着呢！一直到上午十一点才离开。下午，亦复如此。

接着，就是三天小假期，恰好家乡县里打过电话来，让回去落实一下夏天笔会的事情，就回去了，一直到假期满了还没下来。上班的头一天，我还在黄河边走着，电话就响了起来，正是那个女人。单位的人对他说我出差了，远差，得十天半月才能回来。

她说：我找不见你找谁？

我说：找谁都是一样的，等事情结束之后咱们该怎么办就怎么办。

她说：你们再不管，我就到省政府找领导呀，我上访呀！

她怎么什么都懂啊！我说，省政府也是人去的地方，有什么不可以？

说着话，电话不通了，几分钟下来，长途加漫游，给活活打穿，欠费停机。

一个坏人就这样诞生了，那个坏蛋不是别人，正是我自己。

选自《天下农人》，花城出版社2015年9月版

评鉴与感悟

刚来单位时，成天翻些小说。有一天，顺民老师教我读书了。从费孝通，到应星，从柯鲁克夫妇，到H·孟德拉斯，《江村经济》《大河移民上访的故事》《十里店》《农民的终结》看得我兴奋不已。那个时段，我也知道顺民老师的兴趣早就转移，他不写小说，致力于农村调查。他打捞尘封多年的土改故事，也书写农村的凋敝。这篇《坏人诞生记》应该脱胎于他某年扶贫经历，书中的苗支书单位谁人不识呢？听闻是听闻，呈现在作家的笔下，又是另外一种样子。这些农民的模样如今大都漫漶，淹没在更为宏大的背景里，也是读了这一篇，悚然一惊，好像又从中撞见了多年前的自己。

明亮的忧伤

/梁鸿

就是现在。夜里三点钟。海红收到明亮的短信:

T:我不行了。我脑子出了问题,我已经将近一个月没有闭过眼睛了。我不想活了。你们不要为我伤心,我是一个无情的人,我一点也不牵挂你们。T,再见。明亮。

海红把手机关了。她告诉自己:这是半夜,我没有看到这短信。翻一个身,海红又睡着了。

海红做了一个梦。她要去某个学校教书,还是为了什么?她并不清楚,只知道学校是目的地。她在大路上奔跑,老式的土公路,被秋天的风刮得洁白,路的两旁种着高大笔直的白杨树,就像童年时代家乡路旁的树,有她很熟悉的味道。她往前跑着,可是却怎么也找不到要去的地方。她饿了,也很想去厕所,就转到一个村庄旁边。一个男人守在那里,微笑地看着她,仿佛早知道那一刻她要去。他指着高高的院墙和路边的厕所,说那是他家的。他安定的神情,似乎在告诉她,他的一切也是她所有的,她的奔跑将在这里停住,她永远不可能到达自己的目的地。

遥望着远入天边的白杨和洁白的、起伏不定的大路,海红明白,她被永远阻隔住了。

在梦中,海红看到那个十八岁的自己,满面张皇,犹如掉入被尘封在时间之外的世界。

  T:

  我已经到白杨坡中学报到。这地方像鬼一样,孤零零地悬在一个大坡上。说是白杨坡,一棵白杨也没有,只有几棵又老又丑的歪脖大槐树。我住的房子就在最大那棵歪脖槐下面。你要是来的话,看到那棵树就找到我了。

  那些学生看起来对学习的兴趣不大,整天在校园里闲逛。有的年龄比我还大,个子比我还高。他们一点儿也不怕我。我也不怕他们。谁要是对我不恭敬,我就一拳打过去。他们别想他妈的在我这儿逞能,别想他妈的在我这儿得到什么。

  大风起兮云飞扬……

  明亮

十八岁的海红把信揉在手里,抬头看木制的、斑驳的窗子,窗外正对着几棵白杨树,只能看见圆粗的树干和扬着土黄色灰尘的操场。几只鸡在操场角落的灰尘里啄食,突然间,像受了什么惊扰似的,扑棱棱地飞起来,落下一地鸡毛。这小学校,被一圈高大密实的白杨树,被蛮横的、到处疯长的野草野树包围了。而操场、围墙之外,就是怎么也望不到边的庄稼地了。最近的村庄离学校也有一里地远。比人还高的玉米地,挤挤挨挨,深绿阴郁。夜晚的时候,它们就在她宿舍的窗外诡秘地窃窃私语,如爬出地面觅食的鬼魂一般。

白杨坡在哪儿,她不知道。穰县师范学校,培养邻近几个县的师范生,毕业后,基本上依照各回各县的原则,各自回去。但是,到这个县的哪个乡镇哪个村庄,却由不得自己了。海红被分配到了离吴镇四十公里远的一个村庄小学教书,家在另外一个乡的明亮却到了吴镇的白杨坡中学。还有其他同学,除了少数留到穰县县城之外,都分布到不知哪里的鬼白杨坡了。

她被圈在荒野之中，孤绝于生活之外了。但总体而言，海红并没有觉得这有多苦，她既不知道生活的其他模样是什么，也就没有具体的期待，虽然她并不觉得自己就应该待在这个地方。

相反，她还有点喜欢这原野，一个冥想的好地方。秋天的暴雨过后，赤脚站在野地之中，大风吹着头发和衣衫，远眺西天奔跑的火红灰蓝的云，看太阳从乌云背后射出金光，她好像站在整个时间中了。

她奇怪明亮从哪里来这么大的悲愤和昂扬之感。他是把那白杨坡中学当作他的战争之地了。她可以想象出一个场景，他拿着他的《古代汉语》（他的自学大专考试的克星，连考两年，仍然没过），在宿舍门口认真地学习。那身影，坚定而孤绝，带着一股愤然的决心，仿佛在告诉大家：谁他妈的也不能打扰我的学习，谁也不能。

海红始终觉得，明亮喜欢她。他看她时，眼睛那么深情，表情那么郑重，神色那么忧伤，那不是装出来的。但是，海红也知道，师范三年，他一直悄悄追求他同乡的女同学。他在那位女同学那里诉说完衷肠，得到模棱两可的话，然后，直接回到海红那里，趴在旁边的桌子上，哀伤而又深情地看着海红。

后来，明亮干脆和海红的同桌换了位置，坐在了海红的旁边。他在课桌两边的地上各摆一个大茶壶，它们就像两个呆头呆脑又敦敦实实的大护法，不离明亮的左右。桌子上放一个酱色的大塑料杯子，里面泡着满当当的各种草药。明亮抱着杯子"咕咚咕咚"喝下去，喉结坚定地滑动着，吞咽着这苦药，然后，再倒上开水，泡着。他一天要喝四大壶这样的药水。明亮说自己有病，但是，有什么病，从来没人清楚，他自己也不说。

"你得保护好你自己，你不能听任别人说你怎样，你就是怎样。那样，你就被欺负了。你要去想他为什么这样说你，你分析清楚了，你就不会上他的圈套，不会按他的要求去做。"

明亮有力地摆动着双手，向海红演讲，声音低沉而凝重。他给海红分析班里的每一个人，分析班干部的争夺、阴谋和圈套。

从明亮那里，海红第一次体会到，人和他人之间充满怀疑、背叛和利用。一味沉浸于抒情与感伤情绪之中的海红，好像突然被带入一个世界，明白了这个世界应该是加以理性分析的，每个人对别人都有嫉妒、觊觎，都会因为自己有欲望而伤害别人。

"他人即地狱",多少年后海红在看见这句话的时刻,眼前浮现的是明亮的形象。

越是敏感,越是多疑。敏感和多疑是进入真实世界的前提。十九岁的明亮好像过早明白了这一点,所以,全副武装,从身体到精神,做好战斗的准备。

海红看了看信封的邮戳,"1991年10月7日"。信写在一张大大的白纸上,蓝色的笔迹,已经有点模糊,末尾的"大风起兮云飞扬"几乎把纸都划破了。明亮的字,整齐,拘谨,方方正正,一个紧挨一个,好像规规矩矩的孩子,排排坐分果果,其实没有丁点儿"大风飞扬"的感觉。

海红不记得怎么给明亮回的信,但也无外乎略带做作的感伤、抒情和安慰。

那时候,海红自顾不暇。她看不惯校长挂着黑黑的脸,一本正经地从校园走过;她厌恶校长眼睛里带着那狡猾而洞透一切的神情;她看到校园黑板报上写的"文以载道也"就恶心想吐。十八岁的小学老师海红以胆怯而又狂妄的心态,不遗余力地向校长表达着自己的不满。开会的时候,或斜着眼睛、扭着身体看校长,或一直低头看书,或轻蔑地看周边埋头苦记校长讲话的同事,而狭路相逢之时,海红总是挺直脊梁,目不斜视,以淡淡的微笑傲然走过去。

自己种的苦果自己得受。校长看海红的眼神不一样了。海红的教案被反复调去审查,海红要兼职体育老师,每天早晨五点钟起来喊操,每到全乡大考互相换老师监考的时候,校长总是把海红派到最偏远的地方。

乡里教办室突然发下通知,说下一周要到这个学校做中期检查,要逐个听老师课,检查教案,检查学生的到校率。黑脸校长对海红说,你得去把子乡桑树庄一趟,把××叫回来。她家里就是有天大的事情也得让她回来,不能让她影响咱学校的排名。

冬天的大风吹着,田野枯寂而寒冷。海红含着眼泪,骑着自行车,她不知道往哪儿走。她一点儿也不知道那个把子乡桑树庄是什么把子什么桑树。黑脸校长就这样莫名地给她布置一个任务,让她去一个莫名的鬼地方找人。

从一个村庄到另一个村庄,都没有名字。海红问完一个又一个,看着通向四面八方的田野小路,仍然不知道该怎么走。风扯着她,要把她扯飞。

大风起兮云飞扬……

她想起了明亮。明亮。明亮在白杨坡。高高的坡上。

她扭转方向,向吴镇骑去。回家的路,总还清晰。四十公里的路程,她骑了五个多小时。经过吴镇,她没有回那个冷清的家,向医生毅志问了路,就朝白杨坡出发。

又是十来公里。雨夹雪的高高的白杨坡。海红觉得腿都断了,膝盖几乎打不了弯,终于看到了一个大坡,坡上几棵大槐树,黑色的枝条在空中扭结着。

经过操场,海红走进那个破烂的木头大门。正对着大门的是一栋二层教学楼,两旁各一排低矮的土坯房。院子里所有的人都停了下来,老师,学生,走路的,说话的,都扭过身子,瞪着海红,好像海红是贸然闯进来的异物,或猎物,他们那么吃惊,似饥渴已久,或寂寞太过。海红的脚不知道该怎么迈了。

她朝院子里最大的那棵老槐树看去。树干上一层层的树瘤,疤拉着一个个死白的眼珠,看着冷冷的天,就像一条条翻着白眼的死鱼。又老又丑的歪脖大槐树。明亮正站在大槐树下,睁大眼睛朝这边望,然后迅速朝她奔了过来。他推过海红的自行车,郑重而努力,像在推开密集射在他和海红身上的目光。

明亮住在大槐树下的一间土坯房里。他不停地进进出出,一会儿去叫学校里同年毕业的师范生过来聊天,一会儿又吩咐跟着他上学的弟弟去附近的村庄买肉,一会儿又自己去小卖部买话梅、瓜子和各种零食。他垂着眼睛,脸色凝重,左手紧握着,奔走的时候右脚往外撇着,那是他紧张时特有的姿势。

房间里放着两张床,一根铁丝贯穿房子的东西两端,上面搭着一些衣服。地是泥地,经年踩踏,已经凹凸不平。明亮蹲在地上,捅开屋子正中央的煤炉。海红看见,那个煤炉下面,拥着一个巨大的煤渣堆,灰白色的,夹杂着黑色的没有烧尽的颗粒,它们簇拥在煤炉周围,在屋子的正中央,像一个圆形带顶的坟墓。海红无端觉得心里拥堵,呼吸困难,浑身抖个不停。

多少年后,海红才明白,在看到这灰白色煤渣堆的一刹那,她一眼看到了明亮、她,他们这一群人未来的命运,停滞的毫无希望的命运,这让她害怕、震惊和颤栗。

雨夹雪,不急不缓地下着。进来的人脚上都夹带着厚厚的泥团,又把屋里地上的泥土粘起一些,来回搅和,一会儿,屋子也变成了泥泞之地。新进来的人把鞋放在煤渣里,左右乱蹭,煤渣湿了,一团团可怜巴巴地聚在一起。

海红坐在床边,感觉远天远地,明亮那么陌生,那些似曾相识的同届师范生更是隔膜。她看到床头的桌子上,一摞的《中国现代文学史》《古代文学史》《中国当代文学史》,还有那三卷本的淡白皮的《古代汉语》,这些书上,落着厚厚一层灰尘。

天黑下来了。明亮的弟弟拎着一块猪肉,粉红白嫩,兴奋地跑回来,告诉哥哥说卖肉的听说是学校老师买的,又多给了他一大块猪肝。

一个长头发的女同学,一直崇拜地看着明亮,跟随着明亮不自觉地转移着目光。此时,她自告奋勇去做饭。厨房的位置就在靠门的角落里,她背对着灯光,脚几乎被那堆煤渣淹没,在一张破旧漆黑的木桌上"砰砰"地剁肉。明亮蹲在地上,从桌子下面的沙里面扒出一棵萝卜,去掉上面的须子,在一个纸箱上择青菜、洗萝卜。

香气在冰冷的夜晚漫溢出来。一大盆肉炖萝卜粉条端了上来,放在一个纸箱上。大家把各自的碗筷拿过来,坐在床沿上,倒上白酒,围着盆子,吃了起来。其中一个男生有着长长的睫毛,轻轻眨动,眼泪似乎马上泫然欲滴。他告诉海红,在学校,他经常读海红的诗和散文。师范文学社的刊物《原上草》,每两月一期,海红是主编。稿子不够的时候,她自己化名,诗、散文和小说,什么都写。

明亮从床底拖出一个纸箱,里面有几十本整整齐齐油印的《原上草》,他一篇篇地指给海红看。不管海红怎么化名,他都知道那是她写的。那时候海红在疯狂地迷恋三毛,西班牙、撒哈拉、异国,对她来说,那些不只是文学,还是远方,是不可能的生活,是另外一个世界。

明亮用他标准的校广播员的声音朗读海红写的"春天"：

突然有一缕，啊，不是一缕，是整个弥漫在阳光中的缥缥缈缈的花香。略带淡清的苦涩，散发着草木发芽时特有的木质气息，潮湿、清新。它那么轻柔，让人莫名的惆怅，莫名的喜悦，又有些微微的沉醉。

春天！我仿佛听到一个叹息般的声音从大地深处传来。春天，我喃喃地重复着，抬起头，微眯着双眼，凝望着阳光下日渐丰腴的原野。

是风吹来了吗？你看，树群在天空流动成一条河，起伏徘徊，那紫色的精灵在自由之风的怀抱中翩翩起舞；那金黄的原野，金黄的油菜花，轻摇着最细微的波浪，它繁荣、典雅、成熟，又带着一点点纯真的诱惑；那绿色的原野，一望无际的麦田，多么活泼、健康、充满生机，它是生命、希望，是绵绵不绝的期待和守望。春天！春天！整个大地都在呢呢喃喃模糊甜蜜地絮絮低语，蜜蜂和金黄的花蕊唧唧咕咕，小鸟和天空关关雎鸠；就连树梢和微风也在摇头摆尾地调情。

春天！阔大而神秘，勃勃而沉静的春天啊！

……

海红坐立不安。那是海红师范二年级时写的小散文，曾经得意非凡，到处炫耀，现在再听起来，却很不喜欢。那文字过于华美空洞，和这漆黑的夜晚太过冲突。那个男生沉浸其中，黑暗之中眼睛急速地眨着，眼泪终于下来了。明亮用那张情深义重的脸和那双忧郁的眼睛看着海红，似乎在传达着他的深情，却又不知所以。

浪漫的、漆黑的、泥泞的夜晚。那浪漫被漆黑冰冷的夜晚、被泥泞紧紧包裹起来，无法获取光亮。昏暗的油灯，影影绰绰的青春而卑微的脸，明亮忧郁的眼睛，女生在煤炉前努力地切肉，那男生长长的睫毛，都被黑暗包裹，所占据的空间越来越小，到最后，只剩下寒酸和活着的那点儿本能了。

海红被发配到一个更偏远的小学教书了。之后明亮给她写的信，辗转了好久才到她那里。她已经要离开那里了。

T:

我看到你的文章啦,真是高兴极了。我跑到镇上,把那天的晚报全都买了,保存起来,又在笔记本上抄了一遍。我们这些人中,就你实现了自己的愿望,你肯定会成为作家的。

我结婚了。就是那年你看到的那个女孩子秀红。她很喜欢我。我说我一无是处,又敏感多疑,嫁给我没有好果子受。她依然要嫁我。

现在,她调回到吴镇第二初中教书了。我仍然待在白杨坡,忍受酷刑。

西风强吹这高坡,雨后泥泞,我行走在野地,T,我该怎么办?我已经好长时间没有认真读书,认真写点东西了。

今天上午,我在学校演讲,竞争教导主任的职位。现在结果还没出来,我心急如焚。

时间走不过去,犹如石头,压在胸口。

明亮

T:

这封信不知道你能不能收到,就当你能收到吧。

青春这么快就过完了,我不甘心。我还想着我们在师范的时候,星期天,我们在田野里,在白色的路上散步,风吹着,我们谈诗歌,谈文学。

前几天,我、建涛还有胜利,一起去找咱们的老班长张旭,他刚提拔为他们乡一初中的副校长。我们去祝贺他。他得了心脏病,喝酒喝坏了。回来时,我们到咱们师范去看了看。你知道吗?师范已经变成幼师了,那些学生都是考不上学才来上幼师的。我很伤心。当年,我们可是各个地方最好的学生啊。

T,我的头发快掉完了。我快疯了。早晨起来,枕头上黑黑的一层,像坟墓一样。我感觉自己有病了,再也不能活下去。要是你能在市里打听出来治头发的医院,一定告诉我啊。

我每天看着枕头上的头发,就像看见我的坟墓。

T,你要是收到信,请你在第一时间给我回封信。

好吗？T。
明亮

T：
"?"
明亮

　　最后一封信中，明亮在问号下面画了一个小人，那小人粗糙不堪，只有头和张大的嘴巴，像极了挪威画家爱德华·蒙克的画作《呐喊》中那个形似骷髅的人，一个想要吞尽空气的恐惧而绝望的呐喊者。

　　海红收到了明亮的这些信。她一封也没回。一开始是信收到太晚，后来就不知道怎么回了。

　　她无法想象有着稀薄头发的明亮是什么样子，他还如何做忧郁的文学青年，还如何读诗，如何趴在桌子上郑重而又哀伤地看女生，如何学他的总也考不过的《古代汉语》。

　　偶尔回到吴镇，也会碰到当年的师范同学。他们大多都想办法从村庄调回到镇上，结婚生子过日子。不管在哪个村庄教书，都会努力在镇上买个小房子，每天傍晚下课后，骑着摩托车奔突十来里地，回到镇上。一些混得好的同学当上了初中校长或小学校长，大部分都还是普通的老师。教师工资总是不够，于是，一部分人办了补习班，挣些课外收入。还有一些男生眼光更活，或卖文具教辅，或开个书社，租卖武侠小说，兼几台游戏机。还有的帮收发快递，自己弄一桶汽油，卖给十里八乡开拖拉机骑摩托车来赶集的乡亲。五花八门的生存路径，反而是教师这一本行，被忽略不计了。

　　教师，在小镇上，变成了一个不确定的、被架空了的阶层。既受人尊重又被轻视，既是场面上的人，却又不被任何一个场面的人看重。有时候，甚至变为一个拉皮条赚酒喝的人。是的，你在街上看到一个人，衣着整齐，小心谨慎，彬彬有礼，昂着头，却又有点不自信，那一定是位教师。你看到一个家长，拉着一个人，拼命地谄媚，焦急地询问，走之后却换为无任何意义的表情，那他拉的那个人也一定是教师。

明亮终于回到吴镇二初中,做到了副校长。他找到海红家里,向海红父亲要了海红的手机,给她发来短信。他们又联系上了。他要海红一回来就和他联系,他叫上几个老同学,大家聚聚。

每次短信,明亮还用"T"开头,每说一件事,还像往常一样仔细地给她诉说自己的心情,又生了一个孩子,评了中级职称,同学当了校长,吴镇又盖了一栋高楼,湍水断流了,等等。

那年夏天,回到吴镇的海红,受到了隆重的接待。明亮叫了二十几个同学,吴镇的,邻近几个乡的,在吴镇最好的烧鹅馆摆了四桌,又叫上吴镇镇长、吴镇教办室主任,叫上了吴镇几个活跃人物——医生毅志、房地产商吴红星、镇南支书吴保国,等等,吴镇的头面人物几乎都在这里了。

明亮秃了顶,不多的头发整齐地围在脖颈周边,倒也没有他说的那么触目惊心。他的脸几乎没有变化,仍然是郑重的、一本正经的忧郁,仍然垂着眼睛走路,只是抬起的频率高了一些。他不断地招呼到来的客人,积极、周到,游刃有余,很有场面上的意味。

聚会非常成功。镇长、教办室主任都喝醉了,明亮醉了,远道而来的同学也喝醉了,明亮把他们安排在镇上的小旅馆里,约好明天再喝。

海红在一位同学的陪伴下,晕晕乎乎地回家。和同学说起明亮,那位同学却用鄙夷而愤怒的语气说,这个人现在坏透了,一心想当官,眼睛往上翻,对下面人苛刻得要死,骂老师,骂学生,连老同学也骂,神经病一样。

海红暗暗吃惊,她从父亲对明亮的态度上也约略意识到一些,却并没有想到真的如此。但稍加思索,又觉得这或者从来就是明亮的一部分。他在师范时给她说的话她印象深刻,他那时在学生会的活跃,他和人交往时的距离感和多疑,都是他的重要一面。

那几天,海红几乎被明亮承包了。明亮带着她见各路人马,吃各种各样的饭。海红知道他有拿她交往的意思,但也无可无不可。他对她的郑重,从他第一次趴在桌子上,忧郁而哀伤地看她,就开始了。即使现在有使用她的成分,但仍然有来自于久远时间的郑重,他希望让别人看到他对她的郑重。更何况,她只不过是一个在城市艰难生活的高级打工仔而已,不能给他带来任何真正的资源。只是,看明亮一直紧攥的拳头和认真盘算的面容，海红有点担心。

那年十月，国庆节前夕，明亮打来电话，说准备组织一个同学会，为此，他已经和另外几个当校长副校长的男同学，和当年的老班长、学习委员喝了好几场酒。当然，最重要的是，海红一定要回来。这一个班，只有海红一个人重又读书，离开乡村，到了大城市。

在内心深处，海红最讨厌同学会。她觉得世上最虚伪的活动莫过于同学会了。上了一次次学的海红，和别人同了一次次学，一次比一次冷淡。到最后一次从学校毕业时，大家简直有点迫不及待地离开，而重新见面，却都夸张地尖叫、亲热、勾肩搭背。每当这个时候，海红都冷眼旁观，看这尖叫这亲热能持续多久。

唯有师范毕业，十八九岁的他们，用了全部的生命和情感。他们在大雨中哭，追着启动的卡车哭着跑着。车里的同学一次次跳下来，抱着追跑的同学哭，撕心裂肺，好像从此以后远隔万里，其实，他们只不过各自回到了各县，最远也不过百十公里。但是，那是人生第一次真正分离，那是人生第一次体验离别，体验被抛的感觉。

明亮在"师范站"的站牌下，照了一张相，说，这是我人生的第一站。他没想到，其实，也就这么一站了。明亮叫着海红，还有另外一个同学，在田野里游荡，夜晚也不让回去。那个不眠的夜晚，他们到底说了什么，海红一点也想不起来了，她只记得明亮一次次急走，又返回，坐定，看着海红。他到底在想什么？海红至今也不明白。他到底喜欢海红吗？海红也不甚清晰。

海红听从了他的召唤，千里迢迢再次回来。在明亮那里，总还有最可怀念的时间和岁月，他那双忧郁而哀伤的眼睛，似乎总有某种象征。它们仍然吸引着海红。

同学会那一天，明亮却没有到。他学校那边要开会，而他作为副校长，是不能不参加的。这让海红有点诧异，她千里迢迢，请假奔波，实际上是因他而回，他却因为一个小小的会议而不来了。但是，那天见到太多的同学，太多的惊讶、叙旧和感叹，海红也很快忘记明亮的不来了。

清晨七点钟，海红刚打开手机，短信就一条条地涌来，催命似的，让人心惶惶。

是建涛发来的。他说,明亮已经不见所有人了,手机也关了。狂躁、打人,有自杀倾向。现在,只有看你有没有办法了,他最看重你,总提起你,以你为荣。你得回来一趟。

海红看着天花板四角盘结着的、黑黑的蜘蛛网。这房间太高、太阔,每次睁开眼睛,她都有莫名的凄凉。

她就在吴镇。她已经回来几天了。这一年,她回来好多次,她谁也没有告诉。她的婚姻出了问题,她想离开生活了将近二十年的那座城市,可是,她又不知道往哪儿去。她只有吴镇可回。

她打开那个古老的衣柜,找到一个布袋,那里面,装着她从十岁开始记的日记本,二十五岁以前和朋友的通信,还有不同时期似是而非的男朋友的信件。在决定结婚后,她把她之前所有的信件都装起来,塞到衣柜的深处。

海红翻阅着明亮给她写的一封封信。很多封信她都没回。他信里有许多救援,有许多绝望,海红却一直觉得并无回的必要。

她隐约觉得,明亮只是在向她倾诉而已。她发现,这么多年了,一旦是书面表达,不管是手写的信件,机打的文章,还是手机里的短信,他都称呼她为"T"。

为什么是"T"?是"Ta",还是"They"?他?她?他们?她们?他人?她玩味着这其中的含义,忽然觉得,他其实一直把她看作另一个自己——年轻的、纯洁的"Ta"。他觉得他们之间还保留着一种独特的私语状态,在写出"T"的时候,明亮还停留在过去的时间和意象里,那是一个他始终不愿丢弃的世界。从"T"的影像中,他寻找自己,希望得到理解和拯救。

这一点小小的保留让他显得可笑和分裂。在潜意识里,他在她身上寄托太多,这寄托将要伤害他,杀死他。他早已不是那个写诗的、忧郁的而又狂狷愤怒的他了,而海红,也不是那个懵懂的、认真听他分析的小女孩儿了。

"T"不是海红,只是过去存留的一点内核。那点内核与纯真有关,与青春、梦想有关,但已经是过去的事物。明亮一直试图与"T"对话,试图让自己得到"T"的认同。结果,"T"却变成了映照自己的最大魔镜。就像王尔德《道林·格雷的画像》中那个不朽的美少年,他看到的是镜中丑陋而衰老的灵魂。他越美丽,镜中的他就越丑。

她打明亮的手机,关机。他在夜半时分给她发来那么一个求救的信息,却又关掉手机。这是为什么?她打给明亮的老婆秀红。手机响了。长长的声音,一直响着,最后,被挂掉了。她又打过去,又被挂掉了。

海红有点烦躁,她烦这种眼看着一个形象正在坍塌的场景。她从小到大,都在看这种场景,感受这种坍塌。

海红打电话约建涛一起去看明亮。建涛告诉她,这次发病的起因可能与他竞选校长失败有关。按照他的资历、时间和工作能力,他几年前就应该是正校长了。可是,现在比拼的都是关系、钱和权力,明亮这方面没优势。他这两天去看过明亮,平时明亮见到他都是非常高兴,安置到食堂,找几个朋友,吃吃喝喝,这几次去却没有任何表情,也不出门,一直赶着他走。

明亮的家,在吴镇里面靠渠河的那一排房子里,独门小院。明亮的老父亲和从北京赶回来的大弟二弟都垂着头坐在院子里。秀红从里面的小屋里出来,她朝海红摇摇头,轻轻地说,他挂的,他知道是你电话。

长头发的、善良的秀红,无限崇拜明亮的秀红,疲倦异常。她像是讲述一个枯燥的故事,给海红讲明亮的病情。一个月以前,明亮连续两个晚上没有睡着觉,他很害怕,直说,我不行了,我脑子要出问题了。他不出门,不见人,只在屋子里转圈儿,第五天去精神病院看精神科,医生说他是抑郁狂躁精神病。

秀红说明亮一直敬病、怕病,疑神疑鬼,她扒着胳膊让海红看上面乌青的块块掐痕,压低声音说,他要自杀,说活不下去了。我们轮流看着他,他不让我看他,推我骂我,又摔东西。

小屋的门突然打开了。明亮直立在门口,他没有和海红、建涛对视,垂着眼睛,身体却侧着,似乎在让他们进去。他的头发已经掉光了,青白的头皮,青白的脸,脸有些浮肿。

他手里拿一支烟,让给建涛。眼睛闪了一下海红,就躲避开去。

建涛说,走,明亮,海红回来了,安置个吃饭的地儿吧。

说着，建涛就去拉明亮。明亮挣脱他的手，往屋里退缩了一点，说，你们走吧，我这儿不管饭。

建涛和海红都没有动。明亮跨出小屋，把建涛和海红推到屋里，使劲按坐到椅子上。他站在他们对面，来回踱步，手相互搓着，很紧张，很疲倦，又似乎要努力打起精神来对付眼前的这两个人。

海红说，明亮，咋了，连饭都不想管我了？

海红说，有啥事想不开的，老婆孩子都好好的，正校长干不了，去他妈蛋，老子不干了！他也不能把咱副校长抹了。财务不还是你管吗？咱吃饭不还能签单吗？

海红想把明亮信里的话念给他听，想告诉他，"他们别想他妈的在我这儿逞能，别想他妈的在我这儿得到什么"，海红想大声地、昂扬地诵唱出那句话，"大风起兮云飞扬……"

可是，海红张不开嘴。那些话，只能写出来，却无法说出来。再说，她自己也并没有昂扬的生活可供她诵唱。

明亮眼睛下垂着，说，我对不起你们，以后也不要再想我了，我是个很无情的人，以后咱们不要再见了。

他搓着手，来回踱着步，反复重复这几句话，根本不听海红在讲什么。说着说着，他把海红和建涛从椅子上拉出来，往门外使劲推。

推到门口，明亮突然拉住建涛的手，用力亲了两下，又紧紧拥抱建涛一下，说，你们走吧，以后不要再来看我了。他的举动很有仪式感，带点夸张、做作，和他早年一本正经的、郑重的神情相一致，但却多少有点滑稽。海红看着认真做这个动作的明亮，不由得想哭。

从进来到现在，明亮没有正视过海红。他半夜发来求救短信，难道不是为了见她，不是为了想活？海红回转身，张开手臂，想紧紧拥抱明亮，想抱住他苍白青肿的头，抱在怀里，让他哭一场。哭一场就会好多了，虽然，她比谁都更想哭。明亮却拉住海红，往她手里塞了个东西，又迅速把她推出门。然后，走进里面的那间小屋，把门关上了。

又是什么东西？海红捏着手里的小纸包，有点微微的心烦。明亮总是喜欢这样搞小神秘，很郑重的样子，特别注重仪式感，其实内容很简单，几乎等于是无。

走在路上，海红打开那个方方正正的小纸包，看到一张照片。黑白的，小一寸的照片，一个面容已经有些模糊的女孩子正睁大吃惊而迷惘的眼睛看着海红，细细的眼梢微微上挑。

刹那间电光火石。海红突然与过去的自己相遇。灰烬缓缓下落，那尚未丧失的纯真，看着未来的自己，那正在不可挽回地走向衰退的自己。照片中的她盯着海红，海红也盯着她。

那是海红师范毕业证上的照片。1991年的7月。那时候，照相还是一件相当郑重的事情。要毕业的他们，明亮、海红、建涛，还有其他几个女生，到穰县一家专门照证件照的照相馆，排队照相。

她坐在那张简陋的小凳子上，后面是一块纯蓝的布。左右的白灯同时打亮，前面是三脚架支起的黑色镜头。她攥着手，非常紧张，不知道怎么面对镜头，她不好意思摆姿势。她觉得面对镜头摆姿势，是很难堪的事情，是在谄媚什么。

是在讨好将来的岁月和自己？海红想起那时自己的神情，不由得笑了一下。她想起她那一时期的照片，好像都是这样一种神情。十四岁至十八岁的她，捏着手，神情呆滞，茫然而又无助地看着镜头。

她不能放弃自己，于是，拳头越捏越紧，嘴巴也闭了起来，牙齿紧咬着，盯着镜头。那黑暗的方框和她对视着，她不知道如何面对，吃惊地感受着那神秘的未知。现在看来，这茫然好像来自于尚未成熟的心智。在和世界对视并形成定格的一刹那，少年的本质呈现了出来。清亮的眼，黑色的？仁，那清亮里面还没有丝毫杂质。

是明亮去照相馆取的照片。他把照片分给了其他人，海红的却怎么也不给。他把它们揣在口袋里，不让大家看，也不让海红看。最后，八张照片，明亮只还了她七张。海红并没有在意。然后，就彻底忘了这件事。

她一点都不知道，他保存了这么多年。

明亮是下决心要与自己告别了。与"T"告别。与我们这些正在衰老的人告别。也许我们早该与"T"告别。他们别想他妈的在我这儿逞能，别想他妈的在我这儿得到什么。可是已经晚了。他太晚与"T"告别，也太留恋"T"，"T"吸噬着他的奋斗动力，阻挡他毫无挂碍地向上攀爬。

海红回头望一眼那已经门窗紧闭的小黑屋，心想，任谁也难以把他拉出来了。

　　她喜欢最初那封信里的明亮，粗暴，生机勃勃，充满着战斗的紧张和喜悦。她也喜欢这张照片中的自己，那张脸上微暗的光预示着人类必然的坍塌和遗忘，预示着必然的摧毁和流逝。它已经成为遥远时空中闪亮的星星，当被你看到的时候，已经是多少万年前的时刻了。

　　当我们看宇宙时，我们是在看它的过去。霍金说。人类从来没有现在时，只有过去时。这是多么好玩且残酷的事实。明亮啊明亮，你要是明白这一点，你要是知道你所经历的一切可能早已成为过去，你还会那么执着地忧伤吗？

　　但是，海红是多么迷恋那些老照片上注视着你的眼睛啊。睿智严厉的，微笑甜蜜的，凝神沉思的，时空中的星星闪啊闪，暗示着过去的岁月。那优雅、温暖、无情、苦难，那曾经经历的点滴，坚持的瞬间，宛如神秘的纽带和复杂的蛊惑，牵绊着活着的人。它们形成绵长不绝的时间连线，在空间排列而来，让你找到自己的基点和位置，以消除那无依无靠的亘古的孤独。

选自《上海文学》2015年第8期

评鉴与感悟

　　这一次，梁鸿不像在《中国在梁庄》里那样，从外部做社会学式地考察。她试图贴近人物的内心，感同身受他们的挣扎。《明亮的忧伤》是她最新著作《天下吴镇》的一节。写法变了，更抒情了，但作家的情怀一如既往。两个师范生的情感纠结只是叙事的由头，她关心的是生而为人的命运。她写人的离开与归来，写人的相遇与孤独……她试图用她的笔，打开这一切生命中最重要的暗黑领域。当梁鸿书写吴镇的时候，她更多的是在重塑一种生命体验，重建一座关于故乡的灯塔。

一个诗人的祥树家

/阿贝尔

如果诗人为祥树家写一首诗，他会写什么？

如果他是在一个午后到的祥树家，碧空万里，背阴处的露水尚未干透，祥树家裸呈在他的眼睛里，他该怎么写？如果他是在一个冬夜到的祥树家，只看见星星，只踩着雪，只听见马嘶和洋芋地里溪流的声音，他又该怎么写？

如果他是一个明清的诗人，不是走火溪河，而是翻猫儿山到的祥树家，他看见的祥树家安静得就像一滩冬阳或者一群慵懒的晒太阳的猪，他会怎么写？如果他是一个民国时的诗人，他陪土司进来，别着短枪，他看见的祥树家刚刚被马步芳的人洗劫，路上的血还没有凝固，惊跑的牦牛还没有回到栅栏里，他又会怎么写？

……

这个诗人是在六月山最青的时候到的祥树家。山最青，青还没有定格，青里还带着翠。山最青，河谷也最青，荞麦地、洋芋地、青稞地一片翠青，河滩也翠青，寨子里房前屋后也翠青，丰盈的夺补河也翠青。诗人不是白纸，但诗人到了祥树家就变成了一张白纸，几十年写的东西化掉了，六月的青着上底色，等着祥树家的蝴蝶落在纸上。

他第一次到白马，第一次到祥树家，适应又不适应。这些年，他也走过一些地方，看过一些风景，接触过一些部族人，初见也不觉得有什么。然而毕竟是祥树家，有着不同于别的部族的海拔和纬度，从山脚到山顶，从溪流到天空，从花腰带到野鸡翎，从女人的眸子到歌声，都太干净了，不得不叫人惊颤。

打一个惊颤，身上便落一些东西。身上落下一些东西，身体里也落下一些东西，纷纷扬扬的，也有悄无声息的，但感觉很瓷实，像一些铁屑，落一片，身体里就疼一股。

诗人也装。跟干部一样喝酒、聊天、讲荤段子，最瞧不起的就是拿着本子做访问的记者和学者，他不求觅见什么，不求把什么带走。他装，又不装，他只想照顾六月的天气，让祥树家的人看不出他是一个写诗的人。

然而他还年轻，像合金粉末溶不进祥树家，还有棱角和锋芒，沉底或悬浮，在午夜燃过的柴火的余烬旁亮闪闪的。头上的星星也亮闪闪。咂酒喝光了，蜂蜜酒也喝光了，他偎火取暖，新旧木楼里入梦的男女均匀的呼吸让他感觉置身于牛栏。星星的背后还是星星，他的目光挂了泪，像祥树家的草叶升起露珠，压弯回地面。六月的夺补河奔流在左手边，暗里听得出流水的力，看得见影影绰绰的丰盈。由深及浅的丰盈，荡漾着水草和灌木，像睡不着的彼此纠缠的身体。远处小卖店的灯熄了，店里木榻上的姑娘睡了。白毡帽挂在柱头的洋钉子上，白羽毛还在颤抖。花腰带搭在椅背上，给人一种蛇的联想。诗人刚刚去店里买水喝，看见她在橘黄的灯光里摘帽子，随后合身躺下，从花腰带下解放出的腰起伏不定。

夜幕降临，祥树家在歌舞表演中渐渐暄腾起来。那些坐大巴进来的人喜欢闹腾，而祥树家的年轻人已经念起生意经。暄腾如一场篝火，如一次洪水，飞扬、流失的是人的欲望，剩下的是余火和余烬。

夺补河流过木楼背后的洋芋地，它不来凑热闹。洋芋开着蓝花白花，也不来凑这个热闹。诗人也不爱热闹，他坐在小卖店门外的长木上喝啤酒，边喝边看被歌舞吓跑的野狗。星星在闪烁，有好多个层次，诗人看见星星在天上长，像白天在荞麦地看见的一颗颗蛇莓。小卖店开着，却没有人看管，啤酒自己拿。木榻搭在靠墙，上面放着一床折叠好的厚被子。

一个拉马的男孩走过来，问他咋不去看表演，他没回答，递给男孩一瓶打开的啤酒，问他为啥没去。男孩喝着啤酒说，他过年过节才唱歌跳舞，平常要租马挣钱，再说他也对旅游表演不感兴趣。男孩有十二三岁，穿得有点脏破，在昏暗的灯光下也看得见他的脸很黑。

"骑马不？要骑就骑，可以不限时间不限路程，你骑我给你打折！"男孩喝干酒，嬉皮笑脸地对诗人说，"我这儿还有羌和鱼，要不要？你肯定胃不好，吃了羌和鱼就好了，买一送一，十元钱一根！"

诗人没跟他多说，只觉得很好玩。他想的是他该读书，他为什么不读书。

表演结束了，人散尽了，诗人这才一个人去到表演的现场。远远地还能看见没有走拢屋的白马人和没有上到客栈的游客。他们上了楼进了屋，在木楼上走出叮咚叮咚的声音，或者就是把楼板踩得铮铮响。有一阵子，泼水声不绝于耳，还有关门的声音——木门走形了，关不上，得使大劲。有人还兴奋得很，一边泼水一边唱《青藏高原》；唱到最高音，诗人在院墙边看见一把大刀锯，亮闪闪的，锯着从木楼的板缝透出的一柱橘光。

夺补河在栅栏背后不远处的洋芋地边流淌，一直都是安静的，奔流也是安静的，荡漾到灌木丛也是安静的。诗人喝迷糊了，但他听得见溪流的声音，在渐渐呈现的寂然里有一个比丝绸略重、比棉麻略轻的质量。溪流丰盈的悄然，使祥树家六月的夜晚多了一种纯自然的性感，它像听不见但可以触摸到的恋人的肌肤，活力与弹性都规避在浅浅的有着两根天然的青色河岸线的河床里。

然而此刻，诗人又捡起了酒喝。篝火边长木上的酒，看表演的游客喝剩下的酒，在古老的铜壶里、瓦罐里。开始他还倒在瓷盅里喝，不久便举起铜壶和瓦罐喝了。所剩不多，他一个一个举起喝干，再坐下来。看着面前仍是红彤彤的篝火的余烬，瘫软的身体像烤化的巧克力，快要流淌到他的心了。

他颤巍巍拿了木棍在余烬里找东西，没找到东西木棍倒燃了起来。他不管木棍上燃起的火，用燃火找东西。他找到了一个洋芋，刨出来换着手拍了灰烬，剥开吃。洋芋烧焦了，变成了炭，中心只剩不多的一坨。他吃着，笑嘻嘻地望着面前刚刚刨开的余烬，感觉到一种超出了他需要的热力。他把屁股往后揆了揆。

诗人不注意仰了过去，仰过去看见了星星，靛天白星，头顶的世界把他震撼了，把他震醒了。星星有大有小，分出好多层次，构成一个立体的星空。他清醒了，瞬间直觉到了他与星星的距离。以及星星彼此之间的距离，他先是滋生出一种喜感，后来才是崩溃感。还是巧克力被烤化、烤淌的感觉，只是这一次，心也是巧克力做的，合着身体一起融化了。融化中有个东西从星天落下来，也有个东西从身体里飞走，冥冥之间完成了交换与抵达。

祥树家六月的这个夜晚，他记不得他是怎样回到客栈的，但他记得篝火余烬的气味和下半夜的寂然的气味。下半夜起风了，夜风吹散了余烬，而当更多的人入梦之后，寂然也变成了一堆草木灰。

寻着余烬的味道和寂然的味道，诗人写了《在祥树家抵达诗歌》。

祥树家没有诗歌，祥树家却有比诗歌更自然更纯净的生命与生活样本。一个诗人在祥树家抵达诗歌，他是借了祥树家这艘船，且把祥树家当成了彼岸。祥树家是具象的、直觉的，诗人在这里找到了。

第二天太阳出来，祥树家在太阳下半梦半醒，金子般的阳光与阴影交织，对比出一些潮湿、深色的光域。炊烟初生，更多的是山林中的水雾，她们如舞女向阳光献媚，展现出水性、灵性与幻性。

诗人睡得晚起得早，他站在木楼的高处看祥树家，忘了头天祥树家的样子，眼下他看见了一个由物质构成的白马人寨子。然而，精神的东西并没有完全消失，扫院坝的白马女子就是一个精神的符号。有着婀娜身材的白马女子，白马女子的裹裹裙和白毡帽、白羽毛，掉光了叶子的竹扫把，金子般的朝阳和木楼切割出的阴影，唰唰唰的扫地声，夜里被风吹散成一些特殊符号的灰烬……在他眼里都是精神的影像。他站在木楼上，看见祥树家渐渐苏醒，在朝阳下有一些害羞。夺补河从木楼的一侧流过，流过一座索桥和一座拱桥，淙淙的声音在开满野花的草滩呈现出七彩的光环。祥树家是一个神女，离雪山这样近，没有人有本事玷污她。小卖店还关着门窗，睡在木榻上的姑娘还没醒来，还在一个外族人无法猜度的梦中。说不一定木榻上不止睡着一个姑娘，也许是两个，或许更多。

上午，诗人离开祥树家之前，去了上面一个有草地有灌木林的宽敞的河谷。在路上，诗人碰见了租马的男孩，骑了男孩的马，并买了一条羌和鱼生吞下肚。诗人在白天才看清楚，男孩不是黑，是脏，像是从来不兴洗脸。男孩拉着马走，诗人骑在马上。男孩叫诗人多买几条他的羌和鱼，活的不方便带有风干的。他没有应他，心头对他产生了反感，琢磨起一个祥树家的孩子、一个自然之子是如何变成这样的。

"为什么没上学？"他从马背上下来，问扶他的男孩。

"交不起学费。"男孩问答得很干脆。

"祥树家不是最富吗？家家都修了新木楼！"他看着面前粗糙的黑脸说。

"富的是富的，穷的还是穷的，背角湾湾里还是有很多老泥巴房子！"男孩说着，用一根黢黑的指头把诗人的视线领到了远处寨子背后的山边里。

越是往祥树家里面走，青色越是浓郁和纯粹，耕地没了，两岸全是草场和灌木丛，道路穿过灌木林和草地，越来越显得幽秘。诗人查过地图，里面原本还有一个寨子，叫刀切家，几年前都搬出去了。刀切家，一个寨子的名字，有着怎样意思？祥树家是"五兄弟"，有五兄弟落户的寨子，"刀切家"会不会是"两老挑"呢？或者是"接近雪山的地方"？

六月的绿，我不好描述它，它凭着每一棵树每一棵草，把山脉与河谷都染透了，那么新鲜，像画家刚放下笔，还没有收汗，每个笔触都还是潮湿的，弥散着草木的味道、山花的味道和雪溪的味道。六月的绿，祥树家的绿，正因了新鲜和上午阳光的映照，尚显得不够饱和，画家的笔正通过阳光、微风、溪流的声音以及诗人的呼吸在暗中调和。雪溪流过灌木丛，流过草滩，也是绿的，溪水中的石子儿也是绿的，溅起的浪花白过一瞬，还没落下便又变绿了。几树杜鹃花开在溪边，或粉或白，因为绿太广大太强势了，它们显得毫不起眼，更别说草滩上的小野菊了，它们那么小，人们的视线没接触到便给六月的绿融化了。

几年后，诗人再次来到祥树家，他身上的铁没了，构成他身体最核心的成分都是草本木本的纯天然的东西了。

也是夏天，但已经是八月了，绿明显地衰败了，呈现出干涩，青山像是蒙了尘。他坐在火塘边，看着叫索门藻的白马女人忙碌，吃着她烫的荞饼、她炒的莲花白、她煮的腊排骨和洋芋，他没有任何不消化的感觉。他可以消化祥树家的一切，祥树家已经消化了他。有一阵子，篝火还没燃旺，歌舞还没拉开的时候，他在索门藻家中的火塘里，提早变成了一颗巧克力,火力并不太大,他已经开始融化。开始是感觉到融化,慢慢地便看得见了,一滴一滴,呈咖啡色,从离火最近的地方开始化。他摸到了一个坑,有些烫手,里面没有骨头,更别说金属什么的了。

篝火燃大了,歌舞开始了,除开他都不是外人,不存在表演。没有祭祀的肃穆,也不及年节欢腾,但有种朴拙的真实的小尽欢,就像在做一个古老的乡间游戏。

他坐在离篝火稍远的后排的长木上,看着前面几排的白毡帽和白羽毛,也转过身去看散坐在墙根的白马女人和孩子的笑脸。那是一张张未加修饰的真实的脸,漂亮或者难看,干净或者稀脏,年轻或者衰老,都像是祥树家不同年岁的树皮、不同季节的草甸,给人一种不可分辨的美的感觉。

这天晚上,诗人没有喝酒,只尝了烤鸡,味道说不出的特别。曾经在这里抵达诗歌,诗歌是什么样子他还是不清楚。一片铁屑或者一颗被城市文明做硬的心,即使抵达了也无法融入,无法与诗歌达成一致。而今铁屑不存在了,心获得了它的自然属性,包括最真实的人性,诗人与祥树家再没有隔膜,祥树家的时间在他的感觉中再不是飞驰的,甚至也不是流淌的,而是一个湛蓝的多层次的宁静的海子。

小卖店还在,但生意不如先前好了,整晚上没看见几个人去买东西。记起睡在木榻上的姑娘,她或许还在唱歌,但很可能不再是个姑娘了。听说她是水牛家的人,他没有在人群中看见她。小卖店除了睡木榻的姑娘留下的好印象,它还是一个抵达诗歌的驿站,诗人买了酒喝,买了烟抽,便看见了彼岸,看见了肉体在清醒状态中看不见的东西。

从小卖店出来,穿过水泥路,走上一条灌木簇拥着木栅栏的小径,便可以抵达夺补河的岸边。木栅栏下面长着小野菊,像星星一般耀眼。

在祥树家的早晨睡醒,诗人有过一阵短暂而美好的自失:他不知道他在哪里,他不知道他是谁。记起之后,像是获得了一次新生。记起的这个自己,不同于了过去,不同于了昨夜睡前的那个人。睡觉的地方变了,海拔和纬度变了,空气和湿度变了,周围的人和植物的气味变了,他找回的自己也不同了。他睁开眼,从木窗照进来的阳光带给他的是陌生感而非喜感,他甚至感觉到了轻微的恐惧,像是到了别的星球。

站在木楼上四下看,景象与人事的确也是别的星球上的样子。土屋、木楼、水泥路、木栅栏和卡车,照上太阳酷似遗迹。近处的路远处的路,寨子内部的路外部的路,都不见有人走动。院坝当中夜里烤熄的柴火,黢黑一堆灰烬,看上去像是些炭化的麦粒。路上看不见野狗,也看不见牦牛,朝阳没了六月的绚烂,少了金质,多了粉白,只有房背上的炊烟和白花花奔流的夺补河还有些生气。被马步芳的匪兵洗劫过的祥树家在早晨的日照下是什么样子?

诗人从木楼下来,走在祥树家的内部,一个人和一个寨子,他感觉到了,他从自己跳出去看见了。一个人和一个寨子,构成了祥树家早晨的文明,构成了岷山深处早晨的人文景观。他静静的,一副游手好闲的样子,步子静静的,心跳静静的,没有什么抖动,没有什么脱落;祥树家也静静的,像遗迹,像刚刚失落的文明,听得见对面山上的杜鹃叫,听得见近处灌木林的鸟叫,也听得见溪流的声音。没有针掉在地上,但听得见阳光照在格桑花上的声音,露水从格桑花蒸发的声音。

他走出寨门,站在拱桥上看祥树家,看夺补河。祥树家散落在河与夺补河交汇口,沿河看进去,一眼就能看见雪山。矮一点的山巅雪化了,露出裸岩砾石,有种火星的荒芜。

祥树家是太美了,纯然而宁静,隐现在树木与万花丛中。五兄弟的寻找与选择也是天意。或许这些年旅游衰落的原因,不是什么硬件软件,而是一种自然神力的驱逐,神不让游客把可能破坏原始生态的东西带进来。

从拱桥回来的时候,诗人看见了狗和人,在洋芋地里。洋芋花已经开过,白羽毛一闪一闪,人在剥间种在洋芋里的莲花白,狗在栅栏里看一只蓝色的蝴蝶。

头天傍晚在铁索桥上碰见尼苏。听说是尼苏,他上前去问,真是尼苏。她走对岸种地回来,抱着一抱羊奶子,羊奶子红亮亮的,有青的枝叶掩映,她看上去像是神女。尼苏没穿裹裹裙,穿了件低领的开衫,没扣第一二颗纽扣,露出锁骨。

尼苏不接受采访,但却约见了诗人。祥树家直到上午九十点钟才醒来,像是头一夜整个喝醉了酒。他寻着巨幅广告画问到尼苏家院子里,先找到了尼苏的大儿子格波塔。在格波塔家的火塘里,他等到了尼苏。

他们谈了两个小时。她不接受采访,他还是采访了她,只是他的采访没有丝毫传媒的考量，直入人心人性。两个小时她没有把大儿媳妇煮的一碗米粉吃完，中间还热过一次，加过两次汤。

跟尼苏在一起，祥树家退隐了，只单单两个人在问询、探询。他探询她的内心世界，她探询她忘却的个人史。这个年轻时传奇的白马美女，这个到过北京、与毛泽东有过一面之交的弱女子，这个到老都保持着白马人的纯真的老妪，坐在自己儿子家的火塘里，被诗人的探询触及到了内心，在从木窗外照进来的阳光里啜泣，她一把鼻子一把泪的样子像个失恋的少女。今天她穿了裹裹裙，戴了毡帽，因为腰痛病擦药的原因，略微显得有点衣冠不整。

尼苏的个人史也是家族史、民族史。时代像飓风，人是无法抵挡的，人只有尽可能地保存人性。尼苏就是一个活的人性保险箱，此刻她通过语言、眼泪、啜泣和肢体打开了保险箱，在诗人面前呈现出了她珍藏的扭曲的人性。

尼苏是祥树家之花，也是祥树家的远方，但她只适应旧时纯然的祥树家，她少女时候的祥树家，今天的祥树家不仅与她起了隔膜，而且还伤害到了她。

尼苏绽放过，可惜绽放的时候，她没有足够的意识，自己也不能主控，包括她的爱情与婚姻。她到过远方，但并不是受制于自己的内驱力，而是受制于时代的外力，远方并不是她想要去的。

诗人从尼苏家院子往出走，看见了挂在老房子当头的犁和二牛抬扛的扛，产生了一种想法：要是他能赶上尼苏的年代，他愿意为尼苏来到祥树家，跟尼苏在祥树家待一辈子。诗人的这个想法不是浪漫，更不是空穴来风；诗人是到过远方的，很多的远方，他在物欲膨胀的城市住了很多年，明白把身体安置在哪儿把灵魂安置在哪儿。

这个想法热烘烘的，像一个刚刚从火塘灰里掏出的烧洋芋，散发着原香。诗人穿过寨子，来到篱栅尽头的夺补河边，思量着祥树家的时间是如何把一个民国少女变成今天的白马老妪的；他觉得除了时间在起作用，很多冲击、溶解到时间里的东西也在起作用，土改、伐木、包办婚姻、与毛的一次握手、妇女主任的职务……都做了岁月的添加剂。

从上游往下看夺补河，没有河滩，穿过灌木再流入灌木，清澈而丰盈的雪水卷着细浪，潺潺声、淙淙声给予临近晌午的时间深远的寂寞。他觉得尼苏便是在这条河里老去的，从刀切家下水，到蛇如家上岸。就这个想象的意义来说，尼苏又是幸运的，她的时间之河虽然有过泛滥，有过决堤或小小的改道，但相比更多的人近五十年的遭遇，她还不算最不幸的，看看灌木和芦苇掩映的雪溪就知道了，看看她抱一抱带枝叶的羊奶子就知道了——一个七十三岁的女人，身体里还住着个少女。

诗人这一次离开祥树家，便没有再去过。他时不时会梦见祥树家，梦见的第二天，祥树家便会在他的意识与文字中出现，溪流、草滩、小野菊、雪山，以及洋芋花和荞麦花，还有住在尼苏身体的少女和睡在小卖店木榻上的白马姑娘，它们像阴影构成了他生命中最边缘也是最美的部分。然而，他不曾写一首诗，不管是为曾经去过的祥树家，还是为梦里的祥树家。相比语言，诗人更相信直觉，直觉是一种无间的涵盖了细节的抵达，而语言只是直觉长出的青草和灌木。

听说夺补河分段截流了，水牛家被电站的水库淹没了，尾水只关起扒西家，诗人感到痛心的同时，又为祥树家感到幸运。

得知九环线改道了，经过了祥树家，从刀切家钻隧道直通九寨沟，诗人便觉得祥树家的幸运也是短暂的，并预感到这个溶解过他生命中的铁屑的青色寨子，很快就会被现代物欲所吞噬。

他还是想写一首诗，写一个诗人的祥树家，他只是害怕自己的预感。如果悲剧是理性的，他会去写，他也知道该写什么、怎样写，但是祥树家的悲剧是感性的、直觉的，坍塌不像是古希腊发生在遥远的时间的废墟，而是时时都发生在他的想象和他的内心，无数条破裂的丝缝从祥树家延伸至他的灵肉，构成了一只出血的毒蜘蛛。

他没有带回的有白马人的物件：裹裹裙、白毡帽、野鸡翎、花腰带，或者被祥树家的人叫着"曹盖"的木头面具。他害怕它们成为遗物，害怕看见遗物。

选自《作品》2015年第5期

评鉴与感悟

从阿贝尔的系列文字中，我知道了白马人，知道了飞地。白马藏寨，一个几近原始的地方，阿贝尔重新发现了它。他写白马村寨的变迁，写白马人的生存。他的笔调几近悲凉，对现代物欲的无孔不入，他惶恐又担忧。寂静的祥树家，来了游人，有了生意，生活是好起来了，但人的内心呢？这处诗人寄托情感的住所，尽管躲过了直通九寨沟的隧道，但能绕过现代物欲的吞噬吗？诗人站在祥树家所看到的一切，既有对传统的回望，又有对现代文明的困惑。他站在飞地，企图营造对抗时间流逝的堡垒。这是他的白马，这是他的乌托邦，这他的情感寄托。

定西支农队的饥饿

/杨显惠

车过了高棱村就开始爬山，一路上坡，越来越高。路面变成了没有沙石的黄土，路在山梁上蜿蜒，路边是密密的白杨树、桦树，还有柳树。两边的山坡上是层层梯田和零散错落的小村庄，山峦起伏云雾茫茫。从山冈上可以看见右侧的中川河与那条通往华家岭乡的公路，宽阔的河川美丽如画，我已经认不出哪儿是朱家河村了。

走了大约四五十分钟或者一个小时，来到一片大村庄。这时山梁和公路也变得宽展开阔，路边出现了几家商铺，还看见了"牛家山储蓄所"字样的招牌。急忙叫司机停车，下车后竟然看见一块用砖砌的抹着青灰色水泥的"石碑"，上边浮雕般凸起着三个仿宋体大字：牛家山。我问老魏，这里就是你说的牛家山吗？老魏说："就是吧，我也认不出来了，院子都不像了。过去都是土房房，现在都盖成砖房了。"何止是砖房，就在储蓄所对面，一栋框架式的楼房正在建设之中。

这真是出乎我的意料，在我的心目中牛家山上应该是只有三几个小村庄。我的心突然被触动了，拿出手机拨了兰州市一位老朋友柏敬塘的电话。

柏敬塘先生是兰州市城关区文史委编辑，兰州市文史研究专家，我在十五六年前就拜访过他，后来成了知交；这些年来，有关兰州的史料和问题，都是向他请教。他曾经对我讲过，1961年的春季曾经来通渭县支农，就是在牛家山大队。

他曾详细地讲述了他的支农经历：

1960年5月他从兰州石油技校毕业，在兰州石油机械厂当了一名装配钳工。那时候的兰州石油机械厂是全国最大的石油机械厂，1959年曾经成功地制造出我国第一台钻机，全厂有五千多名工人，但1961年1月3日领导向全厂职工传达中共西北局西兰会议精神（主要是改组甘肃省委领导班子和开展抢救人命的工作）时，二千七百八十八名干部和工人因浮肿无法工作，工厂停工，干部和工人回家休息，住厂的青年工人每天集中在职工宿舍半天学习，半天休息，"劳逸结合"。

休息了三个月，这年3月底，厂领导说接到省上的指示，定西地区闹饥荒，农民外流，春播无法进行，兰石厂要组织支农工作队去定西。总共组织了三百名青年工人，——干部口粮二十几斤，都浮肿得走不了路，——叫厂伙食科科长寇邦贵带队。3月30日下午支农工作队从兰州西站坐闷罐车出发，天黑时分到达定西县火车站，在车站附近的一个空粮库住了一宿，次日午后大卡车拉他们去华家岭公社。

到了华家岭公社片刻，一辆卡车拉着四十人到了牛家山大队；这时天已黑尽，四十人分成几个组，在公社干部的带领下背着被褥步行赴支农点。他那个组八人，到了麦苴沟生产队老庄湾村。他说，他们不是去抢救人命的，那时国家已经发放救济粮了，饿死人的势头已经遏止，但是农民死的死了逃荒的逃荒了，总共十几户人家一百零几口人的老庄湾村只剩下五十口人，五六户人家死绝了，房子空下了，活着的人也饿得走不动路了。老庄湾村，他现在记得起来的就是个生产队长王宏宾在张罗春播的事，还有一个人称王老汉的有两个儿子是十七八十四五岁的小青年，能动弹，大的叫建刚，小的叫建军。全生产队能下地劳动的男女总共十多个人。他们是去麦苴沟生产队帮助农民春播的，政府怕地荒下后逃荒的人回来了没粮吃。他记得王宏宾家只有四口人，一个老母亲，一个嫂子和侄子，还有王宏宾；哥哥饿死了。说到这里，柏敬塘先生用通渭方言学王宏宾的母亲跟他们支农的工人说过的话："把人饿零干了，饿殁了……"

他说，他们支农组的八个人的工作就是和生产队的十几个男女社员往田里送肥，把灶灰、炕灰、厕肥担到梯田里去。还把临时割的草烧成灰，也担到田里。然后人拉着犁播种，牲口都饿死了，是几个人拉一个犁；地上拉出沟来，把拌了灰粪的种子撒进犁沟里，再撒上灰粪，然后拉着指头粗的柳条编的耱子把沟垅耱平。每天劳动四五个小时。他们八个人住在一幢有里外间的房子里，里外都有炕；吃的粮由兰石厂的汽车从兰州运到华家岭公社，各支农点的工人去公社，按照兰州的供应标准背回来。共背过两次，是大米和面粉；没有菜，只配给盐和酱油膏。支农点上的八个人集体做饭，燃料是买生产队的树。买了两棵大树，一棵白杨树一棵柳树，花了九元钱，回厂后在厂财务科报销了。酱油膏实际就是盐和黑颜色的什么化学产品挤压在一起的黑饼子，用开水泡开调进大米粥或者面汤里增加点咸味儿见点儿颜色。树伐倒后锯成一段一段的，劈开晾干，烧火。

  5月初庄稼种完了，5月8日回兰州。5月7日那天晚上，王宏宾和王老汉来他们的房子看他们，也是送别，用一个布袋子装着些洋芋块块——就是洋芋种子，已经拌了灰粪。切洋芋种子是在公社干部的监督下进行的，怕社员们偷窃；但社员们撒种时偷下埋在地里，晚上去人挖回来了，用水洗了一下，煮上。支农小组还有一点儿面粉，拿出来撒进锅里，煮成一锅洋芋汤，一人喝了两碗。喝汤时王老汉说了几句话，柏敬塘先生学着王老汉的口音说给我听："你们来了嘛，我们的一口汤都没喝上嘛，就要走了……"柏敬塘先生还学了王老汉说的几句话："地种上了就好得很，把你们辛苦了……你们放心走，再饿不死人了，苜蓿出来了。苜蓿出来就饿不死人了……"

  关掉手机，我们往西走，汽车驶上了华家岭的西兰公路，我问带路的农民现在忙不忙，不忙的话带我们去老庄湾村，我要找一个叫王宏宾的人。但他却急着叫我们停车，指着公路上迎面走来的两个人说："你要找王宏宾吗？这就是他儿子。"

  我下了车，向他指认的那个年轻人伸出手去，问，你是王宏宾的儿子吗？年轻人惊诧不已连连后退，反问我："你是做啥的？我不认识你。"我介绍了自己，带路的农民也做了说明，他才说他就是王宏宾的儿子，叫王雁泽，但他又说："我父亲今春上过世了。"我问他父亲多大岁数，他说："七十几了嘛！"我问王老汉和他的两个儿子，他说王老汉早就没了，王老汉的两个儿子也都老了。

知道了柏敬塘先生说的四个人的情况，我决定不去老庄湾村了。与王雁泽告别后我问魏成林，能不能不去华家岭乡政府而走一条新的道路回通渭县城。魏成林说："那就回麦茬沟去，从麦茬沟南边的山梁上走，能走到北城乡的庄子梁村，再从中林山回到县城。"他说刚才在麦茬沟他认出来了，1961年的春节，他就是从中林山走到庄子梁村，再从山梁上的蚰蜒小路走到了麦茬沟，再过牛家山到会宁县的。这条路前几年拓宽成可以走汽车的乡间公路了。

　　这对我来说是个意外的惊喜。我每年来甘肃，这里走走，那里转转。这种旅行使我心动，往往是看见了某个事物，蓦然间就想到历史。20世纪70年代第一次来通渭，县城没有一栋二层楼的房子，最高大的建筑是电影院。而现在通渭县新城区高层建筑一片又一片拔地而起。变化最大的是陇西县，几年不去就变得认不出来了，宽阔的马路，高档宾馆，鳞次栉比的楼群，华灯初放，心中不禁产生"今夕是何年"之感。几十年前的华家岭只长一些白杨、榆树和杏树，自政府提出退耕还林之后，种植了许多松柏，松树长得十几米高了，大片大片地成长起来，已成了风景胜地。近几年又实施风力发电工程，几十架风车高耸入云缓缓转动，拥抱蓝天白云。风车无语，注视着定西的山山峁峁，思考着什么，记录着什么。

选自《南方周末》2015年4月9日

评鉴与感悟

　　有一阵子我读他的夹边沟纪事，不敢说喜欢，纯粹是被他描述的景象震撼了。那一组组个人命运肖像图，清晰刻画了特定年代下的灾难。这些年，他的研究，他的视野，还是聚焦在这片土地，只是世移时迁，历史的现场早就湮没。他有很多话要说，但在这些行走笔记里，面对这物非人非的破碎山河，又还能说些什么？我们配不配得上我们的祖先所承受过的苦难？他仍在行走，仍在观察，他戛然而止的记述总能让人从世俗的生活中震动那么一下，至于能不能唤醒一些人，似乎只能看因缘造化了。

空穴来风

/阿微木依萝

蜘蛛人

年轻人就应该挂在四十六楼的高空刷墙,在那悬着的绳索上,腰间拴一桶粉浆。我这么想着,仿佛听见了隐隐约约的高空飘来的笑声。那声音出自我弟弟。他的声线好。我母亲曾经更是认为她的儿子的笑声比我们姐妹二人甚至每一个人的笑声都好听。她希望他将来可以成为歌唱家。

他确实有几分唱歌的天资,如果长相再好一点的话,那么就算如今没有成为真正的歌唱家,他也可以稀松平常地获得几个民间粉丝。

就因为他的貌相不够出众,所以他只能挂在四十六楼高空绳索上给人刷墙。听说那需要持有专业的证件和专业技术。在这之前我从来不知道他除了唱歌之外还有什么技能。他好像是一夜之间成为粉刷匠的。

那绳索在四十六楼下看不清楚。但我知道它应该像某个音符,或者,像我弟弟兴致高昂时亮出来的高音。那种直线上升的高音。像逐日者的路线。在四十六楼应该可以清晰地看到阳光吧。至少在楼下看上去,他们腰间的桶子因为粉浆溅染的缘故像一朵白花。

我母亲大概早已放弃了她的盼想。她想让儿子成为歌唱家,可是她的儿子现在成了蜘蛛人。是的,我弟弟这样为自己的职业安装一个称号。"蜘蛛人"听上去就像一个拥有特异功能的人。那根绳索也因为这称号变成了蜘蛛丝。那种自他们体内喷出的生命线。我突然觉得那绳索更像婴儿的脐带，他们凭借它获取生命的养分。

有那么一段时间，他们工作之余，喜欢到某个地方唱歌。一人怀抱一瓶啤酒、半碗瓜子和一碟切好的水果拼盘。样子有些邋遢。只在这时候我弟弟才找到了歌唱家的感觉。他大概希望有人鼓掌，赞美，像他的母亲那样对他的歌声报以热情和敬佩。可没有掌声响起来。经过长时间在高空作业的消耗，他已不能完美地进行地面上的演唱。就像一个走钢丝的人，我猜，他走惯了钢丝，到地面行走和高空行走是同一种心态，他得收着身子，固稳脚跟，不能完全放松体型。

总之，我弟弟的歌声失去了原有的悦耳。并且可能是悬挂于绳索的缘故，四十六楼的风把他的嗓子吹坏了。他的同伴倒是很喜欢这样坏掉的嗓门，认为这样的声调最适合他们的耳朵。在高空他们偶尔也唱歌，那种山民们喜欢的曲折沙哑的调子。反正别的歌他们也唱不好，别的调子他们也不习惯。

他们从拼盘里拿东西吃的手势有点儿奇怪。手明显或者无意识的拐了一个弯儿，不知道是不是我看错了，我总感觉他们是在身后绕了一圈然后才来到盘子。就像往身后的桶子里搅粉浆。

这种习惯使他们再也不能适应别的工作了。我这样想了一下。这种想法当然不是空穴来风。有一回我们希望弟弟可以做一些别的事情，比如养鱼。然而这位蜘蛛人却大谈特谈关于养鱼的必备条件。就那鱼塘的建设和之后运营的周转资金，就在八十万以上。我们原本想的几万块钱的小鱼塘规模被他的暴发户一样的预算淹没。他希望堵住门前那条河水，要垄断，在那儿建一个大坝，养多少肥鱼，买一辆货车，请司机，请饲养员，修仓库等等。他说得有点儿亢奋，他刚从四十六楼下来，裤脚还烂兮兮地挂在那儿，光着脚板，衣裳沾着粉浆，那一刻完全投入到一个拥有特异功能的人才有的情绪之中。这一番演说是按照在四十六楼悬挂的灵感尽情发挥——那种逐日者的想象。我们从此不敢再提养鱼的事情。

但是我相信他只是更热衷于冒险生活。作为他的姐姐，我必须了解一点他的心思。我相信他是因为一开始就选择了这样一种方式，如今，就算他还爱着画画，也曾经努力地想成为歌唱家之余的画家，我也敢断定，那种心情不会再来，那种选择也不会再来了。一个人在四十六楼习惯了那儿的风色，下到地面是很难适应的。猴子即使学会了一切人的动作，心中也还眷恋野林生活的日子。对于蜘蛛人来说，永远对四十六楼充满热爱。

可是他不是真正的粉刷匠，没有专业证件和技能。他是突然之间成为蜘蛛人的。他悬挂在那根绳子上只是凭着一股单纯的勇气。因为缺乏专业和证件，他比别人少拿一半薪水。虽然他们在同样的高度，干着同样的活，可他只能妥协。有时在高空也不能自由，地面上的人掌握着高空者的命运。他大概已经想透了这样的道理：在绳子上挂着的人本身就是一片要落不落的叶子，他脚下没有土壤，而头顶的阳光有时又太强烈，晒得他没有心思争辩和反抗。他下到地面来叹气。我好像听见那种被风吹坏掉的嗓门里发出的声音，像沙漏，像他走路时破裤脚发出的响动。

他终于被驱逐了。有人举报他这个冒牌货没有证件。看来四十六楼的生活也和地面生活的环境一样，你总会遇到那么一个人使你瞬间成为倒霉蛋。我母亲说，你弟弟要回家了。回家也好。她简短地告诉我这个消息。那语气倒是有几分高兴。毕竟她当初把儿子生在地上，不是悬挂于四十六楼的高空。

我原本希望他可以去当保安，只要他肯递上退伍证，这个工作就能轻松获得。我们也可以经常在地面走动，互相照应。可是他说，他有个战友当过保安，那人后来垂头丧气回家告诉他，千万不要选择这个职业，不仅有人骂你狗，你还真的有几分狗的无奈，被长期拴于门口，苦不堪言。他大概被这个状况吓到了，所以愿意当蜘蛛人，在那儿挂累了下来还可以找家馆子打打牙祭。虽然高空也不那么自由，偶尔被人出卖，但那儿可以闻到除了粉浆之外的清新空气，尤其初春之后，阳光不冷不热，如果你所处的楼下正是一片树林，从那林中还会扑来几分桃花的香气。

也许四十六楼确实可以闻到桃花。因为他们现在还很年轻。年轻的嗅觉不容易被风色伤害。但实际上我又不能确定那儿是不是真的有花香。

空穴来风
每逢月色较好的晚上就习惯出去散步，吃得很饱，必须放慢脚步。

有时候我们走得太远了，会看见一个六七岁的男孩跪着乞讨。他方形的脸像一块干旱缺水的庄稼地，伸出来乞讨的手小得像掏空的粮仓。两枚眼睛一只仿佛失明了，一只被风吹出泪。

"这儿有醉鬼经过，真担心他什么时候被踩扁了。"我们好像听见谁这么说。

当然不会真的有醉鬼踩扁他。这里还算热闹，靠着树林，不时有鸟雀在林中飞来飞去，叽叽喳喳叫个不停，醉鬼到这里大概也清醒了。

可是作为乞丐他什么东西也没有准备，这很令人担忧。他实在不够专业。他还没有完全入行，不懂这一行的规矩。然而这很值得人们原谅，他毕竟只有六七岁年纪。

街面上在出售一些道具，或者乞丐之间就在转让一些道具，甚至他们连乞讨的地盘也在互相更换着使用。他们把乞讨作为一种可持续发展的事业，有人为此还发了财，买了iPhone6和新型手表。我们在新闻上看到很多类似的事件在乞丐中悄悄发生。

可是小乞丐——暂且这样称呼他吧，虽然他不合格——是孤独的，是乞丐中的乞丐。他没有iPhone6和手表，反而有个生病的拖油瓶父亲。

看吧，有人开始议论了，他们准备追问我们了，这个孩子在哪儿在哪儿？他为什么那么可怜！

他能在哪儿呢？如果你不想看见，他也只能是一只轻巧的脏兮兮的蝴蝶，或者是一场空穴来风，或者是一道黑色月光，在你眼睫毛上一闪就不见了。

他总会在我们散步的前方，在某个路口。

我们有时候充满好奇心。我们总是充满好奇心。我们会尾随其后，看见他的父亲躺在一处屋檐下，浑身无力，生着重病，身上盖着从哪儿捡来的破棉被，屋里飘出霉臭味。他说话相当慢，让人听得着急。但是我们对这样的故事很有兴趣。在世上生活久了，嘴巴笑得太开，眼睛很久没有潮湿感，便需要一点故事让嘴巴抿起来，让眼睛潮湿起来。我们觉得这样的情绪更能接近上帝，也更贴近灵魂。但听完故事以后，我们发现什么也做不了了。我们只是满足了抿嘴和眼睛潮湿的愿望。接下来这位父亲还是要躺在那儿的，他的故事讲完了，他的孩子又去乞讨了。我们只是知道了发生在他们父子身上的不幸遭遇，然后在那儿干叹气，说句"同人不同命"，仅此而已。

男孩始终要回到那个空地上跪着。他抓着谁的裤脚就像抓着一株麦穗，他的眼睛向上看，可能保持这样的眼神太久，使得上眼皮总是往上翻。也许他看见的一切事物都是向上飘着，像凶猛的暴雨，像刺骨苍茫的冬雪。

虽然我们什么忙也帮不上，但好奇心——或者善心——促使我们照样去那儿散步，顺便关注他那天的收入。有时候他身边会多出一只什么人领来的泰迪犬，它竟然也模仿着跪了一会儿。

现在他的脚板心已经不能挨着地面了。这大概是他行乞数月后得出的经验：站着讨钱总不如跪着顺当。人们也习惯并且愿意把钱给跪着的人。以至于他想站起来走路的时候，已经走得不太稳妥。

有人说，你要立正，然后给人们讲笑话，或者表演什么戏法，拥有这样的本领和拥有一套完整的乞讨道具一样可靠。可是他不立正，他也不会表演和讲笑话。任你喊什么样的口号，他走着走着就跪下去了。

这儿空地上有时候会飘着一些草香，尤其春天，树上开着黄色的没有叶片的花。他只会在这个时节立正。那是受了某种自然的非人类力量的吸引，将他的双脚像春芽一样拔起，使他看上去不像个乞丐，像一棵正在接受春天召唤的树苗。

我们听说某个下午，他去爬树，捉鸟，在草地上打滚，在泥沟边独自玩了一会儿。他乞讨来的钱塞进一只鞋子，他穿着它们在草地上走来走去。

也可能我们什么都没有听见。这是一场自我想象的幻觉。在最近一段时间，晚上没有月光，天气阴沉沉，时而下一阵小雨，我们已很长一段日子没有出去散步。我和同伴，我们坐在窄小的屋子里，望着窗台上一个月前偷来的一株植物，它开着红色的很快就要凋谢的花。外面有什么新闻，发生什么事件，已经不知道了。

长久以来我们都处于穴居人的状态，一个六七岁孩童的乞讨故事对我们来说，已经开始淡化。不管怎样悲惨的遭遇，自己或者别人的，都会在一段时间之后淡化。同情心之后就是平常心。现在那个男孩仅是一只轻巧的脏兮兮的蝴蝶，一场空穴来风，一道黑色月光，在我们的眼睫毛上一闪就不见。

不过我们的好奇心总会超越一切。尤其听到隔墙有人说起关于那小孩的事情，又忍不住想去看看。听说他终于学会了立正——只要有人要求他立正，他就立正。

人们可能开始嫌弃他跪着的样子，嫌弃他抓住别人裤脚不放的样子。总之他从前的样子人们已经不喜欢了。人们喜欢看到别的能引发善心的东西。哪怕使用道具。就像演员们需要化妆，需要演技。

我们像往常那样走出去，饭后，慢悠悠的，发现春天已经过去了，路边草丛里躺着一些枯干的褐色花瓣。我们没有遇见那个乞讨的小孩。经过很多个路口，屋檐，巷道，哪儿都空荡荡的。

"他可能和别的人换了场地和道具。"人们猜测他已经学会了使用道具，并且入行了。

然而你总是很难忘记那双眼睛。他跪着抓住你的裤脚，目光向上，眼皮上翻，满脸污垢。尤其在春天的那个傍晚，他立正了像一株等雨的树苗。这一切使你相信他不会终生乞讨。

可谁知道呢？也许我们散步的时间不对，没有遇上。他可能还跪在那儿。

喇叭花

喇叭花开在山上不发一点声音，如果能发声音，也被山体和树木遮挡，传不到山外去。它在山里静悄悄的，黄昏的晚霞在天边铺开时，它周围也升起一股天黑前的薄雾。很难有人在这个时候去观看它。孤独属于它。

山里人有时候与喇叭花一样，孤独也属于他们。男人，或者女人，甚至孩子，他们全都是孤独的。他们渴望到山外去。山外有喇叭花没有的繁华，那儿的人大概是可以高声说话的。

我把他们比作喇叭花：一种渴望发声的植物。

有一天，我发现我的同胞们到了山外，在某些城市天桥上，在行驶的火车或者汽车上，我遇见他们。我听见他们大声说话。或许因为声音终于可以被更多人听见，那股难掩的兴奋像泉水一样响在他们的喉咙。我仿佛听到涨水季节谁在河边高歌。

他们就是用歌唱家的声调在说话。只要他们有两个人一起出山，所在的地方就难以保持安静。

山外没有人喜欢高声说话，因为造成喧闹的声音太多了：车声，音响，喇叭里冲出的喊叫。人们尽量保持低语，似乎得了高原反应，交头接耳，像密谋者。可是刚刚从山上下来的人不能很快融入和接受这样的习惯——他们好不容易打破沉默亮开嗓子。

我看见所有人的目光都聚集在高声说话的人身上。有厌恶和忍受，有暴风雨前的宁静。

许多城市对他们抱有怨言和惊恐。但是他们不知道。我在某个城市的厂区门口，在那儿看到一副紧贴门廊的标签，大致内容是：拒绝喇叭花入侵。

我同样带着从山上下来的身份，当我递上证明书，有人提示，此处严禁高声喧哗，严禁酗酒斗殴。

我是女的。我说。

因为我是女的，并且嗓子可能出了问题，他们没有拒绝我。我应该属于好运气的人。

我的同胞们好像挺艰难。大概是某一天，我看见他们在街上兜售自己的旧手机和女人衣领上的银饰。是的，他们受到了排挤，受到了暴风雨的摧残——喇叭花是不能在钢筋水泥中开放的。他们在凑路费回家。这时候我才没有听见他们高声说话，他们安静地坐在路边，抖着从山上带来的鞋子里的旧泥巴。

我有点恨他们。我是说，我因为心疼暴风雨中的喇叭花而多了一丝难以抑制的失望。

他们很少真正愿意学习山外的规矩。像野心家那样，他们甚至可能抱有改变山外人习惯的目的。他们向人介绍自己的传统，甚至高贵的血统，指着自己的黑皮肤，牵出一个伟大人物，然后自己就是那人物的后裔。

山里人喜欢酗酒。他们倒在地上以为倒在草原上那般潇洒，他们放声高歌，以为骑在健马上奔驰，以为在摔跤比赛。总之，只要他喝醉了，所有的地方都是他的草场，所有人都是他要摔在地上的手下败将。如果他从地上爬起来，走路都会带着几分高山英雄的路数，扭扭扭，左脚绊右脚，像刚刚得了个摔跤冠军。

"拒绝喇叭花入侵"就是这样来的。

可我依然希望他们留下来。我不太愿意看到他们在街上兜售最后的家当。

当然,我确实看到一些人留下来了。那是山里人的后辈——小朵的晨曦中的喇叭花。

这样的喇叭花总让我感到难过。然而,我看到他们像散碎的零件在流水线两边排站,看到那极其年轻的笑容和纯正的黑皮肤,他们不像早先出山的长辈喜欢酗酒,喜欢高声说话,(大概因为他们出山早,很多习惯还没有被传染)他们沉默冷静,接受新事物的能力强,所以……我又仿佛看到某种希望正在实现,不那么难过了。

晨曦中的喇叭花是有希望的。他们很年轻,很乖。可是,他们太年轻,太乖了。

早间的太阳有很长一段路要走,光芒是一点一点散出来的,到了黄昏,光芒递减,但是经验丰富。我想说的是,那些早期出山的人在山外没什么作为,可他们起码有了某种经验,至少去某个城市的路是熟悉的,而且他们总会交到那么一两个志同道合的酒友。晨曦中的喇叭花就是被他们带出山来,因为够年轻,够乖,身上还没有沾染高声喧哗的习性,也不斗殴酗酒,"拒绝喇叭花入侵"对他们格外通融。

我看到晨曦中的喇叭花在供养着黄昏里的喇叭花。但我不能表示意见。这大概是感谢"领头羊"的做法。他们之前肯定有某种协议,就像养儿防老,"我带你出山,你的酬劳分我一点。"就是这样的情况。

……我想到曹植的七步诗。

有时我会在"畔湖西街"遇到我的同胞。女的。领着一个或两个孩子。她们在路边烧烤摊吃烤土豆片。这是我见过的最沉默的喇叭花。她们盯着我身上的滚花衣服,微笑,不上前说话。我皮肤大概比她们白一点,戴着眼镜,是一朵混血喇叭花,血统不纯正,远嫁河南,但是她们对我微笑。我能感受到微笑背后的宽容。有这样心态的人,是绝不会向人宣传血统,也非野心家和酗酒者,更不会当"领头羊"。

我大概可以猜到,她们在山外当清洁工,拾荒者,或者在某工地做零活,不说话。这与山中生活差不多,耕地,割草打柴,喂猪煮饭,也不说话。

　　有一天我好像听到谁说，她们之中有人把孩子生在路上了。因为没有人愿意停车相助。我想她们会原谅并且习惯一切。山外或许没有酗酒者，但随处可见高度近视的人。

　　如果再遇到她们，我还没有想好要不要请她们上楼坐坐。我不能保证她们身后是否跟着一个酗酒的丈夫，提着酒瓶子，迈着英雄步，亮着喇叭嗓，谈着祖先的传统。

　　我还是喜欢他们寂静的样子。可我没有勇气让他们保持寂静。有时候我想，可能他们害怕什么，比如白天，这么大的城市，这么多人；然后夜晚，这么大的城市，又这么空。一个人感到害怕了，就会自己跟自己说话，或者随便唱支高歌，总之要用声音驱散什么，才能获得平静。

　　我出租屋里有山里寄来的猪香肚，干酸菜，甚至有野蜂蜜。我似乎总能在野蜂蜜中感觉到一股喇叭花的味道。这味道适合独自享用，也或者不适合享用。它其实是一种无关高贵和平庸，甚至连喇叭花的气味也不是，它只是一种血液型号：AB型或者O型。

原载《民族文学》2015年第8期

评鉴与感悟

出现在阿微木依萝笔下的人和事并不新奇，老家风物，过往行人，出租屋，在高楼上刷墙的蜘蛛人，小乞丐，清洁工……再经常不过了。但她用几近烂漫的笔调想象他们的生活，理解他们的生活时，一切都变了。她看到的不单是苦情，还有生而为人的最初模样，自然，真诚，甚至有那么几丝随性。因为行走，她的空间观是超脱的，不相近的事物，信手拈来，都能做她情绪的铺排。因为能理解她笔下的人物，她的描述，就有了生动的意义。

凉山的民工

/郑小琼

六年前，我接触过来自凉山的民工，在东莞石排镇。他们来自大凉山的美姑县和昭觉县，面部黝黑却健康，看上去很机智却透出一丝丝胆怯，他们有自己的圈子与群体，很少与圈外人交流，他们也渴望与外地打工者交流，却充满自卑，他们中大部分是凉山彝族的。我对这个民族充满好感，接触他们前，大凉山给我的印象是彝族、火把节、海子、诗歌、大山、巫师、毕摩、诵经人……这些词语透露出诗意。2002年，我认识了大凉山的诗歌兄长周发星，对大凉山的认识来自诗人周发星寄给我的民刊《独立》，他编选的《彝族诗歌》，诗歌是美好的。当朋友介绍给我这个群体时，我想得更多的是诗歌，以及诗歌中的事物，在美姑县与昭觉，有很多熟悉的诗人。

我接触的凉山民工大部分是年轻民工，一部分属童工，他们稚嫩的脸露出了他们的小，他们黝黑的皮肤看上去比实际年龄大，他们的眼神中我见到了弱，十五六岁，十七八岁，还有些更为年幼，约十二三岁，甚至更小。这完全出乎我的意料，以前在流水线上或者工业区偶然也会碰到童工，如此多年幼孩子来自一个地方让我触目一惊。这个群体并非全是童工，但留在我印象中仍然是童工，她们那样瘦小，那样年轻，稚嫩得让我流泪，我不能想象她们待在流水线，如何面对强负荷劳动，我在流水线上生活过，电子厂、玩具厂、塑胶厂、五金厂等我都从业过，从流水线装配工到注塑厂啤工，到车间管理员，我知道这些工厂工种的劳动强度与加班制度，看着她们的面孔，我不敢想象她们在流水线上的样子，她们年龄小得让我这个有八年流水线经验的成年女工心碎。我笔下写过许多普通女工，她们是自由的工人，她们自己选择出来打工，自由决定在某个工厂打工，工头们带出来的凉山民工属没有自由的工人，他们父母以签约方式，近乎是"卖"的方式签给了工头，一个孩子一年给一万块钱，或者五六千块钱，后来东莞工资高了，工头给的工资也高些。这是其中一种，另外一种是如果工厂给民工每小时十块，工头们从中抽两块三块甚至更高比例作为管理费。他们以派遣工的方式进入工厂。派遣工属工厂的短期工，一个月、十天、两个月……看工厂货的多少决定工作时间长短。工厂不跟派遣工签劳动合同，直接与派遣公司签用工合同，如果派遣公司较正规，这些派遣工可能会跟工厂签劳动合同，可惜与派遣工签劳动合同的正规派遣公司极少。像凉山民工，基本属工头派遣的方式，工头们不是正规劳务派遣公司的，是私人揽活的黑工头，他们与工厂不会签劳动用工合同，大部分是民间口头协议，工厂需要多少人，有多少事情，工期大致长短，工价（工价有时计时，有时计件）……做完事，工资结清，走人。凉山民工与工头是同乡，工头在当地属有势力的家族，属有钱人，钱与势是乡村最重要的信用基础与保障，是他们能够带民工出来的最重要原因。这种信用与保障十分脆弱，我碰到有些工头不按照与孩子父母们约定好的工资支付，或者结算时克扣更多些，他们遇到此类事情也无能为力。也有些按规定支付工资，这样的工头在乡村口碑好，少有工头愿意这样。

接触凉山民工前，我接触过另一部分派遣工，凉山民工以孩子们为主体，河南派遣工大多四十多岁，有的甚至是五十多岁的农民，由于年龄，很难以招聘方式进厂，他们通过劳务派遣公司以派遣工方式进厂。派遣公司熟悉工厂用工条件，有大量需招收派遣工的工厂资料。他们是成年人，来自比大凉山富裕的河南，跟劳务派遣公司有相对正式的合同，这种合同并非正规劳动用工合同，属乡村式约定，如某个四十多岁女工以月薪一千五百块签给劳务派遣公司，年底，劳务派遣公司给一万七八千块钱，除掉路费及该扣除的费用。派遣公司将中老年民工输给企业，企业给多少工资，用工工厂与派遣公司有签合同，派遣工不知道，他们只知做事，找派遣公司结钱。派遣工，很多工厂都不给购买社保与医保，从事容易出意外的工种，工厂或者劳务派遣公司会购买工伤险种，不购买社保与医保等，用工成本节省了。劳务派遣工属较弱势群体，大凉山年龄小的群体，河南年龄较大群体，因弱势，只能以劳务派遣方式临时进厂，做短工，没社保，没用工合同，工资得不到保障。年轻人，自己找工厂，哪怕在闭塞的乡村，通过劳务派遣公司出来的年轻人，半年或一年后，他们会离开劳务派遣公司，自己找厂。现实让弱者变得更屡弱，冰凉现实面前，他们弱势得没有选择机会，如凉山民工，如河南年长民工。

阿布，自我介绍十七岁的凉山民工，看上去比实际年龄小，他抽烟，努力装出"江湖"样。四五个凉山民工中，他来东莞四年，来得早些，是他们中间的头。他们同乡，不同村，在一个工头手下做事。阿布胆子大些，自然成为他们的头。

我跟他有过两小时交流，他讲了许多他们悲惨的遭遇，他大部分时间在说别人，夹着些听说之类。他样子像"老江湖"，我对他半信半疑。他带我去他们住处，阴暗、潮湿、散满了烟味、袜臭味、衣服臭味、脚臭味、霉味、尿臭味……四个人生活在十多平方的屋子，只有一张床，他们糟糕的处境让我相信了他的话。

阿布常说累，刚来时，不习惯这里的工厂，每天上十二小时，碰上赶货，要加班。阿布在工厂的生活，我也经历过，每天在疲倦中活着，累是对生活唯一感受，六点半起床，七点半上班。开早会，员工要求七点十五分到车间，早会十五分钟，听管理员训斥，十二点下班，吃完中饭休息一会，一点半上班，五点半下班吃晚饭，洗衣服，七点加班，直到十点半，十一点。每一天重复前一天，每个月重复前一个月，流水线由一系列几秒或者一秒的动作组成，每天重复数万次。

阿布喜欢谈论"江湖"，工头带他们来打工，发了财，开一辆高档小车，黑白道上的人都认识，都得给工头面子……他将没抽完的半截烟狠狠甩在地上，露出艳羡的神色。他又想起什么，说你不知道吧，彝族女孩结婚很早，十三四岁定亲。我们彝族人蠢，不像你们汉族人聪明，不会读书，便结婚早，生很多小孩。蠢，所以穷，他不喜欢彝族姑娘，要娶汉族姑娘，汉族姑娘白，漂亮，汉族姑娘看不上他。我问他有没有定亲，他没回答，他把话题转到凉山女孩，漂亮女孩，要跟老大睡觉，老大睡了很多女人，有你们汉族女人。"老大是谁？"我问他，他显得很不屑，说我老大都不知道，"老大"有时是工头，有时是打手。"打手，怎么会有打手？"阿布说老大管理很多像他们这样的工人，有些受不了，逃跑，老大和打手把他们找回来，狠狠地打。阿布突然压低了声音，"你不知道吧，两年前，有个人跑了两次，被老大和打手杀了，在这个城市，死个外地人，没人管。"我问他，"死了人，没有警察管吗？"他说，"老大上面有人，不怕，用钱摆平。"打手看管这些工人，防止他们逃跑，到了工厂，他们成了这些工人的监工。阿布说，过一年或者两年，他要是能当上打手或者监工就好了，我说怎么才能成为打手或者监工，他没告诉我，也许他自己都不知道。他只知道监工与打手管理工头手下的工人，看上里面姑娘，可以跟姑娘睡觉，他说监工与打手不那么累，不用做活，看管他们就行了。阿布抽第三根烟，我问他手上的伤，左手手背，很深，皮肤与其他地方不一样，他告诉我，玩具厂注塑机烫伤，"这有什么，有的手指断掉了半截。"

阿布说，他被父母卖给工头了，工头说带阿布来广东打工，看世界，每年还有八千块钱给阿布父母。工头告诉阿布父母，在广东打工比家里好，天天有米饭吃，做手工活，没家里累，一个月一千多。我问阿布，家里好还是这边好。阿布没有回答，只说，他回家了，也不会待在家里，他会出来，他习惯了外面生活，待在大山里，没有出息。十七岁的阿布，他的理想是做上打手与监工，可以轻松点，可以随便玩弄女孩。我问他，做了打手，遇到有人跟你一样想逃路你如何做，他说打，打得他听话，狠狠地打，这样，工头才会更信任他。我没有说话，阿布还在跟我谈论打手、工头、监工。我陷入了长久沉默，是的，当上打手后，只能狠狠地打，工头会更信任些。阿布身上还有打手留下的伤痕啊！阿布与我交流的两个小时，他不止十次狠狠地骂了打手的娘，他当上打手，他仍会选择用更凶狠的方式对待不听话的工人，是什么让我们有了这种思维！

我对阿布还是不太相信，他说的话太多据说或者听别人说。后来，我认识了阿嫫，这个十四岁的女孩来自昭觉，她跟阿布一样，经常会说你们汉人，我们少数民族。现实生活中，我跟他们一样，在这座城市，都属外乡打工者，都在流水线上做工，他们不能融入打工者圈子，他们有自己圈子。阿嫫说工头答应给她父母一万块钱一年，多赚了还会多给，父母让她随工头一起来了，她与五个同学同时辍学后一起过来，另外几个在长安与石碣。她们昨天刚从工厂出来，准备去另外的工厂，她说家里太穷，没有白米饭吃，只有洋芋与荞。工作很累，她还是愿意留下，这里热闹，有白米饭吃，能赚钱，她不想回家。回家后还是要出来，她说她想念老家的山。在流水线上待过的我，看到瘦小的阿嫫，不愿跟她聊太多她在流水线的事，我能想象阿嫫在流水线车间的情形，能感受她说的累，感受她说的加班、被拉线管理员诅骂与训呵，我愿跟她交流些她故乡的事物。她说在老家爬树，去海子边玩。阿嫫更愿与我交流她在这边打工的感受，她说这边的人勤劳，会吃苦，手指头灵活。比起阿布，阿嫫更适应这边生活，阿嫫是女孩，年纪小，她说话努力装作大人，懂事模样，她越这样越令人心酸。她说在老家，如没读书了，就得定亲，天天待在山里，她不愿过那样的生活。在阿嫫看来，打工对她来说，是个不错选择，阿嫫不愿这么早相亲，待在家里，她必须定亲，出来了，一年能给父母赚一万来块钱，父母也不会催着她去相亲。阿嫫有自己的苦恼，来了月经，很痛，不能请假，她不知道如何处理。她害羞，我告诉她如何做，她很感激。看着年幼的阿嫫，我眼睛湿润了，不仅仅是因阿嫫，也是为我，为在流水线上有着痛经的女工友们。

　　阿嫫也并非我想象中那样老实，她带我去她的住处，她同八个女孩一起住，房间很小，很拥挤，比男工住处干净，阿嫫指着一个躺在床上的女孩跟我说，不要跟她交流，她是陪工头睡觉的。床上小女孩听到她的话，没有作声，显得很害怕，把头转了过去，装着没听见。是的，直到现在，我都记得阿嫫的眼神与说话的神色，让我想起阿布做打手后会如何对待不听话的工人，我的内心留下深深的记忆。现实中，弱者便是这样把手中的刀伸向比自己更弱的，在对更弱的人的辗轧中找到内心所谓的"优势"，这些年，在底层，我不止一次碰到这种情形。

　　接触阿嫫后，我写了一首《凉山童工》的诗。

凉山童工

生活只会茫然时代逐渐成为
盲人十四岁小女孩要跟我们
在流水线上领引时代带来的疲惫
有时她更想让自己返回四川乡下
砍柴割草摘野果子与野花
她瘦小的眼神浮出荒凉我不知道
该用怎样的句子来表达只知道
童工或者像薄纸样的叹息
她的眼神总能将柔软的心击碎
为什么仅有的点点同情
也被流水线的机器辗碎
她慢半拍的动作常常换来
组长的咒骂她的泪没有流下
在眼眶里转动"我是大人了
不能流泪"她一本正经地说
多么茫然啊童年只剩下
追忆她说起山中事物比如山坡
比如蔚蓝的海子比如蛇牛
也许生活就是要从茫然间找出一条路
返回到它的本身有时她黝黑的脸
会对她的同伴露出鄙视的神色
她指着另一个比她更瘦弱的女孩说
"她比我还小夜里要陪男人睡觉"

　　这么多年,我们被一种莫名的恐惧笼罩,如阿布口中说的逃走后让工头抓到会被杀死。他有根有据地说起某个童工从一个工头逃到另外一个工头那里,被工头发现"杀"死的传说。工头们用这种无法证实的传说控制大凉山的孩子们。现实中,我们同样也如此,我自己,数次面对工厂种种不合法的事情,想站出来维护自己合法权益。总有人会说老板跟劳动局的人关系很好，告了也是白告。我经常听到来东莞没有被抢过就不算来东莞的传说，遍地黑社会的传说，遍地黄金的传说，遍地掉五毛钱没人捡的传说……真真假假的传说，构成了我们想象中的广东，有时候，面对生活了十二年的广东，我对自己感触到的真实的广东充满了不确信，我更愿与人提及传说中的广东，那样的广东似乎更像一个真实的广东。我和阿布一样，他活在一个关于工头种种传说的世界，工头们"杀"死过逃跑的民工，工头们在东莞有黑社会背景，工头们与某政府或者派出所有很"铁"的关系……它们像一张无形的网紧紧将阿布的生活笼罩。

选自《南都副刊》2015年5月7日

评鉴与感悟

这一年，关于凉山的新闻话题不少，好像突然才有人意识到，都马上要全面建成小康社会的中国，竟然还有这样一个地域。贫困得都不像是社会主义制度下的中国。阶级的分层早被社会学家看得一清二楚，只不过当童工成为新闻，关注这个阶层的目光才多了起来。诗人郑小琼为她所接触的凉山民工画像，粗糙，让人心疼。也是看到她笔下的打工生活，我总会想起奶奶的话。每年过年回家见到留守的奶奶，有时问起她在村里的生活，她总是避而不谈。好像终年的坚守，不过才有了这几天的团聚，她的那点寂寞有什么好说的呢？她总是说："现在的生活多好啊，去了外面有钱赚，有工打，我要是年轻一点肯定也不会回来。"有工可打，也是生活的追求？不能细想奶奶的话。但这无疑是更多民工涌入城市的渴求。只不过，他们真实的生存困境又有谁能感同身受？

个人史

一个没有经过丈母娘训练的男人

/韩石山

男女二人结合,谓之婚姻。此一结合,为人世间最基本的组织形态。家庭由它繁殖,有了儿女你便是父母,儿女有了儿女,你便是爷爷奶奶。国家由它推衍,重夫妻的民族,行的是民主制,重亲情的民族,行的是君主制,夫妻也要视之为君臣。东西文化的差别,或许就在这里。

千万别以为这是我的什么发明。

我没有这么高的智慧。是多少年前看过一本叫《港台海外谈中国现代作家》的书,受到一丁点启发,才敢如此纵论一番。书中收有许地山谈顾一樵小说的文章,许先生说:西洋人底取材多以"我"和"我底女人或男人"为主,故属于横的、夫妇的;中华人底取材多以"我"和"我底父母或子女"为主,故属于纵的、亲子的……爱亲底特性是中国文化底细胞核,除了它,我们早就断发短服了。

文章写于20世纪20年代,表示所属的那个"的",还写作"底"。

几句噱头撂过,接下来说正经的。这就是我的了。

婚姻不光能生下人,还能把已经生下的人,变成另外的人。

这句话里,前面"生下人",是指两人成婚,生下孩子。后面"已经生下的人",是指婚姻的双方,就是作为妻子的女人,作为丈夫的男人。既是我的人生感慨,当然是专指作为丈夫的男人了。

为什么这样说，又说得这样悲壮呢？

这当然是因为，我就是这样的婚姻，就是这么变过来的。

这样说，终是有些隔膜，还是说事吧。事实不光胜于雄辩，说起来还格外的顺溜。

我的家庭，我在多篇文章里都说过，没啥稀奇的，可说是典型的农耕家庭的模式。该有的都有，不该有的，都没有。比如我小的时候，家里有曾祖母，我们那儿叫老奶奶，下来是爷爷奶奶，还有个姑姑，再就是父亲母亲，我上头还有个哥哥，只比我大两岁。这么说来，就是四辈八口人。

这几个人里，我印象最为深刻的是老奶奶。以我五岁计，她当时有八十二三岁吧，松弛的大脸盘，两眼灰暗，眼皮耷拉着。据母亲说，她的两只眼睛快瞎了。

致瞎的原因，是1946年，我父亲中学毕业后，山西这边不安宁，祖父将他送到西安学生意，我们那儿叫"熬相公"，实际上就是去一家字号（商店）当学徒。偏偏我父亲是个不安分的人，看见街上有国民党青年军的招兵广告，说是戡乱大业完成后，将保送上大学。他连高中都没有上过，站在广告前就做起了上大学的梦，不回字号了，当下就报名进了青年军。接下来是洛阳战役被俘，受训之后，成了解放军战士，送到石家庄的华北军政大学学习。如此便有三年的时间，完全没了音讯。一家人都着急，着急跟着急不一样。我母亲只能暗中啜泣，爷爷奶奶干着急无处诉说，曾祖母可就不同了。她老人家，不担心我母亲成了小寡妇，我成了孤儿，只想着他的宝贝孙子是死是活，天天哭着要他的儿子即我爷爷出去寻人。一说就哭，硬是将一双好好的眼睛，哭得快瞎了。

没几年，就去世了。去世前，总算是见到了活着回来的孙子。

她去世后，我们家的人，才记起了她的功德。说我们家所以人丁兴旺，全是老奶奶的功劳。老奶奶年轻时，生育能力还可以，证据是，我的爷爷早先有两个兄弟，还有两个妹妹，不幸的是，这两个兄弟跟两个妹妹，都在十几二十出头上，接连死于瘟疫，只剩下我爷爷这根独苗。爷爷娶过三任妻子，却只有我父亲一个儿子。这样一来，老爷爷、爷爷、父亲，我们家竟成了三世单传。有鉴于此，老奶奶晚年只做一件事，就是信了佛，天天在佛爷面前烧香磕头，祈祷的话只有一句，就是：

"叫连村生个男娃娃（或是再生个男娃娃），把把捏得壮壮的。"

这话得解释一下，要不外人不会懂得。"连村"，指我母亲。我们那儿，不知遵循什么古礼，给过门的媳妇，不叫名字，而叫他们村的名字。我母亲娘家是南连村，她在我们家的名字，自老祖母以下，丈夫以上，就是"连村"了。把把，就是小孩的鸡鸡或者说牛牛。壮壮的，就是粗粗的。真想不通，同样的意思，农村也有稍为文雅点的表达，而我的老奶奶，竟在佛爷面前说这样直白这样粗鄙的话。更为奇怪的是，这样直白这样粗鄙，这样没有一点文采的话，佛爷竟然会听。老奶奶活着的时候，我妈已经有了我和我哥哥两个男孩子。老奶奶去世后，她的祈祷仍在不断地发挥着效力，我之后有了三弟，三弟之后又有了四弟，母亲已不胜其烦，一心想要一个女孩子，哪知这个佛爷，只记住了老奶奶"把把捏得壮壮的"这个祈祷，就是不理会我母亲的烦恼，四弟之后是五弟，五弟之后是六弟。生六弟的时候，母亲已经四十三岁了。

这是说我们家该有的人员，都有了。

该有的，不光是人员，还有名分，也是能有的都有了。比如，刚解放那两三年，我父亲在部队上，我们家是光荣军属；父亲转业后，我们家是干部家属。直到"文革"前，我爷爷一直是镇上百货公司的门市部副主任，他是体面人，我们家也算个体面人家了。

该有的还有一样，就是土改时，我家的家庭成分划成了富农。

至于不该有的，不过是俗话说的，无犯法之男，无再嫁之女。这后一条，在我这一辈，是彻底做到了。全是小伙子，哪个去嫁去？

六弟是"文革"中出生的。也就是说，此前我们家里，有五个男孩子了。大哥已结婚，我正在上大学。想想老奶奶的那个祈祷，真也够灵验的。只是管我们家的那个佛爷，幽默有余，厚道不足，太对不起我的母亲了。她老人家虽说没有给你上供烧香，也没有做过对不起你的事呀。怎就忍心跟这样一个女人，开这么大的玩笑。

生，生，只管生，有你好看的！冥冥中，我似乎能听到那个佛爷的诅咒，那样的不屑，那样的不耐烦。

这个狠毒的诅咒，在我身上应验了。

这当然是遇上了"文化大革命"这样一个特殊时期。它既是中国历史上确实经过的一个时期，且有十年之久，遇上它，就不能说不是命中注定了。

应验的事实是，从我上了大学，家里就考虑上我的婚姻，直到大学毕业，还是一点希望都没有。学校里不是有女同学吗，你这么高的个头，学习也不错，还愁找不下一个对象吗？不是现在人前故意装疯卖傻，是真的无此可能。想想吧，在那样一个年代，谁肯穿着雪白的袜子，往泥里揍？这说的是出身好的同学，出身不好的，更是避之唯恐不及，怎会再加上一重罪恶。

城里不行，农村也不行吗？

也不行。农村里的人，不外成分好与成分不好两类，成分好的自认为三代贫农，血统纯正，而红色江山万万年，怎肯贪图一个大学生的浮名，让女儿去地主富农家里，吃二遍苦受二茬罪？成分好的不行，成分不好也不行吗，也不行。好些成分不好的人家，有的将男孩子送人，有的招赘出去，谁又肯将好好的女儿，往火炕里送？

不说别人家了，我们家里，母亲都动过将六弟送人的心思。六弟是1969年出生的，正是灾难深重的岁月，夏天我在家里，傍晚，爷爷和妈妈分别坐在门口两旁的砖圪台上纳凉。妈妈怀里搂着六弟。不知哪儿引起的话头，母亲对爷爷说："爹，不胜把这娃给了人吧？"不胜，是不如的意思。爷爷平静地说："行啊，连母子一起走。"母子，不是说母亲与儿子，是单指母亲，那个子的音极轻。连母子一起走，是我们那儿集市上卖猪卖羊的说法，意思是卖这只小猪小羊，连母猪母羊一起卖了。母亲听了这话，再也没有吭声。我们家那么多孩子，在那个年代，没有一个送人，也没有一个招赘出去，全要感谢爷爷的主意坚定。

还说我。学校不行，村里不行，这样直到大学毕业，分配到汾西县教书都快两年了，我还是光棍一条。年龄嘛，以虚岁计，已然是廿七年华了。

对此事，母亲是一点办法也没有，一提起来，就眼圈红红的。她想不通这世道怎么一下子就成了这个样子，他的二窝子（我们那儿对二孩子的俗称），学习这么好，人样也不差，何以连个媳妇也说不下？

就在这个时候，我的外婆，跟她的女儿，串通起来，在进行着一个阴谋。

不必绕圈子了，直说了吧，就是把她的孙女，许给她女儿的儿子、她的外孙——我。

外婆家，从解放后到"文革"前，可说是灾难连连。

土改中划为地主。刚解放不久，我的大舅，带上他在西安做生意时娶的年轻媳妇，回到晋南农村。家里还有大老婆，新婚姻法颁布，不能有两个妻子，便跟大老婆离了婚。我这个西安来的妗子，跟大舅结婚前，还是个中学生。在西安生下大表弟，回到临晋老家后，又生下二表弟，接着又生下了小表妹。

灾难发生在"大跃进"的年月。1959年，年轻的大妗子，不堪生产队的劳苦，与村干部的恐吓，要送她去公社做工（这是一种惩罚与羞辱），一气之下，跳井身亡。

接下来的三年灾害期间，大舅和外公，相继病馁死去。

西安还有二舅一家，那个年代，除了间或捎回点吃食外，一点办法都没有。

这样一来，等于是三四年间，在农村的这一大家子人，眨眼间只剩下祖母和孙儿孙女两代四口人。

外婆是个有决断的人。最能看出她的这一本事的，是对女儿与大孙女婚事的处理。我母亲兄妹六人，两个哥哥，连她是四个姐妹。两个哥哥早就结婚成家。对女儿的婚事，外婆始终秉持一个信念，就是要嫁念书的人。用她的话说："我就见不得庄稼户！"村里人再有钱也看不上眼。我母亲嫁给我父亲时，两人都是十五岁，父亲是临晋中学的学生。我二姨嫁给我二姨夫时，二姨夫在西安熬相公，解放后是一家工厂的职员。三姨嫁给三姨夫，这个婚礼我参加了，三姨夫是刚从师范学校毕业的教员。四姨是在"大跃进"时，去西安投奔她二哥进了工厂，后来嫁给一个工人。这是外婆最不满意的一桩婚事。已然五几年，她是一点办法也没有了。最英明的，该是对她大孙女婚事的处置。我的大舅与第一个妻子，生有一女，年龄跟我三姨同岁，解放初已是十六七的大姑娘了。外婆做主，选择的对象，是镇上北关薛家的孩子，其时正在永济县中学念书。后来上了北京工学院，毕业后留在北京七机部一个设计院工作，是外祖母这个亲戚圈里，头一个大学生。

我毕业的时候，表妹已十六七了，长得跟她妈一样，浓眉大眼，白白净净，两条粗粗的辫子垂在胸前，很是惹人喜爱。

唯一的障碍，是我俩年龄相差七岁。

对此，外婆的态度是，大点好，知道心疼。

起初表妹不太情愿，后来多半是哀怜我的境遇，也就同意了。当然，我相信，她从小对我这个表哥也不会有恶感。再就是，那几年，有多少自恃出身好，而头脑却难说多清晰的人家，在打她的主意，要捡这个便宜呢。与那些人家相比，她大姑家，可说是最合适的人家了，她的这个二表哥，可说是最合适的人选了。

1972年春天，我们在老家结婚。当年冬天，我们的儿子便出生了。又过了三年，女儿出生。他们都不是什么天才，都是跟我一样的常人。

有人或许会说，你是学历史的，怎么会跟表妹结婚，难道不知道近亲结婚的弊端吗？

正因为我是学历史的，我知道，种种弊端，只是一种可能。这一种可能，与别的多种可能的概率，几乎没有什么差别。如果是一准会是什么，早在两千年前就该禁止了。现在常用的秦晋之好这句老话，说的是春秋时期，秦国与晋国之间，这边的女儿嫁到那边，过上多少年，那边的女儿又嫁到这边。这样的婚姻，肯定就是表亲之间的通婚。若一准会是什么，再来上一次，就不会有第三次了。后世也就不会说什么秦晋之好，要说成秦晋之灾了。

这门亲事，若有什么缺陷，不是别的，是我的舅母早早去世，我成了一个没有丈母娘的男人，我的儿女成了没有姥姥的孩子。没有姥姥的孩子，是孤单的，然而可以补救。而一个没有丈母娘的男人，所有的缺憾，都是不可补救的。最大的缺憾是，一个没有经过丈母娘培训的男人，就不是一个真正合格的男人。多少成功的男人，都是在走出自己家庭之后，通过婚姻这一方式，得到了丈母娘的严格培训，才一步一步走向社会并获得成功的。

我曾想过，如果中国人的婚后生活里，媳妇不受婆婆的制约，丈夫不受丈母娘的制约，中国早就是个民主制的共和国了，哪里轮得上欧美那些白鬼子们说三道四。然而，这是不可能的，于是我们的社会，还得按照既定的程式，稳步地向前发展。

这桩婚姻带给我的另一个缺陷是，虽然结了婚，仍未走出我们这个家庭的大圈子，也就不可能走进广阔而又复杂的社会生活。结婚在人生中所以神圣，就是因为这是一个人进入社会生活的正式开始。夫妇者，五伦之始也。一对陌生的男女在一起生活，最重要的训练，不是别的，而是看脸色行事。这一招学会了，其他四伦，君臣之道，父子之道，兄弟之道，朋友之道，全都不在话下。而我与妻子这样的结合，最大的不足，恰是在这上头。我一辈子虽读书甚多，而没有处世的经验，归结原因，全在这里。

当然，也不是没有好处。这个年代，这样一桩婚姻，给我最大的好处是，让我增加了人生的勇气。为了妻子儿女能脱离农村，能过上城里人的生活，就得不停地努力，不断地前进。这种出自双重亲情的责任感，给了我极大的动力，甚至改变了我的性格。努力得过了头，成了什么狗屁名人。

我原本是个懦弱的人，这样的婚姻，这样的责任，让我变得刚强甚至凶狠。

一个原本想过正常生活的人，上苍却给了他这样的惩处。主管我命运的这个神，比我家老奶奶供奉的那个神，更有幽默感，更会恶作剧，你不是要过正常人的生活吗？让你尝尝名人的滋味！

我知道，这样的结果，是很不合时宜的。我周围的一些人，虽说不多，肯定也不是一个两个，总希望我和我家的境况，能为证明国家的某一项政策的英明，提供一个优秀的范例。就像多少年前，我周围的一些人，总希望我的作为，能证明凡是家庭出身不好的人，必然既愚蠢且反动一样。

人生无常，什么样的事情都可能发生。我是一个学历史出身的人，在这上头，从不敢说任何肯定或否定的话。

这世上，万千不要笑话别人的灾难，不定哪一天，别人的灾难会是自己的灾难。如果说我学历史几十年，有什么人生感悟的话，这应当是头一条。

选自《黄河文学》2015年第4期

评鉴与感悟

听韩先生说过他这一代大学生的种种命运,也约略知道他一毕业就被分配到吕梁山区的故事,但真正读了先生的自传《我比前贤路已宽》,还是难受了半天。当然,隔着几十年的岁月回望,先生下笔健朗,看似全篇不离小我,更多的却是对一个时代的洞察。先生的人生感悟,先生的家国情怀,都在这通脱风趣的文章中了。

歌手和游击队员一样

/张承志

和许多同龄人一样,我的往昔岁月也点缀着一串歌。

但不同的是,在我的音乐履历上,先是染上了异族胡语的歌曲底色,然后又添上了与一些职业歌手结交的故事。甚至有时想入非非,独自阑入白虎堂,幻想过自己也写词谱曲怀抱吉他、陷入激烈宣泄的深渊。

1

至今时而被一股异样的情绪攫住,控制不住作歌的冲动。在这本散文集里辑入的《恋阙与胡琴》《Alder-taiurō》(有名的小马),都是这种冲动的注脚。

记得还是在1985到1988年之间,有一阵我不知怎么,陷入对做出一段蒙古歌的痴迷之中。似乎是想把玛拉沁夫《茫茫的草原》里的一段词改写成蒙语并且谱上曲。这件事悄悄地、在心在意地做了。有时在聚会上我唱过它,还用第一届全国短篇小说奖的奖金买的砖头录音机把它录下来,直到后来兴趣转移。

注意的焦点转移了,可其中的两句词一直没有忘:

Taneihamharsentergen-neömor(你那散了架的勒勒车的辙印)

Taneinoqogasenaragal-inutā（你那点燃干牛粪的青烟）

当然，如今我觉得人对歌的迷恋心理，不过是人性必须的渴求。我很快就不再做歌手梦、也不再对自己的"歌作"当回事了。但1984年我从日本带着吉他和全套的备用弦、调音叉、变调卡圈、甚至修理吉他的扳手回国时，由于异国体验更加强化了的蒙古草原的底层经历，不仅成了对文学、也成了对歌曲与歌手的感觉依据。

2

对20世纪日本的"民谣之神"（フォークの神樣）冈林信康，我已经写了很多。甚至在我对日本的勾勒兼别辞的《敬重与惜别》一书中，他占了其中艺术的一章。

他是我结识过的著名职业歌手。不用说，对于刚刚从乌珠穆沁和北京大学毕业、渴望着世界知识与真正启蒙的1983年的我，冈林信康提供了比流行的欧美小说重要得多的艺术开眼。

后来我们成了密切交往的朋友，我去他的录音棚听半成品的制作，他来我寄居的板屋为我女儿唱歌。我渐渐熟悉了他的每一首歌，也渐渐懂得了他的每一点心思。必须牢记，那些与歌王共度的愉快时光无比珍贵，它不仅显示了一个艺术家素质中待人的好意，更反映了一个民族拥有的文化的善良。

他有若举例都会为难的、那么多的轰动曲。我在不同时期或者不同心境下，常久久倾听或身心投入地唱其中的某一些。不过，自从二十多年前他执着地向日本传统小调号子寻求出路以后，我似有觉察，侧耳倾听，逐渐发现了某种不易归纳也不便明说的信息。

这依然是一种东亚民族的底气不足。比起维吾尔等音乐民族，说到底，诸如中国日本的文化中，本质里缺乏音乐。他们的日常生活并非离不开歌曲——哪怕如今在电视上乔装打扮夜夜笙歌。他们的音乐代表人物在面对世界上狂轰滥炸般的音乐消费和生产时，显露出犹豫和胆怯。

而歌曲更重要的使命，是唱出生活的感受，是抗议不平的秩序。——这永远是一面挂在歌手眼前的镜子，它如炯炯注视的眼睛，使得意的人无法安心。

但我更理解一个被政治风暴伤害过的退役老兵的心理。《敬重与惜别》记下了我作为一个外国人能达到的将心比心："我猜只有少数人才能透过那表情，看见一种受伤野兽的绝望。对政治的恐怖，居然能迅速变成对眼前观众、对围绕自己的人们的恐怖。"

我还利用周刊《AERA》（朝日新闻所属）的采访，婉转建议他回到"依靠诗作，一把吉他"的模式。但冈林信康的回答直截了当：一把吉他弹唱，会不会变成对寻求三十年前政治歌的人的迎合？

我感到震动。

我已经多次触碰过某种"左翼的痛苦"。但我也明白：永远沉浸在名人感觉中的他，已听不出我只是建议一条出路。对一位东亚民族的歌手而言——限界临近了。

其实抛去政治内容，这一出路虽然艰难但可能走通。我在他那一章的结尾，用幻听的口吻，引用了他早期的名曲《我们大家所盼望的》。这首歌大概作于1970年，却在今天（2015年1月，法国发生了"查理漫画"事件）使人感到了一种——难以形容的预言性。

> 我们大家盼望的，不是活着的痛苦
> 我们大家盼望的，是活着的喜悦
> 我们大家盼望的，不是把你杀掉
> 我们大家盼望的，是和你一起生存
> ——不能停留在至今的，不幸之上
> ——要向看不见的幸福，此刻出发

3

既然我无法潜入中亚（波斯-印度）音乐渊薮里涌出的那些令人痴醉宛如中毒的迷人歌曲，既然我又想快快挣脱"东亚"类型民族的音乐局限，不消说既然我还打算俯瞰和嘲笑四周的靡靡之音——投向西语歌曲，就是必然的事了。

那是一种音质清脆的语言。那是一种暗含魅力的复句。那是一种烙着阿拉伯的烙印又在印第安-拉丁美洲再生的艺术载体。也几乎就在第一次，我在刚刚听到一首的时候就被掳掠。突然在行年近老之际又与美遭遇，心里会有一种空空的感觉。我默默地遗憾，确实已经太晚——我没有时间粗枝大叶地掌握它了，像对蒙语和日语一样。

但是怎能躲得开那扰人的吸力？

从秘鲁到墨西哥，一支支在长途大巴上回荡的歌曲，都使我心神不宁。它们给人的，还不仅是赏心悦耳的听觉。那不容否定的底层意味，那艺术化了的痛苦和欢乐，都驾着响亮的音节，如同又一次的振聋发聩，带给我久违的激动。

于是隐退的青春又被鼓励了，哪怕跳过语法也想径直去囫囵吞枣——如今若数一数的话，居然我已经学会了二十几首西语歌曲，说实话，它们的歌词，即是我可怜而宝贵的小词典。

在学术散文集《常识的求知》的封面，我印上了几种专用来挑衅教授的外语：除了蒙文的诗、阿文的碑文、日文的俳句之外，还有两句西班牙文的歌词：

　　Guadalajaraenunllano，（瓜达拉哈拉在平原）
　　México enunalaguna。（墨西哥在一个湖上）

简单两句就带来一股新鲜的空气。它好像让人看见了一个印第安老人带着孩子，在远远眺望城市。

由于古老的阿兹台克人真的用结草为筏、筏上营屋的办法把墨西哥城建在一个湖上，所以它逼真地写出的，是一种印第安人的地理感觉。

我使用"在印第安-拉丁美洲再生"这个表述，是因为人们教育我说，西班牙语的好歌不在西班牙而在拉美。仿佛这种殖民者语言被拉美大地实行了恩格斯讲的"文化的再征服"，西语在美洲被神秘地施了魔法，而且不把钥匙秘诀交给西班牙。

几次去西班牙本土，确实那里无好歌可听。2003年在西班牙参加反对伊拉克战争的游行，人们唱的是阿根廷歌手莱昂·杰科（LeonGieco）的歌。

他是我喜欢的拉美-西语歌手的一个有代表性的例子：有磁性而音域宽

阔的嗓子，作词给人俯仰自如的感觉，作曲更是匪夷所思出口妙句。是的，这就是拉丁美洲的歌手。他们轻易地突破，在人所不能处俏皮地拐弯。想学吗？每首歌都有点难，但唱熟了又百唱不厌。批判性高傲地沉淀在歌里，对底层的刻画，悲悯而不羁。

> 爬上一列不知它去哪儿的火车
> 在一节车厢的煤堆上睡了个午觉
> 一直睡到我问自己
> 冬天到了时会怎么样
> 我已不知在哪儿睡的觉
> 车站的头儿看见了我扒车
> 他给我一间堆麦子小屋和干净麻袋
> 一直睡到我问自己
> 冬天到了时会怎么样
> 我已不知在哪儿过的冬

4

逐一数过外国外族的歌，并不是非要排斥国产歌曲。哪怕对大哥般的冈林信康，喜爱和关注到了一定分寸就需要节制。他们毕竟是他们，与我们活在两界，心事不同，观点易变。

近年来我最牵挂、最盼望他们成功的歌手都是中国人。一个是打工者的歌手孙恒，一个是维吾尔歌手何力。

先是"打工春晚"的鼓励。几年来，孙恒率领的打工艺术团接连冲击了北京"春晚"恶俗与粉饰的乌烟瘴气，使我们心中痛快。后来读了《工人新调查》一书以后——这是描述孙恒和他的工友共同体的一本社会学调查，我曾写了这么一段话：

> 读了《工人新调查》后最深的感受是——文明进步的一个目标，就是突破随资本主义发展而膨胀的学科方法，突破学院内知识与人的异化，勇敢地投身于工人与农民共同体的建设。也就是说："正确的

方法存在于研究对象的方式之中。"

随着亿万农民进城,新的工人阶级已经诞生。它的庞大令人震惊,因此它的诉求和表述,也必然要降临世间。孙恒的工人歌曲在此刻应运而生,带着理直气壮的正气,带着中国的和工人的嗓子。

在中国,人的诉求只能是最低限的对报酬、权利、尊严的守卫。因此唱出"团结一心讨工钱""幸福和权利,靠自己去争取",就唱出了新工人阶级最基本、也是最初步的呼声。

此刻的粗糙,或者是在作曲方面?因为作词已烘托出基本的姿势。如民谣弹唱的《彪哥》,不断使我联想冈林信康的《流浪汉》①。它们的歌词非常相似。冈林曾借助这首歌,怀念他当年在山谷的生活与工友。

> 那家伙,一个男人
> 我们一块受苦
> 一块彷徨,不管风雨
> 来到陌生的城里
> 分一份工,住一间房
> 拿一个茶碗,一起吃
> 天亮前,孤独的小屋里
> 被雨浇了的那家伙
> 发了高烧,颤抖着去了那个世界
> 今天我祈求,流浪的人
> 旅途能幸福
> 今天我祈求,孤旅上的
> 那家伙能幸福

而孙恒的《彪哥》也有依据着同样的体验。歌子的叙事性当然携带着切肤的真实,一些句子显然已经能经得起推敲锤炼。剩下的,几乎已经只是曲子和音色的功夫:

> 认识你的时候
> 已是在你干完每天十三个小时的活儿以后
> 你说你最痛恨那些不劳而获的家伙
> 他们身上穿着漂亮的衣服
> 你拥有的只是一双空空的手
> 你总说也许明天日子就会改变

不用说《劳动者最光荣》。虽然简单，形同呼喊，但人们等待这声呼喊已经等得太久。孙恒显然具备着新时代思想者的意识，简朴的几句，显示了他结实的准备。

这首歌虽然粗糙，但它是人性进步的号角。一个民族若还不会这么呼喊，这个民族就还远离着自由与解放。

尽管如此，尽管工人与民族都迫切期待着一声呼喊，我却盼孙恒能尽快在艺术上跨出一步。实现他艺术的独立和个性，写出他的《山谷布鲁斯》②，给濒死的唱歌界以重锤电击，给探索的工人阶级以思想文化。

何力，这个名字深潜在茫茫的人海。他在北京时虽然全力参与演唱活动，但我猜人们仍反应不过来——为什么呢？因为他长评短论地使用汉语，关注所有文学、社会和网络。包括我很久都不知道他的本色。他的全名是何力·阿卜杜伽迪尔（HalilAbud-gadir），浪迹北京多年，忍受着生存的艰难，一台电脑一把吉他，两栖于文化批评与歌手生涯之间。

我一直心中有愧，由于没能多给他哪怕一分的照顾。

我总想建议他转战文化批评，因为他的汉语理解与修辞能力。他是称作"民考汉"的语言大潮之后，留下的一个正果。我总觉得，如他一样的维吾尔人早该介入病入膏肓的汉语文学界，以全新的话语冲击文坛。

但他的梦想是歌手。

就作词而言，虽然远不是饱经锤炼，但如孙恒一样，何力的歌词一经出手，就在一个高点之上。如果谈到建树，何力已经完成了一次重大的建树——他写于2003年的歌曲《若雪之歌》，纪念了为了他者牺牲的美国姑娘若雪。几乎唯有他一个人，唱出了那个时刻必须宣布的正义。

> 这个星球上爱你的人
> 在你心中种下了善良和光芒
> 那些你用心爱着的人
> 就能收获幸福和阳光

卑鄙的媒体与盘踞艺术殿堂的小人，照例对这种声音实行了隔离。不报道，不理睬，何力遭受了冷冻和边缘化。但历史却记录了，在那次人类与邪恶角力的瞬间，何力是代表中国的唯一歌手。只有他，给那个为巴勒斯坦难民死去的善良的犹太女孩，作了一首歌。

> 这个星球上离去的人
> 留下了许多美好的愿望
> 那些死不瞑目的人
> 是否已找到天堂

由于这一首《若雪之歌》，中国没有在那次表明人性的事件中失节。但歌手何力的建树，却被冷漠的中国人无视至今。

> 为了这一生的岁月
> 为了这沉默和歌唱
> 就让我唱一支歌谣
> 唱出心中的力量

如今何力已经回到了他的新疆，那片音乐的深潭，那个歌曲的源头。一旦重新潜入母语和维吾尔语底层，何力的下一步会怎样呢？

较量仍在艺术一线。和孙恒一样，何力面临的同样是克服弱项，在一丝旋律与一句歌词之上，实现灵性的创造。

在即将结束对著名歌手的倾听之后，转身望着我的两个歌手朋友，我总不禁在想，未来的他们会怎样呢？

没有以正义为核心的艺术，最终不过是一些垃圾——中国大量的伪诗人即是如此。

但是缺乏艺术的正义，从来难做韧性的坚持——世间大量文学艺术的爱好者多是如此。最终的他们，不过是一些失败者。

愈是宝贵的立场，愈需要遭遇灵感的幸运。此外还有重重的艰难，其实歌手和游击队员一样——不仅危险，而且必须不断地拿出新的作品。人们只是围观和等着，并不伸出援手。永远在奔波，永远被催促，这是一种残酷的存在选择。

能决定一切的，唯有他们的前定。当然，这也是写给我自己的话。一旦站到了那条线上，无论作家歌手，迎对的完全一样。

我盼我的两个年轻朋友——对这个时代那么重要的歌手，为了拿下庸众盘踞的艺术碉堡，突破自己内在的关口。

那是一种积累与天性、前定与感悟的大关。它不仅需要歌手兼有作诗谱曲的才能，不仅能抓住一字定音的词语并捕捉一闪即逝的旋律，还要敢于在关口牺牲，换来——那冥冥中的恩惠，那被准许以生命交换不朽的、珍贵的眷顾。

写于不安的2015年春节前夕

①这首歌，是早期冈林的作曲显然还不熟练时，翻唱的美国歌手托姆·帕克斯顿的《Ramblingboy》。日文题目是《ランブリングボーイ》。

②冈林信康的成名作、《山谷ブルース》。

选自《十月》2015年第3期

评鉴与感悟

至今记得2000年冬天某个阴天的午后,我在图书馆读到了先生的《黑骏马》。差不多是同时又读了《心灵史》。具体的情节早已淡忘,但他戴上白帽子,仪式般地在乡野游走,不只是呐喊,而是身体力行体验他所倡导的"清洁的精神",深深刻在了我的记忆里。先生早不写小说,只写散文。这一篇,写生命底色中的歌声,主题沉郁,读来感心动耳,荡气回肠。

我迟早会让他们懂得

/侯孝贤

我小时候在凤山长大，有三家戏院，放影片的时候我就会去看，没钱看怎么办呢？我就跟一个伙伴做假票，拿票进去以后捡撕下来的票根，回去粘上，下次接着用。通常虚线的图章不合，但是撕票的人是不会每天看的，因为要撕的票太多了。再后来我年龄更大一点，就是初中高中爬墙、剪铁丝网，反正他怎么封我们就怎么进去。

看电影一直看下来，只是纯粹好看，想看。我另外一个爱好就是看小说，我感觉文字跟影像是一样的。你以为影像很直接？其实不是，好的影像是会透露其他隐藏的信息。其实跟文字是一样的，文字是表面的，但是它隐藏了深度，从表面的形式呈现出来，这两个是异曲同工的。

高中时候我的经历也很特别。高中没毕业，也不可能毕业的，留校察看我也不搭理。考联考又考不上，只能去服兵役，服兵役回来两年我跑到台北打工。那时候有给通用电子公司做零件的，很多学生都在那里打工。我升到初级技术员时一个月一千一百块，就开始准备考艺专。我填的第一志愿是艺专影剧科，一边工作一边看书。在台湾的联考里面艺专影剧科是分数最低的，别人最后才会选的，我选第一志愿，也因为服完兵役可以降低录取分百分之二十，所以我就考上了。

大学一年级的时候跑去艺专的图书馆，借了一本名字叫《电影导演》

的书。英文的序言，只有一页多一点，我却查字典查半天。它最后一句话说："当你把这本书都弄透彻了，你还是不能当导演。"我就合起来就还了。后来就在学校里混，一年级就被留校察看，因为打架什么的一堆事。但最后我也正常毕业了，因为我服过兵役，肯定会毕业的。

我年轻时候很叛逆不羁，但其实也没有到"黑帮"这类用词这么严重，基本上就是喜欢玩。

我家住的是县政府宿舍，我们巷子一出去就是一个城隍庙，是那种最古老的城隍庙。城隍庙不管是里面的建筑、树木，还是住在那附近的人，都历经好几代了。就像个社区一样，彼此之间常常玩在一起。如果有外人进来发生冲突，我们自然会团结在一起。或者是你在凤山别的地方被欺负了，我们就会一起去找回来。

城隍庙旁边有个打铁店，我们打了很多铁器，其实很危险的，打铁器是因为跟别的地方有冲突了要防备。我那时候应该初中吧，约架约在凤山一个公园。那时候天很黑，根本没什么电，他们那群人是从那边来，我们这群人在这边一直找，找不到，后来就派我跟另外一个小学同学过桥去探。结果他们就躲在桥下，黑暗中突然就拥上来了，只看到黑夜里面刀剑相碰的火光。

有没有人受伤？小伤。会不会死亡？不会。这种明着打一点都不会有事，不可能出事的。你听起来好像很恐怖，其实没有。真正会出事的是结怨结久了，对方要刺杀就会偷偷来，这种事在凤山发生过好几次。所以你说《南国，再见南国》我会不会拍？当然会了，必然会。但那种拍法跟一般的不一样，一般的就是好像帮派里面都很跩，穿得很炫。而我们就是每天没事聚集在一起，不然就是一起赌，赌的钱也不大。

从我离开凤山以后就开始变化了，毒品开始进来，我们叫四号、吗啡，还有四号之前类似止咳糖浆的这种。我不涉足这些，包括毒品或者什么的。我有一个尺度，最严重的只不过把士官俱乐部的大门给砸烂了，最多就是这样子而已，或者是带着刀在街上寻对方的人，找了几天也没找到。所以我基本上没有进入到没办法脱身的状态。

后来我就离开这些东西了，原因就是我非常喜欢小说，看了很多小说后就有一种向往，这种向往是说不上来的。

回想以前的种种，假使我没有那些经历，可能会像你们一样，在念大学、念高中的时候就想我要做什么、怎么过活，又或者是家长压力，或者种种，那我可能也会变成老师。我姐姐跟我哥哥都是师范毕业的，两个都是老师。那做老师能不能变？绝对可以变，就看你们怎么变！假使你们从小学就看小说，喜欢看电影，你就有机会变。

进职场后我当了几年场记，后来是编剧兼副导。写的第一个剧本是《桃花女》，第二个是《定婚店》，其实就是"月下老人"的故事，唐传奇里面收录的一篇。《定婚店》的时候我同时兼副导演，因为导演是摄影师，我还要负责现场的调度。所以你看我的机会多好，从此很快就做编剧、副导，一直做到导演。

我们那时候在电影上刚刚冒头，每天一堆人聚在杨德昌家，写了一堆要拍的，每天讨论来讨论去。杨德昌能力非常强，而且他是用英文思考，不像我们用中文思考。英文思考有什么好处？逻辑性比较强。我们中文是一颗一颗的，是具象的；而英文是抽象的，每个字的拼写相关字都会用到，是有逻辑的。他逻辑方面比我们强很多，我们是直观、直接、具像，所以反映到电影上，我拍片的方式跟他就不一样。

那时候陈国富也会在一起。我第一次是在电视上看到他，很厉害的。高级工商学校毕业，连大学都没有上，英文还是自修。我就说他的脑袋特别好，处理什么事情特别快。

焦雄屏是从美国奥斯丁念书回来的，她性格比较直，写了一堆评论被人家骂。你写电影不好，那人家片商怎么上片？所以她没事就找我帮她出面，或者打电话来说某某又怎样，某某要怎样，我就直接打电话过去骂人家。她胆子非常小的，我不骗人。但是她的企图心又很大，非常可惜，她对电影还是不了解，毕竟是念电影理论的。这个电影圈最流行一句话"你是导演（还是）我是导演？"嘴巴上不说，大家心里都有数。后来她得罪太多人了，没有人和她合作，她的学生也不想跟她合作。我现在不知道她在干什么，我也搞不清楚，因为最后我也跟她闹翻了。我当金马奖主席的时候，她直接凶我底下的执行长。我当台北电影节主席三年，金马奖主席五年，把整个组织架构都做好了——执行长最重要，主席是虚位。所以无论怎么换主席，执行长还是一样做，是最重要的。她这样削一个电影节执行长……电影节不是任何人的私人领域。

我以前最喜欢的一个年轻人其实是非演员。那时候她还是高三，我在台湾万国戏剧院门口看到她，当时就傻了，犹豫半天不敢上前。结果她就走了，我就舍不得，一直在后面跟。她上天桥，我就跟着过天桥。她下，我就跟着下。没办法最后还是舍不得，我就掏出我的身份证，跑到她面前说我是某某——因为我那时候小有名气——我是拍电影的怎样怎样，希望能跟她要一个电话。她留给我了，她就是辛树芬。

我前面拍她的是《恋恋风尘》，其实《恋恋风尘》你们看过就知道了，简直是……然后她就嫁到美国了。老公是她小学同学，这个同学在小学六年级的时候，全家移民到巴西，他们一直保持通信。拍完《恋恋风尘》辛淑芬就跑到美国嫁给他了。我是后来拍《悲情城市》硬邀她回来，但她拍完那部就再也没回来。

我说我的电影"背对观众"，是指在想事情时一天到晚盯着观众干吗？每天都想这群人希望我的剧本应该是这样，那样写可能不行，这种东西上次票房不是很好，这次应该搞成这个样。那你是干吗，迎合吗？迎合怎么会有自己独特的东西？我说背对观众，你的创作才开始。你不能一直想着观众，背对他们才能认真面对自己。你关注的不是木头，不是大厅，是人。因为你要拍的是人，你对人彻底理解了，你就能拍得到，拍得到了他们才会理解。你不能老想着我这次十个亿，下次二十个亿，就去把这个元素抓来，那个元素抓来，想着哪个明星可以用。你也许可以成功一次两次，但绝对不会长久，慢慢你自己就没了，因为你不是在创作，你是在帮观众找一些迎合点。

所谓主流电影消费者，他们愿意来我欢迎，他们假使还没办法懂得欣赏，没关系，我迟早会让他们懂得，反正我会一直拍。

现在年轻人的时代跟我们不一样，我们那时候只要肯做就有得活，只要认真做就会做起来。有一句话是这么说的：技艺是人在世界上存在最重要的东西。意思是这样，好像是卡尔唯诺说的。为什么？因为技艺是确切的，是你跟现实事物的接轨。比如你要进入这个行业，假使你会画画，你会一样特殊的技能，这就是最好的起点，而且你会越走越深，深到一定的程度，什么都是通的。讲俗一点就是，你要发现你的特长。为什么技艺最重要呢？你要是从小就是一个木匠的话，你做一辈子，越做越厉害，而且这个技艺会通到别的技艺，你的眼光也会非常厉害，这是一定的。就像我虽然做电影，但我看人看事，看各种造型艺术都能有我的判断，我会有非常强烈的感觉。

现在很多学电影的一开始就要当导演，我感觉不是，你自己有没有准备好你自己心里最清楚。我们不能被架着上，好像大家认为你很棒你就可以，其实不一定。底子打扎实，技术层面就会升很快，文学底子跟生活世俗方面经验很充沛，你就可以做得很好。

所以毕业以后找不到工作没关系，你自己可以操练，只要你喜欢。哪怕找半天只找到一个马马虎虎的工作，去之后记住认真做，它会回报给你的。或者哪怕你一直心里面不喜欢，你也把它做到底，最少懂得怎么跟人家沟通，怎么跟人家横向、纵向连接，公司的营运操作是怎么样。我感觉你只要对你第一个进入的行业认真，它就一定会回报给你，一条路你越走就会越清楚。

本文为2015年6月20日侯孝贤导演在北京师范大学演讲实录

评鉴与感悟

读侯导的这篇文章，总是不断想起最初看《风柜来的人》的种种情形。事实上，也是看了他的多部电影，《悲情城市》《恋恋风尘》《一一》，更能理解他说话时的情感。他为什么眷恋回忆，喜欢把玩旧物，为什么关心普通人在时代洪流中的命运？或许从他这篇成长志式的讲述中可以找到部分答案。

我穿墙过去

/口述|冯远征 采访|张莹莹

一

1986年初,德国人露特·梅尔辛第一次来到中国。那年她将近六十岁,一头金发。在人艺,她成了我的老师。

那时我刚考入人艺不久。此前报考北京电影学院,尽管在考场上被当场选中,最终我还是给刷掉了,他们说我"形象一般"——那一届跟我形象差不多的不也进去了吗?所以,能进入人艺这个殿堂,我特别珍惜。

那几年是中西方文化交流特别多的时候。对西方艺术,中国正处于从茫然、不知所措到渐渐了解的过程中。格洛托夫斯基学派是斯坦尼斯拉夫斯基、布莱希特之外的表演流派,林兆华导演去欧洲,在西柏林高等艺术学院认识了教格洛托夫斯基流派的梅尔辛教授,他觉得这个流派很有意思,就跟剧院提议,把梅尔辛请到人艺,给我们上课。梅尔辛教授来北京,人艺只负责路费住宿和每天的早午餐,晚上她还要自己掏钱吃饭。一个咱们当时以为是最看重钱的资本主义国家的人,不远万里来到这里,不要任何报酬,是挺令人感动的事。

人艺师生对梅尔辛教授都很友好。但对于格洛托夫斯基学派,当时人艺的老师中也有争议。在训练中,梅尔辛教授大量使用身体技术来激发演员的潜能,三四个小时的课程包括翻滚、跳跃等运动技巧,很辛苦,一些同学也有抵触。我们班的吴刚（《潜伏》里头演陆桥山那个），就跟梅尔辛教授说自己有脚气，逃避上课。翻译把脚气翻成"脚上有病"，梅尔辛教授一听，以为他骨折了，马上准假。

我上课一直特认真，不惜力，领悟也快，梅尔辛教授经常表扬我。

每天训练完，梅尔辛教授会盘腿坐在排练厅角落，一个一个地把我们叫过去悄声交流。说缺点时，别人听不见，保护你的自尊心；鼓励时，你会有"她是不是特别喜欢我"的窃喜；这就是当老师的艺术。

有一天，梅尔辛教授在角落里跟我说："如果你明年去德国，考我的班，我会第一个录取你。"翻译以为自己听错了，请她再说一遍。她又说了一遍。"你愿意吗？"她问我。我回答："不愿意。"

培训班结束后，梅尔辛教授让翻译把我叫到她的住处，正式邀请我明年考她的学校。我又拒绝了她，人艺是中国最好的剧院，我不想刚进来就离开。

然后，梅尔辛教授就回了德国。我继续在人艺。

1986年下半年，我从学员班被抽调到剧院排《北京人》，演曾文清，算是主演了。那个时候，剧院第二次把梅尔辛教授请来给我们上课。她再一次郑重地跟我谈，希望我去德国，我再一次回绝了她。还没毕业就当主演，前途很光明了，我为什么要去德国？我对德国的概念就是奔驰轿车、莱卡相机，以及柏林墙，它把资本主义和社会主义分开了，墙在资本主义那一面还被画得乱七八糟，多可怕啊。

1987年暑假，梅尔辛教授第三次来到北京，这次剧院没有邀请她，她是以个人旅游的名义来的。她第四次邀请我去德国。那时我才知道她给我发过好几次邀请函，寄到人艺，都被扣下来了。我陪她在北京玩了近二十天。临走前，梅尔辛知道大概是无望了，便跟我说："如果你实在不愿意去德国上学，就去三个月吧，完整地看一看格洛托夫斯基流派的教学"。当时我在恋爱，她还邀请我和女朋友一起去，"我在德国给你们举办婚礼"。

一年之后，我从人艺毕业。已经谈婚论嫁的女友突然吹了，我大受打击，一心想离开中国。我给梅尔辛写了封信，告诉她我打算去德国，她特别高兴，立刻重新给我发了邀请函——这次寄到了我家里。

我开始一边拼命挣钱一边办手续。我花八千块买了单程机票，可日子快到了签证还没下来,我只好把票退了。签证下来了,我再去买机票,票已经没了。那时飞德国的航班一周才有一趟。卖机票的告诉我,我还可以坐火车。从北京到柏林火车要走八天。我一算,走八天也比等下一班飞机到得早。那是中国的动荡年代,夜长梦多,我只想赶紧走。买吧,头等软卧一人一间,一千四百九十元,我记得特清楚。我买了两天后出发的车票。

接下来那一天多,我疯了一样跟所有人匆匆告别。朋友们挤在我家里,大家都觉得,可能这就是永别。

二

1989年11月1日早晨,我从老北京站出发。火车会经过二连浩特进入蒙古,穿过苏联,在8号凌晨到达西柏林。那是我第一次出国。

11月7号凌晨,列车抵达莫斯科,停留一天。那天正巧是十月革命节。置身红场的时候,我发现它没有我想象中那么大。天很冷,但广场上依然很多人摆着桶在卖鲜花,情侣们会买上一枝花庆祝节日,还有结婚的新人们在无名烈士纪念碑前合影。许多和平鸽在红场上空飞翔,我默默想,如果在中国,它们就被吃掉了。

晚上回到火车上,发现因为客满,头等舱变成了两人间。跟我一间的是个雄壮的俄罗斯女人,一米七五左右,还穿着高跟鞋,衬得我像个没长开的小孩。发现要跟一个男人同房,女人特别不高兴。同行的朋友告诉我,她是驻捷克使馆的参赞夫人。

参赞夫人提出,让我跟普通舱的中国女留学生换铺,我想想,同意了。结果三个女留学生都在车上谈起了恋爱,没一个愿意换的。这就不怪我了。

参赞夫人沉着脸坐在包厢里。"叮咚!"夫人按响了召人铃。列车员进来,俄语一说,一杯带银托的红茶毕恭毕敬地送上来。我在上铺百无聊赖,翻出"不老林"牛轧糖吃,一边吃一边把糖纸扔到下面烟灰缸里,却发现参赞夫人盯着那糖纸不错眼珠。

夫人把我扔的糖纸拿起来,小心展平了,夹在笔记本里。

于是,我抓了把糖放在桌子上,跟她说:"Foryou!""Forme?"她马上喜笑颜开,连说"Thankyou!Thankyou!"一边把糖收到包里。我说:

"Eat, eat!"她摇摇头,"Formyhusband",意思是留给她丈夫。那一刻,我觉得自己太牛了——我又抓了一把糖,"Foryou!"夫人傻了——"叮咚!",列车员进来,俄语一说,两杯带银托的红茶毕恭毕敬地送上来。

夫人指指红茶,"Foryou!"。

我接着翻包。翻出准备带到德国送人的漆雕镯子,找出最大号的,"Foryou!"。她套在手腕上,激动得快哭了——"叮咚!"小点心毕恭毕敬地送上来。

接下来,就是我不停地翻包,"Foryou!",她不停地"叮咚!"。她用俄语加英语跟我说了好多话,我几乎一句也没听懂。火车到了东柏林,好多留学生呼噜呼噜下车,我正要搬行李,她一声"Stop!"又"叮咚!",招来列车员,一起摁住我。过了一会儿,到了西柏林,她才让我下车。

其实西柏林才是应该下车的地方。好多留学生不知道,到东柏林就下了。当时东西德边境尚未开放,他们要过一个严格检查的关口,行李要搜查,还要搜身,还有索贿的。这些我都没遇到。站台上,参赞夫人热烈地拥抱我,两个大胸把我的脸挤在中间,狐臭贴上我的脸,就像糊住了一样,我一挣脱开就大口喘气。

火车出了站,参赞夫人还在徐徐离去的窗口对我挥手。

西柏林时间子夜一点,我在柏林动物园火车站和一些中国留学生一起等待天亮。第二天,他们即将转车去往波恩、科隆或汉堡,留在柏林的只有我一个人。萍水相逢的一群人胡乱说了好多话,这些人,后来都失去了联系。

我还记得那道在深夜穿过的墙:穿墙之前,东柏林一片黑暗,穿墙之后,西柏林是亮的,到处都是灯。我想,资本主义怎么这么亮啊,那些橱窗要费多少电啊?可是,真好看。

接下来的几个小时,我跟另一个留学生去买烟,误撞进了亮着彩色大灯泡的资本主义妓院。我以为会被黑得只看得清牙齿的黑人保安追打,但是并没有。早晨,我又遇到了一个兴奋的资本主义出租车司机,他滔滔不绝地跟我说着德语。在1989年11月8日早晨7点,我终于敲开了梅尔辛的家门。

梅尔辛来开门的时候还穿着睡袍,她一看见我就惊呆了——我从北京发给她的信还没到，人已经到了。坐在她家的餐桌前，我头一次吃到了凉牛奶泡麦片和黑面包抹果酱，它们粗糙地刺着我的嗓子，但我必须都咽下去。

我终于来到了资本主义社会。

1986年夏天，梅尔辛第二次来到中国，我和同学们到她在北京住的宾馆看望她。

三

到西柏林的那天，梅尔辛请我在意大利餐厅吃了晚饭。吃完饭，梅尔辛带着我驱车前行，我还不会说德语，没法跟她交流，正琢磨我们要去哪儿的时候，我看见了柏林墙。

灯不太亮，但我能看到那些涂鸦——好像也没那么可怕。

梅尔辛用手画了个圈，示意我，西柏林在圈里，周围都是墙。她带我上了瞭望塔，我看到墙下一道有五六百米宽的隔离地带，它空荡荡的，只有电网和岗哨，梅尔辛又示意我，要有人从那儿跑过，士兵就会开枪。

那是我第一次触摸到柏林墙，那也是它形态完整的最后一天。第二天早上六点，我正在睡觉，梅尔辛砸门把我叫醒。电视屏幕上，好多人拿着鲜花泪流满面——东西德的边境开放了。

西柏林全民放假，无数的人涌上街头，到处都是挥动的旗帜。四处堵车，梅尔辛和我坐地铁到了勃兰登堡门，窜上那三米高、两米宽的墙往下看。西柏林人把啤酒、可乐扔到墙的另一边，堆成了小山，警察和军人还是背着手站着，动也不动。墙上的人太多，有人被挤得掉到了那边，警察们小心翼翼地把他们扶回墙上。

在勃兰登堡门，我遇到了在德国的中国人，他们给我讲述了这到底是怎么回事，我特别感动，想哭。

从那之后，我不断听到电钻钻墙的声音。东德人从此可以自由进入西柏林，在任意一家银行排队，凭身份证就可以领取一笔"欢迎费"，我记得是二十西德马克。西德人当然也可以到东边去。那会儿，所有的中国人请客都去东柏林。东柏林物价太便宜了，二十西德马克能请好几个人吃大餐，还带给个体面的小费。

去东柏林不麻烦，就是偶尔要搜身，因为东柏林官方知道到那儿去的西柏林人会夹带点"私货"——官方勒令东西德马克等价交换，可在东德的黑市，一个西德马克能换十个东德马克，差价太大，很多人偷偷带钱进去。我一个上海朋友过关时拿着中国护照跟东柏林警察说"Brother, brother"，意思是"咱们都是社会主义阵营的兄弟，就别搜我了"——他立刻被带进小黑屋翻了个遍。后来他学精了，在东柏林找了棵树，钱藏树底下，每次入了境，"哎，你们等我一会儿"，偷偷摸摸跑树底下找钱。我也会藏点，把钞票卷起来塞进书包带的缝儿里，捏软了，过关检查时摸不出来。那一阵，好多中国人不打工也不开餐馆了，光靠倒腾东西德马克就发了财。

这样的日子持续了近一年，直到1990年10月3日，东西德统一。

四

倒马克的事我没参与。到德国的前四个月，我一直在为语言发愁。

我是梅尔辛推荐的学生，按照规定，可以不经过专业考试，只要在四个月内语言交流过关就可以入学。这条件其实挺宽松，但那四个月必须能讲德语的要求真是让我心焦。梅尔辛出钱给我报了语言学校，我天天去上课，天天思考世界上怎么还有这样的发音。我成了一个有思想的婴儿，根本张不开嘴，要想跟梅尔辛说一句话，我得闷头在楼上自己的房间先背上好几遍，下楼跟她说完，她一搭茬，我就又张口结舌。

梅尔辛愤怒了。德国人很诚恳，请你来的时候很诚恳，表达怨气也很诚恳。梅尔辛给一个中国朋友打电话，让他用中文问我怎么还过不了语言关。这个朋友来德国前在中国学了四年德语，刚来的时候还是连一杯啤酒都不会要。我跟他诉说了半天，他转头跟梅尔辛解释：征确实在认真学德语，学得觉都睡不好，莫名其妙地头疼，他都想回中国了。

放下电话，梅尔辛看我的眼神变成了心疼，她立刻请我吃了一顿昂贵的大餐，之后，她再没怨过我"你是干吗来了"。

转眼，到了1989年的圣诞节。那是我人生中第一个圣诞节，一切都很新奇。梅尔辛的亲人朋友聚在家里，我们坐在圣诞树下吃点心、拆礼物，忽然，我开始说德语，我告诉梅尔辛我在中国怎样失恋，怎样来德国，这一路经历了什么。我的单词一个个往外蹦,梅尔辛全听懂了。"征,你会说话了!"

是啊,我会说话了,虽然那时说得错漏百出、滑稽可笑,但学语言就该这样,先死记硬背,张开嘴,再学语法;要先从语法学,什么都懂了还是不会说。

1990年冬天,我和朋友们在柏林墙前。如今除了我,其他的人都在德国。

五

我顺利在西柏林高等艺术学院注册入学,跟着梅尔辛上表演课,还修灯光、修舞台美术、修服装设计、修形体……课余时间几乎所有中国留学生都忙着打工、找房子,只有我和余隆(如今他是中国爱乐乐团的艺术总监)不用打工,那个时候,每个月梅尔辛给我八百马克的生活费,她希望我不打工,专心学习。没课的时候,余隆给我打电话,约我聊天、喝咖啡。

偶尔留学生们聚会,所有人都一肚子苦水,找房子的苦恼,打工的问题,跟德国人文化上的冲突,想家的感觉……谁唱一首悲伤的歌大家就都哭了,所以我们只聊高兴的事儿,不高兴的索性都不提,凑在一起就是瞎闹,乐呵。

有一天,我和一个朋友在书店里挑书,一个女孩跑过来问,你们俩是中国人吗?我们说是啊,她说她也是,"我是从难民营里跑出来玩儿的"。这个女孩在国内研究生毕业,本来在深圳有个很好的工作,动荡之后,她花钱偷渡到泰国,在泰国等了三个月申请到联合国派发的难民号,又被送到柏林,住在难民营里,一天拿几块钱发下来的生活费,等着再往下分配。

正好那天晚上有个中国人的聚会,我们就带她一起去。她给大家讲她偷渡的过程,大家都很高兴。快到八点,女孩说要走,"难民营有规定,白天可以出去,晚上九点之前必须回来,否则就要被遣送。"我们去送她,我跟她说,以后可以去学校食堂的咖啡馆找我们,那里的咖啡比外面便宜,我经常待在那儿。

她果然去食堂找过我们两三次,她说难民营里也有中国人,但都有点隔阂,还有那种四五十岁的男人,总想占她便宜。跟我们在一块儿,能说中国话，她慢慢就开心起来。

有一天她又来了，晚上我们又一块儿去中国人家里玩，大家说着中文，热热闹闹的。快八点了，她又说，我要走了；我说走啊，送你。她说，是要从柏林走了。消息传下来，她被分配到一个小镇——一个我们从未听说过的德国小镇，镇上没有一个中国人，她必须在那里待满八年才能拿到德国身份。

这么一个小女孩，在那么一个难以想象的地方，怎么过啊？送她的路上，我们有一搭无一搭地想把话往开心了说，但总是开心不起来。她说，她有点后悔出来了，不知道自己这八年怎么过，也不知道八年后还能不能回中国。把她送上了公交车，我跟朋友往回走，一句话都没说。后来我们谁也没再见过她。

还有一次我跟朋友喝咖啡，估计说话声音有点大，突然一个提大密码箱、穿西服的哥们儿三步两步冲过来，"哟，你们北京的？快跟我说说中国话，我憋死了！"我问他是干嘛的，他报了个地址，我一听，难民营，"你怎么是难民呢？"他说，别提了。带着一副"给你们开开眼"的神气，他把箱子打开——大半箱美金。他请我们吃饭，聊了才知道，他在国内贪了一笔钱，赶上动荡，自己造了个假通缉令，以难民身份跑出来了。此人也是在泰国等难民号，等半年也没见发下来，后来才知道泰国那帮人故意拖着他——他在那儿多待一天，就可以多黑他一天的钱。到了柏林，也不知道接下来会被分到哪儿，他就天天提着钱在大街上走，怕在难民营被人偷。这个人，后来我也没再见过。

现在任中国艺术研究院副院长的谭平曾写过一本书，里头提到我。写完了他专门来跟我打个招呼："我写你了啊，你别介意"，我心想，能写什么啊，"没事没事"。后来一看，他说我刚去德国的时候跟祥林嫂一样，逮谁跟谁说失恋。我问谭平，我真那样吗？——"差不多"。想想还真是，那时候我们聊天不想说不高兴的，就互相叙述感情经历解闷儿。记得刚到德国一个多月的时候，我在学校碰到一个中国女孩，她跟我一样都是戏剧系。我请她在食堂喝咖啡，聊天，一张嘴我就开始说我的失恋，等我意识到自己说了很久时，三个半小时已经过去了。女孩一句话没说。我赶紧道歉，女孩说没关系，"你说得挺逗的。"——能不逗吗？我爆了那么多隐私。

这个女孩现在还在德国，她开了个餐馆。每次她回国，我们都会见面。

六

在梅尔辛家住了一年，我想搬出来了。中国留学生都说，没见过一个中国人能在德国人家里免费住三个月，你这也太奇怪了。我自己也觉得不像话，二十七八的人了，在别人家里白吃白喝白住，每月还拿八百马克生活费，我多少有点寄人篱下的感觉。

梅尔辛不想让我搬出去，她希望我好好住在她家，好好上课，别的什么都不想。我们争执了一回，她拗不过我，还是听凭我开始找房子准备搬家。但梅尔辛给我铺好了后路，她安排我在她一个学生开的剧团里演戏，每月我有一千五到两千马克的收入。

于是我开始跟那些德国演员一起排戏、演出。排练时间从上午十点到下午三点，中间有一个小时休息。有天午休时，大家正边吃午饭边聊，我看见一名德国大提琴手没饭吃——中国人心态，一堆人冲着一个人吃东西不合适——我就把我打算下午吃的那块三明治塞给了他。

大提琴手听说我在找房子，便邀我住进他租的一套三居室。他和另一个德国人分住两个卧室，另外一个十五平的小房间归我，不要房租。"有这么好的事？你干吗对我这么好？"大提琴手说，他觉得我是个好人，"德国人不会像你那样，给我一个三明治"。那我也不能白住。最终我们商量好，每个月我给他做两次中国饭作为回报。中国菜要用的食材和调料能在越南超市买到，这事不难。

其实，在德国，我一直遇见好人。我想过永远留在德国。这里生活挺好，只要认真工作就能挣到钱，没人干涉你。文化生活又丰富，尤其先锋派戏剧非常发达，剧多得每天都看不过来。它不是一个容易离开的地方。

但那一年多里的一些经历还是在慢慢影响着我的想法。

东西德刚统一时，很多德国朋友给我打电话，嘱咐我千万不要出门，否则遇到新纳粹可能挨打。有次我去朋友家玩，坐最后一班地铁回家，车厢里九个人，七个是外国人，两个是德国人。到了一站，站台上五六个满身文身、扎好多耳钉的人忽然冲到车厢门口大喊"外国人滚蛋！"虽然他们只是喊喊,没有冲进车厢,地铁出站后,那两个德国人还是起身跟我们一一握手,为同胞道歉。我知道,这个国家的一部分人对我这样的外国人依然有着敌意。

有一天演出完,在剧场的酒吧里,我拿着一杯酒跟同剧团的德国同事聊天,正聊得高兴,突然有人在我旁边坐下来,"你是日本人?""我是中国人。""那你为什么在这里演戏?""我在这里学戏剧,能演戏对我是个机会,多好啊。"他就等着这句话,"你一个中国人在德国演戏,你知道有德国演员演不上戏吗?你是中国人,回中国演戏去啊!"

后来我才知道他也是一个演员,已经有一年多没有演上戏了。可以说大家都是凭实力,但是当个演员还要遭受敌意,我开始怀疑自己在德国演戏的意义。

还有一次,德国大选期间,平时玩得挺好的两个德国朋友因为支持不同的党派而争得面红耳赤,我在旁边说了一句,某某党挺好的,他们立刻同时住嘴,转头看向我,脸上的表情是"这跟你一个外国人有什么关系?"

那段时间,一个朋友拿到了德国国籍,我们一块吃饭,我敬他酒,为他庆祝,却发现他垂头丧气的。他跟一个德国女人结了婚,婚后俩人处不来闹离婚,他跟对方说,离婚可以,你得等我八年,好歹让我拿了身份。那德国女人也算仗义,真等了他八年。现在身份拿了,接下来准备办离婚,他说,以后回中国还要签证了,但是"不拿出护照,哪个德国人会认为我是个德国人呢?"这叫什么事啊!但已经等了八年,不拿又不甘心,他带着无奈,说:"这辈子就在德国混吧,也就这样了。"

这话太刺心了。在德国生活一年多之后,我开始像哈姆雷特思考"生存或者毁灭"一样思考"留下或者回去"。相比之下,德国比中国自由,但一年语言学校加四年高等艺术学院毕业之后,很可能根本没有人找我做演员。即使能演戏,演的也一定不是我想演的角色,无非是糊口——像我在那个剧团里的角色,就叫"外国人",不停地在台上跑来跑去,偶尔说上一句话,也就比龙套好一点。如果我继续读书,读戏剧史或戏剧理论,读到博士毕业都快四十岁了,然后呢?搞戏剧研究?一部戏出来我评论道"这戏真本土、真德国化"?——一个中国人说一部德国戏"本土"?吃饱了撑的吧?

要留在德国就几条路，一是找德国人结婚，找不到真感情就只能假结婚，给她几万马克，她等你八年，拿到护照；二是放弃学业，利用签证期拼命打工，开个中国餐馆，变成老板之后把学生签转成工作签，一辈子也就这样了；三是最惨的：放弃学业当导游，打个小旗到机场接团。

这一切都不是我想要的。

思考了半年，我让一个搞旅游的朋友帮我订一张回北京的机票，单程。我要回国看看，我还能不能做演员。

七

走还是留，在德国的最后半年，我跟梅尔辛谈过三次。她总是说，你不要走，你是中国唯一学格洛托夫斯基流派的人，你要把它学完。即使我完成学业，梅尔辛也不希望我回中国，"回那个地方干吗啊？"她这么说。那时中国的未来仍不清晰，许多留学生还在观望，而梅尔辛想让我继承格洛托夫斯基流派，成为她的传人。

我说，在德国我永远演不到我想演的角色；她说，那你可以教学、当老师啊。她觉得这根本不是一个问题。

但我还是想做演员。终于有一天，我告诉梅尔辛，我决定了，我要回国看看我还能不能做演员。她非常生气，"好，征在中国是一个伟大的演员！行，你走吧，走吧！"

回国的前一天，我又去了梅尔辛家，告诉她，明天我就走了，如果在中国境况不好，我会回来的。她很冷淡，说，你随便。

我知道我是真的让她难过了。

我又找到梅尔辛的妈妈，那年奶奶已经九十三岁了。住在梅尔辛家的那一年，经常家里只有我和她两个人，我们总是在她的小房间里聊天。老太太对我特别好，用彩笔给我画了很多幅小画。我跟老太太说，我要回中国了。"回中国干什么呀？"我只能胡乱编个谎话，说我要回国换护照。她问我，你还回来吗？我说，回来。她说，"你必须回来，我活着等你。"她亲了亲我的脸。看着她那张布满皱纹的脸，我知道，我再也见不到她了。

必须要走了。在门外，我拥抱了梅尔辛，哪怕她依然冷冰冰的。我说："妈妈，再见，一切顺利"。

在德国的两年改变了我的生存观、世界观以及对艺术的认知。我看到了很多东西，用德国人的思维方式在那个社会生活，我觉得如鱼得水，但最后还是无法彻底融入，即使我在那里成为一个演员——因为我长着这样一张中国人的脸。柏林墙已经拆了，但是在德国的每一个中国人心里都会有一道墙，就是中国跟德国之间文化的、生活习惯的墙。

回到北京，当天我就到了剧院，迎面碰上于是之老师，他问我："你还回剧院吗？"我说，回。

后来我跟牟森在电影学院办了个培训班，推广格洛托夫斯基表演流派。培训班的那些孩子大都来自农村，自我感觉长得像张丰毅或巩俐，就觉得能当演员了。我跟他们说，估计今后你们这些人里一个演员也出不来，他们特别沮丧。

我带着学员们排《彼岸》，剧本是高行健写的。在电影学院演了六场，好多先锋派艺术家都来看，他们说，这才是中国的先锋戏剧。崔健也来了，看完之后说，你们什么都是中国的，怎么就音乐用外国的？回去他写了首歌，也叫《彼岸》。

格洛托夫斯基跟斯坦尼斯拉夫斯基、布莱希特等流派最大的区别是，格洛托夫斯基认为任何人，只要智商没问题，都有成为好演员的潜质，就像每个人身上都带着一定数量的金子，差别只是我露出了三四公斤而你只露出了半公斤，老师不是教授者，而是掘金者。怎么掘，全靠老师的经验和理解。在这个流派中，老师的言传身教特别重要。梅尔辛师从格洛托夫斯基本人，是嫡系传人，这也是为什么她把传人看得特别重。

在中国，格洛托夫斯基流派只有我会。给电影学院摄影系的学生排《死无葬身之地》时，我不跟那些90后去解释纳粹和存在主义，我告诉他们："把这个戏当成职场戏来演就行了：你想跟老板告密？我们挤兑死你。"——什么生死险境，一说这个他们就懂了。我不信谁演个戏演完三个月还"从角色中出不来"——那是装。格洛托夫斯基流派就是这样，你不需要知道我想什么，只要看到结果。

回国后的六年我一直在拍影视剧，后来，我又回到了戏剧舞台上。很多事情都看机遇，我赶上了。其实当初如果我再在德国呆个五年十年，回来可能也能当演员，但我就不会遇到《不要和陌生人说话》。

我感谢梅尔辛,没有她,没有格洛托夫斯基,我不会有今天。

我记得与梅尔辛告别的那天,出了她家的门我就开始流泪。回国之后我给她写过好几封信,她什么也没回,她是再也不想理会我了吗?2008年,《超级访问》采访我,问我有什么愿望,我说想找到我的德国教授梅尔辛。节目组真的托人到梅尔辛家敲门,拿着我出的书,告诉她,现在冯远征在中国是很有名的演员。看着书上我的照片,梅尔辛说:"哦,他的头发比以前少了。"

那本书上都是我的影视剧剧照,梅尔辛说,征不作戏剧了很遗憾。后来我专门打电话给一个朋友,请她告诉梅尔辛,我还在人艺,还在坚持演戏剧。

与梅尔辛告别二十二年后,2013年,我去了德国拜访她。我的车刚停下,院门就打开了。我想,也许她一直坐在门口等着我来敲门。她坐在轮椅上,腿肿着,跟我记忆中那个精干的女性比起来,眼前的梅尔辛苍老了许多。我有点想哭,但还是微笑着,拥抱了她。那年她已经八十多岁了。

我站在院子里,看着我曾经住过的地方。二十二年之后,房子破败了。一千多平米的草坪曾经我每星期都修剪,现在草长到半人高了也没人管;我住过的小房间凌乱不堪,我和梅尔辛的儿子在地下室建的小剧场现在堆满了杂物;梅尔辛的妈妈,那个说要活着等我的老太太早已去世,梅尔辛住进了她妈妈的房间,那里也是一片脏乱。

我向梅尔辛介绍我的太太,我太太拿出送她的珍珠项链,她马上要求我给她戴上。那个下午我们聊着天,她说,她本来只能见我半个小时,但忍不住和我们聊了两个小时。我邀请梅尔辛来中国,我想请中医来调理她的腿,她说,她坐不了那么久的飞机了。

然后我们再一次告别,这可能真的是最后一次告别。我抱着梅尔辛,说:"再见,妈妈,我爱你"。

——之后我再也没有见过梅尔辛,她的电话也变成了空号。也许她住进了养老院,也许……我不愿意往下想了。

选自微信公众号:正午故事 noon-story

评鉴与感悟

作为一个细节控,看到这样的文章真是太喜欢了。历史场景一幕一幕,如同滚动的画面。情感还那么充沛。刚读完时,倒忘了细节,却记住了其中一句话:"萍水相逢的人胡乱说了好多话,这些人,后来都失去了联系。"得经历多少故事的人才能讲出这样的感受?我看过陈凯歌拍过的一部短片《百花深处》,故事选择了一个精神失常的人讲述一次搬家经历。用精神失常人的眼光讲述一个曾经安宁与美好的旧北京。主演就是冯远征。我被他的演技折服了。他是用了心的。就像这回他的讲述一样,不知不觉,心尖儿就颤了起来。

祖母即将死去

/塞壬

一

她中风了,半身没有知觉,躺在床上,看着自己的躯体,依然控制不住她的坏脾气:走开,走开,我不要人陪着,你们全都巴不得我早点死……快一个月了,祖母的情绪还是不能稳定。她那么不甘,意志依然强悍着,可是躯体不听使唤。我们,我的父亲母亲,伯父,婶婶还有我们这些孙子辈的人,安静地看着她,她像孩子一样地任性、哭嚎,然后又使劲地捶床大骂,她就这么让我们难受着。父亲早已是两眼噙满泪水,他上前去捉住祖母的手,希望她能平静下来。祖母倒在父亲的怀里,忽然无限温柔地说,老五啊(父亲的排行)你要给我治,快点给我治嘛。

我至今记得那声音,柔媚,略略的委曲,近乎撒娇。这是女人对男人的撒娇。一个太老的女人在快要死的时候对她儿子的撒娇,她没有忘记自己是一个女人。病中的祖母变成了一个孩子,她把她最后的脆弱、无助以及破败的身躯展现在她的儿子们面前。没有比这个时候更需要他们的爱了,祖母不能接受家里还有什么事比她的病更重要。她斤斤计较,狠狠地扳着手指头记着,哪几个人没回来看她。

父亲重新把祖母抱上床后,跟我们说,祖母很轻,像一阵风那样轻。像风一样轻,我默念着这个太过文艺的比喻,它出自威严的父亲之口,实在太奇怪了。父亲一定感受到了怀中的祖母的不真实感，他一定非常难过，他比我们更直接地感受祖母在慢慢离去。祖母的肌肉开始萎缩了，她的身体像女童那样纤弱、单薄，身上的肉瘦尽，直直的，往下是木棍一样的大腿和小腿，她雀爪般的手指时常在空中凶狠地挥舞。祖母病了之后，家里的氛围就变了，我们说话都是压低了嗓门，小心翼翼，祖母对死亡的字眼非常敏感。孩子们进出不敢有欢笑和歌声，电视在里面的房间小声地放着，它伴着父亲和母亲喊嚓的说话声，因心情压抑而来的小声争吵。我们都在等待九十二岁的祖母安然死去。这样的等待，就是一场内心的仪式，我们在慢慢地把古老的祖母送走，一点一点地送走。

祖母是在一个秋天的午后突然中风的。当时她正在跟几个老人抹字牌。老人们看到她手中的牌都滑落在桌子上，然后她就摔倒了。祖母在医院的病床上醒来，下身就不能动了。她立刻就知道自己是一个什么样的症候。她抓住父亲的手，紧张地问，她会不会口歪眼斜，流着口水，哆嗦个不停？我的祖母一生注重仪容，她不能接受自己有这样丑陋不堪的病态。父亲轻声地告诉她说不会。父亲还告诉她，她穿的衣服都齐整得很，干净得很，头发也一丝不乱。体面着呐。

我认为祖母最介意的就是让父亲看到了她的丑态，这样的介意，就好像是面对她的丈夫，我的祖父。她把她的完美留给了祖父，现在她要留给她的儿子们。父亲的相貌最像祖父了，开阔微隆的额头，显出家族古老的智慧，散淡的眉毛下面躲着一双专注而内心有着清晰主张的眼睛，眼皮耷拉着，他不看你的时候跟你说话，你依然能感受到被注视的恳切。此外，他生气的时候跟祖父一模一样，紧抿的唇，两边的腮帮鼓出结实有力的青筋，一跳一跳的，那是一个男人在发着他的脾气。父亲年轻时是英俊的，挺拔，修伟，还有大大的脾气。他念了高中，能打一手好的算盘，毛笔字也漂亮，很年轻就当了大队的书记，他是祖母的骄傲。祖母在最后的时光里，对父亲的依恋如同恋人一般，须臾不离，她使唤着儿子，不近情理地在小儿子面前使性子，她说胸口痛，叫得凶极了，那喊叫声一下一下地割伤着我们，我们的心一阵一阵地抽紧。她夸张地闹着，父亲耐着性子让她安静下来。

病中的祖母，犯着头痛，额上缠着黑纱布，在右脸侧打了个结。她的脸苍白，那面皮是绷在颧骨上的一张白布，凹削着，唇是萎缩的一条横线，因为松驰，向下耷着。祖母深陷的眼睛看着不可知的方向，然而却目光清亮。她有时不知道跟谁对话，仿佛在叙说一件往事。断断续续地，梦呓般，重复，嘀咕，最后是嘴巴在翕动。病中的祖母表现出惊人的美，苍白、柔弱的肢体，瘫软，有病态的仙姿，眼睛里是清晰的意志，偶尔的疯狂像头小兽，之后很快就归于宁静，然后，她就慢慢地睡去了。

应她强烈的要求，父亲在她的房间搭了张木床。她说，晚上老五得陪着她，不能离开。灯要开着，要整夜地开着。她说醒来的时候，要看见光，眼前一片黑暗，这让她害怕，这会让她感到突然去到了另一个世界，她还没有准备好，还没有。她要看见她的小儿子在跟前。我的父亲退休了，他花白的头发，背也微驼。他把病中的祖母背来背去。

二

我们在慢慢失去祖母，像敛住呼吸一般，注视着她，那全然不是在等候死亡的来临那样，笼罩着恐惧。我们在告别祖母，祖母的一生像时光的散页，我们一页一页翻过去，她的余晖在慢慢收回。当最后的一豆火星熄灭下去，黑暗会一下子拉下来，我们希望她走得安心，并满怀着祝福。父亲说，你祖母是多么贪恋这人世啊，我们这些人，都白活过。

我开始循着祖母的一生，一路摸过去，一个女子在触碰另一个女子的灵魂，我被烫着了，它照见了我的脆弱、庸碌、冷漠以及深藏在内心角落的黑暗。她太丰饶了，像一座盛开的花园，明亮，炽烈。我努力找寻祖母在我身上留下的痕迹。因为她时常盯着我看的缘故，所以我长着一双跟她一模一样的大眼睛，有时微微地张开一个缝，掠过一丝隐秘的欢欣和悲伤，稍纵即逝，更多的时候是鸟儿般的温柔，安静地注视着你，她时常微张着嘴，仿佛在等待着你告诉她一个不幸的消息，她做好了接受命运伤害的一切准备。可是，没有什么可以伤害到祖母，她是一个巨大的容器，可以消解太多的厄运和人世间的悲欢离合。我还长着跟她一样的轻骨骼，细细的身架，圆润，灵便，有好看的侧影。然而，这骨头却有坚硬的铁质，血气里有刚性，我和祖母一样，不肯输人，也不让人。我是在祖母的掌心长大的，她说我最像她了，是比男儿强的，这样的话听来，祖母是对自己的能耐和美德颇为自得的，她当然认为自己是比太多男人强的。但她看错了我，我在都市流浪多年，落得一身市井的痞气，眉眼是俗人的狡狯。从小祖母就跟我说，你要是专个事，没有哪一样是不能做好的。然而，我继承了祖母坚韧性格中那偏执的部分，她身上的美和爱，到了我这里，全都不可遏止地朝着另一个方向偏离，我没有爱情、财富，也一事无成，我没有了激情和理想，甚至没有独立的精神和人格。现在，我只能说，除了身形和脸模子，我没有一样能够像我的祖母。多么强烈的比照啊，四十岁，我不止一次地在心里大声地喊，我活够了，活够了。我厌倦了这破败的人生。相比祖母，我是不是太矫情了？我看着她，九十二岁，还在怒气冲冲地挣扎着要活下去，大碗大碗地喝药，要穿上新衣裳去看戏，要吃上明年开春的茶籽油，要坐飞机去孙子工作的大城市，要去……无尽的欲望，没完没了的小心眼和任性，她那么怕死，露骨地表现她对这人世间的贪恋，用枯指紧拽着那最后的一点时光不松手，不松手。她就让我们这么痛着。

　　如果走得不安心，会给后人折福的，这点祖母她懂。祖母在最后的时光里非常安静，不再吵着要吃药，不再抱怨母亲、婶娘们照顾不周，这并不是她突然之间想通了，她这么闹腾，仅仅是想看到，她的死，我们应该表现出足够的伤心与不舍。啊，这贯穿一生的虚荣和自恋，我们哪能不懂。她最终死在父亲怀里，安静得如同一只睡熟的猫，无声无息。她出落成一具体面的尸体。

　　我是祖母接生的。她后来跟我说，你一落地就是一屋子的红，好富足的红啊。我才知道母体迸出的血浆，浓烈而有力，健壮的母亲，她充裕的血液沐着我，我响亮的啼哭划开那团红，睁眼看到的第一个人就是祖母，她说，就像落地没站稳的人一样，我的眼睛里有一丝惊魂未定，是落了魄的，但是很快，我就安静了，从容地打量这陌生的人世间。我的眼里没有害怕，也没有惊奇，仿佛认出了一个熟悉的地方。祖母告诉我，对一个人的感觉，来自最初接触的那一刹那，就在那一刹那，人跟人的默契就保存在最初的秘密里。我带来了红，响亮，健康，力量这样一些名词，新鲜的血液流淌出来，洗濯着门楣那阴郁的深霾（母亲生我之前，掉了一胎），这让祖母欣喜。我必定会在她的掌心长大。

　　我太早就从祖母那里读懂了关于女人的一生，那华丽和忧伤的部分，祖母准确地传递给了我，我无从逃离。一个女人的命运，在她的童年里就确立了。我吃的，玩的东西是最多的，可是我留不住，一样也留不住。祖母总是会在我堂哥、堂姐那里发现它们，她总是轻声地责怪我没用。我记得她曾紧紧地抱着我，贴着我的脸，喃喃地说着，你这个没用的孩子啊。她反复地跟我说着一个传说，后山脚下的那棵木槿树是一棵灵性的树，它每年春天开着白花。祖母告诉我说，这棵树会在某个春夜里开出一树的红花，只一瞬，光灿灿地红，闪电般地抖着红光，通体透明，像是神谕。要是有人在这个时候撞见了，你不管许下什么愿，它都会答应你。没有人能明白祖母对这棵树的虔诚，但是我知道祖母撞到了那个时刻，它开着满树的红花，她们达成了一个共同的秘密，祖母守着它，并把它告诉了她的孙女。当我长成懵懂的少女，怀着一身的秘密，在那些个温暖的春夜里，我长久地站在那棵木槿树下，期待着它开出一树的红花，然后告诉它我的愿望。然而，那棵古老的木槿依然是一树的白花，风吹过，花朵像在细语，喋喋，黑夜也悄悄睁开一只眼睛，它们仿佛听懂了我的一切。很多年过去了，我依然相信，这棵木槿会为我开出一树红花来的。

三

父亲给我打电话的时候，我刚好被公司炒掉了，一时间工作无着，我陷入了对未来人生的恐慌中。你祖母中风了，恐怕时日无多。父亲说，你最好回来送送她吧。在广东十几年，我只有在春节回家时才能陪陪我的祖母，然而，她说的话每每让我心惊胆战，我害怕面对她。她时常捉住我的手，定定地看着我的脸，仿佛在搜寻着什么，哪怕此刻我的脸上堆满了欢喜、愉悦的颜色，她还是会说出那种特别诡异的话：这一年你都没有沾过男人吗？听到这样的话，我不寒而栗。我的祖母曾是这方圆百里有名的巫婆。

这跟巫术无关。祖母知道我脸上的欢喜是摆给我的父母、亲朋好友看的。与母亲相比，祖母几乎不会读错我的每一个表情。当我可以以女人的姿态面对母亲和祖母时，关于女人的那些隐秘的传承气息在母亲这里却断掉了，我的母亲从未跟我交流诸如身体、生殖、男人女人的任何信息。在她的眼里，我是一个嫁不出去的女儿，是一个失败者，让她蒙羞。我的家人几乎不知道我是一个作家,在我看来,摘掉头顶作家这个光环,如果还有人坚信我有一点点过人之处的话,那么,我的祖母就是为数不多的人之一。我一直相信,当我身上没有作家的标签时,作为一个女人,我更真实,也更丰富。

收拾好行李连夜赶回湖北老家。原先我们都以为祖母会在几天内去世,可谁知她自中风之后竟在床上磨了一个多月,她的曾孙、曾孙女们在接到电话后都陆续回来看望她,可是几天之后太祖母依然活得好好的,于是大家都纷纷回到各自的城市去工作。孩子们不时有电话打回来,太祖母怎么样了,太祖母大概几时死啊,父亲就在电话里一顿臭骂,你们都不必回来了,一群不孝的混蛋!这群春节回家叽叽喳喳、一刻都不得清净的小混蛋,有的在外面读大学,有的在外面大城市里工作,他们都是太祖母带大的。我是他们的姑妈,我时常一个挨一个地看着这些年轻的脸,我不知道,在他们的人生中,太祖母最初给予他们的是一个怎样的印记。唯独,我在一个侄女的QQ空间里看到她写的一篇文章,那是祖母去世不久后写的,我看了,很惊讶,她说她的太祖母不论历经怎样苦难的人生,都在享受作为一个女人的美和快乐。我点了赞。我这个姑妈对于这些孩子们来说有一种神秘感吧,我想,他们在太祖母那里也感受到了相同的味道。这是祖母人生最后的时光,我要慢慢地把她送走。

有两个人在照顾祖母时特别殷勤,一个是我的堂伯父,一个是我的大婶娘。祖母在卧床期间不能进食,他们想尽了办法,我的堂伯父八十岁了,他颤颤巍巍地找来一根玻璃管子,叫我用这根管子把流体食物吹进祖母的嘴里,我七十多岁的大婶娘天天用纱布绞蔬菜汁,给祖母擦洗身子,她最后哭着告诉我,老太太其实是饿死的。在祖母咽气的那一刻,她和我的堂伯父老得都跪不下去了,我们急忙上前搀扶起他们,我的堂伯父喊祖母娘,一声一声地喊娘。他的声音喑哑,浊泪横流。祖母死去了,我们家里没有过分的悲伤,只是长久地静默,一个多月的时间,我们已经接受了这样的死亡。报丧,入殓,设灵堂,请道士打醮日夜唱颂,孝子们着麻衣侍立一旁,跪着答谢着前来吊唁的亲朋。子孙满堂,流水宴开了七天七夜,最后请了戏班前来唱了两折戏。葬礼几乎把渐渐消失的种种民俗全都用了起来,我有幸目睹了家乡古老的葬礼,那种充盈其间的神谕意味,五彩斑斓的幡旗，随道士唱念的经文猎猎翻飞，似乎每个人都通体透明，他们不着言语，默默来回穿梭，似乎有股仙气。光是请民间艺师用纸扎的豪华棺椁、神兽、八仙过海、四大金刚就让人叹为观止，请了专业的哭丧女，由我事先跟她沟通祖母生平事迹，这些天才的哭丧女竟自己拟文哭唱出来，句末押韵，文采斐然，唱腔悲音袅袅，哀韵绵绵。关于葬礼，我以后会专门写到。它就像一场凋零的花事，幻觉清盛，冥冥高渺。祖母是享了高寿的，我们有福，在乡村，这样的葬礼其实是另一种狂欢。人们沐在这样的葬礼中，让灵魂与死神坦然对视，去唱颂它，去祝福自己的来世。

父亲跟我说起祖母生平，实际上有着太多的避讳。也许以一个儿子的立场，他认为祖母生前有一些事情不便宣扬。在我看来，在祖母漫长的一生中，她所做的每一件事，最后都化成我生命之穹中的点点星光，照彻我贫瘠且日益干枯的灵魂。母明氏，生于1920年秋，殁于2012年冬，享年九十二岁，我看见父亲请人写的碑文，瞥了一眼，就看到诸如：贤良淑德、慈心若水、克勤克俭等俗语，这些空洞的大词套在祖母身上太粗糙了，它们遮蔽了祖母作为女人最为真实灵动的部分。我对一个女人的美德不感兴趣，美德恰恰是狭隘的一部分。它迎合的是一种大众的审美趣味。但这个叫明秀的女子，即便是以当下的目光审视，她依然有太多人不曾具备的大气与开阔。

四

祖母六岁就做了我们家的童养媳，我家是地主，开了麻行，家境殷实。但童养媳跟做奴一样，在成亲前是非常悲惨的。"你太祖母起初很不喜欢我，她从我身边走过，都不忘狠狠踩我的脚，她那小脚劲儿真大，像个锥子一样。"祖母说，有一次你祖父偷偷帮我背柴火，那柴火被雨打湿了，很重。被她发现了，她用铜管烟枪重重地敲我的头，顿时起一个大血包。我后来回想起来，祖母跟我说起的这些细节，竟与现在电视上的各类民国家族神剧一样有着惊人的相似，旧社会的婆婆和小媳妇之间的龃龉不足以多说。最终，祖母以智慧得到了她婆婆的欢喜。"其实就是觉得儿子最后是你的了，她才不喜欢你的，你凡事都要让她儿子觉着母亲最大就好。"我在家族的族谱中见过太祖母的画像，高颧、薄唇、锋利的单眼皮眼睛，白多黑少，头发稀疏，在大脑门后盘了一个小髻，她的大襟衫的高领直顶到下巴，上面是一张被大烟熏染侵蚀的瘦脸，直僵僵地，这个面相，一看就知道绝非善类。非常庆幸的是，祖母成功地改善了这一基因，家里后来再也没有出现过这样的小眼睛、尖脸以及那种陡峭的高颧。太祖母死后，家里的堂屋挂着她的黑白遗像，可是孩子们都很怕这张像，那可怕的皱纹与沟壑，隐藏着魔鬼的阴影，不论你在哪个角度，都觉得那双眼睛鹰隼般地盯着你，吸在你身上不挪开，仿佛要吸走你的魂魄一般。画像被拿掉之后，很长一段时间，人们依然觉得她还在那里。"你太祖母大冬天要喝水缸的生水，她总说烧心，一听到她叫唤，你就得起来。"可以想像，祖母侍候这位太婆该有多辛苦。她十四岁嫁给祖父的时候，老太太把一个翡翠镯子给了她。这个翡翠镯子现在在我母亲手上，据说，为了这个镯子，母亲妯娌几个斗了多年。

现在我要写到祖母的故事了。在写之前，我一直认为写成小说会比较精彩，写成散文太浪费了，然而小说他者的视角让我觉得很隔，好像说的是一个跟我不相干的陌生人。它不像散文那样是以我向的视角来叙述的。我写祖母只是试图解读一个女人，我跟她隔着半个世纪，在她那个民智未开的时代，她可以活得那么自我。在等待祖母死去的那一个多月的冬天里，我们围坐在火炉边，说着久远的往事，我的堂伯父、大婶娘、父亲、母亲是每天都在的，气氛并不是每天都那么压抑，祖母偶尔会跟我们说起某个死去多年的故人，说是梦见了那个人，末了，她总是会说这样一句，是来接我走的。我知道。

民国二十七年，日本人打到了我们那里，见人就杀。我们的村庄倚着几座大山，人们拖儿带口往山里躲，那个时候，祖母已经生下了大姑妈，她抱着两岁多的大姑妈跟着混乱的人群往深山里寻路，而祖父一干年轻人则跑到另一个村庄报信去了。人群渐渐隐没在群山的深处，隐约听到别处草木的窸窣声，逃命的慌乱，像猎物般，喘息急促。可是祖母分明听见有人喊她三娘。极微弱的声音，她循声走去，就看见倒在地上，面色惨白，大汗淋漓的堂伯父。堂伯父是大祖父的长子，那年他十三岁，得了一种叫做打摆子的病，全身寒冷，出虚汗。这病六月天要盖厚棉絮。现在我们叫它疟疾，在那个时代，它夺去了很多孩子的生命。

我那太祖母坚持要她的大儿子、大儿媳放弃这个累赘，为了逃命的途中不那么辛苦，那做父母的竟狠心把儿子扔在深山里。祖父排行第三，堂伯父就喊祖母三娘。三娘把他背在背上，一只手还抱着我的大姑妈。踉跄前行，群山巨石林立，而此刻猛虎与狂蟒已不那么可怕了。她躲进了两块巨石狭窄的夹缝里。两天两夜，堂伯父得救了。我后来听到一个说法，说祖母贴身抱着他，用体温去暖他才得救的。祖母大堂伯父五岁，婶侄二人，本没什么可说的，可是，有些话后来就慢慢变了味道。变得很不好听。我的祖母一生都没有回应这件事。

活下来的堂伯父坚持要跟三叔三娘一起过，赶都赶不走。他一生都没有原谅自己的父母，再也没有喊过他们爹娘。他像影子一样死粘着三娘，到了后来，三娘让他住进家里，这一住就是很多年。堂伯父成了家里的男丁，跟着祖父一起四处收购苎麻，农忙的时候下地收割、打秧。"我们家是地主，祖父是少爷，他们也要下地干活吗？""当然喽，我也要下地干活，任何农活我都干过。包括驾牛犁地。地主嘛，无非就是多雇了些长工。"祖母这个回答当时对我的颠覆很大，我对地主的理解停留在周扒皮的印象中。不仅如此，我在祖母身上看到了一种对农事及粮食的敬畏，她是痛恨小孩子浪费粮食的。我小的时候，一粒饭掉在地上，父亲都会捡起来吃掉。这应该是这个地主家庭的传统。我记得水稻收割前是要祭拜的，摆一个香案，鞭炮，火烛，再撒一把茶叶和米，主事的还会发表几句带有动员性质的宣言。然后请所有雇的长工吃一顿饭。我的堂伯父就在我家的地里干活。他很孤僻，少言语，在那么多年的孤独里，在一生都难以走出被弃的阴影里，唯有祖母，是他最亲的人，唯一的那个人。当他长成一个面目清朗的年轻人时，跟了一个戏班师傅去学唱戏，从此入了魔般，这个痛苦的人，只在台上如痴演绎柳梦梅、梁山伯、张生们的故事。祖母曾跟我说，你堂伯父唱戏，人家是用真银元往台上砸的。可是在我的印象里，但凡唱过这种戏的人，他的人生就会抹上一种梦里繁华、身世漂零的宿命感。比如程蝶衣。我相信祖母她一定懂。

可是我感兴趣的事情皆是父亲终生避讳的。在我看来，父亲远没有我更懂得祖母。听人说堂伯父长到二十岁还不愿意娶亲，说了几家姑娘都不同意。这个时候流言就开始漫延开来，奇怪的是，在那个时代，这种有辱家门的流言并没有让祖母困扰。妇女们在她背后指指点点，她晒她的麻，她奶她的孩子，一概不回应。祖母经常穿好看的衣服去看戏，也许，台上的那个人是演给她一个人看的。几年后，堂伯父终于娶了亲，搬了出去，但他依然回来，有时背些柴火，有时带来几条鱼。后来，我年少的父亲大概是听到了人家说了什么，他怒气冲冲地拿晾衣篙去追打堂伯父，来一回打一回。堂伯父就让他打。直到祖母出来喝止自己的儿子。我唯独惊讶的是，我的祖父、祖母、堂伯父这三个人完全无视流言，到底是什么让他们活在自己的结界里？

祖母即将死去的那一个月里，父亲看着终日陪伴祖母的堂伯父，虽然没给他好脸色，但终究没有阻止他的陪伴。我看着这位风烛残年的老人，颤巍巍地，一脸老年斑，连手背都是。他迟缓地忙进忙出，招呼前来打针的医生。以女人的直觉，我深信，堂伯父爱慕着我的祖母，祖母年轻时圆润、白皙、爱笑，从头到脚干净齐整，银饰的暗响应和着轻巧的脚步向你走来，那感觉一定是如沐春风。我依稀记得五十多岁的祖母，头发一根没白，她梳着一个紧贴头皮的矮髻，穿干净的靛蓝棉布斜襟褂，气色明韵，仪态端庄。而我所见乡村的农妇，大多黑糙，一身烟熏的柴火之气，她们席地而坐，放纵大笑。这个被祖母救活的大男孩，温柔，懂事，有一双澄澈的忧郁的大眼睛。我在想，那些他们独处的时光，一定是他人生最好的时光，即便不语，即便各自手头有活干，他们可以用沉默交流，这样的时光是迷人的。也许偶然升起的越轨之念让他感到羞耻，也许他不愿意长大。而她死去的那一刻，他喊她娘。这是他自十三岁那年之后第一次喊娘。

祖母的情事是个谜。这也一直是父亲忌讳的原因，儿子永远不能接受自己母亲的风流。我们深信，她爱着我们的祖父，为他生一堆孩子，为他梳好看的发式，为他学写字认字。在她幼年时代，这个将要成为她丈夫的人在默默地注视着她长大，给她偷来好吃的，带她去看戏，在黑暗中牵着她的手，去集市给她打银簪。初恋，体验人世间最美妙的情感。我们后来叫这种东西爱情。当爱情还未被命名是爱情的时候，它裸露出男女最本质的情感世界。无端喜欢跟自己无亲无故的一个外人，忽然就知晓了男女身体各异的构造，在那样一个男女相爱禁忌的年代，尤其要躲过太祖母那双刻毒的眼睛。只要有默契，藏得好，那藏出的距离反而加深思念和甜蜜的浓度。祖母跟我说，看着自己体虚，祖父从太祖母那里偷了二两白木耳，亲自炖了送了过来，大概是身体经受不起那一补，祖母喝了白木耳之后就开始掉头发，幸好是冬天，她只得围个风兜套在头上，没有人能理解掉发的幸福。你就是变成了一个秃子，我也是要你的。当祖母说起祖父时像是进入幻境，她沉浸在往昔与祖父的点点滴滴中。他能吃两斤猪肉，喝一坛酒啊，脾气大，发脾气就摔碗。特别喜欢孩子，任谁家的孩子他都喜欢，在路上碰到一个村里的孩子，他就掏兜，看有没有吃的，要是没有，他就会摊开手，一幅很抱歉很为难的样子。你祖父数九寒冬只穿单裤，敞着夹袄，再冷的夜，只要他上床，床就热了。那大山后面挖出几窖铜钱，叫他去挑两天铜钱，回来饿得倒在地上。人家都偷偷扎了几个钱在身上，在路上买包子吃，你祖父挑两天铜钱，不晓得扎两个。祖母在描述一个男人，说他的好，几天几夜说不完，是没有人能比得上的。

"那天，本来吃了午饭就去后山的小煤窑，可是他看见墙角堆了一堆圆木没劈，就脱了褂子，抡起板斧，赤着上身在那里劈圆木。我就在他背后看啊，心想这个人，这个人要不是我这么喜欢他，那他就太可怜了，要不是我这么喜欢他，他在这世上什么也没有，这个人怎么这么可怜。忽然眼泪就不停地涌出来。"祖母跟我说了这一段我是明白的，那个人去了煤窑之后就再也没有回来。她有时会突然说起的某一段话，没有缘由，话语的句式很突兀地跳出来，然而，她说的每一句话我都懂。我认为，我是一个完美的倾听者，祖母向我传递的不是某个故事，而是她整个的人。

我是没有见到祖父的。只在族谱中见过他的画像。父亲长着一张酷似他的脸。祖父在1961年初秋的一天下井挖煤，塌方，人被活埋在地底。第二年冬天，祖母就带着三个孩子嫁给了她的小叔子。祖父最小的弟弟。读者一定感受到了我在这里省略了什么，是的，我的文字根本就不敢去触碰那个地方，只一碰，那文字的触觉就先痉挛般地弯曲起来：一个女人披头散发、赤着脚疯魔一样往山上煤窑里疾奔，要跟着他去，拦都拦不住这个一心求死的人，儿子都大了，兄弟几个把自己的亲娘架回来。那个时候，我的大姑妈已经嫁人生了孩子，两个伯父也娶亲生子，可是已经做了祖母的人居然还要再嫁。这是父亲最避讳的事情了，更让人接受不了的是，四十三岁高龄的祖母居然跟小祖父又生了一个姑妈。我的父亲一生不喜欢这个小姑妈。虽然他是一个孝子,但他永远无法超越儿子的视角去解读这个女人。如果不是因为是自己的母亲,在他的观念里,祖母这样的女人不贞、不洁,让家族蒙羞。很多年之后,有一次他婉转地跟我说起这么一件事。他目光有些闪躲,有先例的,不独我们家。他说的先例,是指村里别的家族也有小叔子娶嫂子的。可我心里想,人家是因为穷,娶不起媳妇才娶了守寡的嫂子,俗称"肥水不流外人田"。再说人家的嫂子可没有到祖母的级别。可怜的父亲太需要这样的心理安慰了,太需要了。

五

我的小祖父是1995年去世的。对他的印象,我们就非常清晰。他跟我的堂伯父一样的年纪,小祖母五岁。但他长着一张太祖母的脸,然而却生出另一番味道。这脸在他身上是一股懦弱、偏执而又涣散的颓废气息。因为是幺子,自幼深受太祖母溺爱,只让他读书,没让他下过地的。这小小身板,样子孱弱的人性格古怪,不会做农活,也不懂生计。怎么古怪呢,据说他从不祭祖拜祖,说是,拜死人只为了给活人看,有什么意思!因为聪明,很会读书,过目成诵,尤擅书画。十几岁就在学堂谋了个教书的差。祖母说他,打着头油,夹个纸伞,穿一身绸衣,脚上是千层底白履边布鞋,去外面相亲,没看上人家,嫌弃人家脚大,喝汤伸长颈子去够碗。

因为挑剔,他大概在二十五岁才娶的亲。一个乡绅的庶出女儿。世间的事仿佛是天定的,这小媳妇竟把我那剽悍的太祖母治得服服帖帖。还把她赶出家门,太祖母只得住进三儿子的家,来的时候,拎了口木箱,那乡绅女为了那口木箱竟一口气追出近半里路,啊,天底下恐怕再也没有比这更滑稽的场面了,两个小脚女人,蹭蹭蹭,一个追,一个逃,那身姿定是摇曳生姿,无比好看。我那五十几岁的太祖母太不可思议了,竟这么能跑,愣是被她逃脱,那箱子想必宝贝得紧。紧接着是土改,我家被划成富农,小祖父家被划成了地主,好的光景一去不复返了。祠堂被拆,孩子们读的书是小祖父教不了的。这个时候我的那位小祖母卷了钱跟一个男人走了。是一个长工?祖母回忆道,应该是,北方人,高高大大的。那女人连娘家都没回,没了踪影。我太不纯洁了。一听到那个长工高高大大的,既是出来做长工,想必有一身的力气,相比我小祖父那薄薄的身板,我竟肮脏地认为，小祖母是因为沉溺性欲的满足才跟那男人跑的，他们之间一定有美妙的性爱，主仆偷欢，是危险伴着失控的激情。这位未曾谋面的小祖母，谜一样的女人，她大概不知道，多少年之后，我时常在深夜默默地祝福她，只为她敢为自己而活。

　　老婆跑了，又没得书教的小祖父就变了一个人。这时太祖母又重新回到小儿子身边。他无法面对这人生的羞辱，成天喝酒、赌钱，有时喝多了打人，这个读书人居然连亲娘都打。我们家的男人有一个共性，懦弱，意志薄弱，是那种沉湎内伤、自残且又极度孤独的人。他们是阴性的，活在自我的黑暗里。我的太祖母一生要强，天性霸道，土改时就有长工向她身上投掷石子。然而天变了，人人都可以在她头上横。除了祖母，没有哪一个儿媳妇愿意跟她相处，尤其大祖父家，因为弃子一事也跟太祖母翻了脸。她最后的那几年整天浸在泪水里，小儿子不听劝，管不了，她紧闭双眼，不作声，陷入绝望。我一直以为，太祖母的死除了小儿子的因素外，其实还有一个更大的隐情，那就是她始终无法接受那些穷鬼翻了身，还把她和她的小儿子踩到脚底下，叫她老地主婆，朝她吐口水，受尽羞辱。

　　"你不就是盯着我的那点首饰才肯侍候我的吗"老太婆快死了依然说着那种不讨人喜欢的话。祖母在她面前从来不申辩。其实这些年首饰已经被小祖父赌钱、喝酒败了个精光。祖父在街上拎回喝得醉醺醺的弟弟，跟他说，娘要走了。你的娘要走了。这是一句多么悲痛欲绝的话啊，你的娘，仿佛不是我的娘，她要走了，是你的娘要走了。

　　"她最后那一口气落不下去，嘴一翕一合，一翕一合，慢慢微弱下去，最后就定住了。"祖母向我述说太祖母临终的那一幕，并用五个手指一张一合来呈现她最后落气的瞬间，她是不甘心的，死的时候面相很凶，脸是变形的。因为是地主婆，最后没让她葬在自家的坟山，因为我们家是地主和富农，所以很多事情只能隐忍，不敢有半点顶撞，我的太祖母葬在杂姓的小山上，在荒凉的角落，小坟包孤零零的。祖父用拳头直打自己的胸口，一句话也说不出来，看到自己亲娘死了被人欺成这样，一句话也说不出来。大概在20世纪80年代中期，祖母跟儿子们商量，就把太祖母的坟迁回自家的坟山。葬在太祖父旁边。父亲打了一个很大的圆拱顶石碑，上题：青山龙虎地，绿水凤凰池。每年祭祖，我都会独自去祭拜这位传说中强悍的太祖母,她终结于她的时代,她死后,我们家也走出了那个时代。

小祖父大概是我们家唯一的文化人。我一直认为,文化人是有气的,他从骨子里透出来的东西跟农夫有着天壤之别。即使在他一蹶不振、穷途末路的颓废日子里,他身上还是有某种清高的气息。说话慢条斯理,从不狼吞虎咽,大热天,长袖长裤,不赤膊,脚上穿布袜,他应该是一个没有体味的男人,瘦瘦小小的。这样一个人,在世代务农的人眼里,应该是有魅力的,他维护着仪表的体面,还有诗书带给他罕见的气场。我相信,对于祖母而言,他更多的时候像一个没出息的弟弟,一个虚弱的大孩子,她能让他长大,长成一个真正的男人。

太祖母死后,他就时常在三哥家蹭饭,顺便教孩子们写毛笔字,念李白的《将进酒》。祖父嫌弃他太懒了,又舍不得打他。决意要带他下井挖煤。只三天,他就偷跑回来,他从来都没吃过那样的苦,受不了煤的脏。然而,一个大男人不能整天闲着吃白饭,后来他就接了一些抄抄写写的活,红白喜事替人家写人情礼单,比如大舅:猪肉两斤,鸡蛋十个,菜籽油五斤,诸如此类。乡村的人情客往,都要记下亲朋好友送礼的内容,以便下回复礼时不能低于这个分量,否则就会非常失礼。我家至今还保留着很多这种人情礼单。去年,我家要回一个礼,父亲翻开礼单,可这个礼是17年前对方送的,内容是,绸缎被面一床,花圈一座,礼金五十元。这是小祖父去世时这位亲戚送的礼,可是时隔十七年,我们的回礼已经不能停留在"不低于"这个层面上,对方是儿子考上了北京大学,我们家的礼最后封给他们的是礼金一千元。祖母去世的时候,父亲依然抄下了亲戚们的礼单,我看了一下,祖母的礼单相当惊人,据父亲说,祖母的葬礼很隆重,可以用壮观来形容。我们家办完丧事,最后居然还赚了两千多块。而这些,需要以后我父亲慢慢地还回去。

可是,我小祖父抄的礼单是书法的精品啊。那漂亮的蝇头小楷,也只用来换一顿饭钱。那些柳骨颜风的字用来书写猪肉、活鸡以及粮油这些名词。小祖父写完,每每要用毛笔给调皮的孩子画个猫儿脸,他给很多孩子起过名字,皆无那个时代独有的各种频率高的字,他给人家孩子取名:黄谦,黄博,黄楚墨。这个国家后来发生的各种火热、奋亢的印记,在他身上丝毫找不到影子。因为干不了农活,而抄写的活计极为有限,即使是后来生产队的广播稿，他也写不了，他使用不了那类味道的汉字。就是这么一个废柴一般的人，落后分子，封建残余，我的祖母嫁给了他。直到70年代中期，终于因书法和国画被公社一个文化部门的老领导看中，才去公社打杂，据他说，做得最多的事情却是用排笔写口号和标语。但我家的地位在乡村就莫名其妙高人一等了。我父亲兄弟几个，一辈子都没有叫他父亲，依然保留祖父在世时的称呼，只叫他小爷。我时常琢磨这位故去的小祖父，懂得绍兴黄酒配清蒸蟹，细细地吮吸蟹管里的汤汁，品明前龙井，吃盐水花生，读明清小品文，偷看女人小腿，绝不是把眼睛盯在女人的胸和臀上，他从来不画气烈高洁的梅啊竹啊松啊这种被隐喻过多品格的东西，也不画葫芦架下闲走着两只母鸡那类农趣，他画独峰或者疾水，然而也画张生私会崔莺莺。他的笑声是暗哑的，走路没有声音，常年听收音机，酒是被祖母禁住了。每每用字换来的钱给小姑妈做红烧肉，小姑吃上几坨，他就高兴得哎哟：一张字就这么没了，哦，两张的没了。他的这种趣味被多年之后的文艺青年追捧，在世时，惯于忍受白眼，但有祖母这团火始终温热他一生，给他安稳，护住尊严，我的祖母柔弱中有一股狠狠的虎气，坚韧，仿佛有巨大的能量，垫实家族的底子，有她在，日子是踏实的。

六

有人家主妇要生孩子了，报信到我家里，祖母带上我去接生，她起先牵着我的手走路，后来我走累了，她就把我驮在背上，我有时熟睡，口涎打湿她的衣襟。她有一个口袋，这真是一个神奇的口袋啊，魔术一样，里面能变出煮熟的红蛋、炒蚕豆、蜜枣，还有花生糕。主家忙着烧开水，杀猪，蒸馒头。我就跟那家的一堆脏孩子一起玩猪尿泡，主家在拜托祖母，希望能让老婆生出儿——仿佛祖母能主宰生儿生女似的。祖母就绽朵笑脸给他，是你的孩子，分什么男女哦。

我似乎每次跟孩子们疯疯打打直至筋疲力尽。终于听到报喜了，鞭炮响起，祖母抱出带血的婴儿接受人们的祝福。她的脸，有一种疲惫后那种虚弱的美丽。天色已晚，我们吃了主家丰盛的晚餐，拿着他们送的一幅猪大肠和一堆红蛋慢慢地走回自己的村庄。祖母也累了，但因为迎接了一个新的生命来到这人世间，她的脸一直是有笑意的。为了赶走我的瞌睡，她就边走边为我唱儿歌：小丫头哎，拖小辫，五岁呀，会唱歌，不是爷娘教得好哎，自家聪明掂来的歌哎……三十多年后的一天，我回乡过春节，经过一个岔道口，看见有一户人家，老太太抱着一个女娃娃，边轻声拍打边轻声哼唱这首童谣。我一时呆呆地怔在那里，忽然有眼泪涌出来。

那是多么澄澈的乡村傍晚啊，我跟祖母走过一道道田埂，几处坟山，月亮的镰高悬头顶，萤火虫乱舞，我的祖母为我唱那首古老的童谣。那些弯曲的羊肠小道像发亮的带子，把回家的路在脚底延伸，星星眨着眼，把不眠的孩子带进梦境。快要进村的时候，在后山脚，那儿有一棵高大的木槿，祖母牵着我的手走到那树的跟前，突然间，星光灿烂起来，我们仿佛置身于湛蓝的穹宇之下，祖母用手指轻划着我脸说，我们红啊，快快长大，长大了生孩子，嗯嬷为你接生。（我们那个地方，喊祖母嗯嬷）祖母站在树脚，躬身拜了几拜，她忽然跟我说，你撞到它开一身红花，你再许愿，没有不灵的。"那嗯嬷撞到它开出红花了吗？"我问。"撞到了，我拜了很多次，最后撞到了。""你许的什么愿呢？""许了我们红无病无灾地长大。"

我记得当时头顶的星光在旋转，既而家就出现在面前。既而我就长大了。可是祖母，你许下的是怎样的一个愿望？当祖父去世后，你决定嫁给小叔子的时候，你一定在那棵树下重生过。那棵木槿为你开了一树红花，你将无畏，你成为大海，被星光照彻。

"不嫁给他，他成天在家里吃饭，也睡在这里，人家在背后一样会说道的。"

"你小祖父是个有为的人，他像是蒙了尘，需要有个女人为他擦亮。"

这正是我父亲终生不懂的。也是我终生难以企及的地方。前面提到过我的大婶娘，祖母就给了她重生的机会。我的大伯父自幼跟大婶娘定了亲，大婶娘长成一个标致的姑娘时，被村里一个无赖玷污了。退亲，合乎情理，是祖母坚持要大儿子娶了她。祖母说，如果儿子不娶，她就认大婶娘做闺女，接到家里来。我的祖父当时是不同意的，唉，我们家的男人啊。我们那个地方的人，很奇怪啊，这件事情，为我的祖母赢得了终生的美誉。我的大伯父，年轻时梳着中分，五短身材，一生只喜欢在嘴巴上逞强，懦弱无能。我的大婶娘，太了不起了，她像祖母一样，坚韧、温柔、开阔，她擦掉了这个男人身上的尘埃，让他发光，我的大伯父是个泥瓦匠，很会砌房子。大婶娘让他去外面找事做，没让他碰农事。后来大伯父就进城当了工人，吃粮票，铁饭碗，成了半个城里人。啊，我们家的女人们啊。太祖母，祖母，大婶娘，还有我的母亲，而我，是不能忝列其间的。我不能。

祖母曾说我会去很远的地方。"你不像是能在这里过活的人"她说，你的心不会围着男人转。那年，我二十三岁，一个春夜，我在那棵木槿树下坐了很久才回家。我身上多了一种什么样的气息呢？慌乱？春情？抑或燥热的猩红？我的眉眼到底有了怎样的变化？祖母，她察觉到了怎样的信息，她端出一碗红糖生姜水拿到我面前，意味深长地笑着。她准确地知道了我失了处女之身。她拉过我的手，仔细地看着我的脸，是一个不错的男人吧，祖母用赞许的微笑为我祝福。那是一个女人对另一个女人最美好的祝福。我跟母亲从未有过这种隐秘的交流，她身上有一种很强硬的道德观念，还有一种可怕的世俗的成本算计，这种事，在她看来，我是吃亏的一方。她永远也无法从女人最本质的视角去解读这件意义非凡的人生大事。可是亲爱的祖母看错了我，我半世漂泊，只为虚名。我知道，那棵木槿不会为我开出一身红花。

"嗯嬷，我听见你喊我回家。"此刻祖母即将死去，我听见她在暮色四起的黄昏拉着我手，一路洒着茶叶和米，一路喊，红啊，回哦，红啊，回哦。

我大概中邪了，翻着白眼，失了魂，祖母摔碎瓷碗，拉出我紫红的小舌头，用锋利的瓷片去扎破我的舌头，黑血流出来。她拉着我的手，沿着后山的小路，一路唱念，红啊，回哦，这是我们楚地的招魂，我一路应和，我回，我回。一个不洁的女人是无法成为招魂婆的。我们那个地方的人啊，很奇怪，他们比我的父亲更相信祖母的洁净。

多少年后，我读了马尔克斯的《百年孤独》，我对号入座了一番，我的祖母对应着伟大的乌苏拉老祖母，她活得忘记了岁月，带着大地的气息和天空的印记一路带着迷路的孩子回来，然后把自己定格在古老的传奇里。这些孩子，包括她的两位丈夫，和那双手接生出来的孩子。可是，我没有找到布恩地亚上校的原型，我们家的男人大概出不了这样杰出的人物。我跟他们一样，庸碌、无为，却被家族母性的强大的力量托往金字塔的塔顶，而自己却不屑成为塔下面的垫底。当祖母即将死去，我的大地在摇晃。送葬的队伍浩浩荡荡，钟鼓齐鸣，啊，我眼前跳荡着那些咯咯笑的精灵，那些称男人都是孩子的姐姐，这些水妖一样喊着她们的孩子和男人的女人，我看着她们，一种速疾回归大地母体的意念流遍全身。我流下眼泪。

选自《晶报》2015年7月30日

评鉴与感悟

之前读过一些塞壬的散文，内容多为在南方漂泊的生活，后来她的视野更开阔，关注更多普通人的处境，她喊叫，对抗，企图从下落不明的生活中找寻生存的丰饶意义。她的文字迅疾，凌厉，甚至有那么几丝剽悍、凶狠。到了这一篇《祖母即将死去》，她的文风相对从容了些，她看见祖母走向死亡，却不断回溯从前的生。她不单是在为祖母招魂，更是在寻找自己的生命基因。

我的两个额吉

/艾平

呼伦贝尔草原面积八万平方公里。在我上小学的时候,在蒙文教科书上得知:在呼伦贝尔草原,平均每一平方公里有十个人,有的地方只有四个人,主要是游牧的蒙古族。

这里没有公路,没有电线杆,夏天绿草和繁花淹没了马蹄,掩映着白莲花一样的蒙古包;冬天大雪覆盖了一切呼吸,只有夕烟和马群、羊群在缓慢地变幻着形态。蓝天下的地平线浑圆而漫长,人们常说那就是天边。天边因为你的追寻而永在远处,我小的时候非常想到天边去看看,可是一次都没有成功。我那英勇无畏的海骝马呀,它总是在嘴巴没有亲吻到天边彩霞的时候就耷拉下耳朵,累得大汗淋漓了。

大野漫漫,不能说哪里是我的家,只能说草原就是我的家。骏马的四蹄走过四季,我们要在季节的变换中,寻觅水草丰美、气候适宜的地方游牧。我们在吃草尖的马群带领下,不断地迁徙,到处都有蒙古包落脚的地方,我们的家园和天地一样辽阔。

我的人生记忆是从一盏佛灯开始的。

我就像一只母马肚子里的小马驹,每天聆听着星星的声音和大地的心跳,慢慢长成。当靛蓝的夜色再次来临,我突然一抻脖子,竟然闻到了原野上风的新鲜味儿。我来了,在温暖的草地上打个滚儿,站立起,眼前一片明亮。我第一眼看到的是佛像前那盏日夜不熄的黄铜佛灯，它玲珑灿烂如刚出壳的雏鸟一般轻盈跳动，那就是我的生命之光。

我记得自己被一条长长的红绸子捆绑在小黄马的身上，辽阔的草原便慢慢地在我身旁后退。我不知道自己是个还没有抱过小牛犊的孩子，也不知道这是往哪里去。但是作为一个人，我在那一刻具有了不可更改的属性，我的血液和呼吸，我的步伐和歌声以及我注视万物的眼神，都蕴含着来自草原的安详和勇敢。

我和别人的不同之处是，一生下来就有两个母亲和两个阿爸。我叫她们大额吉、小额吉，大阿爸和小阿爸。大额吉说是小额吉给她生的我，小额吉说我是佛给这个家送来的孩子。为了吉祥如意，她们给我在头顶留下一簇短头发，在后脖根留一根小辫子，其余的位置便剃成光溜溜的了。这是古代征战时，圣主成吉思汗发明的发型，为的是马上挥刀射箭时，头发不影响视线。

说到这里，我还得告诉你，我小时候的这种发型，现在竟又悄悄地时兴起来了，原因是五彩呼伦贝尔合唱团的那个胖小子剃了这个发型，于是人们为了自己的孩子也能参加儿童合唱团，纷纷模仿。他们想让自己的孩子参加合唱团，是想让后代过上城里人的生活。要是孩子考不进去的话，发型还要改回来，因为在如今的学校里，这个发型就显得有些与环境不和谐了，当然谁也不愿意被视作另类。

我在马背上飞着长大。如果让我说自己是如何学会骑马的，我说不出来。学骑马，那不是草原孩子的功课，我们的摇篮就在马背上，天生就是骑手。我模模糊糊中觉得是大阿爸轻轻一拍马屁股，马就把我送出十来里地，到了小额吉和小阿爸放羊的营盘。他们把我从马鞍上解下来，给我吃肉干和酸母姜（草原野生植物）。然后，小阿爸就把一头小牛犊递给我，让我骑着小牛犊在草原上跑。他还教我甩鞭子，我练得一鞭子下去，能打得在洞口探头的鼹鼠弹到针茅草那么高。说了怕没有人相信，在三年困难时期，为了糊口，我用鞭子，抽断过狍子腿，猎杀过好多的旱獭子和野兔。

两个额吉和两个阿爸从来没有对我隐瞒什么，我对自己的身世没有什么匪夷所思的感觉。我有两个额吉和两个阿爸，他们都把我当成春天的第一只小羊羔，时时刻刻捂在心口上。我十岁了，都能拿着套马杆套小牛犊了，每天晚上我还要摸着大额吉的乳房入睡。当小额吉来住的时候，我就黏在她身上，等着她给我篦头发上的虱子和虮子。大额吉眼睛花了，看不清了，她只能在冬天里把我的皮裤和蒙古袍拿到包外去冷冻，然后一抖落，那些小小的寄生虫，便像黑芝麻一样落在白雪上。小额吉年轻，她总是在我们家接羔和打草、杀冻肉的时候，骑着她的小母马赶来帮忙。我很享受她给我篦虱子的时刻，我枕在她的腿上，闻着她身上暖暖的香味儿，听她唱那首叫《四岁的海骝马》的长调。

我小的时候草原缺孩子，有草原上曾经泛滥过布氏杆菌、梅毒的原因，但根本的原因是由于牧民长期在极寒天气中生活，寒大的男人女人是不会生孩子的。我的大额吉常年在冰天雪地里劳作，挤牛奶、接羔、放羊，就是一个严重的风湿症患者。大额吉的双手就像长出了木疖子的树枝一样筋骨嶙峋，两条腿也弯成了马肚子那样的圆圈型。大额吉和大阿爸的家庭和草原上很多家庭一样，没有孩子。

我的小额吉和小阿爸，是一对漂亮的夫妻。他们两人都是高个子，骑在当时还没有消失的蒙古矮马上，两条腿都能蹭到地上的草尖了。他们的皮肤虽经过风吹雨打和高原阳光的暴晒，依然像奶豆腐一样洁白细腻，他们细长的眼睛由于有浓密的睫毛衬托，显得如云如雨，透出幽深的光泽。他们的嘴，有棱有角，錾刻出来的一般。在他们的故乡，曾经发生过嘎达梅林起义，由于农耕的铁犁日益逼近，他们成了失去草原的蒙古人。他们翻越大兴安岭来到呼伦贝尔，追寻游牧生活，被人称作短袍蒙古。由于他们的故乡已经半农半牧，他们的蒙古袍，几经异化，变短了，大襟到了膝盖上就不再延长了。

他们青春旺年，健康开朗，生命的力量和呼伦贝尔大草原的盎然万物相得益彰。他们辗转在草原上，形影相随，相亲相爱。虽然他们没有牛羊和蒙古包，只能给放苏鲁克（解放初期牧区实行的委托放牧方式）的人家打零工，给白音（蒙语，富牧）家放牧，栉风沐雨，爬冰卧雪，可是他们生的孩子，像小马驹般壮实。他们每天用皮口袋装着两个幼小的孩子，揣在胸前的蒙古袍大襟里面，出去放羊。小额吉在绿野长风里，解开胸襟，露出羊脂一样饱满的乳房，让孩子咕咚咕咚地吸吮乳汁，令一家家草地人看得眼热。

我的两个额吉相识在夏天的河边，绸缎一样柔软的河水打了一个又一个弯，映出一连串小额吉的马影子，五彩缤纷地晃着我大额吉的眼睛。我的大额吉是来拉水的。当时我的小额吉正在河边洗濯她的两个孩子，那就是我的姐姐萨如拉塔拉和我的哥哥孟和沙。这两个日夜被装在皮袋子里的孩子，身上长了热痱子，经清爽的河水一洗，舒服得不得了。他们光着身子在柔软的沙滩上乱跑乱爬，不一会儿，又拱在小额吉的身旁，一人叼住一只乳房，像小牛犊那样吃鼓了肚子。那是一番怎样生动的景象啊，天碧蓝，水碧蓝，草碧绿，还有红的萨日朗花和黄的金针花在这艳丽的背景下开放。太阳长长的手指在一对胖胖的小屁股上移动着，马儿站在水中享受凉快，尾巴撩起无数金子一般亮的水滴……我的大额吉看着看着，突然就哭出声来了。

　　小额吉正要向大额吉问个好，见状赶紧就走了过去。

　　大额吉说："把你的皮口袋换一换吧，都到伏天了，孩子的气味要招苍蝇的。我包里有刚刚熟出来的羊胎皮，比湖水还要柔软，比冬天还要洁白。我拿给你。"

　　小额吉说："姐姐我知道你喜欢我的孩子，可是他们都有点大了，姐姐抱不走了。我就给姐姐生一个孩子吧！来往在草原上的人们都说，姐姐是最能干的女人，姐夫是不贪酒的男人，家里还有自己的羊群，能把天下的孩子都养大。"

　　我的大额吉说："可怜呐，你生孩子太辛苦啊……"

　　小额吉说："可怜啊，没有孩子的蒙古包是空的，经不住大风刮呀。"

　　就这样，小额吉在我们家的包里吃了一顿羊肉干下的面条，给姐姐哥哥换上了羊胎皮的褦襶袋子，便回我小阿爸放牧的营盘去了。她走的时候，大额吉在蒙古包门口向小额吉的背影扬了三勺子牛奶，一直看着她，骑在马上，一前一后背着两个孩子，渐渐在天地之间成为一个小小的黑点。

　　小额吉一走没有音讯，大额吉在河里把油乎乎的羊毛洗得跟棉花一样白，擀成一块大毡子，又把几头母牛的初乳，都做成坨，等着小额吉来。到第二年接羔的时候，大阿爸把桦树皮的小摇车，用马肚皮绳子吊在了乌尼（蒙古包的撑竿）上，他们坚信我的小额吉一定会给他们送来孩子。

　　"让你说出来的是话，让你站着的是地。"这是巴尔虎的老谚语。第二年打草的时候,小额吉的马蹄踏着满地的清霜,哒哒哒地来了。小阿爸的枣红马在前开路,让小额吉的马踩着他的马影子走,恐怕前面突然跳出一只兔子,或者出现豆鼠洞,惊了马,使即将临盆的小额吉有什么闪失。

  蒙古包的炉子里压了羊粪砖,除了套瑙(蒙古包的天窗)故意露着一小块蓝天,支出铁烟筒,其他的地方都严严实实。我诞生在大额吉擀制的白毡子上。新鲜的羊汤和牛奶香气四溢,门外的马儿和瑙嗨(蒙语,狗)似乎明白了家里即将发生大事,静静地不出一点声音。

  大阿爸手里是他亲手刻的一只木弓箭,小阿爸手里是一块湖蓝色的绸子。我有多么好的命啊,在没有来到这个世界之前,就有两对父母在为我操心。大额吉后来告诉我,当蒙古包里传出我的第一声啼哭时,马竖起了耳朵,直晃脑袋,瑙嗨用嘴掀起了皮门帘,要进包看个究竟。大额吉赶紧出来告诉门外的两个男人——是个小子。

  四十岁的大阿爸乐疯了,一个箭步就冲到包门口,把木箭头插在了门楣上,他要告诉所有路过的人,这个家有儿子了!蒙古男人,他找不到一句可以表达喜悦的话,便一脚踏上马镫,没等坐上马鞍就拍了马屁股。马一个蹶子跑出几十里路,翻越了云雾缭绕的宝格达乌拉山,在一座叫阿尔山的小庙里找到了格斯贵(五等职级)喇嘛,求他赐给自己的儿子吉祥平安。格斯贵喇嘛在党的教育下对以往的信仰讳莫如深,可是大阿爸长跪不起,他只好开口。他说这孩子是佛爷给你的,是还愿的命。待他长到七岁,你要把他送到五台山出家,不然保不住。大阿爸一听更是不肯起身。格斯贵喇嘛只好拿出一盏紫铜小佛灯,亲手点亮。

  佛光万里,照亮了蒙古人渴望的眼睛。大阿爸为了这灯不熄灭,一只手将它搂在胸襟里,走马回到家。这盏佛灯在我们家整整点了十五年。无论在蒙古包里,还是走奥特尔(蒙语,游牧场)放在勒勒车里,都不曾熄灭。小额吉多次告诉我,说大额吉每天晚上都要起来一次,给这灯添油续捻。她是用自己的命来守着这盏灯,直到去世。

  如果有人问我,是从什么时候起这么称呼两个额吉和两个阿爸的,我无法回答。我只知道每天早上给我熬好茶,给我烤热了袍子和靴子,把我从羊皮筒子里拽出来的额吉是大额吉。在马鞍上搂着萨如拉姐姐从彩霞里飞来的额吉是我的小额吉。领着我出牧放羊,教我认识各种牧草的阿爸,冬天用雪给我搓脸蛋,以免我留下冻伤的阿爸,给我的海骝马修整铁掌的阿爸,是我的大阿爸;在蒙古包前下了马,总是有羊腿骨棒带给我,不等喝碗奶茶就赶紧给我砸开那骨棒,把骨髓抹到我舌头尖上的阿爸,把我搂在他的鞍子上,和他一起追赶狍子的阿爸是我的小阿爸。

大额吉和大阿爸整天在我身边,小额吉和小阿爸总是在新月升起的初一初二来看我。我老远就听到小额吉的歌声,那是比草原上的小路还要蜿蜒悠远的长调。我的小额吉、小阿爸出牧在达赉湖的北岸,到来的时候,肩上除了舍不得吃的羊腿,还有一个装满了山泉水的干羊肚子。那一天,风都乐得围着蒙古包打转转,把许多的蓝蝴蝶从一头小牛犊身上吹到另一头小牛犊的身上。

大额吉穿上没有补丁的紫袍子,扎上橘红色的绸子腰带,换上洁白的包头巾。她小心翼翼地用银碗斟满甘甜清澈的山泉水,衬着湖蓝色的哈达,端端正正放在佛爷的像前。我老老实实坐在门西边的狼皮褥子上,等着听大额吉说话。大额吉总是在这个时候跟佛爷说一些平常我听不到的话——蒙古包的门不能天天敲开,心里的话在佛爷的面前才能说出来。我们家的孩子、我们家的牛羊,还有我们家的天鹅和狼崽害怕呀,黑灾白灾你走吧,回到佛爷的脚底下像瑙嗨一样趴着吧,那里才是你们的家……喝完这碗不会在风雪里结冰的泉水,你们就痛痛快快地离开吧……

接着小额吉会用她带来的泉水煮上羊肉。在喷香的肉味中,大阿爸和小阿爸促膝而坐,通宵达旦默默饮酒,两个额吉在一边唱起她们出嫁时唱的歌。天亮了,我醒了,歌儿和奶茶还是滚热的。

没有人在我的面前曲意掩饰,四邻相聚的时候,人们都会夸我像小额吉一样的长眼睛好看,还有一副高挑的身架子,很像我的小阿爸。人们还说我手巧这一点是从大阿爸的身上传下来的。我会做马鞭子,我挑选的皮鞭梢总是结实又爱出响儿,我还会使用吃肉的刀刻奶豆腐的模子。这都是大阿爸教给我的,他常常说:"马上坐一个手艺人,比坐着一个光会吃肉的人强,过河的时候你就知道了。"生我的父母和养我的父母,就这样把他们的生命融入了我的生命里。

我是小额吉给这片草原生的第一个孩子,我的名字就像露珠,在草原上的每一株草的草尖上滚过。人们念叨着我的名字,赞扬我的小额吉和小阿爸，说是当年化作了湖水的呼伦和贝尔，如今转世在达赉湖岸边的草场上了，他们的袖子里装满了来自湖底的珍珠，每一颗珍珠就是一个漂亮的孩子。

有人在敖包前等待着小额吉和小阿爸放羊归来，像叩拜佛爷那样五体投地，说家里遍地的牛羊在乱跑，就缺一个牵着头羊的好小子。小额吉和小阿爸赶紧下马，说要是你命里有儿子，我们过年打草的时候，就会把骏马拴在你们家的拴马桩上；有的人家赶来满山坡二岁子羊，跟小额吉说，他们家里的勒勒车里还有数不清的珊瑚、琥珀和金银，有一辈子穿不完的华达呢和团花织锦缎，将来一定好好报答你肚子疼的恩情。小额吉说，年年揣驹子的是健壮的母马，年年肚子疼的是高贵的女人。在我的眼睛里金银财宝不如一碗滚烫的奶茶，千万不要让我们背上不好听的闲话。你要是能等，就快快赶着畜群去寻找那黑绿黑绿的野韭菜吧，到时候你会在风里听见我的马蹄踏碎雪壳子的声音，那就是你的孩子来了。

夏天来了又远去，小额吉和小阿爸，起早贪黑，放马牧羊，也在茂密的草丛中顽强地播种生命。每当冰雪消融，就会有一个哭声嘹亮的婴儿和春羔一起呱呱坠地。小额吉在我的身后又一连给七家老乡生了孩子。频繁怀孕，年年分娩，小额吉的身体像牛羊啃过的草场，被一个个蒙古包里的期盼累垮了。

这中间，小额吉还遇上了一个母亲最大的苦难，在父母出门帮人家剪羊毛的时候，我那八岁的哥哥孟和沙饿极了，骑着马过河去找父母，不知道为什么从马背上掉到河里，被湍急的流水冲走了。哥哥出殡前，小额吉用羊血和了草木灰，涂在那小小尸身的胸脯处，她说可怜的孩子是饿着肚子走的，他的鼻子正在四处寻找额吉身上的奶味儿，母子的缘分没有断。要是自己以后生出了有黑红色胎记的婴儿，那就是她的儿子孟和沙回来了。小额吉后来一连生了好几个孩子，都没有发现胎记。可怜的小额吉坐月子的时候，在人家的蒙古包里待不住，她总是不到满月就上马走开，因为在马上她不必掩饰自己心中的悲伤，不必把眼泪藏在衣服的马蹄袖子里。她呼唤着孟和沙的名字，呜呜地哭出声来，骏马和她的悲伤一起在空旷的草原上徘徊。

小额吉去世之前到来了一趟，她从勒勒车下来的时候，弓着身子不敢直腰,是小阿爸把她抱下来的。她歪在蒙古包东边的床上,当我把大额吉煮好的羊汤端给她喝的时候,她把我的头搂在胸前。她和大额吉说:"我的姐姐呀,让我们高高大大的儿子,来吸吮几口他小额吉干瘪的乳房吧,你这喝牛奶长大的孩子啊,还不知道母乳的香甜呢;我这个生了他的额吉,还没有见过他裹奶时的模样呢……"她嘴笑着,眼泪却在脸上的皱纹里流淌,又上了勒勒车。她把自己送出去的八个孩子的家走了一遍,不久就去世了。

小额吉走得很安详。我们家在许多天之后才知道这个噩耗。小额吉不许小阿爸和萨如拉姐姐招呼她送出去的八个孩子来送葬。她说你们没有见过自己的心,还没有见过牛马羊的心吗?都是像拳头一样紧紧攥着呢,分出来一个手指头,孩子们留给父母的孝心就不像拳头那么结实了。让他们把孝心留给养育他们的父母吧。

她把自己身上藏着的小口袋拿出来,传给了萨如拉姐姐。口袋里有九个最珍贵的宝贝,那是她在世的九个孩子落地时剪下的脐带。这九个脐带在小额吉心口上珍藏了一辈子。小额吉交给萨如拉姐姐的时候说:"没有额吉了,你要把这个保护好,将来他们走的时候要想着带上,不能让他们转世时身体有残缺。"这是小额吉唯一的嘱托,这个在草原上生养了一生的女人,没有其他放不下的事。那九个脐带已经干枯萎缩,像坚硬黝黑的小石块,一个一个都差不多,小额吉抓起一个,就能说出这是哪一年生的哪个孩子的。萨如拉姐姐说,不知道额吉在一个个病痛难熬的黑夜里,曾经把这些脐带抚摸了多少回,亲吻了多少遍……

小额吉的经历变成了草原上人人传颂的故事。故事里我圣洁的生身母亲被尊称为"替佛爷给我们送孩子的媳妇"。政府奖励英雄母亲的时候,我和大家一起从广播喇叭里得知她的名字叫赛吉娅,好命运的意思。如今她的名字写在厚厚的地方志里,她的孩子已经一个一个带着自己的脐带找她去了,在世上想着她的人只剩我一个了。

我的大额吉是在我十五岁的那年故去的。她的风湿病侵蚀了心脏,常常胸闷后背痛,发病的时候脸色青白,一头冷汗。我记得那是个静寂的早晨,草原没有一丝风,躺在河边的草丛中能听到蜻蜓飞翔的声音,站在山坡上能听到乌兰泡里天鹅翅膀击水的声音。她给我扎腰带的时候又重复起常常挂在嘴边的话："我的骑海骝马的儿子啊，看着你长成了男子汉了，额吉可以闭上眼睛永远安睡了。"我说："亲爱的大额吉呀，快让你不吉祥的唠叨顺着乌尔逊河漂走吧，因为你的儿子一听到这些话，心就像掉进了冰窟窿。"

我在凉快的山峦下放马，想着中午大额吉的羊肉炖蚕麻子（一种野菜）汤和黑面开花大馒头。我的海骝马，却好像有心事，它不吃草，蹄子直刨草皮，脖子直往蒙古包的方向挣。

自从畜群变成了集体财产，家里靠工分生活，日子没有以前那么富裕了。我放弃了读书，回嘎查当了马倌。当时乌兰夫允许牧民在集体化的同时保留少量自留畜，别人家都把自留羊当眼珠子一样心疼着，别说吃肉，连卖出去换点零钱都舍不得。只有我家冬天夏天都杀羊吃。大额吉说："还是把膘情给我可怜的儿子吧，下夜的时候身上有肉，比穿皮大氅抗寒湿。"

那时候杀一只羊，可舍不得像现在这样先敞开肚皮造一锅手把肉，筋头巴脑都没啃干净，就把骨头扔出去喂了野猫。每当杀羊，大额吉要经心在意地忙乎好几天，直到将最后一把肉末做成美食。草原上再没有比大额吉心思巧妙的女人了，经过她的料理，我们家一头羊能顶别人家两头羊吃。

大额吉杀羊手法相当利索，加上抓羊的时间，整个过程用不了一个钟头，而且不会落在羊腔子外面一滴血。她不慌不忙，像一个优雅的手语者在深情地讲述着心中的故事那样，全神贯注地操作。转眼就肉是肉，骨头是骨头，下水是下水地把那羊演绎成为一个个精美绝伦的作品，然后以不同的方式保存起来，供全家慢慢享用。

大额吉先用短把的套马杆，在羊群里套住一只八个牙的羊，放倒在青草密布的地上。她将膝盖抵住羊脖子，用锋利的尖刀在羊的胸肋下一划，三寸长的口子张开，她伸进一只手掐断羊的心血管，羊的痛苦还没有开始，便在这瞬间和它的灵魂一起消失了。

草原外面的人，可能听过蒙古骑兵横扫欧亚大陆的铁血故事，很少知道蒙古人的心肠其实很软，就像那大地上的天下第一曲水莫日格勒河一般柔情绵延。男人会把受伤的牛用肩膀扛着回家，女人会用自己的乳汁哺育母羊抛弃的小羊羔，他们永远不会抛弃任何一个用眼睛看着自己的生灵。

杀羊杀牛的时候,他们不允许刀在牛羊的身上拉锯,那样牛羊会痛;不让血淤在牛羊的肉身里,那样意味着牛羊的灵魂还没有走开;更不能让牛羊看到自己的血,在蒙古人的眼里动物和人一样聪慧多情。

大额吉从羊肚子中间开始剥皮,然后取出所有的内脏。她用一支头上包了布的筷子抵住肠子头,两手不停撸着,迅速把羊肚子和羊肠子翻过来,洗净。接着她用一只去了尖头的牛角当漏斗,把羊腹腔里洁净的血,灌入羊肠,然后一段段用缝衣服的线扎住,正宗的羊血肠就是这样制作完成。现在旅游点往羊血里加上花椒大料香菜和一半面粉,制作的那种面血肠,是蒙人的东西。你说也怪,游客们竟然还吃得一个劲儿啧啧称赞,我想那是因为他们没有尝过原汁原味的羊血肠,不知道有多么鲜嫩喷香。

接下来,大额吉开始剥羊皮,她使用轻快的尖刀贴着羊肋条刷刷地往后探,待只剩下脊背处没剥的时候,便两只手拎两个羊后腿,膝盖压住剥开的羊皮,使劲向前推一把,整张的羊皮就下来了。

杀羊的当天我们不吃肉,我们只吃不易保存的鲜血肠;第二天我们吃下水汤,我们家的下水汤里比别人家多一样东西,就是大额吉在草原上捡来的花脸蘑;她把余下的羊肉切成细细的条,用盐和酒浸透,在阴凉的上风口晾成肉干,装进密不透风的羊肚子里面,放几个月都是新鲜的。此后我们家的奶茶里天天有肉渣,稀粥里天天有肉块。招待客人时,大额吉会烤风干羊心羊肝给客人下酒,剩下的骨头她也不丢掉,她要把骨髓掏出来炼油,炸软软的白面果子,给我带着放马的时候吃。

每次杀羊大额吉要精心保留的,是两岁子羊的肩胛骨。在蒙古人的眼睛里,两岁子羊的肩胛骨纹理中蕴含着许多信息,今年草场旱不旱,冬天雪大不大,有没有鼠害和虫害,请个喇嘛看看两岁子羊的肩胛骨就都明白了。还有嘎拉哈(蒙语,羊后腿关节骨),那是她给我的姐姐萨如拉攒着的。哪一个蒙古姑娘出嫁的时候没有一口袋羊脂玉一样的嘎拉哈,在勒勒车里哗啦哗啦响呀。游牧人家的女儿嫁出门,因为娘家和婆家都在跟着畜群走,没有人知道自己会去哪里,知道额吉走到了什么地方,知道自己与分离的亲人何年何月再相见。额吉给女儿带一串儿时玩过的嘎拉哈,让女儿想家的时候,数一数摸一摸就不哭了。

草原上的马,在春天的时候跑青,因为青草刚冒芽,远看有,近看无,所以马不肯在一个地方停留,老是要奔着远处的青色跑。春天已经走到了夏天,地上的草都已经长出了半尺高,我的海骝马呀,到处都有你爱吃的嫩草尖,你为什么如此躁动不安?莫非有什么事情要告诉我?

远远望见蒙古包,我就觉得不对劲儿,拴马桩上大额吉的白马不见了,套瑙伸出的炉筒子里没有飘出炊烟,一进包门,大额吉忙碌的身影也不见了!更怪的是,佛爷当初嘱咐点七年不能熄灭,大额吉每天夜里起来续一次油,一点就是十五年的铜佛灯竟然熄灭了!

蒙古人认为风走过的山冈像温暖的母体一般圣洁,那是他们用尽一生寻找到的原乡。大额吉身穿没有补丁的紫色蒙古袍,扎着橘红色的绸子腰带,换上了洁白的包头巾,卧于她梦想过的地方。长生天覆盖着她历尽辛苦的躯体,云霞在她的脸上变幻奇妙的花朵。她看见亲手养大的儿子在山下的河流里饮马饮羊,茂密的牧草碧绿连天,便放心地闭上了眼睛。她的白马不愿意打扰她的长梦,在一旁徜徉觅食。

大额吉活着的时候常常说,人在小的时候就应该像羊羔那么温顺;人长大了就应该像骏马那样驰骋;人要遇到了相爱的伴,应该像达乌兰泡的天鹅那样一对对形影相随;人要是有了自己的孩子,就应该像母牛那样献出最后一滴乳汁;人到了该走的时候,就应当像骨瘦毛长的老狼,去寻找一个安静的地方,不慌不忙地等待长生天叫你的名字。

节选自《散文选刊》2015年第2期

评鉴与感悟

艾平的散文有自己的腔调,这腔调跟草原有关,跟呼伦贝尔有关。这么说,好像她的文字占了题材的便宜,其实却是,从她的笔下能感受到天地。她渴望去草原的天边看一看,她的渴望,成就了她一篇篇辽阔的文章。《我的两个额吉》安静不失大气,隐忍又有热烈,这是她的草原,这是她的游牧帝国。

读书会

"走"与"走"
——小说内部的逻辑与反逻辑

/毕飞宇

我没有能力谈大的问题，今天只想和老师、同学们交流一点小事，那就是走路。大家都会走路，可以说，走路是日常生活里最常见的一个动态。那我们就来看一看，这个最常见的动态在小说的内部是如何被描述的，它是如何被用来塑造人物并呈现小说逻辑的。为了把事情说清楚，我今天特地选择了我们最为熟悉的作品，一个是《水浒》的局部，一个是《红楼梦》的局部，我们就联系这两部作品来谈。

我们先来谈林冲。用金圣叹的说法，"林冲自然是上上人物，写得只是太狠。看他算得到，熬得住，把得牢，做得彻，都使人怕"。金圣叹也评价过"上上人物"李逵，说"李逵一片天真烂漫到底。""一片天真烂漫到底"，这句话道出了李逵的先天气质，他是不会被外部的世界所左右的，他要做他自己。在小说的内部，李逵一路纵横，他大步流星，酣畅淋漓。为什么会这样？因为李逵"天真烂漫"，他是天生的英雄、天然的豪杰、天才的土匪。林冲却不是，林冲属于日常，他的业务突出，他的心却是普通人的，这颗普通的心只想靠自己的业务在体制里头混得体面一些，再加上一个美满的家庭，齐了。

林冲和李逵是两个极端，李逵体现的是自然性，林冲体现的则是社会性。和李逵相反，林冲一直没能也不敢做他自己，他始终处在两难之中。

因为纠结,他的心中积压了太多的负能量,所以,林冲是黑色的、畸形的、变态的,金圣叹说他"都使人怕",是真的。我个人一点都不喜欢林冲。但是,作为一个职业作家,我要说,林冲这个人物写得实在是好。李逵和林冲这两个人物的写作难度是极高的,在《水浒》当中,最难写的其实就是这两个人。——写李逵考验的是一个作家的单纯、天真、旷放和力必多,它考验的是放;写林冲考验的则是一个作家的积累、社会认知、内心的深度和复杂性,它考验的是收。施耐庵能在一部小说当中同时完成这两个人物,我敢说,哪怕施耐庵算不上伟大,最起码也是一流。

林冲在本质上是一个怕事的人,作为一个出色的技术干部,他后来的一切都是被社会环境所逼的,也就是我们常说的那个"逼上梁山"。我所关心的问题是,从一个技术干部变成一个土匪骨干,他一路是怎么"走"的?施耐庵又是如何去描写他的这个"走"的?我想告诉你们的是,施耐庵在林冲的身上体现出了一位一流小说家强大的逻辑能力。这个逻辑能力就是生活的必然性。如果说,在林冲的落草之路上有一样东西是偶然的,那么,我们马上就可以宣布,林冲这个人被写坏了。

林冲的噩运从他太太一出场实际上就已经降临了,这个噩运就是社会性,就是权贵,就是利益集团——高太尉、高衙内、富安、陆虞候。应当说,在经历了误入白虎堂、刺配沧州道等一系列的欺压之后,林冲的人生已彻底崩溃,这个在座的每个人都知道。我要指出的是,即使林冲的人生崩溃了,这个怕事的男人依然没有落草的打算。他唯一的愿望是什么?是做一个好囚犯,积极改造,重新回到主流社会。可林冲怎么就"走"上梁山了呢?两样东西出现了,一个是风,一个是雪。

我们先来说雪。从逻辑上说,雪的作用有两个,第一,正因为有雪,林冲才会烤火,林冲才会生火,林冲在离开房间之前才会仔细地处理火。施耐庵在这个地方的描写是细致入微的,这样细致的描写给我们证明了两件事:A,林冲早就接受了他的噩运,他是一个好犯人,一直在积极地、配合地改造他自己;B,这同时也证明了另一件事情,草料场的大火和林冲一点关系都没有,有人想陷害林冲,严格地说,不是陷害他,是一定要他死。第二,正因为有雪,雪把房子压塌了,林冲才无处藏身,林冲才能离开草料场。某种意义上说,雪在刁难林冲,雪也在挽救林冲,没有雪,林冲的故事将戛然而止。这是不可想象的。

我们再来谈风。风的作用要更大一些。第一，如果没有风，草料场的大火也许就有救，只要大火被扑灭了，林冲也许就还有生路。但是，这不是关键，关键的是第二，如果没有风，林冲在山神庙里关门的动作就不一样了。对林冲来说，如何关门才是重中之重。我们先来看小说里头是如何描写林冲关门的：

> 入得庙门，（林冲）再把门掩上，旁边有一块大石头，掇将过来，靠了门。

林冲其实已经将门掩上了，但是，不行，风太大了，关不严实。怎么办？正好旁边有一块大石头，林冲的力气又大，几乎都不用思索，林冲就把那块大石头搬过来了，靠在了门后。不要小看了这一"靠"，这一靠，小说精彩了，一块大石头突然将小说引向了高潮。为什么？因为陆虞候、富安是不可以和林冲见面的，如果见了，陆虞候他们就不会说那样的话，林冲就不可能了解到真相。换句话说，小说顿时就会失去它的张力，更会失去它的爆发力。是什么阻挡他们见面的呢？毫无疑问，是门。门为什么打不开呢？门后有一块大石头。门后面为什么要有一块大石头呢？因为有风。你看看，其实是风把陆虞候与林冲隔离开来了。

现在，这块大石头不再是石头，它是麦克风，它向林冲现场直播了陆虞候和富安的惊天阴谋。这块大石头不只是将庙外的世界和庙内的世界阻挡开来了，同时，这块大石头也将庙外的世界和庙内的世界联系起来了。它让林冲真正了解了自己的处境，他其实是死无葬身之地的。我们来看一看这里头的逻辑关系：林冲杀人——为什么杀人？林冲知道了真相，暴怒——为什么暴怒？陆虞候、富安肆无忌惮地实话实说——为什么实话实说？陆虞候、富安没能与林冲见面——为什么不能见面？门打不开——为什么打不开？门后有块大石头——为什么需要大石头？风太大。这里的逻辑无限地缜密，密不透风。

有没有人举手要问问题？没有。那我就自己问自己一个问题，你刚才不是说，林冲的噩运是社会性的吗？林冲在他的落草之路上没有一件是偶然的吗？那好，问题来了，雪和风并没有社会性，它们是纯天然、纯自然的，自然性难道不是偶然的吗？

这个问题虽然是我自己提出来的，我还是要说，这是一个好问题。我想说，在这里，雪和风都不是自然的，更不是偶然的。

即将证明这个观点的不是我，是小说里的一个人物，他叫李小二，也就是在东京偷了东西被林冲搭救的那个小京漂。因为开酒馆，小京漂在他的小酒馆里看见了两个鬼鬼祟祟的"尴尬人"，因为"尴尬"，李小二在第一时间把这个消息报告了林冲，林冲一听就知道那个三十来岁的男人就是陆虞候，为此，林冲还特地到街上去买了一把尖刀，街前街后找了三五日。

问题出在第六日，施耐庵明确地告诉我们，是第六日。第六日，林冲的工作突然被调动了，他被上级部门由牢城营内调到了草料场。林冲刚刚抵达草料场，作者施耐庵几乎是急不可耐地交代了一件大事，那就是气象，作者写道：

"正是严冬天气，彤云密布，朔风渐起，却早纷纷扬扬下了一天大雪来。"

在小说里头，我们把这样的文字叫作环境描写。现在我反过来要问你们一个问题了，作者在这个地方为什么要来一段环境描写？对，通过这样的环境描写，联系到上下文，我们知道了一件事，在过去的六天里头，被李小二发现的那两个"尴尬人"其实一直都藏在暗处，他们在做一件大事，那就是等待。等什么？等风和雪。他们不傻，大风不来，他们是不会放火的，没有大风，草料场就不会被烧光，他们就不能将林冲置于死地。你说说，两个心怀鬼胎、周密策划、等了六天才等来的大风雪是自然的吗？是偶然的吗？当然不是。风来了，雪来了，林冲的工作被调动了，一切都是按计划走的，一切都是必然。

别林斯基说："偶然性在悲剧中是没有一席之地的。"这句话说到点子上了。

草料场被烧了，林冲知道真相了，林冲也把陆虞候和富安都杀了。事到如此，除了自我了断，林冲其实只剩下上梁山这一条道可以走了。如果是我来写，我会在林冲酣畅淋漓地杀了陆虞候、富安、差拨之后，立马描写林冲的行走动态，立马安排林冲去寻找革命队伍。这样写是很好的，这样写小说会更紧凑，小说的气韵也会更加生动。但是，施耐庵没这么写，他是这么写的——

> （林冲）将尖刀插了，将三个人的头发结做一处，提入庙里来，都摆在山神面前供桌上，再穿了白布衫，系了胳膊，把毡笠子带上，将葫芦里冷酒都吃尽了。被与葫芦都丢了不要，提了枪，便出庙门东头去。

这一段写得好极了，动感十足，豪气冲天，却又不失冷静，是林冲特有的、令人窒息的冷静。这段文字好就好在对林冲步行动态的具体交代：提了枪，便出庙门东去。我想说，这句话很容易被我们的眼睛滑落过去，一个不会读小说的人是体会不到这句话的妙处的。

林冲为什么要向东走？道理很简单，草料场在城东。如果向西走，等于进城，等于自投罗网。这句话反过来告诉我们一件事，林冲这个人太"可怕"了，简直就是变态，太变态了。虽然处在激情之中，一连杀了三个人，林冲却不是激情杀人。他的内心一点都没有乱，按部就班：先用仇人的脑袋做了祭司，再换衣服，再把酒葫芦扔了，在他扔掉酒葫芦之前，他甚至还没有遗忘那点残余的冷酒。"可怕"吧？一个如此变态、如此冷静的人会怎么"走"呢？当然是向东"走"，必然是向东"走"。小说到了这样的地步，即使是施耐庵也改变不了林冲向东走的行为。小说写到作者都无法改变的地步，作者会很舒服的。

在这里，林冲这个人物形象就是靠"东"这个词支撑起来的。所谓"算得到、熬得住、把得牢、做得彻"，这四点在这个"东"字上全都有所体现。我们常说文学是有分类的，一种叫纯文学，一种叫通俗文学。这里的差异固然可以通过题材去区分，但是，最大的区分还是小说的语言。《水浒》是一部打打杀杀的小说，但是，它不是通俗小说和类型小说，它是真正的文学。只有文学的语言才能带来文学的小说。那种一门心思只顾了编制小说情节的小说，都不能抵达文学的高度。没有语言上的修养、训练和天分，哪怕你把"纯文学作家"这五个字刻在你的脑门上，那也是白搭。

小说语言第一需要的是准确。美学的常识告诉我们，准确是美的，它可以唤起审美。关于审美，我们都听说过这样的一句话："萝卜青菜，各有所爱。"这句话是对的，也是错的。如果说这句话的是一个卖萝卜青菜的大妈，这句话简直就是真理，但是，一个在北京大学读书的大学生也这么说，这句话就是错的。我们不能知其然，我们要知道所以然。

审美的心理机制不是凭空产生的，无论是黑格尔还是康德，包括马克思，他们的美学思想里头有两个基本概念我们千万不该忽略，那就是合目的、合规律。说白了，审美的心理机制来自于我们现实生存，它首先是符合生命目的的。比方说，力量，生存离不开生命的力量，所以，力量从一开始就是我们的审美对象。举一个例子吧，在农业文明产生之前，前面有一头野猪，它离我们有五十米那么远，可你的力量只能把标枪扔出去三十米，那你就不可能打到野猪，你只能饿肚子，所以，力量构成了美。

如果你的力量可以保证你扔出去六十米，可你手上没准头，你还是打不到野猪。这一来我们需要的其实不只是力量，而是有效的、可以控制的、可以抵达对象的力量。这个"可以抵达对象"就叫准确，它不只是关乎身理，也关乎心理与意志。准确是如何获得的呢？你就必须把握力量的规律。这就叫合规律。想想吧，我们一边吃着野猪肉、一边对力量、对准确就有了十分愉悦的认知，这个愉悦就是最初的审美。的确，准确是一种特殊的美，它能震撼我们的心灵。神秘的狙击手可以成为我们的英雄，道理就在这里。我想提醒大家注意，英雄不只是道德意义上的概念，也是美学上的一个概念。我们谈恋爱也是这样，你写了二十首情诗，分别发给了二十个姑娘，最后连一个女朋友也没有得到，你一定会成为笑柄，这证明了你的精确度不够。精确度不够会使你成为一只癞蛤蟆，还成天想吃天鹅肉。

大家都还记得宋丹丹女士对赵本山先生说过的一句话吧，"别人唱歌是要钱，大哥唱歌是要命。"大哥的歌声为什么会"要命"？我想大家都懂了。是的，艺术一旦失去了它的准确性，它就会走向反面，也就是错位。错位可以带来滑稽，那是另一个美学上的话题了。

回到小说吧。向东走，这个动作清楚地告诉我们，即使到了如此这般的地步，林冲依然没有打算上山。"向东"清楚地告诉我们，这是一个疑似的方向，林冲其实没有方向，他只是选择了流亡，他能做的只是规避追捕。到了这里我们这些读者彻底知道了，林冲这个人哪，他和造反一点关系都没有，他的身上没有半点革命性。这才叫"逼上梁山"。

我们说，现实主义作品往往都离不开它的批判性，如果我们在这个地方来审视一下所谓的"批判性"的话，施耐庵在林冲这个人物的身上几乎完成了"批判性"的最大化，——天底下还有比林冲更不想造反的人吗？没有了，就是林冲这样的一个怂人，大宋王朝也容不下他，他只能造反，只能"走"到梁山上去，大宋王朝都坏到什么地步了。这句话也可以这样说，林冲越怂，社会越坏。林冲的怂就是批判性。

说到这里我想做一个小结，我们都喜欢文学作品的思想性，我想说的是，思想性这个东西时常靠不住。思想性的传递需要作家的思想，其实更需要作家的艺术才能。没有艺术才能，一切都是空话。在美学上，说空话有一个专业的名词，叫"席勒化"，把思想性落实到艺术性上，也有一个专业名词，叫"莎士比亚化"，这个在座的都知道。联系到林冲这个人物来说，如果施耐庵只是拍案而起、满腔热忱地"安排"林冲"走"上梁山，我们说，这就叫"席勒化"，"席勒化"有一个标志，那就是这样的作家都可以去组织部。相反，由白虎堂、野猪林、牢城营、草料场、雪、风、石头、逃亡的失败、再到柴进指路，林冲一步一步地、按照小说的内部逻辑、自己"走"到梁山上去了。这才叫"莎士比亚化"。在"莎士比亚化"的进程当中，作家有时候都说不上话。

但写作就是这样，作家的能力越小，他的权力就越大，反过来，他的能力越强，他的权力就越小。

梨园行当里头有一句话，叫"男怕《夜奔》，女怕《思凡》"这句话说尽了林冲这个人物形象的复杂性，林冲在一步一步地往前走，却一步步走向了自己的反面，他"走"出去的每一步都是他自己不想"走"的，然而，又不得不走。在行动与内心之间，永远存在着一种对抗的、对立的力量。如此巨大的内心张力，没有一个男演员不害怕。

施耐庵的小说很实，他依仗的是逻辑。但是，我们一定要知道，小说比逻辑要广阔得多，小说可以是逻辑的，可以是不逻辑的，甚至于，可以是反逻辑的。曹雪芹就是这样，在许多地方，《红楼梦》就非常反逻辑。因为反逻辑，曹雪芹的描写往往很虚。有时候，你从具体的描写对象上反而看不到作者想表达的真实内容，你要从"飞白"——也就是没有写到的地方去看。所谓"真事隐去、假语存焉"就是这个道理。好，我们还是来谈"走"路,看看曹雪芹老先生在描写"走"的时候是如何反逻辑的。

焦大说,贾府里头"爬灰的爬灰,偷小叔子的偷小叔子"。这句话很粗俗,但这句粗俗的话却很有用,这句话一下子就给《红楼梦》挖了两个黑洞,它们暗示了两组不伦的关系:贾珍和秦可卿,贾蓉和王熙凤。因为贾蓉和秦可卿是夫妻,所以,这两个黑洞之间又有两个通道,那就是秦可卿。

我对"爬灰"没兴趣,今天不讨论"爬灰"。可我对"偷小叔子"却有点兴趣。说到底,是我对王熙凤这个小说人物感兴趣,往深里说,我对王熙凤与秦可卿这一对小说人物的关系感兴趣。如果有人问我,在《红楼梦》里头,哪一组小说人物的关系写得最好,我会毫不犹豫地把我的大拇指献给王熙凤和秦可卿这对组合,她们是出彩中国人。

王熙凤和贾蓉之间到底有没有"偷小叔子",曹雪芹在《红楼梦》里头其实并没写。作为一个读者,我想说,就小说的文本而言,王熙凤和贾蓉的妻子秦可卿关系非同一般,太非同一般了。请注意,我并没有说她们的关系非常好,我只是说,她们的关系"非同一般"。怎么个"非同一般"?我们往下说。

在小说里头,王熙凤和秦可卿第一次"面对面"是在第七章里头。这一段写得很棒。看似很平静,一点事情都没有,其实很火爆。在场的总共有五个人,王熙凤、贾宝玉、贾蓉,尤氏,秦可卿。这五个人之间的关系复杂了:王熙凤和贾蓉之间是黑洞,贾蓉和秦可卿是夫妻,秦可卿是贾宝玉的性启蒙老师,尤氏是贾蓉的母亲,尤氏是秦可卿的婆婆,尤氏还是王熙凤的嫂子。这么多的关系是很不好写的。一见面,曹雪芹写道:"那尤氏一见了凤姐,必先笑嘲一阵,"这句话很怪异,有些空穴来风。尤氏见到凤姐为什么总是要"笑嘲一阵"呢?曹雪芹也没有交代,这是一个问题,我们先放在这里。而王熙凤的做派更怪异,她在嫂子面前摆足了架子,高高在上了,盛气凌人了,她对尤氏和秦可卿说:"你们请我来做什么?有什么好东西孝敬我,就快供上来,我还有事呢。"当然了,这是王熙凤一贯的做派,她在亲人之间这样说话也是可以理解的。问题是,秦可卿要带宝玉去见秦钟,尤氏不知趣了,她借着秦钟挖苦了一番王熙凤,说王熙凤是"破落户",要被人笑话的。王熙凤的回答显然出格了,超出了玩笑的范畴,她当场反唇相讥:"普天下的人,我不笑话也就罢了。"这句话重了,最让人不能理解的事情发生了，贾蓉刚说了几句阻拦的话，王熙凤对贾蓉说："凭他（秦钟）什么样儿，我也要见一见！别放你娘的屁了。再不带我看看，给你一顿好嘴巴。"

"别放你娘的屁了""给你一顿好嘴巴"这番话的腔调完全是一个流氓，很无赖，几乎就是骂街。这番话是小题大做的，让我们这些做读者的很摸不着头脑，反过来，我们这些做读者的自然要形成这样几个问题，第一，王熙凤对贾蓉是肆无忌惮的，她为什么如此肆无忌惮？她的怒火究竟是从哪里来的？第二，王熙凤是不是真的愤怒？她对贾蓉到底是严厉的呵斥，还是男女之间特殊的亲呢？这个很不好判断。第三，这才是最关键的，王熙凤当着秦可卿的面对秦可卿的丈夫这样，以王熙凤的情商，她为什么一点也不顾及一个妻子的具体感受？简单地说，我们反而可以把王熙凤和贾蓉的关系放在一边，首先面对王熙凤和秦可卿的关系，这两个女人之间到底怎么样？

曹雪芹厉害。曹雪芹其实已经明白无误的告诉我们了，王熙凤和秦可卿是闺蜜，她们很亲密。我这样说有证据么？有。同样是在第七章，也就是王熙凤和秦可卿第一次见面前，我们可以看到一个很容易被我们忽略的细节，——周瑞家的给王熙凤送宫花去了。王熙凤正和贾琏"午睡"呢，周瑞家的只能把宫花交给平儿，请注意，平儿拿了四朵，却拿出了两朵，让彩明送到"那边府里"，干什么呢？"给小蓉大奶奶戴去"。这个细节向我们证明了一件事，在平儿的眼里，王熙凤和秦可卿是亲密的，也许在整个贾府的眼里，她们都是亲密的。一切都是明摆着的。

然而，当我们读到第十一章的时候，我们很快又会发现，这个"明摆着"的关系远不如我们预料的那样简单。这一章也就是《庆寿辰宁府排家宴　见熙凤贾瑞起淫心》。这一章主要写了王熙凤对病人秦可卿的探望。我想告诉大家的是，如果我们对《红楼梦》有了一个结构性的了解，这个第十一章其实是可以从小说当中脱离开来的，我们可以把第十一章当成一个精彩的短篇小说来读。生活是多么的复杂，人性是多么的深邃，这一章里头全有。这一章写得好极了。

我刚才说了，《水浒》依仗的是逻辑，曹雪芹依仗的却是反逻辑。生活逻辑明明是这样的，曹雪芹偏偏不按照生活逻辑去出牌。因为失去了逻辑，曹雪芹在《红楼梦》里给我们留下了一大片一大片的"飞白"。这些"飞白"构成了一种惊悚的、浩瀚的美，也给我们构成了极大的阅读障碍。就在我演讲之前，我刚刚给北京大学的十大读书明星颁发了奖品，我注意到，读书最多的同学一年借阅了三百八十一本书，在此，我要向这些阅读狂人致敬，你们很了不起。可我也想补充一点，有时候，我们用一年的时间只读一本书，这也挺好。对我来说，《红楼梦》是可以让我读一辈子的书。

回到《红楼梦》的第十一章。第十一章是从贾敬的寿辰写起的，也就是一个很大的派对。在小说里头，描写派对永远重要。在我看来，描写派对最好的作家也许要算托尔斯泰，他是写派对的圣手。在《战争与和平》里头，在《安娜卡列尼娜》里头，如果我们把那些派对都删除了，我们很快就会发现，小说的魅力会失去一半。作为一个写作者，我想说，派对其实很不好写，场面越大的派对越不好写，这里的头绪多，关系多，很容易流于散漫，很容易支离破碎。但是，如果你写好了，小说内部的空间一下子就被拓展了，并使小说趋于饱满。

我想说的是，曹雪芹的这个派对写得极其精彩，完全可以和托尔斯泰相媲美。

贾敬做寿，这是宁国府的头等大事，如此重要的一个派对，一个都不能少。孙媳妇秦可卿却没有出席。这是反逻辑的。

秦可卿原来是病了，所以她没来。当王熙凤知道秦可卿生病之后，说，"我说他不是十分支持不住，今日这样的日子，再也不肯不扎挣着上来。"很难说为什么，这句话在我的眼里有些不对劲。对劲不对劲我们先不管，作为秦可卿的闺蜜，以王熙凤的情商，她为什么不问一问秦可卿的病情呢？这是反逻辑的。

贾蓉出现了，王熙凤也想起来了，她该向贾蓉询问一下秦可卿的病情了，贾蓉的回答很不乐观。如果是依照逻辑的话，曹雪芹这个时候去交代王熙凤的反应才对。然而，曹雪芹没有交代，相反，却写了王熙凤和太太们的说笑。在王熙凤说了一通笑话之后，曹雪芹写道："一句话说的满屋子的人都笑了起来。"这是反逻辑的。

接下来是王熙凤对秦可卿的探望，一同前往的有贾宝玉、贾蓉。因为是进了自己的家门，贾蓉当然要让下人给客人倒茶，贾蓉说："快到茶来，婶子（王熙凤）和二叔在上房还未喝茶呢。"这句话非常有意思，你想想，爷爷的生日派对上那么多的人，场面如此的庞杂、如此的混乱，贾蓉却能准确地说出"婶子""在上房还未喝茶"。我想问问大家，贾蓉的注意力都放在哪里了？请注意，此时此刻，他的太太还在病床上奄奄一息呢。贾蓉的注意力一刻也没有离开过"婶子"，要不然他说不出这样的话来。这不是一句普通的客套话，它很黑，绝对是从黑洞里冒出来的。这是反逻辑的。

两个女人的私房话也许没什么可说的，然而，在两个女人对话的过程中，王熙凤做了一件事，把贾宝玉打发走了，附带着把贾蓉也打发走了。一个女人去看望另一个生病的女人，却把人家的丈夫打发走，这是符合逻辑还是反逻辑的？作为一个读者，老实说，我不能确定。既然不确定，那我就先把这个问题放下来，这是我放下的第二个问题，第一个问题是尤氏一见到凤姐就要"笑嘲一阵"，我们把这些问题都放在后面说。

探望结束了，因为悲伤，王熙凤眼睛红红的，她离开病人秦可卿。生活常识和生活逻辑告诉我们，一个人去探望一个临死的病人，尤其是闺蜜，在她离开病房之后，她的心情一定无比地沉痛。好吧，说到这里，小说该怎么写，我想我们都知道了，曹雪芹也许要这样描写王熙凤了：她一手扶着墙，一手掏出手绢，好好地哭了一会儿，心里头也许还会说："我可怜的可卿！"——是的，当着病人的面不好痛哭，你得控制住自己，现在好了，都离开病人了，那你也就别忍着了。然而，对不起了，我们都不是曹雪芹。王熙凤刚刚离开秦可卿的病床，曹雪芹突然抽风了，这个小说家一下子发起了癔症，几乎就是神经病。他诗兴大发，浓墨重彩，用极其奢华的语言将园子里美好的景致描绘了一通。突然，笔锋一转，他写到：

凤姐儿正自看院中的景致，一步步行来赞赏。

上帝啊，这句话实在是太吓人了，它完全不符合一个人正常的心理秩序。我想告诉你们的是，这句话我不知道读过多少遍了，在我四十岁之后，有一天夜里，我半躺在床上再一次读到这句话，我被这句话吓得坐了起来。我必须在此承认,我被那个叫王熙凤的女人吓住了。这个世界上最起码有两个王熙凤,一个是面对着秦可卿的王熙凤,一个是背对着秦可卿的王熙凤。和林冲一样,王熙凤这个女人"使人怕"。把我吓着了的,正是那个背对着秦可卿的王熙凤。"一步步行来赞赏",这句话可以让读者的后背发凉,寒飕飕的。它太反逻辑了。

没完,就在王熙凤"一步步行来赞赏"的时候,另一个人恰恰在这个时候出现了,是的,他就是下流坯子贾瑞。写一个色鬼和美女调情,老实说,百分之九十的作家都会写。但是,我依然要说,把一个色鬼和女人的调情放在这个地方来写,放在这个时候来写,除了曹雪芹,没有几个人可以做到。刚刚探视了一个临死的病人,回过头来就调情,这是反逻辑的。

在决定收拾那个下流的色鬼之后,曹雪芹再一次描绘起王熙凤的走路来了,"于是凤姐儿方移步前来。"

你看看,多么轻松,多么潇洒,多么从容。接下来是看戏,上楼,到了这里,曹雪芹第三次写到了王熙凤的步行动态。

凤姐儿听了,款步提衣上了楼。

这个动作是多么得妖娆,可以说美不胜收了。

我们来看哈,第一次,王熙凤离开秦可卿,她是这么"走"的,"一步步行来赞赏,"从字面上看,她的心情不错,怡然自得,心里头并没有别人,包括秦可卿。第二次,王熙凤离开贾瑞,她是这么"走"的,"方移步前来",她的心情依然不错,心里头也没有别人,包括贾瑞。第三次,"款步提衣上了楼",这一次,凤姐的心里头有人么?字面上我看不出来,但是,我们往下看。

上了楼,看完戏,曹雪芹写了王熙凤在楼上的一个动作,那就是她在楼上往楼下看,同时还说了一句话,"爷们都往哪里去了?"这句话突兀了,很不着边际。王熙凤嘴里的"爷们"是谁?曹雪芹没有写,我们不可能知道。但是,我记得我刚才留下过一个问题,是第二个问题,那就是王熙凤在和秦可卿聊天的时候为什么要把贾蓉支走?——王熙凤嘴里的"爷们"是不是贾蓉呢?曹雪芹没有明说。当一个婆子告诉王熙凤"爷们吃酒去了"之后，王熙凤的一句话就更突兀、更不着边际了。她说："在这里不便宜，背地里又不知干什么去了？"这句话很哀怨，作为读者，我能够感受到王熙凤的失望。但她为什么失望，老实说，我们依然是不清晰的。但是，贾蓉的母亲、秦可卿的婆婆，尤氏，这个时候却突然冒出了一句话，她对王熙凤说："哪里都像你这么正经的人呢。"曹雪芹厉害吧，不早不晚，他偏偏在这个时候安排尤氏出场了，还说了这么一句不着四六的话。这句话特别有意思，它太意味深长了。你们还记得吧，我留下过一个问题，是第一个问题，那就是——尤氏每一次见到凤姐都要"笑嘲一阵"，这句话在这里派上了用场，尤氏哪里是夸凤姐"正经"？几乎就是指着鼻子说王熙凤"不正经"。为什么是尤氏来说这句话呢？道理很简单，王熙凤的"小叔子"贾蓉，他不是别人，正是尤氏的儿子。看起来，知道"爬灰的爬灰，偷小叔子的偷小叔子"这个秘密的，不只有焦大，还有尤氏。尤氏当然不爽了，她见到王熙凤不会有好脸的。"尤氏知情"这个判断可靠不可靠？我们把它作为第三个问题，还是先放下来。

无论是"一步步行来赞赏""方移步前来"，还是"款步提衣上楼"，我们看到的是这样几点，第一，王熙凤这个女人是贵族，姿态优雅，心很深。她养尊处优，自我感觉良好。第二，王熙凤这个女人有两个不同的侧面，在公众面前，也就是"当面"，她的心中"装满了所有的人"，她对每一个人都是无微不至的；到了私底下，也就是"背面"，她的心中空无一人，无论是闺蜜还是和她调情的下流鬼，她都没有放在心上。她唯一放在心上的，其实只是欲望，她惦记的是"便宜"，是"背地里"，是"不知道干什么去"。这让这个贵妇人的内心稍稍有那么一点点的着急，所以，她要"款步提衣上楼"。虽然有那么一点点的着急，可是，一点也不失身份。正如尤氏所说的那样，凤姐是个"正经的人"，她走路的样子在那里，高贵，优雅，从容，淡定。

话说到这里我突然就不自信了，我很担心同学们站起来质疑我：什么反逻辑？是你想多了，是你解读过度了，是你分析过度了。但是，曹雪芹终究是伟大的，是他的伟大帮助我恢复了自信。曹雪芹用他第十三章帮我证明了一件事，我的解读与分析一点也没有过渡。

在第十三章之前，曹雪芹用整整第十二章的篇幅描写了王熙凤的一次谋杀。接下来，第十三章来了，《红楼梦》终于写到了秦可卿的死，当然，还有秦可卿的葬礼。

秦可卿死了，最为痛苦的人是谁呢？第一就是贾蓉，他是秦可卿的丈夫，他的伤心不可避免；第二必须是王熙凤，她是秦可卿的闺蜜，她的伤心也不可避免。那么，我们往下看吧，看看曹雪芹是怎么去描写痛不欲生的贾蓉和痛不欲生的王熙凤的。

可是，问题来了，摊上大事儿了，曹雪芹不仅没有交代贾蓉和王熙凤的情绪反应，甚至都没有去描写这两个人。这两个人在小说里突然失踪了。这是反逻辑的。

做出强烈情绪反应的是这样的两个人，第一，秦可卿的叔叔，贾宝玉，他"哇的一声，直奔出一口血来。"第二，秦可卿的公公，贾珍，他哭得"泪人一般"，都失态了，一边哭还一边拍手，也就是呼天抢地，完全不顾了自己的身份和体面。贾宝玉天生就怜惜女性，秦可卿还是他的指导老师，他的情绪是可以理解的，贾珍为什么这样痛苦，我不知道。我可以肯定的只有一点，这是反逻辑的。

也许我们不该忘记另一个人，秦可卿的婆婆，尤氏。我们刚才把她作为第三个问题放下来了，现在，我们来看看尤氏都做了些什么。无论是祭奠还是葬礼，尤氏都没有出席，为什么呢？她胃疼了。祭奠的时候，尤氏的胃疼了一次；到了秦可卿的葬礼，尤氏的胃又疼了一次。我们且不论尤氏的胃病到底有多严重，我想说的是，哪里来得那么巧？秦可卿死了，你胃疼了，秦可卿出殡了，你的胃又疼了。天底下没有这么巧合的事情。在这个地方，我们马上可以得出一个判断，尤氏在回避。可是，她为什么要回避儿媳妇的祭奠与葬礼呢？这与她丈夫——贾珍——的态度反差也太大了。范伟一定要问，同样是生活在一起的两口子，做人的差距怎么就这么大的呢？这是反逻辑的。

王熙凤到了什么时候才出现？在宁国府需要办公室主任的时候。到了这个时候，王熙凤终于在第十三章里出现了，她顺利地当上了宁国府的办公室主任。王熙凤过去是荣国府的办公室主任，秦可卿呢，是宁国府的办公室主任。现在，两边的办公室主任她都当上了。到了这里我们可以清晰地知道了一件事，王熙凤的欲望是综合的、庞杂的，这里头自然也包含了权力的欲望。王熙凤的步行动态和她办公室主任的身份是高度吻合的。是的，王主任的心里头没人，只有她的事业与工作。我想这样借用金圣叹的一句话："王熙凤自然是上上人物，只是写得太狠，看她算得到，熬得主，把得牢，做得彻，都使人害怕。"

我们在阅读《红楼梦》的时候其实要做两件事，第一，看看曹雪芹都写了什么，第二，看看曹雪芹都没写什么。

曹雪芹为什么就那么不通人情、不通世故呢？他为什么总是不按照生活的逻辑去发展小说呢？不是，是曹雪芹太通人情、太通世故了，所以，他能反逻辑；他不只是自己通，他还相信读者，他相信我们这些读者也是通的，所以，他敢反逻辑。因为反逻辑，曹雪芹在不停地给我们读者挖坑，不停地给我们读者制造"飞白"。然而，请注意我下面的这句话，——如果我们有足够的想象力，如果我们有足够的记忆力，如果我们有足够的阅读才华，我们就可以将曹雪芹所制造的那些"飞白"串联起来的.这一串联，了不得了，我们很快就会发现，《红楼梦》这本书比我们所读到的还要厚，还要长，还要深，还要大。可以这样说，有另外的一部《红楼梦》就藏在《红楼梦》这本书里头。另一本《红楼梦》正是用"不写之写"的方式去完成的。另一本《红楼梦》是由"飞白"构成的，是由"不写"构成的，是将"真事"隐去的。它反逻辑。《红楼梦》是真正的大史诗，是人类小说史上的巅峰。

《红楼梦》是无法续写的，不要遗憾。你也许可以续写《红楼梦》写实的那个部分，但是，你无论如何也无法续写《红楼梦》"飞白"的那个部分。即使是曹雪芹自己也未必能做得到。《红楼梦》注定了是残缺的，——那又怎么样？

现在的问题是，"飞白"，或者说，反逻辑，再或者说，"不写之写"真的就由那么神奇么？我说是的，这里头其实有一个美学上的距离问题。

1912年，英国教授瑞士人布洛发表了一篇重要的论文，《作为艺术因素和审美原则的"心理距离"说》，在这篇论文当中，布洛第一次提出了审美的"距离"问题。我们也不要把这个理论上的说辞僵硬地往我们的问题上套，但是，距离的问题始终是艺术内部的一个大问题，这个是无法回避的。我想强调的只有一点，在"距离"这个问题上，由于东西方文化上的差异，我们在认识上有比较大的差异，西方人更习惯于"物"——"物"的距离，也就是"实"——"实"的距离，我们东方人更倾向于"物"——"意"，也就是"实"——"虚"的距离。就像中国画，在我们的画面上，经常就"不画"了，不要小看了那些"飞白"，它们太讲究了，它们是距离，那可是"上下五千年、纵横八千里"的。我们的"距离"就在这一黑一白之间。

我的问题是，这怎么就成了我们的审美方式的呢，它怎么就变成我们的趣味的呢？简单地说，我们是怎么好上这一口的呢？其实，这不是凭空而来的。如果一定要挖掘一下它的由来，那我们就必须要提到《诗经》所建立起来的、伟大的审美传统。钟嵘在他的《诗品》里对《诗经》做过简略的、相对理性的分析，他说："诗有三义，一曰兴，二曰比，三曰赋。"这个大家都知道，"兴"是什么呢？钟嵘自己回答说："文已尽而意有余。"这句话我们太熟悉了，不动脑子都能明白。但是，我们仔细想过没有，这句话里头其实有一个次序上的问题，有一个距离上的问题，——就一般的审美感受而言，"文"就是"意"，"意"就是"文"，可是，"兴"所强调的恰恰不是这样，而是文"尽"了之后所产生的意，这就很不一样了。这才是我们东方的。"意"在"文"的后头，它构成了一种浩大的动势，一种浩大的惯性。我们东方诗歌所谓的"韵味"就在这里，这一点，我们在阅读古诗的时候都能够体会得到。

当然，把"兴"这个问题说得更加明白的还是五百年之后的朱熹。我们都知道，朱老夫子给"兴"所下过一个定义，这个定义很直白，那就是"先言他物以引起所咏之词"。朱熹把次序问题，或者说距离问题说的简单多了，你必须"先"言他物，你才可以"引起"所咏之词。——你想说"这个"，是吧？对不起，那你要先说"那个"。说过来说过去，"那个"越说越"实"；而"这个"呢，反而越说越虚，虚到可以"不着一字"的地步，你反而可以"飞白"，你反而可以"不写"。的确，我们中国人就是喜欢这个"意在言'外'"。

我敢说，如果没有《诗经》，尤其是，没有魏晋南北朝的艺术批评和理论探索，我们的唐诗就不会是这样，我们的宋词就不会是这样，我们的《红楼梦》就更不会是这样，可以说，是中国诗人曹雪芹写成了中国小说

《红楼梦》。如果曹雪芹没有博大的中国诗歌修养和中国诗歌能力，《红楼梦》不会是今天这个样子。是的，《水浒》这本书你让一个英国人来写，可以的，让一个法国人来写，也可以的，但是，《红楼梦》的作者只能是一个中国人，一个中国的诗人。如果没有《诗经》和唐诗为我们这个民族预备好审美的集体无意识，曹雪芹绝对不敢写王熙凤"一步步行来赞赏"，打死他他也不敢这样写，那样写太诡异了。

最后我还要强调一点，是关于文本的。我不是"红学家"，有关"红学"我几近无知，我只是知道一点，因为复杂的历史原因，《红楼梦》经历过特殊的增删，尤其是删。我们今天所能读到的这个《红楼梦》文本，是被处理过的。即便如此，我依然要强调，作为一个一天到晚"增删"小说的人，我想说，删其实也是有原则的，——既有历史现实的原则，也有小说美学的原则。它不可能是胡来，更不可能是乱删。某种程度上说，"删"比"写"更能体现美学的原则。如果这个世界上真的存在这么一个人，他删过《红楼梦》，我只能说，他能把《红楼梦》删成这样，他也是伟大的小说家。

由于能力的局限，我只是提出了一些个人的看法，谬误之处请老师同学们指正。

选自《钟山》2015年第4期

评鉴与感悟

这两年没少翻《水浒传》《红楼梦》，读了这篇文章，我意识到自己白翻了。毕老讲述的这些细节，我竟然一个也没有注意到。和他一比，我那怎么好意思声称是读书呢？完全是酒肉穿肠过嘛。他怎么就能读得这么细，说得如此头头是道？也是看了这篇文章，再回想十几年前狂热喜欢过的《青衣》《玉米》，没法儿不感慨。他为什么就能写出那么棒的小说？答案都在这里了。

在恐惧与热爱之间

/刘瑜

一

关于什么是好的政治、什么是坏的政治，一百个人可能就有一百个看法，不同阵营之间甚至常常为此争得你死我活。然而，对于什么是好的人性、什么是坏的人性，却一定程度上存在"普世价值"一般来说，人们都珍视诚实、友爱、善良、勇敢与忠诚等等品质，同时鄙弃谎言、冷漠、残忍、怯懦与背叛等等。或许，从这些人性的"公理"出发，反推什么是好的政治与坏的政治，是一种更容易达至共识的方式。简单而言，如果一个制度诱发人性中那些美好的品质，那么它就是一个好的制度，反之则否。

在《耳语者：斯大林时代苏联的私人生活》中，英国历史学家费吉斯描述了一个情形：在教师沙姆苏瓦力1936年被捕之后（1938年被枪毙），哪怕其亲生母亲，对其遗孀与孙辈都表现出异乎寻常的冷漠。"由于村苏维埃主席的举报，古尔契拉和六个孩子被赶出自己的家园。全部家当放在一辆马车上，他们走了二十公里，来到了沙姆苏瓦力的母亲及其长子住的叶克舍尔村。他们有一栋两层楼的大房子，尚有空置房间，但拒绝收容他们。沙姆苏瓦力的母亲告诉古尔契拉，她的房子已经住满，不能让她搬进去，甚至不愿向长途跋涉的孩子们提供食物……受到婆家的拒绝后，古尔契拉只好租得一个村边房间。古尔契拉和孩子们在村里一共住了十五年，很少看到拒绝往来的沙姆苏瓦力一家。她回忆道：'最痛苦的是看到他们走过我们的街道——肯定没有人监听——仍然不跟我们说话，甚至连一声招呼都不打。'"

比冷漠更可怕的，是亲友之间的相互背叛。"在普遍恐惧的气氛中，大家都想赶在被他人举报之前，先行下手。歇斯底里的公民现身于内务人民委员会和党的办公室，罗列可能是'人民公敌'的亲戚与朋友，写下有关同事与熟人的详细信息，列出自己与他们的每一次见面。一位老太太写信给自己的党组织，举报自己的姐姐在克里姆林宫担任临时清洁工时，曾打扫后来被捕的某人的办公室……伊万·米安切恩为了促进自己的前途，从1937年2月到11月，在阿塞拜疆举报了不少于十四名党和苏维埃领导人……"

这种背叛有时候甚至演变成残忍的迫害。尼古拉是一个勤俭持家的农民，他曾经在库兹明——村中的一个少年乞丐——困苦时接纳他到其皮革场工作。然而，农业集体化运动中，库兹明却恩将仇报。"一天晚上，尼古拉与来自邻村的兄弟伊万·戈洛温一起吃饭，坐在厨房窗口的桌旁。聚在屋外黑暗中的库兹明及其追随者显然喝醉了，高喊'富农''出来'，然后朝窗户开枪。伊万被击中头部，当场死于血泊之中。数星期后，库兹明又来到尼古拉家，一边猛烈拍门，一边喊道：'一帮富农，开门，停止你们反苏维埃政权的阴谋！'并朝天开枪……几天后，他写信给镇政治警察，控诉尼古拉是富农剥削者。库兹明很清楚，这足以令他的前雇主被捕。"结果可以预料，尼古拉被判刑三年。后来，他的两个兄弟也被流放，母亲逃到其他城镇，长子被捕并被送往古拉格，另外两个孩子离家出走以避免被捕，妻子和三个幼子想加入集体农庄却不被批准，最后全部被流放到西伯利亚。

原谅我大段引用《耳语者》中的故事。然而，这些故事是理解斯大林时代苏联的一把钥匙。大多时候，我们脱离个体的命运来讨论政治，而抽象的概念与冰冷的数字往往会模糊政治的道德意涵——正如广为流传的一句话所言"谋杀一个人是谋杀，谋杀一百万个人则是统计"，因此，贴近个体的命运，是恢复政治之道义温度的必要方式。这个受害者不仅仅是"一个富农"，他有一个名字，他的名字叫尼古拉·戈洛温。那个受难者也不仅仅是"一个教师的妻子",她有一个名字,她叫古尔契拉·沙姆苏瓦力。给苦难者雕像,使其能够无声而永恒地注视那些飘浮在空中的宏大理想,或许正是费吉斯写作《耳语者》的初衷。

据不完全统计,从1928到1953年(也就是斯大林在位期间),约有两千五百万人受到苏维埃政权的迫害——也就是每八个人左右就有一个受到迫害,考虑到当时家庭的规模,这意味着几乎没有家庭能够完全免受迫害;仅在1937和1938年,至少有六十八万人因为"危害国家罪"被枪决。这两年,古拉格劳改营的人数从一百一十九万增至一百八十八万(不包括至少十四万死于劳改营的人和数字不详的死于流放途中的人)。同期,一九三四年苏共十七大选出的一百三十九名中央委员中,一百零二人遭枪决;此外,还有百分之五十六的十七大代表入狱。对红军的摧残更为彻底:七百六十七名高级军官中(旅长以上),四百一十二名被枪决。我们可以想象,在这些冷冰冰的数字后面,有多少黑暗中的泪水、痛苦、挣扎、恐惧与绝望。

即使一个人能够免受直接迫害,这庞大的被镇压队伍也足以令整个社会充满恐惧。当一句话、一封信、一次会面足以毁灭一个人的一生,并不奇怪猜忌成了人与人之间关系的底色——人们不再敢于大声说出自己的想法与情感,"耳语"成了私人生活中最常见的交流方式,甚至,"耳语"都常常是一种奢侈,"闭嘴"成了唯一的求生策略。天空中飘浮着"大同世界"的标语,大地上发生的却是友爱的凋零与美德的朽坏。招贴画上那个欣欣向荣的国家,对应着一个沉默而颤抖的社会。《一九八四》不在1984年,在1937年。

二

不难看出,这些故事里充满人性的丑陋——亲人的冷漠、同事的背叛、旧交的迫害……除非我们相信那个时代的苏联人——不是之前也不是之后的苏联人,不是另外这个或者那个国家的国民——恰好具有道德基因上的缺陷,就不得不思考制度环境在这种人性败坏中所起的作用。

这与一个永恒而无解的问题相关:"人性本善还是本恶?"事实上,这个问题本身也许就是一个陷阱,因为它假定了人类存在着一个固态的、统一的本质，而事实可能是，人性更像是一种液态的事物，其形状由容纳它的容器所决定，而这个容器很大程度上就是一个人所置身的制度与文化。

那么，何以斯大林时代的人性呈现出如此普遍的恶，使一个奶奶不再疼爱自己的儿孙，一个妹妹踊跃地告发自己的姐姐，以及一个行乞少年恩将仇报使其雇主家破人亡？"极权政治"是一个显然的答案，然而停留于这个笼统的回答又不够。更重要的问题是，极权政治通过何种机制败坏人性，而这种人性又成为极权政治本身继续运转的润滑剂？

极权政治制造恐惧，似乎是最直观的答案。如前所述，当时恐惧弥漫于整个社会，以至于人们生活在一种窃窃私语乃至道路以目的氛围中。然而，恐惧只能解释被动地服从，无法解释积极地参与；只能解释受害者的沉默，无法解释他们的虔诚——事实上，当时无数苏联人不仅仅生活在恐惧中，他们中很多当时——甚至事后——都表达了对党和领袖的无比热爱。而如果没有相当一部分人的积极参与以及热忱信念，这个政治体系很难在如此之长的时间内维持得如此天衣无缝。

灌输理想激发革命信念，是另一种直观的答案。毕竟，我们今天所看到的"恶"，在当时很多苏联人眼里并不是"恶"，而是为了更大的"善"所做出的必要牺牲。用书中人物经常说起的一句话来表达就是："不打破鸡蛋壳，就不可能煎成鸡蛋。"然而，如果对革命的信念是如此强烈以至于可以令人抛却自己的儿孙、姐妹和朋友，那么又难以解释为什么如此强烈的信念在斯大林去世之后会几乎突然懈怠，变成赫鲁晓夫时代和勃列日涅夫时代的犬儒主义乃至机会主义。毕竟，如果信仰曾经强烈到令人无视饥荒看到繁荣、越过绝望看到希望、穿过黑暗触摸到光亮，那么它怎么会如此脆弱，甚至经受不了一届领导人的更替？

或许，有一种机制，可以连接恐惧与热爱，使得一个人越恐惧的同时也越虔诚？

《耳语者》中有一个片段令人印象深刻。一个忠诚的共产党将军亚基尔在大清洗中被捕并被枪决，然而，临刑前他不是对迫害他的体制产生怨恨，而是高呼："共产党万岁！斯大林万岁！"类似的情节——尽管未必总是表现得如此极端——在书中屡见不鲜。无论周围的世界如何悲惨，无数人仍然坚持自己的革命信仰——当迫害发生在他人身上时，那是"人民公敌"罪有应得；当迫害发生在自己身上时，那只是一个"错误"、一场"误会"，"锯木头时难免木屑四溅"。共青团员依达·斯拉温娜的父亲被捕，她对此的看法具有相当代表性："我不相信父亲是人民公敌，当然认为他是无辜的。同时我又相信，人民公敌确实存在。我确信，正是人民公敌的破坏，才使父亲那样的好人蒙冤入狱。在我看来，这些敌人的存在是显而易见的……我在报刊上读到相关的报道，跟所有人一样，也对他们恨之入骨。我与共青团员一起去游行示威，抗议人民公敌，高呼：处死人民公敌！"

这样的情节读多了，读者会忍不住困惑：难道他们从来不曾想过，如果自己或亲友是冤枉的，或许，也不是没有可能，别人也是冤枉的？这个想法从来没有出现过，还是一出现就立刻会被掐灭？一个有基本逻辑推演能力的人，怎么会完全没有想到这种可能性，还是人们不允许自己这样推演，因为这样推演必然最终指向对制度的批判？似乎在这里，我们隐隐能触摸到恐惧导致虔诚的一个心理机制，那就是：恐惧导致选择性信息汲取与加工，而选择性失明导致虔诚。

三

或许社会心理学家费斯廷格的"认知冲突理论"能够帮助我们理解恐惧如何转化为信念。先简单介绍一下这个理论。概括而言，这个理论认为追求一致性是人的生物性本能（正如人们渴了想喝水，饿了想吃东西）。当人的行为与思想出现不一致时，人们会感到"认知冲突"，这种冲突会制造压力，使人或者调整自己的行为，或者调整自己的观念来达至认知一致性。比如，一个明知抽烟有害的吸烟者会或者尝试戒烟（或减少吸烟量），或者告诉自己"抽烟其实也没有那么可怕""戒烟会使人发胖和抑郁""戒烟带来的精神损害其实超过了抽烟带来的身体伤害"等等。如果改变行为太难，那么改变观念就成为获得"认知和谐"的唯一途径——对很多人来说，戒烟太难了，不如改变对抽烟的看法吧。

这个貌似简单的理论对现实世界的无数行为具有强大的解释力：从"酸葡萄"心理到"阿Q精神"，从不同党派民众的媒体阅读习惯到宗教信徒的社交网络建构，都可以看到人们如何通过观念或者行为的改变来实现

"认知和谐"。从1957年费斯廷格系统阐述这个理论之后的几十年里，心理学家进行了至少两千多个心理学实验，在不同的情境下反复验证了这一理论。虽然其中有不少调整与补充，但这一理论的核心逻辑却经受住了时间的考验。

就极权政治中人们的心理机制而言，这一理论的恰切之处在于：极权政治通过制造恐惧来塑造人的行为，而行为的改变带来普通人的激烈认知冲突，为缓解这种冲突，人们改变其观念——也就是强化信仰。这一"行为改变导致观念改变"的逻辑，在认知冲突理论中，被称为"诱导服从范式"（inducedcomplianceparadigm）。

极权政治中的恐惧在不同层面上发生。最直接的，是对生命安全层面上的恐惧——说错一句话、交错一个朋友，可能就意味着枪决或者古拉格群岛；其次，是个人发展层面上的恐惧——服从，意味着进好学校、找到好工作、住好房子、得到好职位的机会大大增加，反抗则意味着你不再有"前途"可言；再次，是对在社会关系上被孤立的恐惧——别人戴红领巾你没有，别人入共青团你不能，别人享有天伦之乐而你却连亲祖母都视你如瘟疫。正是这不同层面上的恐惧塑造了人的行为。保全生命的本能、寻求个人发展的愿望以及寻找社会归属的渴望使绝大多数普通人不得不选择服从——最坏的情况下，这种服从可以表现为对同类的积极迫害；最好的情况，也体现为保持沉默。政治越恐怖，它所能诱导的服从就越绝对。

但这种服从不是极权统治逻辑的终点，而恰恰是其起点。行为上的服从与思想上的疑虑，会导致无限的焦虑。书中很多故事的主人公都经历过极端焦虑的阶段：一方面，他们兢兢业业学习工作，试图成为"共产主义新人"；另一方面，发生在亲友甚至自己身上的不公又令其对整个制度产生深深的怀疑。茱莉亚·皮亚特尼茨卡娅，一个高干的妻子在自己的丈夫被捕之后的反应典型地体现了这种"认知冲突"。一方面，想到布哈林这样的"人民公敌"时，她表现出对制度无比的虔诚："今天，他们会从地球上消失，但还不足以减轻我的仇恨。我愿给他们一种更为可怕的死法：在反革命分子博物馆里，为他们建立一个特殊的笼子，让大家来参观，把他们当作动物一样围观。"另一方面，对于丈夫竟然也是"他们"中的一员，她又感到深深的疑虑："他到底是谁？如果他是一名职业革命家，如他自称的,也是我十七年来所相信的,那么他就是很不幸的人:他的周围都是特务与敌人,破坏他和很多其他人的工作,他却没看出来……我多么想知道!皮亚特尼茨基,你会有罪吗?你不赞同党的总路线吗?你是否反对过领导人,哪怕其中一位?"

如费斯廷格所言,人们缓解认知冲突的努力程度取决于认知冲突的规模,而认知冲突的规模取决于事情的重要性。可以想象,在涉及人命关天的事情上,像茱莉亚这样的人感到的认知冲突有多么强烈,由此产生的缓解认知冲突的冲动又有多么强烈。为了缓解这种强烈的认知冲突,理论上人们可以改变自己的行为(服从),或者改变自己的世界观(怀疑)。问题在于,行为上人们几乎没有选择。如前所述,极权政治所制造的恐怖是全方位的——一个人的生命安全、发展前途以及社会关系都维系于"服从"这一行为模式。

当改变行为以缓解认知冲突这一路径被堵死之后,人们便开始"改造世界观"——"那些托洛茨基分子太坏了""这个富农是个十恶不赦的盘剥者""斯大林真是苏联的拯救者""资本主义人民生活在水深火热之中"……人们积极改造观念,使思想合乎自己的行为,从而使认知达至和谐状态。换言之,人们的思维被自己的行为困住,只有将行为合理化,每个人才能获得内心平静。即使是相对善良的人,也需要去合理化自己的沉默与怯懦,而那些更丑恶的人,则需要去合理化自己的背叛与残忍。如果说这个合理化过程存在"欺骗"的成分,也首先是一种心理自欺机制——而如果它已经完成了自欺,它就不再构成对他人的欺骗。

但这种真诚的信仰又不同于一个人在自由环境中的信仰选择,它的"真诚性"很大程度上依赖于塑造行为的制度因素。这就解释了为什么恐怖气氛一旦松弛(斯大林的去世),人们的信仰立刻开始懈怠——恐怖气氛一旦松弛,塑造行为的奖惩机制不再那么极端,人们的行为也不再那么极端(残酷的"划清界限""恩将仇报""嗜血告发"大规模减少),从而每个人"改造世界观"的心理驱动力也会明显下降。而自由选择前提下的信仰,一般不会出现如此大规模的、方向一致的、急转直下的改变。

如何合理化那些行为?一个祖母如何合理化自己对儿孙的冷漠?一个工友如何合理化自己对同事的告发?一个雇员如何合理化自己的恩将仇

报？意识形态提供了现成的合理化工具——恶不再是恶，如果你赋予它"意义"。冷漠、怯懦、虚伪和残忍不再仅仅是冷漠、怯懦、虚伪和残忍，而是更高意义上的正义、勇气、热忱与牺牲。背叛亲友是为了成全"阶级之爱"，阿谀奉承是因为领袖集团是"正义化身"，施暴是"复仇"，欺凌是"专政"。意识形态不但提供了一个缓解认知冲突的工具，而且提升着每一个服从者的自我形象，极大程度上减少了"作恶"的心理成本。

四

因此，通过"认知冲突理论"，我们隐隐能够看到"耳语者"这座冰山之下的整个政治逻辑。政治恐怖导致人们行为的改变，行为改变引发认知冲突，继而引发"世界观改造"，世界观被改造之后普通人作恶变得更容易，普通人作恶强化政治恐怖——至此，终点回到起点，制度之恶与人性之恶之间完成了一次循环，而这种恶循环的漩涡式流动就构成了《耳语者》描述的世界。

总而言之，极权政治之所以成为极权政治，不仅仅因为它能够系统制造恐惧，而且因为它能够将恐惧转化为热爱，将消极顺从转化为积极参与。不过应该指出，这种转化并非一个刻意选择的结果。上述心理过程，对于当事者来说，可能完全没有自觉的意识。一个人缓解认知冲突的努力，更像是一个人摔倒的过程中本能地用手扶住身边的事物，并非理性人刻意计算的结果。

同时必须指出的是，这个逻辑链条的前提，是国家对资源的全方位垄断，因为假若人们有哪怕一点选择空间，有在"体制外"找到工作、住房、个人发展更不用说保存生命的空间，其行为就不必如此极端地改变，因此也不必诉诸如此极端的"信念改造"。恐惧与热爱之间的逻辑链接也将迅速朽坏。换言之，全方位的人身依附关系是恐惧转化为热爱的基本条件。

今天来看，《耳语者》中的世界似乎离我们十分遥远，其中所呈现出来的人性也令人惊骇而陌生。然而，除非我们认为当时的苏联人是另外一个物种，否则我们就需警惕，书中的"恶"到底是埋藏在历史的深处，还是潜伏在我们心灵的角落。我们未必比书中的人物更好，而只是比他们更幸运，生活在一个不那么残酷的时代。换言之，液态的人性遇到了更好的容器。当恐惧的阴影足够黑暗，完全将我们吞没，或许我们也会成为那个无视儿孙的奶奶，那群告发同事的工友或者那个迫害恩人的乞丐，而更可怖的是，我们内心所感受到的恐惧，会在阳光下呈现为熠熠发光的热爱。

（《耳语者：斯大林时代苏联的私人生活》，奥兰多·费吉斯著，毛俊杰译，广西师范大学出版社2014年版）

选自《读书》2015年第1期

评鉴与感悟

信任刘瑜，不单是因为她毕业名校的背景。当然，因为她的学养，对她更为折服。她的作品满足了我对好文章的所有期待：逻辑缜密，又不失自然，清爽。只是，谈论《耳语者》这样的历史著作，不可能像她的生活随笔那般俏皮轻松。单纯想象那段历史，就足够沉重。所幸，刘瑜的剖析技术娴熟，情绪足够克制，一个时代的恐怖幽灵似乎仍然游荡在不远处。

所有的名字

/徐则臣

1

1997年，我念大学二年级，每个周末都要把方圆五公里内的大小书店逛一遍，在一家小书店里看到了一本叫《修道院纪事》的书。那时候我不知道若泽·萨拉马戈是谁，因为古色古香的封面，因为一个简体字版却印了一个繁体字的书名，当然，主要因为在此之前我从未读过任何一本葡萄牙的小说，我拿起了那本书。只看了小说开头我就意识到，又多了一位要持久牵挂的作家。在澳门文化司与花山文艺出版社1996年出版的那本《修道院纪事》的正文第一页，我读到这样一段话：

> 要说过错在国王身上，那简直难以想象，这首先是因为，无生育能力不是男人的病症，而是女人们的缺陷，所以女人被抛弃的事屡见不鲜。其次，如果需要的话可以举出事实证据，因为本王国王室的私生子多得很，现在大街上就成群结队。况且，不是国王而是王后不知疲倦地向上苍乞子……

在我当时饕餮般的外国文学阅读的经验里，从来没有哪个作家这样说话。这个叫若泽·萨拉马戈的人用的是一套歪斜的、荒唐的、无理取闹般的逻辑展开叙述，但你必须承认，他的说话方式如此别致和妙趣横生，不管他如何吊诡、顽劣和不正经，他说的都是一件相当严肃的事，这奇怪的逻辑里有他想让我们看见的事情真相。还有，他胆敢如此漫山遍野地动用各种关联词：首先、其次、况且，不是、而是，因为、所以，如果——这才几句啊。大师们和各种教科书都在提醒我这个初涉写作的学徒，别像吃土豆就得蘸盐那样一动笔就向关联词求救，只有拙劣的作家才会如此铺张地因为所以。但我真的是喜欢萨拉马戈频繁地因为所以，他怎么用都不让你厌烦和自卑，因为贴切，因为如此之贴切。似乎只有萨拉马戈才这么用，才敢这么用。在读《修道院纪事》的整个过程中，直到现在很多次重读，我都会忽略掉译者范维信先生的功劳，我觉得萨拉马戈根本就是一个用汉语写作的作家。恕我直言，能把汉语用到萨拉马戈这份儿上的中国作家，没几个。

　　那时候我还不会上网，不知道去网上搜一搜萨拉马戈的尊容。在十六七年前的那家书店里，我就对此十分好奇，我纳闷一个人得长成什么样，才能写出如此这般诡谲、朴拙又精致地漫不经心的文字。当然后来我见到了。1998年3月，葡萄牙语文学文化杂志出了一本《卡蒙斯》杂志专刊，中文版，图文并茂，在葡萄牙大诗人卡蒙斯的高度上推介萨拉马戈，内中收入萨拉马戈多幅照片，包括之前他和夫人应邀来华的观光照。我念书的大学图书馆有幸获赠一册，封面上盖有表示赠送的印章。至少有半年时间，那本专刊一直在我手里，我一次次重借。刊中文字不多，萨拉马戈的大幅高清照片一张挨着一张。时至今日，我都没有如此大规模地翻看过第二个作家的照片。

　　可能因为萨拉马戈成名时就已经是个六十岁的老头，作为一个大作家他都没机会年轻过，照片上的萨拉马戈已然垂垂老矣，是个似乎多少年来就一直坚持谢顶、皱纹密布的瘦高老男人。他的目光澄澈、集中，偶尔对着镜头顽皮地笑一下，沧桑里有锐利，天真中似乎还存着一点恶作剧般的单纯。他长得跟我想象的一模一样，或者说，这个长相写出那样的小说理所当然，或者说，那种神奇的文字只有这样的人才配、才有能力写出来。抱歉，用这种八卦式的逻辑谈论萨拉马戈可能很不靠谱，但我必须把它说出来，因为一个作家与另一个作家的相遇，一个读者与一个作家的相遇，绝大多数时候都是这么的不靠谱。没准萨拉马戈本人会很认同，多少年来他一直坚持用类似不那么"靠谱"的逻辑强悍地讲述一个又一个故事，《修道院纪事》，《里卡多·雷耶斯辞世之年》，《石筏》，《里斯本围城史》，《耶稣基督眼中的福音书》，《失明症漫记》，《双生》，《复明症漫记》……以及我们将要谈论的《所有的名字》。

从1997年的那个下午开始，萨拉马戈一跃跻身于我个人偏爱的作家的极短的短名单内。这个名单多年来更新频繁，早已从1.0升级至3.0、4.0，很多大师来了又去，但萨拉马戈依然"硬硬的还在"。我以一个超级粉丝的专业姿态追读着他的每一个中文译本和可能找到的英文译本。

2010年6月18日，萨拉马戈在西班牙兰萨罗特岛家中去世，享年87岁。愿他老人家在天上安息。

2

我在小书店里偶遇《修道院纪事》的那一年，萨拉马戈七十五岁，出版了他的第十部长篇小说《所有的名字》。

这部旨在为众生、为"所有的名字"伸张的小说里，只有一个名字，萨拉马戈把他自己的名字慷慨地给了主人公，他称他为"若泽先生"；其余人物则回归众生，他们只代表他们的身份，他们分别是：助理书记员、正书记员、副注册官、注册官、陌生女子、一楼右边的老太太、医生、药剂师、校长、公墓雇员、公墓副看守、公墓看守官、牧羊人、陌生女子的父母；还有一位高高在上，永远不动，就是若泽先生躺在床上睡不着觉时看见的天花板，在萨拉马戈式的魔幻中，这位天花板同志与我们的若泽先生展开了多次深刻的对话。熟悉萨拉马戈的读者都知道，就算《所有的名字》中只有一个名字，也不是最少的，《失明症漫记》中一个人名都没有，只有医生、医生的妻子、戴墨镜的姑娘、戴黑眼罩的老人和斜眼小男孩。

很多年里我一直纳闷，萨拉马戈吝啬到都舍不得给自己的小说人物取一个名字，他是如何做到的呢。读过《所有的名字》我差不多明白了：有了确切的名姓你只是你自己，取消了命名你可能是所有人——此处"取消"一词换成"超越"未尝不更恰切。当萨拉马戈克制住自己对人物命名的欲望时，我觉得他更像若泽先生的天花板，不管我们这些助理书记员们眼睛睁没睁开、看没看见它，它都在，它悲悯地把一切都看在眼里。这个世界固然纷繁复杂，但正如萨拉马戈即便不用姓名去区分每一个人，我们最终也不会把张三与李四搞混一样，天花板条分缕析，它把所有人一一看在眼里，男人女人，活人死人，相依为命共同生活在这个世界上。

不应该把山羊和绵羊分开，也不应该把死人和活人分开。若泽先生最后要做的就是这件事。在这个意义上，若泽先生是天花板的使者。一个民事登记总局的助理书记员，处在登记总局权力等级的最低端，尽管他已经到了知天命之年，漫长丰厚的岁月依然把他塑造成了一个失败者，贫穷，乏味，沉默，仅仅依靠多年养成的刻板惯性，以及可笑的制作名人信息档案的改良过的职业病过活。这样平凡到可以忽略不计的人满世界都是，小说中最不该给予命名可能就得是他，但萨拉马戈隆重地委以"若泽"——失败者走进人群里，没有比这更合适的安排了。于是若泽先生在某一天晚上潜入登记总局，他想偷偷地拿出五个名人的信息登记簿，以丰富自己收集的名人信息档案。冒昧的第六张登记簿粘在了第五张下面，被他一起带回了家。作为闯入者的第六张是个女人，三十六岁，本市人，新的信息只有两条：一条结婚，一条离婚；此外的信息都来自三十六年前，那时候陌生女人还是个初生婴儿，卡片上记录了她的姓名、父母和教父母的简单信息。"类似的卡片在文件柜里肯定没有几千也有几百条"，萨拉马戈是这么说的，所以这个女人同样是个可以忽略不计的人。但是助理书记员发现了她。这个发现因为偶然，反倒重大，他突然觉得这个平凡的女人完全可以和一百个名人等价。需要理由吗？若泽先生没有理由，但我们都知道，若凡事都要讲出个一二三，我们根本没办法活下去。她完全可以很重要。她为什么就不能很重要呢？

若泽先生决定找到这个陌生女子。

开始我以为这是一场莫名其妙的爱情，一个单身的五十岁男人，一个三十六岁神秘的陌生女人，不来一场恋爱说不过去，哪怕是单相思，哪怕是柏拉图之恋。可是萨拉马戈不写爱情——1982年，后来成为萨拉马戈妻子的皮拉尔·德尔里奥当时只有二十六岁，她去采访已经成为名作家的萨拉马戈，她表达了对《修道院纪事》里巴尔塔萨尔和布里蒙达两情相悦的喜爱,胜过对作家隐藏在文字中对现实和宗教的批判的看重。萨拉马戈回应道:"小姐,你完全没看懂我的小说,我从不写爱情。"不写爱情,那一个单身男人为什么在接下来的故事中,要殚精竭虑地去寻找一个半毛钱关系没有的陌生女子呢?他不惜冒险夜半进登记总局翻找资料,他伪造单位授权书去找相关人士查访,他旷工、装病,他像小偷一样潜入陌生女子小时候念书的学校偷窃档案卡片;末了,就算他获知魂牵梦绕的陌生女子已自杀身亡,助理书记员先生依然假托登记局之名,进公墓寻觅她的葬身之地。在这些锲而不舍的情人式追索的过程里,一个循规蹈矩、沉默、胆怯、卑微的小公务员不见了,他嚣张、无所畏惧,谎话张嘴就来,完全变成了另外一个人。只有爱情才可能如此彻底地改变一个人。

天花板的看法和我一样。天花板在第157页说:"除非是出于爱情。"若泽先生认为该想法纯属"没头没脑"。但天花板又说:"只有你自己才能给出答案。"若泽先生没有给出明确的答案,他无法说服天花板,同样他也无法说服自己。也许他缺少足够的时间去思考这个问题,因为他已经从床上爬起来,收拾干净自己,弄了点吃的,开始忙着给陌生女子的父母打电话。此时,陌生女子已经死亡,他要知道她为什么自杀。

自杀的原因很复杂,有多少个自杀的人,就有多少种自杀的原因。若泽先生最终没能弄明白陌生女子为什么不愿活下去。一个死去的人是否可以承载他的爱情?小说进行到这里,我和若泽先生一样困惑了,我想无所不知的天花板也会面临同样的疑难。萨拉马戈至此也打住,他"从不写爱情",这是他的高明之处,笔锋一转,他开始写公墓,让若泽先生守着坟墓睡了一夜之后醒来,遇上了半高古半不着调的牧羊人。该牧羊人因为常年带领羊群出入墓地,基于自身诡异的生死观,养成了混淆死者的坏习惯,他热衷于把尚未立碑的新坟上的编号牌搞乱,当你认为坟墓里葬的还是A时,他已经把他/她换成B了。当然,他从不认为他干的是坏事,你批评他他跟你急。接下来,故事在漫长的寻找之后突然开始了加速度,民事登记总局的注册官要实施新政。他决定,登记总局从此改变信息卡片的摆放规则,逐渐取消生者资料区与死者资料区的隔离与对立,让死者永远和生者在一起,让一个人的死与他的生相偎相依,生死与共。

至此,一个追寻活着的人的故事,转变成如何处理死者的问题。死亡不等于不存在，不等于一切都烟消云散了，死亡只是一个人存在的另外一种形态，是活着之外我们继续存在的另一种形式。"……开始写一个最简单的故事——一个人寻找另一个人，"萨拉马戈在诺贝尔文学奖的获奖演说的最后部分说，"因为他意识到人生中没有比寻求别人更重要的了。这本书叫作《所有的名字》。不必写出来，我们所有人的名字都在那儿，无论你活着，还是死了。"

也就是说，萨拉马戈先生完全赞同若泽先生：追寻一个活着的人，跟追寻一个死去的人，同样重要；这跟那陌生女子与一百个名人等值是一个道理。这是萨拉马戈先生和若泽先生的逻辑。所以他写了这部小说。问题是，小说和天花板一样，也有它自身的逻辑："一个人寻找另一个人"肯定是不够的，"一个人寻找另一个人"只是个形式，最终你找到的不能只是一个人，而应该是一群人，是所有人；如果一个人的确能够对应一个名字，那么你找到的应该是"所有的名字"。

于是我们知道，假如若泽先生的确曾对陌生女子生出某种复杂的爱意，那么这似是而非的爱情的目的，也不在于让彼此进入对方的生活，而在于将对方从匿名的状态中挖掘出来，在抽象和冰冷的档案卡片中重新发现和恢复个人鲜活的生命史。若泽先生对于人类的贡献也在于此：让登记局的档案里留下一个个活生生的人。

3

萨拉马戈是个悲观主义者。在这个悲观主义大师众多冷峻和绝望的作品序列里，《所有的名字》有点异类，悲情之余多少有点喜大普奔的意思了。但它依然跟萨拉马戈的其他作品一样，是个寓言。寓言从来都无力于指导行动，只能作为一个提醒。它是不可能之事，仅在理论上成立。这大概也是萨拉马戈冷峻、悲观和绝望的重要原因。而这"成立"的"不可能"，恰恰是好文学的终极指标之一，作家批判、提醒、建构一个个乌托邦，为了让这世界一天天更加美好。寓言总是缘起于想象力与远见卓识深处的一个个陡峭的点。萨拉马戈尤其如此。

《修道院纪事》里有一只人造的大鸟，依靠人的意志去驱动，而这团密云一样的东西只有布里蒙达才能看见。《失明症漫记》，开车的男人等待绿灯的时候成了瞎子,他的失明像瘟疫一样开始蔓延,整个城市(除了医生的妻子)全看不见了。在《石筏》中,欧洲大陆沿着比利牛斯山断裂,葡萄牙和西班牙脱离欧洲大陆在大西洋上独自漂浮。《里斯本围城史》里有个校对员,在一本反对摩尔人的解放战争的书中,把"是"改成了"否"字,整个历史全变了。《里卡多·雷耶斯辞世之年》,大诗人佩索阿死了,他的笔名所有者里卡多·雷耶斯还活着,佩索阿从坟墓里走出来,诗人和他的笔名像两个人一样开始聊天。《双生》,历史老师特图里亚诺·阿丰索在一部三流电影中看见了一个和自己长得一模一样的人,然后开始寻找那个演员。《复明症漫记》,《失明症漫记》的姊妹篇,患过盲流感的那个城市的居民这一回突然擦亮了目光,商量好了似的,对当局的统治非暴力不合作,在政治竞选中集体投了弃权票……

为什么会有这些突发事件,萨拉马戈从不解释。《所有的名字》也起始于一个偶然:若泽先生碰巧带回了第六张登记簿,那张登记簿碰巧是那个陌生女子。你可能会问,如果第六张登记簿上是一个男人的名字,若泽先生还会有兴趣去找吗?我确信会。萨拉马戈一定会让他去找,因为当此时,萨拉马戈对寻找一个人有兴趣,男女不重要。萨拉马戈的兴趣基于他对人世的洞见,这一点具有必然性;选中陌生女子不过是为了便于想象力和论证过程的开展。而当萨拉马戈的论证过程有条不紊地展开时,你会逐渐忘掉突兀的开头,他的论证如此严密和强大,如此的现实主义,你都不相信这样的完全符合日常逻辑的现实主义推进方式是在为超现实的立意服务。开头有多虚幻多缥缈,此后的论证就有多扎实和多牢靠。

当陌生女子被选定后,萨拉马戈迈出了《所有的名字》的第二步——我一直有种感觉,萨拉马戈的写作通常有个"两步走":第一步,大胆假设,就像科学家提出一个假想;第二步,小心求证。尽管假想只是一个简短的开头,它耗费的时间和气力肯定不比其后漫长的演算和论证少。较之于小说的重要性而言,两者势均力敌,甚至四两犹胜过千斤——第二步的活儿能干的人没那么多,但肯定也不会太少,而第一步,凤毛麟角,甚或只有萨拉马戈一个人可以胜任。鉴于此,我不打算穷究他是如何生发他那萨拉马戈式的奇崛、高昂的想象,追究起来多半也是瞎操心,倒不妨尝试说说第二步。

萨拉马戈从来都认为自己的写作就是"工作"。接受《巴黎评论》采访时他说："对我来说，重要的事情就是我好好地完成了我的工作，根据我的标准，好工作是——这本书按照我所想的方式写了下来。"我猜此处他说的是第二步：论证符合预设，他满意了。在《所有的名字》中，当第六张登记簿被若泽先生带离登记总局之后，萨拉马戈就由文学家变成了科学家，或者说，由诗人变成了学者，他得像写论文那样一点点朝小说的终点论证过去。

我想象萨拉马戈在第六张纸之后又拿出一张纸，上面列出的是寻找一个人可能有的多种方法。这些方法必得在日常的逻辑里一一运行，甲法不行换乙法，乙法不行换丙法，丙法不行换丁法，以此类推。故事的延宕需要这些都参与进来，哪些先哪些后萨拉马戈必须给出充分的理由，否则就会露馅，故事将四面漏风。比如，若泽先生寻找了半天，陌生女子的教母突然"狡黠地笑了，说道，也许在电话黄页里找找不是个坏主意"。此时，如果萨拉马戈先生没有提前准备好，肯定会和若泽先生一起心跳加速，因为这实在是寻人的最便捷方式，如果你真是要调查一个人的下落的话。由此，我们看到若泽先生被迫直面这一问题：究竟为什么寻找？天花板也参与到类似的提醒和诘问，它和所有的当事人一样，负责发现各种可能性的漏洞，让若泽先生/萨拉马戈先生一个个解决。假如你在阅读过程中曾产生不同的疑问，那么小说结束，你会发现这些疑问都会得到答案。这是萨拉马戈的写作方式，他列出问题的各种可能性，接着逐一解决。这个思维缜密的大脑，写小说如同做论文。

不得不说的还有他的修辞风格。标志性的但也饱为诟病的标点吝啬病，原文里他只用逗号和句号，正常的叙述倒还好，一旦陷入无始无终的对话，简直是灾难，你必须高度集中才能弄清楚哪一句话是谁说的。但这一特征恰恰又是他对文学的贡献之一，因为模糊了叙述和对话的界限，反倒扩大了句词的功能：当一句话既可以被理解为常规叙述，又可以被当成对话之一，它的含混和复杂油然而生。很可能也是在节省标点的启发下，萨拉马戈发明了一种独特的推进故事的方式：虚拟的将来时及对话。这一假设绝非心血来潮，而是为了打开空间，参与叙述，当某个突如其来的问题需要解决时，虚拟的场景如约而至：

然而只有在很久之后，在我们现在叙述的这些都已经无关紧要时，若泽先生会发现同一位幸运女神这一次又神奇地站在了他这一边，让他避免了灾难性的后果。他原本不知道，这栋楼的一家住户，出于魔鬼的巧合，正好是登记局的一名副长官，我们可以轻易地想象出那情景会多么骇人，我们这位大胆的若泽先生敲开门，展示卡片，也许还展示了假授权书，而开门的妻子欺骗他说，您晚点再来吧，等我先生回来，一向是他处理这些事情，然后若泽先生会回来，满怀期冀，却会撞见愤怒的副长官将他当场抓获……这一回就好像他的守护天使不停地在他耳边劝告，他决定将调查方向改为周边的商铺，若泽先生就这样在不知情的情况下拯救了自己……

显而易见，萨拉马戈通过这种虚拟的将来时及对话弥补故事可能出现的漏洞：陌生女子可能的住处与登记总局同处本市，且相距不远，若泽先生的秘密寻访难道不会曝光？这一段虚拟的场景告诉我们，会，但若泽先生因为幸运女神的眷顾成功地避免了。

此功能之外，这一技法其实还可以作为审美的逃逸之术。正面强攻过不去的地方，避重就轻地来那么一下子，这转身可是既体面又华丽的。而且，因为这一将来时的引入，小说的层次感更强，意蕴也会愈加丰富。当然这只是我题外的发挥，未必合萨拉马戈的本意。

4

《所有的名字》只有十来万字，以我个人的阅读感受，也并非萨拉马戈最得意之作，但它的问题意识、叙述方式、写作的内在秘密，以及某些我在这篇序言中没有涉及或者没有能力涉及的特点，又是"最萨拉马戈"的。无论你把它放在千本万本小说中，它都不会埋没自己，只要翻动它的前几页，它就会告诉你它姓什么。萨拉马戈，不会是第二个人，因为萨拉马戈如此与众不同。

从我站在那家小书店阅读《修道院纪事》的时候起，我就把他从古往今来的作家中区别了开来。在作家们不同的队列中，他单独站出一队，这一队目前只有他一人：这类作家能把奇崛的想象、务实的行文、蓬勃的游戏精神、清冷的理性、深重的怀疑主义、诡异的修辞以及彻骨的荒谬感几乎完美地结合到一起。这让萨拉马戈成为一个既执着又散漫、既狭窄又宽阔、既冷静又激情、既深邃又天真的大师。十余年来，无数次阅读萨拉马戈，每当我费尽心思要总结我阅读感受时，头脑中都一次次闪现他不同角度和表情的面孔，仿佛这些小说都写在他的脸上。

选自《百花洲》2015年第2期

评鉴与感悟

说不清为什么喜欢读他的文章，或许跟他写得一手好字有关。他的文章也讲究，从容自然。他的小说已经众所周知了，我更爱这类信手写下的随笔，因为目的不一样，流溢的气息也大为改观。说是信手，其实处处都能看到他的见识，他的训练。这一篇谈《所有的名字》，隐约能够知晓一星半点作家本人的阅读史。这样的荐书，就更让人信服。读完就有马上去买小说的冲动，就是想看看到底是一本什么样的书，能够让他过了这么多年还念念不忘，近乎迷恋。

本来无一物

/黄毅鸿

做编辑后,朱新建成为我的第一位作者。上班头一天,朱砂(朱新建之子)把一堆杂乱的材料交给我,有手稿、录音甚至电脑截屏,算下来大概几十万字。要求是能成文的成文,不能成文的拎出来,以备他用。就这样,我被赋予了对这本书巨大的权力。

之前正巧看了朱新建在今日美术馆的个展,几十幅《金瓶梅》画叶摆成一片,花花绿绿的,让人一眼就觉得好看,后来我愈发明白了这一点的重要性。美术馆二层,投影放着朱新建说话的样子,正不紧不慢地聊扬州八怪,录像者不发言,他自己顺着往下说,不间断。每说完一段意思,停下来,望着镜头顿住,仿佛冒犯了谁,显得又有些羞涩了。他背靠着一面镜子,我清晰地看到他脑后的头发还是黑色,那是20世纪90年代初,在南京,六朝金粉之地。

于此大约百年前,摄影术开始逐渐普及,从胶片到数码,绘画首先遭受重创,以影像记录事物变得轻而易举。从某种程度上讲,这动摇了绘画最传统的意义——对瞬间的凝固与保存。当杜尚为蒙娜丽莎添上两撇小胡子后,艺术史似乎要从此改写了,材料取代技艺而成为引导艺术的关键因素。国内的传统价值体系则从"五四"开始断裂,西方思想迅速涌入庞大帝国的空虚外壳。"赛先生"宣布新的就是好的,文学、绘画、建筑统统提出改良，仿佛拉开架势要打一场价值观的军备竞赛。共和国成立后又是另一番景象……一切至今不过百年而已。

朱新建出生在这个前提过于繁复的时代，它们形成了朱新建进入绘画游戏的背景。也经历了摸爬滚打，最终他以传统水墨作为了游戏入口，私自潜回"封建社会"汲取养料。他认可赵佶与法常，一个帝王一个沙弥，他们二人将中国画导向了极致的两端。"文化大革命"中"精华"一夜间沦为"糟粕"，扬州八怪将曾经文人案头的玩物推向大众，然而时代又将它们收了回来。这时的朱新建则悄悄"取其糟粕"，躲在南京的房间里暗自过瘾，这瘾一过就是一辈子。之后朱新建以画家的身份被大家知道，但我并不认为他以此自居。绘画对于他而言无非是图快活，与平时胡乱下棋、喝可乐、吃花生米没什么两样。按朱新建自己的话说，绘画不过是一种游戏，他从中获得快感自然就愿意玩下去。后来中风了，只能用左手画，那也还是要玩。

关于朱新建的具体绘画作品，许多专业人士评论过了，也似乎定了性，用的词大致逃不出"新文人画""风流快活""性感色情"之类。杜尚说"生活是用来被度过的，而不是用来被谈论的"。禅宗也有类似的说法，"说出的即不是禅"。绘画其实也一样，理应止于观看。尤其现在对作品一贯符号化地解读，作品与作者也被捆绑，普遍"名就所以功成"。我日益感到艺术与评论间的关系更多是在靠名利维系，野心无非是社会和市场。

因此我更愿意谈谈朱新建写的文章。朱新建属于会聊天的那种人，讲话时爱比喻和举例，哪怕是长篇大论也不让听者觉得沉闷。他的文章也体现出口语化的特点。书中提到的一些故事出自《五灯会元》或是《六祖坛经》，很明显他的写作风格受过禅宗那套话语模式的影响，这在他画的题跋里也有所显现。某段视频材料里，朱新建坐在袅袅烟气中的样子，确实总让我想起鸡鸣寺的罗汉塑像。朱新建并不是作家，也许由于这重身份的原因，他反而不受遣词造句上的束缚，性情与趣味能更大程度地展现出来。他没想过有一天这些文字竟会集结成书展现在他人眼前，从这角度看，书中内容有很强的私人性，像是一位"过来人"聊着一生趣闻。

绘画分工笔与写意，朱新建的文章近于写意，在乎整体渗透的意境。其中也带有说理性质，不像西方"三段论"的严谨，朱新建的说理也是中式的，像禅师同弟子论法，忽然"顾左右而言他"，一层层展开后，顿一顿，再从天南海北拉回来，给你讲个笑话收尾。寻常事由此被他换了一种说法，产生了逼真的画面感，恰当又俏皮。比如他形容齐白石是穿长袍马褂的乔丹，又或是天生神力的李元霸；林风眠是油头粉面的老农民；光着膀子晃来晃去的呢，则是关良。朱新建叙说事情也是如此。他形容艺术家的成功是"一把同花顺，黑桃2、3、4、5、6、7、8、9、10、J、Q、K、A，一张都不能少。他个人完成的就是2、3、4、5，而后来的7、8、9、10、J、Q、K、A都是历史添给他的。"于是"你只能像蛤蟆一样，好好活，抓到蚊子吃蚊子，抓不到蚊子抓苍蝇，反正要有自己的活法。不要考虑结果，由动物学家去归类"。"同花顺"与"蛤蟆"这么简简单单两个比喻，道破了许多艺术家一生的执念。讲到宋徽宗赵佶画的鹦鹉，朱新建称其"不装大爷，桀骜不驯"，是"鸟王"。形容一只画中鹦鹉"不装大爷"，朱新建文章的妙处在这些地方。

福楼拜读了托尔斯泰的长篇，叹道"画家、画家，一流的画家！"称文学家为画家自然是种赞誉，福楼拜认可托氏精当的文字所构建出的画面，这其中说出了些"本体文学"的意思。马拉美曾下断语，"世界归存于书本"，文学的魅力何至于此？如果只是具备原始的记事功能，或是如孩子拼图一般，将文字连缀起来以造成形式美感，那么我想即便行至极端，也都不足以更逼近文学的本质。我甚至怀疑如果仅仅如此，其是否能被称之为文学。我更看重的则是文字背后升起的"意象"。说回朱新建，他的文字具备的恰是营造"意象"的能力，像他偏爱的佛经一样，如棒喝，如指月。

有一些人与事是朱新建总在书中提到的，如赵佶、法常、萨德、塞尚、李后主、齐白石、八大山人、弗洛伊德、《五灯会元》《人间词话》等等，它们透露着朱新建的知识结构与趣味。有认识朱新建的人说他是生活在当今的古人，这当然有他的知识结构在起作用。文化界喜欢以十年为单位分拨，试图找出其中的相关性，归功或归罪于时代。北岛、李陀编了《七十年代》，查建英编了《八十年代访谈录》，朱新建均不在访谈名单之列。我疑心这种分类的简单粗暴，更合理的手段或许是去考察个人的知识结构。中学物理课做试验，讲究"控制变量"，我想考察知识结构远比以时代划界能更好地做到"控制变量"。回看朱新建的知识结构，其实散乱不成体系，无不是兴之所至，不求甚解。然而好处却也在此，不混同于他人，不敢说独树一帜，但却也展现出一种"生猛"的力量。也并非朱新建"生猛"，而是大家太"客气"乃至"虚伪"了。"拒绝崇高"是80年代兴起的一种说法，我认为并不准确，"拒绝冒充崇高"也许才更加合适。举重若重，举轻若轻，这可能是所谓"生猛"的意思。

绘画也好，文字也罢，朱新建近乎"我手写我心"，这算是一种褒奖吗？桑塔格说过这么一句话，"不论阐释者对文本的改动有多大，他们都必定声称自己只是读出了本来就存在于文本中的那种意义。"朱新建背后的文化含量，像是画面中的留白，偏有好事者，如乾隆般题些歪诗上去。如今，恐怕我也算是添了一笔。于朱新建而言，何处惹尘埃？最末，断章取义，以他书中一句作结："我读至此，一笑。"

选自《新京报·书评周刊》2015年3月14日

评鉴与感悟

之前断续看过一些朱新建的文章，感觉就像听一个智者坐在秋天的院子里说家常。家常只是一种态度，他的文章遍地都是过来人的感悟。有的感悟让人心烦，而他总是讲得妙趣横生。就像他的朋友说他的那样，不装，生猛之外，顿有另外一番气象。

弟弟的十四次告别
——闲谈约翰·契弗的短篇小说

/张楚

母亲说了，我们这家人历来情意密切。每年夏天我们都去劳德岬避暑。我们的别墅矗立在临海的峭壁上。这次，我们的弟弟，四年没有回家的劳伦斯也带着老婆孩子来了。看来，这将是一次美妙的聚会。还有什么比成年后的兄弟姐妹带着熊孩子们聚会更欢乐的事？

而事实并非如此，如往常一样，劳伦斯从踏上海岛那刻开始，就慢慢挑战着我们的耐性。不妨说说事情是如何一点点变得糟糕的：一、母亲让劳伦斯喝杯马提尼酒，劳伦斯说想喝朗姆酒。二、当安娜姐姐和刚认识的男友去约会时，劳伦斯说，这就是她现在陪着睡觉的人吗？三、当我们在别墅里享受夜色时，劳伦斯说，别墅五年后就要被海水吞没了，他认为在一条沉着的海岸线的峭壁边缘造房子，是个愚蠢透顶的主意。他害怕防波堤倒坍后我们会被淹死。四、劳伦斯没有陪我们打网球，而是在一旁讥讽。五、劳伦斯私下劝告女佣人参加工会，提高工资。骄傲的厨师认为劳伦斯伤害了她的自尊，她不比他矮一截。六、劳伦斯以一种恶意的心态看我跟母亲、跟嫂子、跟哥哥玩十五子棋。在他眼里，嫂子是荡妇，母亲是赌徒，我是蠢货，哥哥则不诚实。七、劳伦斯拒绝参加舞会。八、在海边，我用树根打了劳伦斯的头，然后抱着满脸鲜血的他回别墅。九、第二天，劳伦斯带着老婆和那两个瘦得皮包骨、战战兢兢的孩子离开了劳德岬。这可能是我们这辈子最后一次见到我们亲爱的弟弟了。

《再见，我的弟弟》里，约翰·契弗讲述了关于亲情的故事。其实也没有什么波澜起伏，只是喋喋不休说了说家里鸡毛蒜皮的小事。约翰·契弗没有去写劳伦斯的心理活动，而是让他在庸常生活的漩涡里一层一层地展示其性格。这个弟弟，这个完美主义者，这个疾世愤俗者，这个对生活总是抱怨的怀疑主义者，最终消失在我们的生活中。我们都知道，他未来也不会幸福，他总在挑剔生活，就像他曾经的十四次告别一样：父亲淹死的时候，他到教堂去向父亲告别；三年后他断定母亲为人轻浮，于是向母亲告别；大学一年级，他跟同宿舍那个喜欢喝酒的朋友告别；上了两年大学后，他认为环境太闭塞，于是向耶鲁大学告别；从哥伦比亚大学毕业后他成了律师，但他认为第一个雇主不诚实，于是向第一份美差告别；他在市政府同露丝结了婚，于是向美国圣公会教会告别……最后一次，他跟劳德岬告别，跟大海告别，跟他深深厌倦的亲人们告别。这听起来很伤感。这委实是个伤感的故事。

约翰·契弗虽然一生写了四部长篇小说（《瓦普肖特纪事》《瓦普肖特丑闻》《弹丸公园》《法康纳监狱》，其中《瓦普肖特纪事》获全国图书奖），但美国评论界一致认为他的短篇小说更为出色。我没读过他的长篇，单就短篇小说来看，我认为算得上是一流作家。他的短篇小说主要描写市郊的中产阶级生活方式，像威廉·福克纳虚构了约克纳帕塔法这个南方县城一样，约翰·契弗缔造了一个中产阶级居住的郊区住宅地——绿阴山（ShadyHill）。约翰·契弗曾在《书外人物杂萃》中说，他的最终目的是要迎来一个像梦境一般在我们面前展现的令人迷惑、惊讶的世界。毫无疑问，他做到了。

评论家赛缪尔·科尔说："忽视了契弗的作品实际上等于忽视了20世纪后半叶美国广大民众的日常生活。"第二次世界大战以后，美国成为世界物质文化中心。那是个富足丰裕的世界，也是个冷酷隔膜的世界。当时美国社会的主要阶层是新中产阶级。当时有一批作家，譬如约翰·厄普代克（《兔子四部曲》《贝克三部曲》）、捷罗姆·大卫·塞林格（《麦田守望者》《九故事》）、约翰·奥哈拉（《相约萨马拉》《北弗雷德里克街十号》），包括约翰·契弗，都以描写这个阶层以及他们的家庭生活、精神状态为主。这些作家被称为社会风尚小说家。可以说，约翰·契弗是他们的代表人物。

的确，在约翰·契弗的短篇世界里，写得都是中产阶级的哀伤与欢乐、痛苦与挣扎，有时候，他也会把他们自私丑恶的灵魂用放大镜照上一照。《绿阴山强盗》里，失业工人约翰·黑克为了维持家庭生活，不得不铤而走险去偷窃。他偷窃的对象都是左邻右舍。变成小偷后，他把周围的人也都当成了小偷和骗子，这让他害怕。在他看来，这个世界被他这样道德缺失的人戳了许多窟窿，而渔夫、铁路看守人、沙地上的玩球者、消防站玩皮纳克尔牌戏的老人——这些健康的、符合世俗条规约束的人，则是修补这些窟窿的人。他一直生活在焦虑和忏悔中，只有从报纸上读到形形色色的抢劫案偷窃案才心安一些。等他重新得到了失去的工作，生活复归如昨，第一件事就是预支了工资，偷偷跑到邻居家，将偷窃的钱款补上。在这篇小说里，约翰·契弗没有放弃他中规中矩的道德感。

《乡居丈夫》中，约翰·契弗写了一个疲乏的中年男人。这个叫弗朗西斯的男人是居住在远郊的富人。在飞机失事又意外获救后，他渴望从妻子和孩子们那里得到安慰，可妻子（一个热衷于参加各种晚会的女人，哪怕一周七个晚上都出去，也无法抹去她那失神者的表情。她总认为另外某个地方在举行着更加成功的晚会）被孩子们折腾得焦头烂额，根本无暇顾及他的感受，唯一懂事的大女儿也只是无精打采地扫了父亲一眼。弗朗西斯突然对生活失望了。这时他遇到了临时来家里替班的小保姆，他在瞬间爱上了这个女神般的存在。约翰·契弗描写黑克为爱痴狂时用了个绝妙的比喻："在他看来，万物都有一种奇迹般的肉体感，这种肉体感打动了他。"他变得像年轻人一样莽撞，说话无所顾忌，得罪了老邻居和下属不说，还意外打了妻子一记耳光。生活变得一塌糊涂后他去看精神病医生，以此来挽救不可控制的欲望。最后他回归了旧生活。小说如诗歌般结尾："随后是一片黑暗，那是国王们身穿着金衣，骑着大象，越过群山这样的一个夜晚。"

《金罐子》是篇让人心碎的小说（不禁想起方方《涂自强的个人悲伤》）：拉尔夫和劳拉夫妇青春貌美，对生活充满了火般热情，幻想某天能发财，然而奔波半世，机会总是跟他们擦肩而过，有时更像是命运刻薄恶毒的讥讽。小说最后夫妇俩仍两手空空。他们的经历与当下中国大多数人的经历如此相似，吃饱穿暖，对生活抱着更大野心，然而无论怎样鏖战，结局无非殊途同归：他们身上所有的，仍是他们二十年前身上所拥有的。

契诃夫说，在短篇小说里，最好不要说透，只要叙述就行了。约翰·契弗深得这句话的精髓，而且他和契诃夫一样，都是天真伤感的小说家。对于中产阶级这一特定阶层，约翰·契弗给予了极大同情，即便是出离了怒火的讽刺，也是温和体恤的讽刺，全然没有斯坦贝克式的愤怒和勇气。这跟他的外形倒颇为相符：身材臃肿，长着张貌似中学生的胖脸。

契弗在美国文坛初出茅庐时，"后现代派"风头正劲。颇有意味的是，当时仍有很多美国作家恪守传统的现实主义手法进行创作（可比对20世纪80年代中国当代文学现象）。契弗就是其中的代表。学者丛郁在《美国中产阶级风俗及情操的记事人—约翰·契弗》一文中说，约翰·契弗仍沿袭着现实主义"讲故事"的传统，主张文学与生活应该有共同的逻辑，承认思维的连续性、承认固有的语言规范可以描述生活和表达思想。此言一针见血。在约翰·契弗的"绿阴山"系列里，大部分是此类型的作品，但也有现实主义与现代派结合得非常完美的典范，比如《泅涌者》和《巨型收音机》。《巨型收音机》以其寓言般的情节向我们展示了美国中产阶级的一种矛盾心态：他们知道自己和这一社会阶层中的其他人一样缺乏道德与信仰，表面的生活看似光鲜美好，其实自私的灵魂早已腐烂恶臭，可他们没有勇气去改变这种状况（中国当代社会之弊病何尝不是如此）。沃尔特·艾伦在《英语短篇小说》一书中评论道："《巨型收音机》是一篇现代伦理道德小说，它像镜子一样映出了在满足、自得心理上的一条不情愿的裂痕；透过这条裂痕真诚的呼唤才得以渗入主人公的良知。契弗总是以一个传统的道德家的眼光，透过美国市郊居民区那貌似华丽、高雅的生活表层，成功而且巧妙地编织着反映生活真面目的寓言故事。"可谓鞭辟入里。

喜欢上约翰·契弗是在2006年左右。购得一册《约翰·契弗短篇小说集》，夜读甚是惊艳。那时极不喜欢契诃夫，看到有人说约翰·契弗是"美国郊外的契诃夫"还挺愤怒。美国的契诃夫也就罢了，还偏要加上"郊外"两字，简直是对约翰·契弗的侮辱。特意去读契诃夫的短篇，还真是读不下，不明白怎么就伟大了。兴许是跟年龄有关吧。那时看去，契诃夫的短篇小说切入角度细弱纤小，人与人之间的关系更为单薄扁平，虽然层次上的递进明晰可辨，但读起来颇为无趣冷清，远不如约翰·契弗这般意蕴丰饶、活色生香。当然，这种看法多年后有很大变化。

不得不承认，约翰·契弗是个细节描写的超级高手。在他的短篇里，细节宛若黑夜荒原里的野火突就莫名燃烧起来，即便是溽热夏天，这光亮与热度全无必要，那瞬间光芒也足以让人心房颤抖。《再见，我的弟弟》只是个短篇，但里面人物众多，出场的有二十位之众，在没有明显戏剧性冲突的情节里，他们能面目清晰各安其命，实在是靠了契弗饱满到炸裂的细节描写。比如说到那个肥胖的厨师时，约翰·契弗这样描写：

每星期四下午她同女佣去看电影，但是她并不喜欢电影，因为演员都那么瘦。她会坐在黑洞洞的电影院里一个半小时，焦急地看着银幕，等待一个吃得心宽体胖的人出现。贝蒂·戴维斯给安娜留下的印象只不过是一个吃的不好的女人。"他们都那么瘦。"在离开电影院的时候她常这样说。每天晚上，她把我们塞饱，洗完盆盆罐罐后就收拾起桌上的残羹剩饭，拿出去喂上帝的造物。那年我们养了几只鸡。即便它们那时也许已经进了窝，她也要把食物倒在饲料槽里，催着打盹的鸡快去吃。果园里的燕雀和院子里的金花鼠，她都喂。花园边上出现她的身影以及她那急促的声音——我们听见她吆喝着"吃呀，吃呀，吃呀"——像游艇俱乐部在日落时分发出的枪声和从海里昂角射出的光束一样，成为和这个时辰关联着的东西了。"吃呀，吃呀，吃呀，"我们听见安娜说，"吃呀，吃呀……"接着，天就黑了。

这样丰沛风趣的笔法在约翰·契弗的小说里俯拾皆是。《大桥天使》开篇，"母亲"是这样闪亮登场的："或许你见过我母亲在洛克菲勒中心踩着华尔兹舞步溜冰的情景。已届八十岁高龄的母亲穿着西装式红天鹅绒短衣短裙，套着一双肉色连裤袜，鼻梁上架着副眼镜，用一根红绸带束住那满头的银发，正在和一个溜冰场侍者翩翩起舞。"读到这里你会忍俊不禁，好好抽一根烟才能舒缓文字带来的麻醉性欢乐。

说实话，我一直不喜欢文风简约的作家。我觉得那些作家之所以行文过分简洁干枯、情节缺失得莫名其妙，完全是因为他们缺乏必要的描摹能力和叙事才华，这也是我一直不太喜欢雷蒙德·卡佛和查尔斯·布考斯基的原因。不过，约翰·契弗和雷蒙德·卡佛对彼此倒颇为欣赏。有段时间，他们都在爱荷华小说讲习班教授小说课。一天傍晚卡佛正待在房间喝酒，一个和蔼可亲的小个子男人推门进来。此人身穿花呢夹克和一双懒汉鞋，端着个玻璃杯。"对不起，我是约翰·契弗，能借点威士忌吗？"卡佛简直惊掉了下巴。"不，非常抱歉，我没有威士忌。"卡佛说，"您愿意来点伏特加吗？"喝过伏特加之后，他们互相表达了对对方的赞赏。两位楼上楼下住着，从此开始了结伴酗酒的短暂岁月。这样的场景，想一想都美好得无可救药。

据说，约翰·契弗一生中最佩服的作家是海明威和福克纳。他一直懊悔成不了他们那样的经典作家。在我看来，这也许和他过于强烈的道德感和廉价的伤感主义不无关系。生活中可以无端伤感，但在写作中一定要是个坚硬理智、刚愎自用的人，否则，就没有足够的勇气徒手建立从虚无中诞生的城池。约翰·契弗七十岁时死于酗酒和吸毒，作为一个一生都在戒酒的人，他总算是可以在天堂里肆无忌惮地喝马提尼、朗姆酒、杜松子酒或威士忌了。何况，与他同好的作家，真的可以从天堂的这一头，挤挤攮攮地排到天堂的那一头。

选自《野草》2015年第2期

评鉴与感悟

不知什么时候开始，我对小说家，尤其是我喜欢的小说家，写下的书评特别信任。毛姆的《巨匠与杰作》，伍尔芙的《普通读者》，纳博科夫的《文学讲稿》自然不用说，张楚的小说写得也很棒，他推荐的几部小说集《石泉城》《奥丽芙·基特里奇》《约翰·契弗短篇小说集》也曾看得我心花怒放。我就是想看看他是怎么读小说的，每一回读到他写下的类似文字，我都恨不得马上再读一遍原著，好像这样就能重新发现到那些他刚刚说出来的秘密。

近代史的黯淡一刻
——评《天国之秋》

/赵柏田

1.革命，还是一场噩梦

1860年春天，太平天国主力击溃江南大营后，忠王李秀成曾经有过一项乘胜挥师东征苏、常，并进图上海的军事计划。他们的计划是拿下上海这个富庶的港口城市，再以小火轮调兵，溯长江而上，解救被湘军围困已久的上游重镇安庆。当时上海防务空虚，英法联军主力正北上进京换约，只留下千余人警戒租界，江苏巡抚薛焕能指挥的绿营主力不过三五万，上海的外围战线如此之长，从西南面的松江到西面的青浦再到西北面的嘉定，这一点点兵力，怎么抵挡得住号称十万之众的李秀成大军？

为了保住上海这座危城，革职后躲进上海做了寓公的前两江总督何桂清、上海道吴煦、买办杨坊，这些江浙系的核心人物以商会的名义聘请美国人华尔拉起了一支由各国冒险家、水手、流氓组成的雇佣军——洋枪队。李秀成不愿与洋人开战，他希望像攻取苏州一般兵不血刃拿下上海，但第一次进军上海因情报有误而受挫，随后于1862年春、夏期间连续两次发动的进攻，在洋枪队和后来开进上海的李鸿章的淮军联手阻击下也无功而返。史学界向来把李秀成三次攻打上海的失利视作晚期太平天国未能摆脱被动最终走向失败的标志性事件。

为了供养这支雇佣军，杨坊以自己的泰记钱庄运作资金，还把自己的女儿杨彰梅嫁给性格阴郁的美国人华尔，以更好地笼络住他。这桩出于利益结合的婚姻注定是脆弱的，随着华尔在浙东战场战死，新寡的杨彰梅下落不明，她的一生成谜，至今只在华尔的老家、马萨诸塞州塞勒姆城的一家博物馆里还保存着这个女人的少许头面首饰。

这是我的长篇新作《买办的女儿》——一段乱世烽烟中的情爱故事——展开的背景，也是美国历史学家裴士锋（Stephen.Platt）在其《天国之秋》中所约略述及的（历史学家的叙事跨度更长）。小说家感兴趣的是大时代中飘蓬般的个人命运，历史学家则要回到历史现场爬梳史料，剔除陈见，尽可能恢复事实本相。在广阔的叙事空间中，小说家和历史学家有了一次至为难得的相遇和握手，血与火、情与欲、承诺与背叛，交织成现代性降临前夜的种种曲折和波澜。最后，危巢倾覆，硝烟散去，胜利者和失败者都沉入反思：刚刚发生的是一场革命，还是一场噩梦？

2013年夏天，小说写作中途，我注意到坊间出现了两部由史景迁的学生撰写的有关太平天国的著作，即这部《天国之秋》和梅尔清的《浩劫之后：太平天国战争之遗产与19世纪之中国》，前者具全球史视野，后者从民间史和日常生活史的角度进入，都是我极欲一观的。太平天国史曾是显学，简又文、郭廷以、罗尔纲等都是大家，今则了了，好像国人都在刻意忘记这个曾经的噩梦，为何两个美国人着了先鞭呢？这是我心中一大疑窦。但当时《天国之秋》尚无简体中文版，于是托一个去台湾的朋友从诚品书店购入一部，一直到2014年的岁末，社科文献出版社推出了简体中文版，只是著者斯蒂芬·普赖特不知怎的换了中文名裴士锋，联想到斯蒂芬·欧文后来被称作宇文所安，写《撒马尔罕的金桃》的谢弗后来取了中文名薛爱华，大概汉学家们取一个中文名也是风尚所致吧。

2.大错铸成

首先登场的是圆明园里孤独的咸丰皇帝；然后是香港，年轻的瑞典传教士韩山文与落魄的客家人洪仁玕；时间快进到19世纪50年代，额尔金公爵和葛罗男爵带着庞大的英法联合舰队北上换约；然后是仇视西方势力的曾国藩的姗姗登场，忠王李秀成在上海城墙下的铩羽而归，苏、常防线冰澌雪消般的崩溃和南京最后沦陷……这针脚般密实并错综复杂的叙事，正是基于裴士锋这样一个观念，19世纪的中国不是一个封闭体系，它已经通过贸易融入了世界经济体系，加入了全球化的浪潮。裴士锋以一个历史学家的审慎告诉我们，这场延时长达十四年的战争甫一爆发，就有数千名外国人住在香港和上海，这场人类史上规模最大的内战与世界彼端的欧美有着千丝万缕的联系，并受到外界的即时关注。

19世纪60年代初，东西半球各自进行着一场裹挟数千万人生命的战争。当1861年7月湘军曾国荃部攻陷安庆城屠杀数千战俘时，美国内战第一场重要战役正于弗吉尼亚州马纳萨斯附近的布尔河畔爆发。历来很少有历史学家把发生在东西两个世界的这两场战争放在一起观照，至多也不过把它看作时间上的一个巧合。但裴士锋以全球化的独特视角发现，这两场战争对当时世界秩序的控制者英国来说，几乎同等重要，因为美国和中国是当时英国最大的两个经济体，美国的棉花关系着英国的纺织业，中国的茶叶则改造了英格兰的舌蕾乃止影响了英伦的生活方式。这两场同时开打的战争已经危及到了他们的经济命脉，两个经济体中任何一个的丧失，都有可能使大英帝国正在蒸蒸日上的经济陷入停滞。

至此，太平天国战争已在中国南方进行达十年之久，外国势力对这场战争一直小心翼翼地维持着中立立场。对英国政府来说，可以选择介入美国内战重启棉花贸易，但英国人认为，中国是遥远的异域，而美国则与之有着某种血缘关系，再者，南北战争不论谁输谁赢，美国人还是要卖棉花的，而太平军占据沿海口岸，已经严重影响了丝茶产量及出口量。英国人现在迫切需要东方地区的稳定来维持丝茶贸易额不下降，于是他们撕下了先前一直挂着的中立者的面纱，选择了公开站在刚与之换约的朝廷一方，与之联手绞杀南方太平军。换言之，英国靠着对中国内战的介入，才得以对美国内战保持中立。也正因为此，英国政治家帕默斯顿勋爵于1864年说，英国参与镇压太平军，重启中国贸易是最重要的事情，这将弥补英国在美国内战中的经济损失。于是在19世纪60年代衬的上海和苏、常战场上，出现了这样吊诡的一幕，刚刚在北方焚烧了皇家园林颐和园的英法联军到了南方则与政府军结成了同盟，一起联手对待太平天国这个共同的敌人，把他们扭合在一起的，除了利益，别无一是。

促使华尔、戈登、法尔思德、白齐文等来自欧美的雇佣军官投身中国内战的动因，也是利益，是一个个金钱梦。攻城略地后巨额奖金使他们在松江、青浦、苏州等战场上如同上紧发条的疯子。但随着李鸿章率淮军取代薛焕入驻上海，"常胜军"这颗战争结成的毒瘤已注定了覆亡的命运。1862年9月华尔在宁波战死，1863年苏州屠俘事件使戈登声誉受损，此后这支乌合之众在东部战场上已无足轻重。西方有不少传记著作过分夸大这场战争后期这些雇佣军官的作用，誉之"西来的战神"、"东方的劳伦斯"（裴士锋这本书也不例外），但在李鸿章等中国政治家眼里，炮灰注定是炮灰。

由此，带出了本书最为精彩的一个立论，这个论点裴士锋并未明白说出，但它又无时不在场：尽管外在力量为了自己的利益试图介入中国历史进程，但它所起的并不是决定性作用，在近代性的艰难转型中，中国这个巨人有它自己命定的路，任何试图借助外力改变这条道路的做法，都是一场灾难。

相比较同一时期的美国内战而言，美国南北战争是在完全没有干涉的情况下，按着其历史规律走完全程的，战争结束则是一个民主政体的出现。而中国的太平天国战争则不同，它的历史被外力干预了。1909年，日本老牌政治家伊藤博文在接受英国记者采访时说过一句话，大意是，你们英格兰人在与中国交往时所犯下的最大错误，就是协助清朝镇压了太平叛乱。因为在太平天国后期，清朝已是山穷水尽，英国人的介入使它至少苟延残喘了五十年。这样做在事实上造成"阻挡了一个正常、有益的自然历史进程"，"自那以后清朝的所作所为，无一证明他们值得一救。清朝根本不值得救。而等到清朝垮台，由于垮台是必然且不久后就会发生，动荡将更为暴烈，而且会拖得更久，因为那被延迟太久，老早就该发生。"两年后辛亥首义，清朝覆亡，民国政府甫一成立，即陷入数十年内战，既印证了伊藤博文的毒舌预言，也正可以看出，这个老牛破车般的国家向着近代化的转型是何等艰难。

外国人对中国这场内战的介入，最初是非正式的、半推半就的，甚至充满道德情怀的，到后来完全站到太平天国的对立面去，在一些外交官员、传教士和下层军官中自然会有一种道德焦虑。白齐文在华尔死后到苏州投了慕王谭绍光，又擅离太平军与戈登合作，被遣送日本后又潜回中国暗招队伍欲支援危城南京，最后在押解途中翻船溺毙，从这个跳来跳去的人身上正可见到当时在华外国人的内心焦虑。但也有如吟唎这样的由迷惘而清醒者，这个前英国皇家海军下级军官是一个太平天国的同情者，在1866年于伦敦出版的《太平天国革命亲历记》中，他把太平天国运动看作一场宗教革命和民族革命，指责英国政府对中国革命的干涉是抱有不可告人的经济目的。最后他选择退出，是因为他意识到，无论是英国政府，还是他本人，介入这场内战都是一个错误。

3.黯淡一刻

19世纪这场人类史上最大内战，延时十四年，屠杀和饥馑所夺走的人命，裴士锋估计为两千万至三千万人。魏斐德在《大门口的陌生人》中保守估计为一千至两千万。他曾作如是描述："人们如果穿越曾经是人口稠密的长江流域省份，就会好些天只看到腐烂的农作物、冒烟的村庄和野狗。宁波变成了一座死城，没有任何迹象表明它曾拥有五十万居民，许多河道里充斥着尸体，污物凝集。"

1861年10月，忠王李秀成与英王陈玉成合围武昌、解救安庆的军事行动失败后，忠王大军回师江浙，想重启东南战场扳回上游的失分，以范汝增一部攻取宁波——这也是天国后期唯一短期占领的出海口。当时，宁波城中基督堂的慕雅德主教曾这般描述城中乱象："风景之美，没有能超过那些秋高气爽的十月时令，平原上深黄色的晚稻穗子一望无际，远地的冈峦起伏，气象万千，点缀着深秋花木，景色宜人，但是最凄惨不过的是，人心惴惴不安，大风山雨欲来风满楼之势。我们每到一村，老百姓都要问这类问题，渴望得到回答：'长毛真的要来了吗？''可怕吗？''我们要逃吗？'"

到这场战争后半期，绿营和湘军，英法联军和雇佣军，这两股势力打着同一场战争，却都各打各的，且都自认是左右大局的唯一力量。随着雨花台外龙脖子地道的千斤火药爆炸的巨大气浪把南京城墙轰上高空，曾国藩的事业也到了他一生中最炫目的顶点。当世人惊愕地以为上天的眷顾将要落到这个湖南人身上时，这个儒家文化的忠实传承者却在破城一月后自动解散了军队，打算回老家去过他静心沉思的生活。这十几年的战争，实际上是他带领一帮儒生和乡勇护卫大清国脉之战,是一场传统儒家文化的践行者与混合着基督教、原始共产主义的意识形态怪兽的卫道之战。太平天国之败,败在外侮,败在内讧,更是一场文化上的大溃败。

被选定作为胜利者的曾国藩,他对外国人的态度并不友好,他甚至本能地鄙视和排斥洋人,认为他们是未开化之人。他承认洋人机械精良,船坚炮利,但他认为道德和规训远比赢得战争重要。他的担心在于,如果清王朝允许洋人介入战争,万一洋人失败了,大清将成为笑柄;如果洋人赢了,他们必然会向中国人狮子大开口。放手让洋人介入这场战争,那就意味着中国从此要门户洞开。历史的吊诡在于,英国人出于利益考量,最终认同了鄙夷他们的曾国藩,而抛弃了对西方更加友好、更倾向于与之合作的太平天国总理政事的干王洪仁玕。洪仁玕曾在香港受过系统的基督教义熏陶,学过天文学等近代科学,有过韩山文、理雅各等不少洋人朋友,他更倾向于不与洋人冲突,而是要与西方合作,扩大贸易,分享西方的技术成果和民主平等,但最后,他寄以莫大希望的洋朋友背叛了他,也破灭了他的天堂梦,这不能不说是一个巨大的悲剧。

历史在这里显现出了它最为黯淡无神的一刻,无论是对中国,还是对世界。从洪仁玕抵达南京后推出的《资政新篇》等官方文件来看,在改革内政和建设新国家方面还是颇多吸收了西方现代国家的经验,有着迥异于传统中国的新气象,但外国势力的干预断送了创设这个新世界的最后一丝可能。如果说忠王之死,是武士之死,则干王之死,是国士之死,是中国向着另一个方向发展的可能性的破灭,也即希望的破灭。所以裴士锋说得好,曾国藩也罢,洪仁玕也罢,外交官、传教士、冒险家、外籍军官也罢,全都"身不由己地扮演起他们做梦都想不到而影响历史深远的角色"。

裴士锋的业师史景迁曾就太平天国史著有《天国之子与他的世俗王朝》,洋洋二十二章从太平天国的起源及兴起,摹写洪秀全的内心世界,更把重点放在太平天国宗教信仰方面。裴士锋的这本新著,依旧发挥着西人写中国史长于讲述故事的传统,叙述开阖、跌宕有致同样不遑多让前贤。在叙事策略上,除了前述全球化视角之外,他更把重点放在了战争的最后几年,亦即国际势力介入最为诡谲多变的几年,他不仅叙述了那个时候中国发生了什么,更意在讲述中国在那个时候还可能发生什么。

有关太平天国史的叙述总是与20世纪的中国政治纠缠在一起。孙中山、毛泽东、蒋介石等政治人物对之各有不同的表述和行动。历来官修史书称这场运动为"叛乱",而正统的马克思主义历史学家则誉之为"革命"和"起义"。裴士锋在这本书中把它命名为"内战"(civilwar),所谓内战,按国际法的惯例,是指某国之内的某种势力用武装对抗政府,而其他国家公认其为交战的一方,相对于以前界定太平天国时的"叛乱""起义""革命"等词汇,这个概念更中性、也可以更准确地描述这场战争的力量消长。正因为裴士锋有意识撇开种种意识形态的干扰,纯以历史学家的视角来看待这段历史,《天国之秋》所起的乃是知识上祛魅的作用,这部书乃是一部祛魅之书。我的小说《买办的女儿》在叙事时间上与裴士锋颇有重合,他的历史观念对我多有启迪,在重述一个半世纪前的这段故事时,我屡屡感到我们踩在了同一个拍点上。情感的祛魅与知识的祛魅同样重要,在这个意义上,我很愿意我写下的那个故事,也可以当作"以衰落帝国为背景,讲述良心和命运的一则道德故事"来读。

选自《中华读书报》2015年2月25日

评鉴与感悟 —— 文中介绍的几部历史著作都是我想看的,太平天国那段历史我也挺感兴趣。忘了说,他今年推出的散文著作《南华录》也写得雅致,特别。

日瓦戈之死

/任晓雯

1929年，夏杪。

日瓦戈赶早，去索尔达金科夫医院报到。电车出了故障，时走时停。雷电撕破闷热，一街尘土落叶，狂旋出风的形状。坐在车窗边的日瓦戈，感觉昏瞀无力。打不开窗，便往后门挤。他在怒骂和踢踹中，"从电车踏板迈到石板路上，走了一步、两步、三步，咕咚一声栽倒在石板上，从此再没起来。"

日瓦戈的死亡场景中，出现一位陌生人——穿紫色连衣裙的瑞士籍女士。她和他生命的所有交集，是他坐在电车里，看她在窗外走。她倏而超过他，倏而落后于他。在他倒地死亡的时刻，她重新赶上他，透过人群瞥瞥他，便继续自己的路。"她向前走去，已经超过电车十次了，但一点都不知道她超过日瓦戈，而且比他活得长。"

这是《日瓦戈医生》主角的死亡。是一场看似意味疏离、情感寡淡的死亡。也是为小说安置的最好的死亡。

此前，我们曾伴随日瓦戈，辗转于西伯利亚、莫斯科、瓦雷金诺、尤里亚金，经历了1905年革命、第一次世界大战、十月革命、内战、新经济政策。我们推开文字的门，流连迷途，遍尽曲折，抵达日瓦戈内心，触摸他丰富的情感，对爱和美的渴望，以及在"人比狼凶狠"的时代中，残存下来的温柔怜悯。

《日瓦戈医生》是一个人的史诗。书写了日瓦戈如何忍耐巨大的苦难，穿过死荫的幽谷，如何在貌似随波逐流的外表下，经历最壮阔的内心风景。战争、革命、迁移，不过是独白之外的背景声。但在死亡一刻，作者忽将镜头拉远，插入一个他者视角。于是，我们从日瓦戈的世界退出来，通过"穿紫色连衣裙的瑞士籍女士"的眼睛，看到路边的围观者，看到底部绝缘体短路的电车，看到熙攘的普列斯纳街，废墟般的莫斯科，蔽败不堪的俄罗斯。倒毙于街头的日瓦戈，在越拉越远的景象中，渺小成一个黑点。

紫裙女士名叫弗列里小姐，"已经非常衰老了"，也是个几欲被革命和战争毁灭的倒霉蛋。她正为自己的命运奔走。知道路边死了个人，不过是个陌生人。她不在意他的灵魂，也不体恤他的生命。因为她不晓得，世界上存在过一个日瓦戈，就像不晓得存在和曾经存在的万千个伊万、亚历山大、丽莎、索菲亚。她自己和他们一样，终将被历史冲刷而过，湮灭名字和痕迹。日瓦戈死了，弗列里小姐还在往前走。因为时间往前，她和每个活着的人，都在"不可动摇的旨意"中，向各自的生命终点迈进。

《日瓦戈医生》开篇，并非始于日瓦戈之生，而是始于日瓦戈母亲之死。先描写葬礼，继而追忆母亲身患肺痨。儿童尤拉（日瓦戈小名）"悲从中来"，独自祷告，恳请上帝把她带入天堂。他认为母亲是"不可能有罪恶"的"真正的好人"，希望上帝"不要让她受折磨"。这是日瓦戈对死亡最初的认识。他的人生尚未展开，既已被迫面对终点问题。

日瓦戈第二次面对死亡，是在十年后，未来岳母之死。"现在已经大不相同"。医科大学生日瓦戈"无所畏惧，生死置之度外，世界上的一切事物只不过是他字典里的词汇而已。"人们在安魂祈祷中呼求上帝，使他内心起了质疑，"这是什么意思？上帝在哪儿？"入葬的时候，他继续思考，"艺术永远包含两个方面：不懈地探讨死亡并以此创造生命。"

年轻人自以为无惧生死，实则是孩子气的傲慢。但把艺术界定为"探讨死亡并以此来创造生命"，却是日瓦戈后来创作诗歌的原则，也是帕斯捷尔纳克书写《日瓦戈医生》的本意。

雪夜作诗的著名场景，发生在瓦雷金诺。那段时间，日瓦戈完整享有拉拉的爱情，全力投入诗歌创作。然而，有四匹野狼闯进来，"并排站着，嘴脸朝着房子，扬起头，对着月亮或米库利钦住宅窗户反射出的银光嗥叫。"月光雪地间的狼，给日瓦戈投下心理阴影，越来越严重地困扰他，渐渐抽象成"有关狼的主题"。他把它们视作"敌对力量的代表"，想毁灭他和拉拉。他不知道，这抽象的敌对力量，拥有具体的名字：死亡。而在另一次，他则清晰感觉死亡的名字。那是他伤寒濒死之时，在幻像中看到鹿皮袄男孩。他明白男孩是自己的死神，也知道他在帮助自己写作史诗。

日瓦戈的一生，始终处在生与死的张力之下。这是人类的普遍命运：甫一出生，既已奔赴死亡。瓦雷金诺之夜，充满爱情和诗歌的生命之夜，死亡始终踞伏在窗外，以凄冷的嗥叫彰显存在。夜晚结束了，拉拉离开了。她要在若干年后，日瓦戈的葬礼上，才能隔着生死，重新见到他。

日瓦戈的遗作中，有一首《哈姆雷特》。帕斯捷尔纳克假借笔下人物，对生命和死亡做出注释。诗歌让人联想《圣经》所言，"我们成了一台戏，给世人和天使观看。"（哥林多前书4：9）人生是一场"早有安排"、"难以改变"的戏。生存还是毁灭？他通过哈姆雷特的问题，追索生命的意义，直面死亡的虚无。

"我孤独，虚伪淹没一切。／人生一世决非漫步旷野。"前一句指向无止无尽的苦难，后一句则是顺服于"不可动摇的旨意"的遥远安慰。帕斯捷尔纳克在苦难之中，一步一步走向死亡，忍不住发出叹息："我的天父啊，倘若允许，／这一杯苦酒别让我喝。"

是的，整本《日瓦戈医生》，就是一声叹息。它是诗人的唯一小说，是小说家的人生概括，也是垂亡人对灵魂的整理。简言之，它是一本忏悔录。

由奥古斯丁开启的忏悔录传统，是回顾、内省和仰望的传统。很多作家在烛火飘摇的年岁上，都会书写这样一本书。奥古斯丁的《忏悔录》，历数一生蒙受的恩典；卢梭的《忏悔录》，"要做一项既无先例、将来也不会有人仿效的艰巨工作。要把一个人的真实面目赤裸裸揭露在世人面前。这个人就是我。"帕斯卡尔的《思想录》，本质也是忏悔录，他放下数学，转而思考最重大的问题：生命和死亡；另一位俄罗斯作家托尔斯泰，在《安娜·卡列尼娜》中，假托列文表达观点。意犹不足之下，又写一本《忏悔录》，总结自己与神角力的一生。

《日瓦戈医生》，正是帕斯捷尔纳克的忏悔录，是他"生存的目的"。他在五十六岁那年动笔。彼时，父亲在英国去世不久。他给亲人写信说："我已经老了，说不定我哪一天就会死掉。"狼嗥一般的死亡，犹如阴影弥漫。他不管可能的政治后果，不顾文坛朋友否定价值，一定要把这部作品写出来。

帕斯捷尔纳克自认为，它将"表达对于艺术、对于福音书、对于在历史之中的人的生活以及许多其他问题的看法。"他在意的不是历史，是"在历史之中的人的生活"。任何时间和空间，脱离了人的存在，都将变得没有意义。时空的纵横轴，只有一个交叉点，那就是人。历史在个体的生命之中。历史不是目的，人才是目的。

日瓦戈不是在时代漩涡里盲目打转的符号，不是藏匿在复数形式下的面目模糊的"人民"，不是"一将功成万骨枯"式的无名枯骨。恰恰相反，日瓦戈是原点，主角，也是终结。关于他的死亡问题，是整部作品的精神内核。

帕斯捷尔纳克曾借助书中人物之口，挑明这个意图。"历史就是要确定世世代代关于死亡之谜的解释以及对如何战胜它的探索。""把历史看成人类借助时代的种种现象和记忆而建造起来的第二宇宙，并用它作为对死亡的回答"。

单个的人构成生活。很多很多人的生活，构成了时代。一个个时代，就构成了历史。帕斯捷尔纳克的书写，犹如向水面投掷石子。在个体生命之外，圈起层层"遥远音波的余响"（出自诗歌《哈姆雷特》）。

可惜，在漫长的岁月里，《日瓦戈医生》的支持者和反对者，都曾将它误解为政治小说。他们丝毫不在意，作者是个在斯大林打来电话时说"我想跟您谈谈生与死"的书呆子，也不理会作者引用普希金诗句来为自己疾呼，"如今我的理想是家庭主妇，／我的愿望是平静的生活，／还有一大炒锅汤"。事隔多年，赫鲁晓夫才肯承认，如果当年他亲自读过《日瓦戈医生》，就不会发动批判帕斯捷尔纳克的运动了。

然而，诗人毕生思考、书写和等待的死亡，早已带走了他。世界的言说失去意义。唯一能在天堂回响的，或许是他为自己预备下的谢幕辞："别睡去，别睡去，艺术家，不要沉入梦乡。／你在时代的俘虏之中，／身为永恒的人质。"（《夜》）

选自任晓雯个人新浪微博2015年6月24日

评鉴与感悟 ——

有多少小说曾被误读，有多少作家因文获罪？或许，帕斯捷尔纳克《日瓦戈医生》并非特例。任晓雯以文本细读的方式还原了小说的本来目的。它超越政治，关心的是历史之中人的生活，还有人存在的价值。

人间世

一个山西青年的任逍遥

/ 王琛

一

去年劳动节,菅浩栋算过一次命。算命先生人称"韩三",窝在山西省朔州市平鲁县城大街旮旯,虽然眼睛看不见,却一直声名远播。菅浩栋好奇地排上队,交了三十块钱,说出生辰八字。稍事沉吟,平鲁县城最负盛名的瞎子推算出了菅浩栋的基本命运:

家庭普通,父母靠不上;对人好,却感情不顺;技术工种,真正爱好在业余;有双挣钱的手,没有攒钱的兜。

菅浩栋当时就震惊了——瞎子韩三万物可察,每句都击中了青年的心——他生在山西河曲山村,父亲是煤矿工人,家里开着小卖铺;2013年毕业时谈了个女朋友,三个月就离开了他;采矿是实打实的技术活儿,他每次下井要带上百斤的工具;矿工生活累死人,但他很少请假,就是为了那个业余的真正爱好;他一个月挣六千块,在长治是高收入,但一想到那个爱好,就觉得钱永远不够。

韩三掐指一算,菅浩栋二十八岁以后顺风顺水。

菅浩栋吃了定心丸,稳定情绪,原路乘车,回长治接着上班。菅浩栋不能走,除了下井,他没有其他赚钱的门路。

菅浩栋需要钱。他攒钱是为了拍一部电影。在潞安煤矿挖掘一队,这是个公开的秘密，矿工们觉得，这个刚来的小孩疯了。

二

菅浩栋早就做着不随大流的事情。早在十七岁，他在大同市雁北煤校读中专，不愿意按父亲的要求毕业回煤矿，执意报考大同大学。全年级只有两个人敢这么干。对口升学虽然比普通高考容易些，但对中专生来说仍然很难，复习了一段时间，另一个人放弃了，去煤矿上班。菅浩栋坚持着，考前几个月，他收拾书包，回老家河曲中学，跟着高三学生复习。成绩出来，同学们吃惊地发现，来自煤校的中专生考了四百六十多分，接近那年的山西省二本线，顺利被大同大学采矿专科班录取。在雁北煤校历史上，菅浩栋是第一人。

采矿专科班三十多个人，全是男生。菅浩栋没打算做矿工，想在其他方向上寻找机会。他进了学生会，又加入文学社、书法社，因为表现活跃，大二被推选为文学社社长，一当选，他就创办了煤矿学院第一个文学月刊《白桦林》，但令人灰心的是，文学社没有市场，卖力吆喝，有热情的学生也是个位数。当了半年社长，菅浩栋提前辞职了。

不去上课窝在宿舍的日子，菅浩栋守着电脑上网，知道了贾樟柯。后者的经历触动了他。同为山西人，贾樟柯的电影以关注家乡现实而著称。菅浩栋也想拍电影，拍他的家乡。

他想先把自己的故事拍出来。剧情很快写好，取名《追梦人》。他找上学院团委，申请成立电影社团，团委书记不感冒，不置可否。过了一周，菅浩栋又找上门，终于批了。菅浩栋在学校里支了一张桌子，坐在那，招募女主角，坐了几天，一个也没招到，最后只好硬拉了文学社的人。因为上课，剧组只有周末能凑齐，断断续续拍了两个月。平时菅浩栋也不闲着，周一到周五，他扛着DV去校外拍拉面馆，完成了纪录片《兰州拉面人》。菅浩栋把笔记本处理掉，借钱换了台式电脑，继续窝在宿舍，下了剪辑软件，根据网上教程，自己剪片子做后期。

带着这些作品，菅浩栋参加学校文化艺术节的DV大赛。没人看好他。连他自己也觉得，重在参与——学校有传媒学院，自己半路出家，没法跟编导专业的学生比。在此之前，煤矿学院也没人在艺术活动里有过成绩。

但历史又被菅浩栋打破了。评选结果出来，《兰州拉面人》拿了一等奖。一名大同电视台的评委说，片子虽然拍得粗糙，但胜在真实，不做作。

事情传回煤矿学院，团委书记改了态度，起身在办公室迎接菅浩栋。团委书记郑重表示，还有什么想法，学院大力支持。菅浩栋趁热打铁，申请举办首映式，公开播放《追梦人》。

团委书记同意了。但是，他提示菅浩栋，搞典礼需要费用。

DV大赛虽然发了一千块奖金，但远不够菅浩栋还债。他不可能自己掏钱。为了首映，他带上剧组，到学校边电脑城拉赞助。跑了几次，没人搭理，其他人不愿再去，菅浩栋不罢休，一个人又跑十几趟，一个月后，有店铺赞助了两千块。菅浩栋印了一千张电影票，每张票上都给店铺打了广告。校园里拉起了海报，时间定在一个下午。大同电视台、《大同晚报》等当地媒体，也确定了出席报道。一千张电影票发完了，学校礼堂也布置好了。一切箭在弦上，首映式当天上午，团委书记想起来，他还没提前看过电影。

菅浩栋第一次遭遇审查。审查结果是，片子不能播。团委书记认为，电影里大学生脏话连篇，爱打扑克，人人抽烟，并且男生在宿舍走来走去时，常常只穿一条内裤，这些有损学院形象，不能公映。

这时距离首映礼只有四个小时。菅浩栋只好草草剪出一个三分钟的片花应付。

大同大学的学生第一次举办电影首映，学校礼堂几乎坐满，领导轮番发表讲话，最后轮到菅浩栋，他强作欢颜，向观众宣布，因时间少，这次首映只播预告片。

回去以后，团委书记说，如果把抽烟、骂人、打扑克以及只穿短裤等不文明镜头删掉，择日再映。菅浩栋觉得，那些都是真实存在的东西，如果删掉，剧情不对。但为了给观众一个交代，菅浩栋按要求剪掉了几十分钟，又补拍了新内容，重新剪辑。

删改后的电影终于在学校公映了。片子本来是反映大学生的空虚和迷茫，按团委书记意见修改后，变成了一个励志片，改名《青春无悔》——男主角不抽烟不喝酒，刻苦学习，课外打工，一个月赚六百也要给家里寄五百，拾金不昧，见义勇为，好事儿做尽。

"毫不真实，完全失去了我想表达的东西。"菅浩栋半是兴奋，半是遗憾，两相抵消，他觉得索然无味。

三

菅浩栋的两鬓和后脑勺是一片整齐的青色，头顶却毛发浓密，刘海飘在前面，远看像戴了一顶显小的鸭舌帽。他戴眼镜，下巴刮得干净，嘴唇上留了胡子，藏蓝色牛仔裤，穿着李宁牌运动衫，脚上一双凉鞋，背李宁牌运动包。远看上去，仍是一个大学生模样。

我们在山西第一次见面时，他站在公交站，背着书包，提着一把雨伞。等我时，他在网吧打发时间，看完了贾樟柯的电影《世界》。以前没看完，这次补上了。

最初，在网上看到贾樟柯时，菅浩栋只把他作为一个励志偶像——从黄土地走出来的年轻人，执着，奋斗，最终大获成功。直到看了贾樟柯的电影《小武》，菅浩栋被彻底击中。《小武》讲的是山西小镇的迷茫男青年，熟悉的黄土地和方言令菅浩栋感动，他找到了知己，细细翻阅网页，把贾樟柯的履历研究了一遍。"贾樟柯和我一样，都是生在山西的农村，都是理科差文科好，学历都不高，都喜欢拍电影，而且都是自学，不是科班。他拍的《小武》，黄土地的那个生活状态，我太熟悉了。我们都迷茫过。"

从《小武》《站台》，到《三峡好人》《天注定》以及《山河故人》，贾樟柯一直专注于现实题材。菅浩栋也被他的电影风格影响着。从尝试练习拍摄开始，不仅《追梦人》和《兰州拉面人》，菅浩栋拍的影片都是写实题材。贾樟柯喜欢在家乡取景，菅浩栋也爱趁假期回家——仅在老家河曲县，他就拍了两个片子——第一个是《河曲女人》，讲了一个村妇给军人做鞋垫的故事，第二个是《黄河边的牧羊人》，主角是自己的姥爷。

在学校遭遇的电影审查令菅浩栋无奈，但转而又释然——他想到了贾樟柯，后者的电影关注社会现实，也时常因审查而不能公映。他觉得，和贾樟柯一样，自己也做到了真实，所以有些人才会怕。

菅浩栋很喜欢谈论贾樟柯。我们在宾馆看电视，CCTV音乐频道突然播到了任贤齐的《任逍遥》，本来在玩手机的菅浩栋突然扭头，看着我，语气严肃，郑重地说，贾樟柯也拍了电影《任逍遥》，片尾就是用了这首歌。又一次，我们吃晚饭，他正低头扒饭，却突然抬起头，出神地笑着说，贾樟柯的电影啊，都是他自己编剧。

因为对贾樟柯的喜爱，菅浩栋在学校认识了计算机学院的常标。后者在学校办了电影社团，很早也在尝试拍电影，和菅浩栋一样，也喜欢现实题材。在学校里，菅浩栋常去主校区和常标待在一起，研究电影，讨论贾樟柯的拍摄手法。在这些山西少年眼里，贾樟柯的成功，意味着在黄土地以外，人生还有另一种可能。

趁一个端午节假期，常标到菅浩栋老家拍了一部剧情片，菅浩栋是主演。电影名叫《牢山》，讲了一个离开村子去做矿工的人，想出去闯荡，但命运多舛，最后晚景凄凉。

从那时开始，菅浩栋把心思都花在了电影上。他觉得这辈子就该干这个。聊到那次算命，他总结说："老天知道你是什么命，出生的时候，你这辈子该干啥就注定了，只是你自己可能不知道。"菅浩栋自己是知道的。

四

迷上拍电影后，菅浩栋一直想知道，真正的剧组到底是怎么拍戏的。2012年，大二暑假，菅浩栋和常标坐上火车，第一次去了北京。临行前，在网上，他们看到一个影视城招聘群众演员，就忙不迭地报了名。临走时，菅浩栋问家里要了一千块钱。

影视城在北京偏僻的郊区。剧组收了每人三百块押金，就把他们带到了宿舍。和想象中不同，宿舍是低矮的临时板房，只有地铺，北京的夏天三十多度，板房里连空调都没有。十几个人住一间屋子，全是社会闲杂人员。菅浩栋觉得，像是进了传销组织。为了学电影，菅浩栋愿意吃苦，但白天拍戏时，他发现剧组也很不正规，就连盒饭也潦草得不行。待了几天，两人要求退押金，却被告知，必须做满一个月。他们意识到，可能上当了，这是个骗钱的假剧组。

趁着夜里，他们背着包，狼狈地逃了出来。身上的钱不多，维持不了太久，但没学到拍戏，菅浩栋不愿灰溜溜地回大同。焦躁地在北京逗留了几天，菅浩栋联系到一个在制片厂工作的远房亲戚，虽然多年没联系，但为了学戏，他厚起脸皮，请对方帮忙。亲戚介绍他们进了一个真剧组，任务是在片场看管枪支道具。除此之外，还有剧组的宾馆可住，标准间，有空调，菅浩栋觉得，一下子从地狱进了天堂。在片场，他一丝不苟地完成任务，借一切空闲观察着。待了二十天，该回大同了，剧组给他们每人五百块酬劳，算是回程路费。

此行菅浩栋除了见识到真剧组，还有一大体会——拍电影非常烧钱。回到大同，他已经读到大三，采矿专科班马上毕业，没过几个月，山西的大小煤矿就来招聘了。菅浩栋想接着拍电影，不想去煤矿做工人。当初他从中专升到大学，就是因为不想挖矿，折腾一圈，更不想走回头路。也在此时，他开始构思下一部电影，一部不被团委书记审查的，反映农村现实的剧情片。

可是拍电影需要钱。除了采矿，菅浩栋想不出其他赚钱办法。起初他犹豫着，迟迟不参加应聘，直到过了春天，招聘的企业越来越少，班里同学已经签了大小煤矿，家里也催得紧，菅浩栋只好妥协。他开始毕业实习，并和位于长治的潞安煤矿签了劳动合同。

2013年夏天，菅浩栋离开大同，第一次到长治。潞安煤矿盘踞在长治远郊，像一头沉默的黑色巨兽。矿井外面刻着四个大字：安全为天。菅浩栋吃饱了饭，换上黑色制服，戴上口罩、安全帽和矿灯，背上器械，坐进缆车，竖直下落，向着地下四百五十三米的黑色世界摇晃而去。

五

煤矿无处不在，似乎是菅浩栋生来就躲不过的囚笼。在菅浩栋老家河曲县，也遍布着大小煤矿。他的父亲下井二十多年，半生辛苦，却很早也要求儿子去读中专学采矿——在他们看来，生在山西的小村子，就是该吃下井挖煤的饭碗，天经地义。老家坪山村里，因为挖煤，地势已有下陷，煤挖完了，没有活儿干，村子里年轻人争相外出打工。

如父亲期待的，菅浩栋终于成了煤矿工人。但他不喜欢"工人"这个身份。临毕业前，一个学妹曾和菅浩栋有过一段恋爱，但来煤矿之后一个月，对方提出了分手，理由是父母不同意。除了工人身份，菅浩栋也在意自己的大专学历。他说，在矿上，专科生就是工人，本科生就是干部，永远不一样。

潞安煤矿在郊区王庄，交通闭塞，坐公交到市中心要一个多小时。刚来工作，有人就在网上建了个"王庄煤矿青年男女交友群"。菅浩栋被拉进群，但他从不发言。下井回来，睡醒了，室友张瑞强最喜欢的事情就是拿着手机一直"摇一摇"，终于摇到了一个女朋友，直到谈婚论嫁。但菅浩栋不管这些，自顾自写剧本，跟网上朋友聊电影。他不打算在煤矿和任何女孩发生瓜葛，"我只是来赚钱的，没打算留在这，要是和人好，那不是坑人吗？"下井回来，躺在床上，他喜欢听崔健的歌，《一无所有》《出走》《假行僧》。其中，《假行僧》里的一句，正是他的想法："我不想留在一个地方，也不愿有人跟随。"

他的业余时间用在电影上，有时在群里聊剧本，有时是一个人去网吧，逢假期又去过一次北京，几次大同。无一例外，都是去找拍电影的朋友。他很少去市里，少有的一次，是崔健的《蓝色骨头》上映那天，菅浩栋去了市里电影院，他记得清楚，全场只有三个观众。他的一切活动几乎都围绕着电影。

在矿上，菅浩栋一周三班倒，下井的时间分别是中午十二点、下午六点和午夜十二点，每次要呆十二个小时。有时，他下井前买一点火腿肠和方便面，饿了就吃几口，越快越好，吃慢了，吃进去的煤尘就多。井下的一切是黑色的，煤尘统治世界，相隔一米，两个人只能看见头上的矿灯。下井时，菅浩栋背着几样器械，长的接近五米，短的也有两米，加在一起百十斤重，扛在肩上直打晃，像喝醉酒的人走不了直线。在井下，菅浩栋给矿壁打眼。采矿车往前推进，菅浩栋跟在后面，往墙上凿出两米深的眼，把长矛一样的铁管插进去，砸上铁网，避免矿壁坍塌。

菅浩栋第一次下井是2013年9月，从夜里十二点干到第二天中午，他回到宿舍，母亲菅采连打来电话，他张开嘴，攒攒劲，努力说了一句，妈，我好累。菅采连一听就哭了。

菅浩栋连哭的力气也没有，倒头就睡。工作第一个月，有人作业时掉了手指，工作两个月，一起应聘的有人辞职走了。但菅浩栋不能走，为了攒钱，他一直坚持了十五个月，经常每个月下井二十三天以上，在潞安煤矿，这是年轻人里少有的高出勤率。每个月收入是六千块，菅浩栋都分成两份，三千留给自己花，三千转给母亲保管。

2014年底，他攒下了四万多块钱。那个时刻终于来了。菅浩栋从煤矿请假，离开了长治。

六

在山西省河曲县坪山乡，年轻人都在往外走，菅浩栋却回来了。他给新电影取名《光盲》。电影说了村子里一个盲人的故事，他在外打工多年，回到村子时却发现乡野衰败，土地因煤矿而塌陷，自己的老宅已成危房，无所适从。

故事主角的原型叫菅广顺，六十多岁，年轻时在工地上砸伤了头，成了盲人，只好去太原学按摩，一干就是四十年。但眼盲的菅广顺却是村里少有见到了大世界的人。早年，菅浩栋还小，每到春节，总喜欢去找回家的菅广顺聊几句，从他口里，想象从未见过的远方城市。前几年，菅广顺从太原回了坪山乡。

这个故事在菅浩栋的脑子里盘旋几年了。自从去大同读书，每次回家，他见到的故乡日渐凋零，好像一切都被煤车挖走了。离家的时间越久，回家时，就越像个闯入者。菅浩栋担心，故乡终将消失，他能做的只有把一切拍下来。

剧组一共十三个人，除了旧友常标等几个喜欢拍电影的朋友，还有几个编导专业的学生，听说有人自费在山村拍电影，坐上火车就赶过来了。十多个人在河曲县城汇合，坐大巴进了村。为了节约成本，菅浩栋把家里三间房子收拾出来，找出所有被子，十几个人挤在三个大炕上。剧组伙食由母亲菅采连负责，每天早晨六点不到，她就煮饭做菜，一天三顿。

2015年3月，《光盲》正式开机。第一天开拍，菅浩栋在家门口举行开机仪式。菅采连搬出结婚时的嫁妆，上了香，一边鞠躬一边祈祷，祝儿子一切顺利，梦想成真。

离开潞安煤矿，菅浩栋形容自己是"从监狱里逃出来的囚犯"，一年多的计划付诸实施，他沉浸在紧张和兴奋里。每次试听背景音乐，刚把耳机戴上，他就手舞足蹈摇头晃脑，像进入另一个世界。拍摄之初，他举起酒杯带着整个剧组喊加油，但心里满是忐忑。开机前一夜，他根本睡不着，担心电影会因各种原因失败——菅广顺是临时演员,又是盲人,如果中途不能坚持,剧情就全黄了;剧组都是年轻人,大学生为主,热情的参与可能只是一时兴奋,第一次合作,如果中间闹了矛盾,可能分崩离析;村里条件差,如果拍摄太久,城里来的人能不能一直坚持,也令人担忧。

电影的绝大部分情节都真实存在。除了菅广顺的本色出演,其他角色都是村民临时客串。大部分村民听说要演维权的情节,摆摆手就不接话了。菅浩栋不敢把真实剧情告诉村民,拍到哪,临时演员就找到哪。电影拍到一半,因为没有合适人选,他和父母也上阵了。几个场景都是在自己家里。有人劝诫菅采连,儿子瞎折腾,最后可能是一场空。菅采连嘴上笑呵呵应付,却并不理会他们:"我儿子不赌博不吸毒,想走自己的路,怎么就是一场空了?"

无论剧情设置还是镜头、音乐的使用,菅浩栋只按自己的方式来,剧组人员常有意见,但没人能说服他。"我不是固执。导演有自己的风格,我只是严格按照我的风格来。他们说的如果有道理,我自然会听。"但在片场以外,菅浩栋尽力地照顾剧组感受。他本来不怎么喝茶,这次为了缓解剧组压力,从北京特意买了茶叶,每晚泡上,整个剧组围着喝。

拍摄原计划二十天,但实际速度快得多,只用了十天,电影就拍到了结局。和主要情节基本写实不同,菅浩栋虚构了电影的结尾——盲人生病,到城里医院住了一段时间。当他病愈再回到村口时,却发现故乡已经搬迁,整个村子不知所踪,取而代之的,只有一片黑压压的煤矿。

菅浩栋用一个长镜头注视着这片土地:菅广顺下了面包车,拄着拐杖,一个人在电影字幕里落寞地走向远方。

电影《光盲》拍摄现场。菅浩栋自编自导,也自演。

七

"你相信命运吗?"讲算命故事前,菅浩栋先问了我这么一句。他直视着我,等待答案。我们当时坐在公交车里,前排乘客听见这个发问,扭过头来,瞥了我们一眼。菅浩栋不理睬这些。

这时,距离他的电影杀青已经三个月。虽然积蓄所剩无几,剧组解散时,菅浩栋仍给每个人发了两百块钱,作为象征性的酬劳。随后他带着素材，先去北京待了一个月，找朋友协助做后期剪辑。他住进北京褡裢坡的一间地下室，一个月租金六百块。外面春光明媚，地下室里却冷得打哆嗦。后期初步做完，剪出的片子一百二十四分钟。朋友大都觉得太长，提议剪到九十分钟左右，菅浩栋拒绝了，他认为许多缓慢的长镜头是必要的，"如果是画面来回切换，那么观众只是旁观者，只有我这样的长镜头，才能有代入感。"

菅浩栋对这部电影充满期待。依循着贾樟柯的模式，他决定把《光盲》送往电影节。他一口气报了九个国内外的电影节，光报名费就花了三千多块。其中，国外的电影节有五个：威尼斯、洛迦诺、温哥华、多伦多和釜山。他觉得，自己的优势是题材独特："我拍的是农村纪实题材，通过农村盲人的眼睛看农村的变化，这个题材，此前我知道的，只有娄烨的《推拿》。"

如果真在国外的电影节上拿了奖，他可能得出国，但他还从没有办过护照。2015年6月，半年没上班的菅浩栋回到煤矿，为出国的这个"可能"做准备。

我见到他这天是周末。菅浩栋在煤矿已经待了四五天，办护照需要的户口手续差最后一个章没盖，但因为煤矿领导不在，手续卡住了。在微信朋友圈里，菅浩栋很郁闷："想像《天注定》里大海那般拿着猎枪也来一场暴力。"躺在宾馆床上，他刷着微博，等待一个国内电影节公布初选名单。

在菅浩栋报名的九个电影节里，最早公布名单的是中国的"First青年电影节"，官方微博上，主办方贴出的公布时间是6月14日。当天半夜十二点刚过，菅浩栋正和我说着话，突然抓起手机，看了一眼微博，随后自嘲："还没出来。他们说是14号，我还以为过了零点就有。"放下手机他又说，因为风格不合适，评选规则也不太合理，他对国内奖项不抱希望。但第二天上午，他仍不时看着微博。过了中午，我们去吃饭，一直话多的他沉默着，不再看手机。我问他结果如何，他说，名单一个小时前就出来了，没入选。"他们侧重的确实不是我的类型，"他一边说一边习惯性地抖腿，"还是等国外的吧。"

吃完饭，我们坐上公交车，去他的宿舍收拾行李。公交车上，菅浩栋半天不说话，但一开口就跟我分析落选原因："我的题材有批判性，反映的是农村现状，对政府不好看，所以没戏。"分析到最后，他又重复了几句对国外奖项的期待："看看国外的吧。"

宿舍里剩下的东西不多了，菅浩栋打开锁住的衣柜，把一台相机拿出来，拆开检查一下，又装好，塞进书包。阳台上还晒着晾了很久的两件衣物，他从晾衣架摘下来，在手上拍打着。迎着阳光，衣物上落下灰尘，他在手上团几下，也塞进了书包。阳台的角落里堆着下井的工作服，全被染成黑色。旁边放着一个军用水壶，包着塑料袋，也是通体黑色。菅浩栋拿起水壶，演示了一下自己在井下喝水的动作，告诉我，喝的时候越快越好，不然，嘴里全是煤尘。

临走时，楼层的管理员阿姨特意守在楼梯口，欲言又止，等我们下了半层楼梯，才朝菅浩栋喊了一句："真走了？"

"走了。"

"不回来了？"好像不放心，管理员追问。

"不回了。"菅浩栋边说边往下走，头也没抬。

走到一楼大厅，一个刚刚拖完地的管理员扶着拖把，指着侧门说，大厅还没干，走侧门出去。菅浩栋却大步流星，只往正门走去。管理员急了，跟上去问："你怎么回事？别走这边！"

菅浩栋看她一眼，执意在刚拖过的地上踩过去，直奔大门而去："走这边又怎么了！"

走出楼来，他摇摇头，"一点小事也没完没了，"说完，他又像背电影台词一样，补充了一句："我和他们不是一个世界的，我不属于这里。"

菅浩栋经常会说出类似这样的话，突兀在嘈杂的现实。一天下午，我们在矿区走，下了雨，他一边撑伞一边看着天空，脱口而出："我讨厌下雨，我喜欢太阳，太阳带来光明，以前下井，我看到的黑暗太多了。"有次吃饭，聊到刚来煤矿时，因为干活儿多瘦了一圈，他笑一下，郑重地说："人的肉体瘦一点不要紧，我觉得，最可怕的是精神上的瘦。"

离开矿区的前一天，我们坐公交车去长治市区办理护照。手续很简单，填写领取方式时，菅浩栋选了"邮寄"，但他拿不准填哪个地址比较好。犹豫了一会儿，他写上了大同——"先寄到朋友那儿，然后再给我。"

这也许是菅浩栋第一次感到"未来的不确定感"。多年来,从雁北煤校考到大同大学,从《追梦人》到《光盲》,哪怕是到长治做煤矿工人,菅浩栋都是一步一步朝着一个具体的目标迈进。现在,他最想拍的电影已经结束,事业却似乎刚刚开始。但他并不确定,两周后自己会在哪里。

八

6月16日早晨,菅浩栋背着两个塞满的书包,离开了潞安煤矿。我们在长治汽车站告别,他要先回大同,收拾行李,再去北京。

前一晚深夜,菅浩栋差点临时改变主意去一趟上海——贾樟柯将在那里举行《山河故人》的首映式。他查了火车票,从太原去上海卧铺三百三,"不贵啊。"说完以后,他又否定了自己:"来回车费加住宿花掉上千块,只是看一场电影,又不能和贾樟柯聊几句。"他最终作罢。

瞎子韩三说过,菅浩栋这几年很漂泊,但而立之后就能稳定下来。也许现在是时候了。

北京就意味着电影。贾樟柯当年也是从山西到了北京,才有了今日之名。二十二年前,贾樟柯考上了北京电影学院文学系。现在,菅浩栋也想去北京电影学院——他瞄准了北影的导演进修班,学制一年。虽然学费有点贵,但他打听过,只要有像样的作品,录取把握就比较大。

细细算来,菅浩栋已去过四次北京,每次去都是为了电影。2013年夏天第一次去北京时,菅浩栋曾在一个剧组做群众演员。在那部戏里,他客串过一次北京电影学院的保安,和明星包贝尔有一场对手戏。包贝尔饰演的是一个在农村长大要考北影的孩子,他第一次走进学校大门,菅浩栋饰演的保安穿着制服,站了出来,拦在前面,厉声问:"站住!你来找谁?"

选自微信公众号:界面 正午故事 2015年6月28日

评鉴与感悟

微信不怎么玩了,但公众号仍会看,总有难熬的时候,比如坐火车,比如在人群中。也是无意中关注了界面正午故事,结果看到他们推送的文章就有些欲罢不能。不只是简单的动人。它让人走神。也就是身边事,他们为什么讲述得如此清晰又到位呢?我就这么追着读了一篇又一篇。我不知道将来他们还能干出什么样的动静,至少现在除了难熬的时候,我也仍会想着看看叶三,看看陈晓舒,看看郭玉洁,看看王琛,看看他们又讲了什么故事。这一篇《一个山西青年的任逍遥》也让我发了好一阵子呆,好像看到这些理想主义者的努力,也想起了曾经的不甘心。

说话不是件好玩的事儿

/ 白岩松

我姓白,所以这本书叫《白说》。其实,不管我姓什么,这本书都该叫《白说》。

一

我没开过微博,也至今未上微信,可不知从什么时候开始,互联网上署名"白岩松"的言论越来越多。曾经有好玩的媒体拿出一些让我验真伪,竟有一半以上与我完全无关。

有人问:如此多的"不真",为何不打假?我总是马上想起梁文道在一次饭局上,讲他亲身经历过的故事——

内地图书腰封上多有"梁文道推荐"的字眼,终有一天,一本完全不知晓的书也如此,文道兄忍不下去,拿起电话打向该书出版社:

"我是香港的梁文道……"

"啊,梁先生您好,我们很喜欢您,您有什么事儿吗?"

"你们出的书上有我的推荐,可我连这本书都不知道,如何推荐?"

"梁先生,不好意思,您可能不知道,内地叫梁文道的人很多……"

一个完全出乎意料的回答,让梁文道像自己做了错事一样,只记得喃喃说了声"对不起"后就挂了电话,以后再也不敢这样打假。

我怎能确定内地没有很多人叫"白岩松"？更何况，完全不是我说的还好办，可有些"语录"头两句是我说的，后几句才彻底不是，让我自己都看着犹豫。

二

越完全不是我说的，越可能生猛刺激。于是，前些年，本台台长突然给我打电话：

"小白，那个微博是你发的吗？"

"台长，对不起，不是，而且我从没开过微博……"

"啊，那好那好。"

电话挂了，留下我在那里琢磨：如果这话是我说的，接下来的对话如何进行呢？

又一日，监察室来电话："××那条微博是你说的吗？××部门来向台里问？"毫无疑问，正是在该微博中被讽刺的那个部门。

我回话："不是，我没开过微博。"

又过一些日子，监察室又来电话，内容近似，我终于急了："不是！麻烦让他们直接报警！"

可警察会接这样的报警吗？

三

二十年前，采访启功先生。

当时，琉璃厂多有署名"启功"的书法作品在卖，二三十块钱一幅。

我逗老爷子："您常去琉璃厂吗？感觉怎样？"

老爷子门儿清，知道我卖的什么药："真有写得好的，可惜，怎么不署自己的名儿啊？"

"怎么判断哪些真是您写的，哪些不是啊？"我问。

启功先生回答："写得好的不是我的；写得不好的，可能还真是我的！"

老爷子走了有些年了，还真是时常想他，这样智慧又幽默的老先生，不多了。

书画造假，古已有之，老先生回应得漂亮。可言论"不真"，过去虽也有，但大张旗鼓公开传播，却还真是近些年的事儿。如启功先生活着，不知又会怎样乐呵呵地回应。

四

很多话不是我说的，可我总是要说很多话，因为这是我的职业。

不是我说的话，安到我头上，有麻烦也得替人担着；而真是我说的，常常麻烦也不少。

2008年，不能不与时俱进，台里终于开设新闻评论栏目《新闻1+1》，我成了被拿出来做实验的"小白鼠"，所谓"CCTV第一个新闻评论员"。当时，我预感到前路的坎坷，因此对媒体坦白：得罪人的时代正式开始了！

的确，做主持人风险小，各方点赞的多；而当了评论员，就不是喜鹊而是啄木鸟，今天说东明天说西，你动的都是别人的利益，说的都是让好多人不高兴的话，不得罪人不可能。但当时我豪迈：一个不得罪人的新闻人合格吗？

话说大了，路途有多艰难，自己和身边的人知道。连一位老领导都劝我：别当评论员了，回来做主持人吧！

我知道，这是对我好。但这条路不是我选择的，总有人要蹚着水向前走，所谓摸着石头过河……可问题是，这水怎么越来越深？常常连石头都摸不着，而岸，又在哪儿？

在屏幕上，这一说就是七年。不过我也真没想到，我还在说，《新闻1+1》，还在，活着。

五

《新闻1+1》刚开播不久，新闻中心内部刊物采访我，问："做一个新闻评论员，最重要的素质是不是要有思想？"

我回答："不是。做一个称职的新闻评论员，最重要的是勇气、敏锐和方向感。"我至今信奉它们，并用来约束自己。

说话，不是每天都有用，但每天都要用你在那儿说。直播，没有什么成型的稿子，只有框架，很多语言和提问总是要随时改变。这就是我的工作。某一年新闻中心内部颁奖，问到我的感受，我答："当一天和尚撞一天钟。"听到这句不太"高大上"甚至显得有些灰色的答谢词，年轻的同事有些不解。我解释：身在这里，还没走，守土有责；到点儿就撞钟，守时，可谓敬业；更重要的是，还得把日常的工作撞成自己与别人的信仰。这话不灰色，应当重新评估价值了！

守土有责，就是偶尔有机会，用新闻的力量让世界变得更好。而更多的时候，得像守夜人一样，努力让世界不变得更坏。后者，常被人忽略。

六

我用嘴活着，也自然活在别人嘴里。互联网时代更强化了这种概念，说话的风险明显加大。今天为你点赞，明天对你点杀，落差大到可以发电，你无处可躲。

话说错了，自然在劫难逃；话没错，也有相关的群体带着不满冲你过来。没办法，这个时代，误解传遍天下，理解寂静无声。即便你的整体节目本是为他们说话，但其中的一两句话没按他们期待的说，责难照样送上。后面跟过来责骂的人，大多连节目都没看过，看一两个网上的标题或一两条情绪化的微博就开始攻击。

想想也正常，谣言常常传遍天下，而辟谣也时常寂静无声。见多了也就想通了。有时误解扑面而来，是一小部分人要解气，而又有相当大一部分人在围观解闷。可不管前者还是后者，当你认真解释时，没人细听，所以，解决就总是遥遥无期。

我还是选择理解。目前的中国，人群中的对立与撕裂愈演愈烈，作为一个新闻人，不能加重它，否则后果不堪设想。所以，面对误解甚至有时是曲解，也总得努力去理解。我很少辩解，原因是：你以为是理性沟通，可常常被当成娱乐新闻，又让大家解一回闷。而这，还真不是我的职能。

可不管怎样，还是要有底线，新闻有自身的规律，我必须去遵守捍卫它。另外，几年前我就说过，为说对的话认错、写检讨或停播节目，就是我辞职的时候。只不过，到现在，还没遇到这样荒唐的事情。

面对现实说话，你的困扰是：树欲静而风不止。而你唯一能做出的选择是：无论风怎样动，树静。

七

理性,是目前中国舆论场上最缺乏的东西,有理性,常识就不会缺席,但现在,理性还是奢侈品。也因此,中国舆论场上总是在争斗、抢夺、站队并解气解闷不解决。邓小平说过的"不争论"与胡锦涛讲话中首次提出的"不折腾",我极为认同。可想不争论与不折腾,都需要理性到位。

谁也跨越不了阶段,非理性是当下中国的现状,不是谁振臂一呼就可以一夜改变。可总要有人率先理性,我认为三部分人必须带头,那就是政府、媒体与知识分子。

政府与公众如果都非理性,很多群体性事件就无法避免,政府必须用公开、透明、民主、协商来率先理性。

知识分子在目前的中国,大多只是"公知",很公共,却常常不够"知识分子"。其中很多人,与"理性"无法靠边,而这些人,又怎能列入到知识分子的群落中呢?真正的知识分子,不仅要有当下,更要有责任与远方。

当期待中的理性还不是现实的时候,媒体的理性就十分重要。但做一个理性的媒体人,也许就更有不过瘾的感觉。这边的人觉得你保守,那边的人觉得你激进,连你自己都时常感到克制得不易。可我们该清楚:如果追求的是过把瘾,之后呢?

八

人到中年,已有权保持沉默。不得罪人,少引发根本躲不开的争议,静静地说些放之四海而皆准的话语,做一个守法的既得利益者,不挺好?

可总觉得哪块儿不太对劲儿。

面对青年学子或公众讲堂,又或者是机关单位,长篇大论的风险当然不小。更何况,这样的沟通,一来我从无稿子,总是信马由缰,自由多了,再加上水平不高,又习惯说说现实,就容易留下把柄;二来大多带公益性质,没什么回报还风险不小,图什么?

然而沉默,是件更有风险的事儿吧?这个开放的时代,谁的话也不能一言兴邦或一言丧邦,自己的声音不过是万千声音中的一种,希望能汇入推动与建设的力量中，为别的人生和我们的社会，起一点哪怕小小的作用。想想自己的成长，很多顿悟，常常来自坐在台下的聆听，今天有机会走到台上，也该是对当年台上人说"谢谢"的一种方式。

九

当年胡适在喧哗的时代，把范仲淹的八个字拿来给自己也给青年人："宁鸣而死，不默而生。"很多年后读到它，认同。今天，我们依然不知道未来，可如果不多说说期待中的未来，就更不会知道。思考可能无用，话语也许无知，就当为依然热血有梦的人敲一两下鼓，拨三两声弦。更何况，说了也白说，但不说，白不说。

本文节选自白岩松新作《白说》，长江文艺出版社，2015年9月出版。

评鉴与感悟——

白岩松的口才是真好。好几回看新闻，见他托着腮，眉头枯锁，就知道又出事儿了。事儿不一定是坏事，反正总是大事。他机敏，甚至语气中难免流露出咄咄逼人，给人一副正义感十足的形象。读他的随笔又是另外一种感受，在他欲言又止的留白中，包括书名，都能看出他的惆怅和无奈。这是他的人生洞见，这是他的家国情怀。

栋梁

/ 陈再见

栋梁是谦兄最小的儿子。谦兄身材高大，生了栋梁却瘦小羸弱。我印象比较深的是，大概也就在1993年左右，那时栋梁还是个二十出头的小青年，他开始穿西装。西装自然是他的两个哥哥穿剩下的，他的哥哥身材都和谦兄一样高大，所以宽大的西装套在栋梁瘦弱的身子上，简直都快把他给淹没了。我那时也就十一二岁，也看出了栋梁的丑。栋梁虽不好看，嘴巴却厉害，厉害不在口才，而是给村里的人起外号，那些外号都别具一格，完全不落俗套。比如他给一个嘴碎的妇女起了个外号叫"记者"，村里人对记者还一知半解，带着膜拜心理，就问他为什么，"记者"不是很牛X吗？他说"记者"这个牛X整天张张阖阖爱说话管闲事啊……我至今对记者的印象都摆脱不了栋梁当时给下的定义。栋梁和我四哥是同龄人，又是同一条巷子的邻居，他们就走得比较近，还有其他几个，比如文然、炳论、水波，他们几个时常站在巷子口，东倒西歪，嘻嘻哈哈，对着巷口走过的人免不了都要发一阵调侃、讥讽，要是女孩经过，立马得加快脚步，避开他们。他们当时在村里属于嘴巴比农药还毒的人。他们不但对村里人不客气，彼此之间也相互起外号，而且比谁都狠，挖着痛处弄。我四哥九岁时遇到过车祸，左腿截肢，一直拄着拐杖走路，于是栋梁便给我四哥一个外号，叫"缝纫机"，这个外号同样让人摸不着头脑，需要栋梁亲自解释。栋梁笑着说，你们看缝纫机，一摇一摇的像不像他拄着拐杖走路的样子啊。——当时我大哥就是一个缝纫师傅，家里有一台缝纫机正好需要双脚踩在下面摇动。四哥似乎也不恼栋梁给他起这么一个外号。栋梁还给文然起个外号叫"旧电池"，意思就说他是废物，没用。诸如此类，多不胜数。四哥他们为了回应栋梁，不能老让他占上风，于是也给他起了外号，叫"垫砖头"，指的是栋梁的矮小。尽管如此，他们大多时候还是一致对外，一起给村里看不惯的人起外号成了他们日常的工作（他们那时都赋闲在家，没事可做），村里不少在栋梁看来颇具怪相的人都相应有了外号，有的还赋予一个集体外号，如"湖村九大常委""七大吝啬八大小气"等等，其中不少还流传至今。村人还以栋梁取的外号称呼其人，而他们也似乎接受了那样一个外号，尽管贬义讥讽者居多，也默认是属于自己一个无法抹去的标签了。仅仅就此，栋梁都是一个对村子有"贡献"的人物。

栋梁不单是在起外号上聪明，其他方面，同样是那一层年轻人中最能来事的，这点我四哥他们即使后来和他不再来往也同样承认。1991年，村里刚拉上电，那一年起我们村的所有人家都需要一个电工安装线路。知道电的厉害，被说成老虎，一般人不敢碰。镇里下来的电工实在忙不过来，脾气也大，做事粗枝大叶，还喜欢骂人，叫人帮个手一不利索就骂"你猪啊连这都干不了"。轮到谦兄家，那人却客客气气，只因谦兄曾是村支书，那人认识，本要好好为谦兄家弄一弄的，不料栋梁在一边开口："我家自己来。"栋梁就那样真把他家的线路给弄好了，一点差错也不犯，不单弄了自家，我们那条巷子都是栋梁给弄好的，事后一比较，还知道栋梁弄的线路比那电工还要精细美观。栋梁怎么就懂这个？后来才知道，他是在书上看的。栋梁没读过多少书啊，栋梁才上完小学，不过栋梁好看书。栋梁看的书还不是一般读书人能看懂的，他看的是电路书，我四哥当时称之为"经书"，一见到栋梁捧着电路书在看，我四哥就说："栋梁又在念经了。"不过栋梁那书真没白看，我记得有一年村里流行用一种微型的床顶风扇，家家必备。我随四哥到栋梁的房间玩时，发现栋梁床顶的风扇不太一样，其他风扇的开关是在电线中间，开关都要爬起来，颇为不便，栋梁的风扇开关却长长地垂落到枕头边，开关极其方便，伸手一摁便行。这是我当时的一个小发现，知道是栋梁给风扇做了改装，心里极其佩服，后来村里好多风扇都照栋梁那样改装，便是受了栋梁的启发。此事我印象深刻，至今仍认为栋梁是那种书本里才出现的科学天才之类的人物。栋梁后来除了能弄线路，改装风扇，还能修电器做音箱——栋梁房间里的音响总是村里最大声的——巷子里谁家的录音机收音机坏了，他都能修好，后来他连电视和镭射影碟机也能修了。于是便有人劝他在村里开个修理铺，下半辈子的生活估计从此就能无忧。谦兄当时也支持，答应凭那张当过村委书记的老脸去凑一笔钱。那已经是1997年左右的事情了。1997年前后，我们村里几乎所有的年轻人都不想在村里继续待下去，他们都要出去打工，去深圳、东莞和广州。栋梁也是其中之一。

仿佛突然之间，他们便在村里消失了。没有了他们的村庄，像是被拔掉插头的音箱，寂静了下来。隐约才听谦兄和母亲说起，栋梁他们在宝安县城摆地摊卖水果，我们叫"走街边"。我那残疾的四哥也去了。多年后，我四哥他们实在混不下去，回来了，和文然、水波，用在深圳赚的钱到村外搭了竹寮养了一年的猪，最后猪肉倒是吃了不少，钱却没赚到，本钱全搭了进去。后各自种田糊口，我四哥弄起了一片荔枝园，生活方面慢慢步入正轨。唯有栋梁一直在深圳，而且从没回家。当初四哥他们要回来养猪，栋梁是极力反对的，他认定四哥他们肯定弄不成，事实证明，栋梁倒是有先见之明。也因为那事，他们伙伴之间闹了矛盾，没再往来，连电话都没打一个。但栋梁之所以不回湖村，倒不全是因为和我四哥他们的矛盾。后来才听说，栋梁在外出之前曾和谦兄吵过架，栋梁当面说谦兄不配当父亲，谦兄也是有脾气的人，就叫栋梁滚。栋梁便发誓不再回村。这也是1997年左右的事。我记得当时栋梁已经结婚，女人是个贵州人，也不知道是从哪儿冒出来的，不单冒出了女人，还冒出一个声称是女人的哥哥的男人。谦兄本就觉得蹊跷，每次到我家都和我母亲说起此事。似乎是栋梁执意要和那女的结婚，谦兄便给了所谓的大舅子五千块钱当礼金。结果大舅子拿了钱前脚一走，贵州女人后脚也逃掉了，一打听才知道，他们本是夫妻，专门到我们那行骗的，附近村庄都有几户人家被骗了，那女的还怀了孕，大着肚子呢，怎么还看不出来？人们这么一说，谦兄首先在乎的不是那五千块钱，他心疼起了自己当干部多年树立起来的精明、稳重的形象，怎么到头来被两个小毛孩给骗了呢？这不是英明一世糊涂一时吗？这么一想，谦兄迁怪于儿子栋梁，说要不是他死活要娶，也就不会遭此大辱。当时栋梁的心情也是悲痛交加，父子的战争便一触即发。我对他们父子之间的大吵没印象，倒是对那个贵州女人有点记忆，记得她整天穿着一件比较宽大的黑色长衫，后来才知道是为了掩盖其肚子的凸出，时不时地，她会和栋梁牵着手走上巷子，来我家坐会，两人的手里都拎着一小袋瓜子，边走边嗑，到了我家，坐了下来，两人依然旁若无人地嗑瓜子，偶尔说几句普通话。我当时对说普通话的人充满好奇，就拿眼偷偷看她，发觉她长得还是蛮好看的，难怪栋梁会被她迷惑，并一改平时的活泼性格，一头扎进了她的世界里。我母亲那时就偷偷说过，栋梁娶了老婆怎么变了个人？

栋梁有多少年没回家，我已经不记得了。关于他的消息倒还是能听到一些，谦兄偶尔也会在我家说起，口气还是不管不顾的样子，但一次比一次软了下来。听说栋梁先是在深圳沙井一家五金厂打工，老板是他堂哥，后来不知什么事栋梁和他堂哥闹翻了，又去了一家废品站做事。村里人偶尔说起栋梁时，基本上都会惋惜这么个聪明人怎么就变成那样。我倒是一直觉得他做了和他的才气相符的事情。只是多年不见，其容颜已经在记忆里模糊。我总是记得他是我们村的才子，虽然后来的传闻里，人们都说他已经是一个无趣无情的人了，即使是他当年的同伴，我四哥他们，也对栋梁颇有意见。曾经形影不离的几个人，弄到最后，却各自在背后说起了坏话。

早些年，我刚到深圳打工时，曾随一个同乡到沙井去一处废品站找人。谁料去的废品站便是栋梁打工的地方。当时我看着眼熟，却不敢相认。同乡给我介绍说这也是我们村里人，叫栋梁。同乡以为我不认识栋梁，确实，他出外谋生时我还是个小屁孩，我们哪"认识"啊。栋梁显然已经不记得我了，或者是我改变太大。我说了我四哥的名字。栋梁便哦了一声，再说："都这么大了。"语气是老成的样子，可他的身子实在是太小了，像是一个十几岁的少年，虽然面容的皱纹出卖了他的年龄，但整体感觉与他语气上的老气横秋和无趣极不相称。他已经不是少年时候的栋梁，那个嘻嘻哈哈爱给人起一些充满智慧的外号的栋梁了。没说几句，栋梁便忙自己的事去了，丝毫没再理我。这事让我有些失望，且别说他和我四哥是很好的朋友，单说他年轻时在我家走动，异乡相遇怎么样也要热情一些吧。我当时奇怪，后来方知一定是他和我四哥存有芥蒂，也就没必要对我热情了。那是我时隔多年后，又一次见到栋梁，有幻灭之感。

转眼间我也在深圳打工八年有余，想起栋梁，倒也不觉得惋惜了。看多了身边的打工者，其实比栋梁有才的也不少，他们同样在工厂和工地里郁郁度日、荒废青春。期间我再没见到过栋梁，倒是每年过年回家，还是会听谦兄说起他来。谦兄在日益苍老的人生长途中，慢慢步进了自己的暮年，曾经的风光不再，锐气也不再，脾气更是不再。我想谦兄是开始希望栋梁能回来了，他问遍了每一个从深圳回去的村里人，跟栋梁联系没有，但得到的答案都是摇头。村里人越来越不愿意提起栋梁，似乎是忘了，实在是多年不见；或者还记得，只是听到的都是关于他的坏话，自然不愿意与之接触和来往。听人说，栋梁也倔强，他在深圳，本来有不少老乡可以交往，可他只要一听出对方口音一样，便懒于接触，尤其是一个村子里的人。他宁愿和外省人交往，说普通话，讨厌说家乡方言。他在排斥什么？我倒觉得他是在逃避。栋梁又结婚了，和一个外省女人，还是贵州人，不知道栋梁是不是还对多年前那个行骗的贵州女人念念不忘。栋梁结婚也没回家。

再次见到栋梁，是在去年临近过年。出乎意料的是，我在村里见到了栋梁。他家就在巷子口，他站在巷口处，似乎还不太敢直面巷口来来往往的村里人。他蹲在门楼，低着头，和一个小男孩说着话，说的是普通话。男孩是他的儿子，已经有五六岁了。他们父子看起来和村庄格格不入，这倒不是说他们不像村里人，他们更不像是在深圳生活的人，而是他们和村庄显出了陌生和疏离。一对陌生人出现在巷子口，大一点的人知道那是外出多年的栋梁和他那不会说家乡话的儿子，小点的则不知情，以为他们是哪家来的亲戚，而且还是外省亲戚。无论知道的不知道的，经过了都会侧目看一眼，有人会问："这不是栋梁吗？什么时候回来的？"栋梁这才抬一下头，笑了一下，显得尴尬，似乎他不经人家同意闯进了别人的地盘。他说："是，刚回来。"旋即又低下头，和他的儿子说话。他的儿子一看就是那种好动、很叫人费心的孩子，没说几句就要闹一下，抓一抓他爸的头发，或者提出一个无理的要求，比如说要吃肯德基。栋梁说这里没有肯德基。他说没有肯德基我们回来干什么？栋梁只是叫他听话，别问那么多。一会，他又要去捧地上的沙子玩，栋梁不让他玩，说脏，说那是农村的孩子玩的。栋梁说这话时一点都不心虚，就像他自己真的是城市人一样，事实上他也应该算是一个城市人了，在深圳都生活了将近二十年。二十年的时间，实在不短，好多在栋梁之后去深圳的都已经有房有车了，逢年过节回来，把车往巷口一停，身份的象征就在那里，似乎那样才算得上是城市人。栋梁在深圳生活了二十年，到现在还是一个废品站的打工仔，整天分垃圾扛货物，他就是再待上个二十年，村里人也不会认为他就是城市人了啊，因为他在城市没房，回家也没车，他顶多就是一个走失了的孩子，只是走失的时间过久，以至于回到村庄时大伙都快认不出他来了。

　　随栋梁回来的还有他的贵州妻子，一个矮胖的女人，显得老，挺着个大肚子，嘴巴却很甜，见人就叫，有些老人听不懂普通话，她还给人做手势。栋梁显然烦了她，不喜欢她回到家里还这样。栋梁曾经是一个自大的人，村里的人似乎都受过他的讥讽，如今落魄回乡，自大倒是不敢，自尊还是有的。栋梁还是不怎么爱搭理人，有人去搭理他了他就带着一种受尊重的热情回馈。他倒是时不时到我家坐坐，一是谦兄没事就在我家，他要找谦兄时不用去别的地方就跑我家；二是我母亲对栋梁算是关心，这点让他心里踏实，我母亲还叫我四哥多和栋梁走动说话，过去的已经过去，如今他回来了，不能冷落了人家。

　　栋梁是回来治病的。栋梁的腰椎出了点问题，大概是干活时扭到的，以为休息几天就能好，可是几个月过去了，一天比一天严重，最严重时甚至走不了路。刚回到村里时，栋梁还能直着腰走路，没过多久，他走路时腰弯成了九十度，看起来像是一个老头。有时他从巷口弯着腰一步一步来我家，那样子看起来，实在有些狼狈，叫人心酸。谦兄为了栋梁的病四处奔波，求医弄药，皆无好转。说起来还是栋梁的贵州妻子好，我母亲后来说起她便啧啧称赞：别看她那样，真比一般的女人强啊。栋梁发病期间，上上下下，几乎就是她在照料，而且还得照看孩子，肚子里还怀着一个。我母亲后来说栋梁要是没娶到这么一个老婆，估计活不了。栋梁的病确实很严重，医生说是会瘫痪，这话把谦兄吓着了。谦兄第一次在我家为他的小儿子落泪，这个曾经说他不配当个父亲的小儿子，让他在暮年的时候遭受了一次致命的打击。为了栋梁的病，谦兄的家庭几乎也垮了，他本身没什么钱，虽是村支书，退休了却一分工资都没有。谦兄只能出去借，向他的两个大儿子借，栋梁的两个哥哥和栋梁的感情一直不好，如今遇到事情了，兄弟间是要帮忙，可这忙帮得也是形式，不会尽心尽力，再说各自有妻子家室，要一次给了，再要一次，他们的妻子可就要说话了。谦兄会当村支书，事关一个家庭的和谐他却一筹莫展。谦兄也曾向我哥借过钱，我嫂不愿意。这事谦兄还说给我母亲听，说我哥当年和我嫂结婚，办结婚证迁移户口还是他帮的忙，如今要借点钱却不高兴了。我母亲赶紧向他道歉。我母亲打电话把我嫂骂了一阵，过几天才收到了我哥汇上来的五千块钱。我哥算是帮了谦兄和栋梁的大忙，有了那笔钱，栋梁去了广州看病。那个医生是人家介绍的，听说医术高明，栋梁已经无路可走，任何一丝希望他都得去试一试。

庆幸的是，栋梁终于找对了医生。今年过年我再回家时，栋梁已经痊愈了。再次获得直立行走的资格，栋梁的脚步似乎比以前有力了不少。如今的栋梁已经和村庄熟悉了起来，来往的人也多了。村里人不再把他当陌生人看。栋梁又生了一个儿子，人们开始说栋梁的命好，不用多少年，儿子都长大了，到时就靠儿子养了啊。栋梁显然不接受这样的说法，但他也不再反驳。他习惯那样尴尬的笑，不再轻易表达自己的观点。年纪大点还对当年栋梁给村里人起外号记忆犹新，于是笑着跟他说谁谁谁可以送其一个外号，他尴尬地笑："哪敢啊？"他身体痊愈后，知道村里的孩子喜欢去镇里上网，便想着在巷口弄一个小网吧，似乎也能赚点小钱，但想到前期也要投下一笔钱，而且拉个网线到村里也麻烦，便也打消了念头。栋梁先是在家休养了半年，他的贵州妻子则很是勤苦，村里谁家起新房，她就背着孩子去打个零工，有时还跑附近的村里去揽活。村人刚开始也忧虑，说栋梁怎么不怕她跑了，好多年前不也被跑掉了一个贵州女人哦。后来知道她比本地媳妇还要牢靠，还能耐劳、吃苦，美名开始在村里传开。半年后，栋梁在镇里找到了一份工作，在一个五金厂里当起了师傅，老板是谦兄早年同事的儿子。栋梁在深圳学到的本领倒在那里用上了，颇得器重，工资也不错，跟在深圳时差不多呢，因为现在不用租房，栋梁的生活过得还算可以。年初二,栋梁带着贵州妻子和两个儿子来我家派红包。他包了一摞红包,抓在手里,一个个派过去,我家的孩子不少,他一摞红包很快就没剩下几个了。我母亲在一边说:"栋梁啊,大一点的孩子就不要派啦。"栋梁笑着说:"不行,只要没结婚都得派,深圳都这样。"母亲说:"这里又不是深圳,没那规矩。"栋梁只是笑,尴尬地笑,见到我,问我结婚没,也要给我一个红包,我说我结婚了。栋梁说:"那你要给我儿子红包。"是玩笑话,大伙都笑了,感觉栋梁还挺有幽默感。当时我四哥也在,我四哥和栋梁又重归于好。我四哥说:"垫砖头。"栋梁迅速回敬:"缝纫机。"一屋子人又笑开。我想他们那一批年轻人一起长大一起玩耍然后也一起到外面走了一遭,有多少误解和伤害勿论,成败到头来一声熟悉的外号一切也便都回到了从前。

选自《天涯》2015年第3期

评鉴与感悟

和他的多数小说一样,这篇随笔关注的仍是底层人的困境。写的是一个乡村少年,能人,去了城市打工,受伤,再回到乡村与人的疏离和不适应。他用几近白描的文字,写出了人性的复杂,人面对现实的坚韧。这篇描写农民的散文携带着大量的信息和经验,文章不长,却几乎容纳了一生。人的命运,就通过"栋梁"这样一个寓言化的名字得到了重新审视。

半岛纪事

/ 胡烟

王守业

说起来,王守业算是奶奶家邻居。奶奶家住在半岛南头第一排。再往南,就是方塘。方塘不是方的,而是一个长条,越过方塘边上稀溜溜的芦苇,往南,就是海。夏天南风一吹,海沿上鱼虾蟹子,臭的,没臭的,各种味儿卷在一起,就直接扑上饭桌儿了。干嚼馒头,就着那味儿,等于蘸着鱼肝油了。

王守业家比奶奶家还往南。他家房子破得很,门上却挂着锁,两边的土墙,跟小孩差不多高,不费劲就跳进去了。我问奶奶,人跳进来给他家偷了怎么办?奶奶说,他家有个什么可偷的呢!那干吗还上锁呢?怪了!还有一个怪事儿,没有人家跟王守业家齐排,他家突兀着独一栋。我问奶奶为啥,奶奶说,他家特殊。他家怎么特殊呢?

王守业眼不好,他妈也眼不好。逢年过节,奶奶去他家帮着做饭,包包子,包饺子,眼看着他娘俩吃上了,才回自己家做饭。我黏奶奶,奶奶一去王守业家,我就跟着难受,因为他家有一股难闻的味道,刺鼻,呛得我脑袋疼。他家黑咕隆咚的,炕上的被像是霉了,小板凳上厚厚一层黑油,水瓮裂了一道大缝,大概没一样东西是好的。我隔一会儿就去扯奶奶的衣襟儿,怎么还没包完?回咱家吧?他俩这么大了,还不会做饭啊?奶奶说,他俩眼不好,看不见,下饺子摸不着锅在哪,烧火找不见炉子在哪。

王守业他妈叫娥。半岛人谈论她都叫瞎娥。那天她来找奶奶,走到院子里,我递话,瞎娥来了。奶奶说,不许那么叫,背后才叫的,当面不能叫。

瞎娥并不是完全看不见的,不然怎么每天大清早都去菜市场买菜呢。瞎娥不是去买菜的,是去打听话儿的。半岛上哪家婆媳闹翻了脸,哪个当官儿的搞贪污,哪个寡妇家半夜溜出了汉子,瞎娥都知道。

天黑了,我都睡下了,瞎娥却来奶奶家串门儿,坐炕沿上一边摸着瓜子儿,一边讲着她听来的那些是非话儿。讲着讲着就开始骂街,骂大队书记,不管他娘儿俩,说是要帮王守业联络个大夫治眼睛,却没了下文。骂妇女主任,不操心给王守业说一房媳妇儿,拿着镇上免费发的避孕套去倒卖。这些王八羔子拿着老百姓的钱都他妈不办事儿。

等她走了,爷爷拿笤帚扫满地的瓜子皮,嘴里唠叨着,瞎娥可真精啊,走哪都不吃亏。别看她瞎,嗑瓜子儿专门拿拇指肚捏大个儿的,袋子里剩下的都是土行孙了。

瞎娥经常来,絮絮叨叨说一长串,总逃不出两件事儿,给王守业治眼睛,帮王守业娶媳妇儿。

王守业放羊。王守业养了一百多只羊。每天赶着羊,从北海雷达兵的山上,一直到南海沿儿的方塘,都是他的地盘。半岛人都吃海,没人跟他争山上的那撮草。我们在小树林里摇秋千的时候,上山挖土鳖的时候,经常看见王守业后面跟着他的羊群。王守业从身边走过去,一股羊屎球的味儿。

王守业家的羊圈,盖得比他家住的房子还好。他怕人家偷羊,用红砖头垒得严严实实的。尽管严实,却还是叫人给偷了。他的羊,是叫出海回来的胡建平和几个小哥儿们给偷了,绑到山上,架火烤着吃了。

胡建平经常干这些偷鸡摸狗的事儿。谁家大门敞着,照壁底下竖着几把铁锨,他拿走一把;门口晒的虾爬子,他拣几个大的揣走了。要不半岛家家户户养狗呢,就是为了防他。有一回他婶子院子里腌的一编织袋的海蜇皮,一百多斤,他给拖走了。没想到那海蜇皮还没控干水,腥味儿又大,他婶子顺着地上的印子,直接找到胡建平家,骂了个狗血喷头。

偷羊这事儿经了大队。大队书记出面解决，胡建平认赔，出二百块，说是把羊买了。瞎娥不干！王八蛋偷羊跟买羊一个价？两千！胡建平嫌贵。大队书记不发话。这下可把瞎娥惹毛了，书记家就住大队后窗外，她不知哪找来酒瓶子，朝书记家院子里抡过去，把玻璃砸了个稀巴烂。

　　早就听说瞎娥不好惹，那天算是见识了。大队书记不光不发火，还迎着笑脸儿，二婶子，您消消气。我问我爸，书记怎么对瞎娥那么客气呢？我爸说，她是残疾人，对残疾人不好，大队书记的官儿就当不成了。

　　谁也惹不起，往后就更没人帮着王守业张罗娶媳妇了。听说中间有人给介绍过一个，外地的，那女的四十多，比王守业大十岁，离过婚。眼看着要登记了，王守业打她，就黄了。好不容易要娶着媳妇了，干吗打人家呢？王守业又不傻。他真的一点也不傻，每天把羊数得明明白白的，出圈多少只，进圈多少只。干吗打媳妇呢？这个问题在我谈恋爱以后想明白了，喜欢一个人，有时想捏他。就像看见小孩胳膊忍不住想咬一口一样。王守业肯定是喜欢那女的，太喜欢了，就打她。

　　王守业终究还是没娶上媳妇。

　　搬迁之前的夏天我回半岛，往北海山上走，半山腰就看见王守业和他妈。在路中央的大槐树底下，他妈就地坐着，王守业就地躺着，头倚在他妈腿上。羊群散落在他娘俩周围。他们搬到山上住了吗？怎么躺在地上呢，不怕虫子咬吗？难道他俩变成野人了吗？

　　我心里好一阵翻腾，突然想起了王守业他爸。

　　对了，王守业是有爸爸的，他爸叫王西乙。我刚记事的时候，还是他那个黑黢黢的家，他爸在他家炕头上卧着，下不来炕，脸上皱皱巴巴，嘴里时不时哼哼着，像是身上哪个地方疼。不知哪年，死了。爷爷说，王西乙是个国民党兵。国民党不是电视里才有的么？怎么半岛也有国民党呢？

　　对了，我家邻居，叫胡维聪，一个我没见过面的老头，听我爸说，当初也是个国民党，还是个不小的军官。他好像也不出门，隔墙经常听见他老婆骂他闺女，从来没听过胡维聪的动静。也是悄没声的，就死了。

　　话题扯回来。

　　我最后一次跟王守业打照面，是半岛搬迁以后。村里灵堂旁边盖了狐仙老爷庙。我去看看吧，大门锁着，一会儿跑来一个人，开门。我一看，不就是王守业吗？不放羊啦？不放了。山都没了，往哪放？看庙，大队给开工资。

虽然答着话，他也早不认得我了。

二奶奶

二爷爷出殡的时候，二奶奶差点儿哭断了气。要不是众人拉着，二奶奶拽着灵车非要跟了二爷爷去不可。也难怪，二爷爷和二奶奶感情好，半岛的夫妻吵闹打骂是经常的，可二爷爷和二奶奶，基本没怎么红过脸。

二爷爷爱喝地瓜粥，二奶奶每天熬一锅。把地瓜削了皮，切成丁，烧开了，再掺上玉米面儿烧。熬地瓜粥是个磨耐性的活儿，地瓜硬了嚼不烂，软了就化没影儿了，得掌握火候。二奶奶每天在灶前看着火，给二爷爷熬着不稀不稠的地瓜粥，不嫌麻烦。二爷爷节俭。家里买了什么稀罕水果，二奶奶经常哄着二爷爷说，是邻居送的，为了不让二爷爷心疼钱。

尽管感情好，可二爷爷还是抛下二奶奶独自走了。二爷爷是突然走的，晚上赶海回来，觉得身子乏，喝了两碗地瓜粥，看着电视，就睡过去了。这一睡，就没再醒。二爷爷走得突然，没什么预兆，二奶奶自然受不了。

受不了也得活着。二爷爷死了没几天，二奶奶像是缓过来了，能出门买菜了。路上碰着熟人，就想起二爷爷，又放下菜篮子抹眼泪儿。别人劝她，想开了吧，都半截子入土的人了，早晚都有那么一天。二奶奶说，她想开了，反正也不打算改嫁了，守着家好好过吧，好歹还有孩子们孝顺呢。

二奶奶是跟她二闺女同一天嫁的人。先来的轿车把她闺女接走了，后面来的轿车是接二奶奶的。那一天，刨去出海的汉子，半岛人像是聚齐了，把二奶奶家的巷子堵得水泄不通。鞭炮声震天响，二奶奶听不见看热闹的人都交头接耳地议论些啥。管他议论啥呢，日子是给自己过的。那一天，离二爷爷去世，刚满半年。

不是说好了不改嫁的吗？二奶奶怎么编瞎话骗人呢？

二奶奶喜欢编瞎话，不是一天两天了。小时候我妈常在二奶奶家门口的树阴凉里补网，傍晚放学，我就在二奶奶家的后山上看花。二奶奶常跟我聊天。那天，她告诉我一个天大的秘密。她说，我不是我妈亲生的。我的亲妈在南山，是种鸭梨的。亲妈家穷，养不活我，便把我送给我现在的妈，拿我换了满满两筐子的咸鱼干儿。又问我，没觉着你妈偏心眼儿吗？你妈向着你弟弟吧？亲生的和不是亲生的，就是不一样的对待。

我一想，被二奶奶说中了，我妈还真是向着我弟弟。回到家，就哭起来了。我妈问起，我一五一十地说了。我妈笑着说没有的事儿。我能相信吗？哭了一晚上。

第二天，当着二奶奶的面儿，我妈又说了这事儿。二奶奶咯咯笑不停，她说，邻居家的小红也跟我一样，说啥信啥，回家就收拾包袱，要上南山找自己亲妈。

我这才知道自己上当了，心想，二奶奶怎么爱好编瞎话哄骗小孩儿呢？

二奶奶嫁的老头子是镇上的，岁数跟她差不多，六十出头，老婆是个哑巴，死了一年多。老头对二奶奶挺好的，他原先的老婆一辈子没开过口，好坏冷热的都没个交流，这突然换了个能说话聊天儿的，能不对她好吗？

才俩月，回到半岛，居然认不出二奶奶了。二奶奶烫了一头大波浪，穿着紫红格子上衣，脚踩着白色高跟鞋，胳膊上挎着皮包。街上人都说，二奶奶脱胎换骨了。

半岛上织网的、补网的、等船的，大姑娘小媳妇，议论的全是二奶奶的事儿。她们谈论二奶奶的新生活，猜测着二爷爷到底给二奶奶留了多少家产。

二奶奶的新老头，原先是啤酒厂看大门的，本来没多少退休金，但有个了不得的弟弟，是煤矿的矿长。矿长对他亲哥，百般地好，逢年过节，也不送东西，就是一个装钞票的大信封，少则几千，多则上万。

二奶奶可算掉进福窝子啦，比跟着二爷爷的时候强多了。早知道有今天，二爷爷出殡的时候，二奶奶还至于哭得那么凶吗？

也不知道二奶奶自己是怎么想的。

我中专学的是师范专业。当老师，毕业分配是个问题。这第一步很关键，要分到犄角旮旯的学校，一辈子也甭想走出来。谁都知道，这分配工作得找门路，可我们一大家子人，数来数去，八竿子远的人都想到了，真还是没门路。最后，我妈想到了二奶奶。

我妈说，二奶奶这两年见了不少世面，找找她，兴许管用。

那会儿，二奶奶和新老头已经住回了半岛。去二奶奶家的路上，我妈叮嘱我，见了新老头，一定要有礼貌，得叫爷爷，叫得热乎点。这新老头要能帮上忙，可比你亲二爷爷亲多了。

到了二奶奶家，新老头对我们很热情，倒是二奶奶，不怎么说话，像是生分了许多。想想，也合理。本来二爷爷死了，二奶奶改嫁，跟我们也就没啥关系了。

我妈说明来意后，新老头爽快地接过话茬儿——没问题，这事儿让你二婶子去办，你可不知道，你二婶子可了不得。你二婶子是能上大局的人，在饭桌上，那话说得周全，又有酒量，把一桌子的人都能镇住。那副市长、南山集团的老总，都给你二婶子敬过酒呢，可别小看了你二婶子。

二奶奶在一旁听着，从嘴角挤出笑。我注意，二奶奶学会矜持了，不像以前母鸡一样"咯咯"笑出声了。那个在灶前熬地瓜粥的二奶奶，再也找不见了。

两天后，二奶奶来了电话，说是让我们上镇上教育局找个什么人，能说上话。我妈当时乐开了花，只顾点头。放下电话，就对我爸说，二婶子还真是有两下子，早些日子跟着你二叔，亏了。

人活着，像老天一样，晴天雨天花插着来。顺呢，不可能总顺。二奶奶过了几年好光景，跟新老头子闹起别扭来了。

新老头儿逢人就说二奶奶的不是，说她把钱都拿去买新衣裳了，专上镇上的大商场买名牌，家里啥都不管，成天往镇上跑，也不知干啥去，日子没法过了。

半岛人猜测，这新老头说得八九不离十。这二奶奶穿的衣服不重样儿，大家都瞧在眼里了，还常常看着二奶奶家门口停着出租车。

后来，新老头走了，说是离婚了。但据说本来也没登记，当然谈不上离婚。顶多算是谈了几年恋爱，又分了手。

新老头走了，二奶奶经济没了来源。二爷爷早先留的那点钱，早就花得不剩了。儿媳妇指着二奶奶骂，说她败家。孩子们早跟二奶奶不是一条心了，不肯资助她。

那天，二奶奶没打电话，直接敲了我家门，找我爸，借钱。大侄子，借点钱花吧，你二婶子揭不开锅了。孩子们都不孝，怪你二叔死得早……

上次回家，在人群里看见了二奶奶，正从渔网上摘虾爬子，戴着手套，很麻利，是把好手。二奶奶当起了摘虾妇，一钟头八块钱。

现在的二奶奶就是这么过日子，不知以后的二奶奶会怎样，因为二奶奶的故事还没完。有人说，二奶奶很惨，临到老了，落个孤家寡人。也有人说，二奶奶这辈子值了，好滋味儿坏滋味儿都尝过了。

前两天听二奶奶家邻居说，二奶奶做梦梦见了二爷爷，说二爷爷叫着她一块儿去赶集，早晨睡醒了，发现自己躺在床底下了。

大鹏

三年前回故乡，也是这样的秋天，妈妈告诉我，大鹏死了。

大鹏是我的小学同学，三年前，他应该刚满二十八岁，这么好的年龄，却死了。小学我们班共二十八人，都是半岛的孩子，五年不曾分开，感情好，现在每年春节都聚，缺席的人常常被谈起。可怜的是，大家谁也不曾谈起大鹏。

大鹏大名叫胡鹏，学习不好，一年级的时候，才刚学会写自己名字。"鹏"字被他写分了家，老师笑话，叫他"胡朋鸟"，我们也跟着叫。

大鹏脑子笨，算术题全不会做，老师也不急。因为半岛有个特点，就是每个人都互相知根知底儿，仿佛南街北街的都是邻居。大鹏他爸脑子笨是出了名的，传说他连粮票都不认识，卖鱼的时候假装盯着秤杆子，口气汹汹地吼着鱼贩子："给老子好好称！"其实秤杆子上有几个星儿，他压根就看不明白。

大鹏是他爸的亲儿子，算术自然也费劲。课上，只见他瞪着眼睛直勾勾盯着黑板，好像谁也没他认真，可问他，他什么也没听懂。整个人像是空的。老师知道他爸的故事，所以对大鹏不恼也不火。每次考试得个大零蛋，也不批评他。有同学攀比，老师会拿指头杵上脑门子："他爸不识粮票，你爸也不识吗……"

很多学习不好的同学会受歧视，但大鹏没有。这一点，老师和同学达成了少有的默契。好像大家都对大鹏没有要求，教育局也把他放弃了，允许他的卷子不算平均分。一百分的卷子，他考个零分、三分五分的都正常。偶尔考个二三十分，老师还会表扬他。

大家都不讨厌大鹏，因为他心眼儿好。

二年级的时候，我个子矮，总坐第一排，大鹏魁梧，坐最后。我当学习委员，班里搞一帮一，我跟大鹏冷不丁成了同桌。也就是那会儿，我知道了大鹏的好。他隔三岔五给我带好吃的，地瓜干儿、核桃仁儿，还有晒干的螃蟹腿儿。偶尔拿一个大苹果，只一个，我问他，能分我一半吗？他会把整个苹果都塞给我，笑嘻嘻的。

还有一次，全班人都知道了大鹏的好。期末考试，我们班的胡国强坏肚子了，来不及往厕所跑，拉裤裆了。弄得凳子上、地上哪都是。刚一下课，所有人全捏着鼻子跑了，跑得比运动会还快。大鹏却没跑。他拿来桶，打满水，一遍一遍地，还是笑嘻嘻的，把整个教室的水泥地都刷干净了。

但这种事儿不总有，所以大鹏在我们印象里，也就发了那一次光。很快大家又把他忘了。一帮一也没管用，他又坐回了最后一排，上课时，我们学我们的，他自己闲着还是忙着，没人过问。

就这么熬着，大鹏熬到小学毕了业。半岛的孩子家长，是不攀比学习成绩的，能挣钱就行。大鹏十三岁长到了一米七，刚一毕业就上了船。每当我星期天不做家务，妈妈会指着我的鼻子说："你看人家大鹏，都给家里挣了多少钱了，再看你，干这么点活儿还这个那个的。"一直唠叨到我大学毕业。

大鹏在海上很能干。他只干活儿，不说话。有几次在海滩上等我爸的船，我见着大鹏家的船靠岸，别的渔民都累得狼狈，一脑门子官司，可大鹏还是笑嘻嘻的，很白净，跟我打个招呼，不多说话。

半岛的年轻人都有点儿小毛病，有的爱赌钱，有的爱玩游戏机、或打台球。大鹏就没这些毛病爱好。有风时，船不出海，大鹏就在家里的照壁底下补网。我去奶奶家路过，他笑嘻嘻地抬眼看看我，算是打招呼，也不多说话。那眼神儿，让我隐隐约约感觉到，他对我这样上学的人，还是有几分羡慕的。有几次我想跟他说话，聊聊小时候的事儿，可又感觉无从说起。兴许他早就忘了。

二十出头时，大鹏娶了媳妇。之后他从他爸的船上下来，有了自己的船，当了船老大。大鹏还有个弟弟，小他几岁。正是岛上流行买钢壳船的时候，大鹏他爸、大鹏，还有他弟弟，仨人三条钢壳船，把钱挣美了。岛上人没有不眼馋的："念那么多书有什么用，瞧人家那俩儿子，一人一条船，多能耐！"

天有不测风云，人有旦夕祸福。这句话用在这儿再合适不过了。三年前的秋天，一次大风浪，大鹏的船和他弟弟的船结伴往回跑的时候，鬼使神差，他弟弟的船撞上了大鹏的船，钢壳船重力大，一下子失去重心，颠簸几下便沉了。大鹏船上四个伙计再加上大鹏，一个也没能活。风浪大，水浑，打捞都困难，第二天尸体才漂上岸。

妈妈告诉我这一消息的时候，我正准备吃晚饭，拿着筷子，愣了半天。都说爱笑的人命好，可大鹏那么爱笑，却这么短命。偏偏又是被自己的亲弟弟给害了，找谁说理去呢？我为大鹏感到难过。

故事讲到这儿，本该结束了。可世间的事儿有时并不那么干脆，人死了，故事却没完。就好比雨停了，房檐却还在滴水。

大鹏的沉船一直就在海里沉着，没人管。后来我爸想买钢壳船，家里人反对，认为他年纪大了不该再投资。我爸突然想出个主意，把大鹏的钢壳船买了，捞上来，修修，不还能用？价钱应该便宜很多。这主意遭到了全家人的反对。

最反对的是奶奶。她拉着我爸的手，苦口婆心地劝："咱打鱼的都忌讳这个，那是个遭过祸的船，不吉利呀。"我们也都捏着把汗。可千阻拦万阻拦，我爸硬是把那条船给买回来了，几十万的船，只花了十万出头。我爸说，他打鱼这些年，没干过亏心事儿，挣的都是辛苦钱，老天爷都看见了，所以他不怕。

虽然我并不赞同，可那会儿我觉得我爸是条汉子。

我爸爱船，那条在别人眼里成了废物的沉船，经过一个冬天，在我爸手里，被修刷得干干净净。他是花了大力气的。我妈说，别看你爸在家油瓶子倒了都不扶，但把那船舱收拾得比咱家还整齐。

用着大鹏的船，我爸干了两年，还算顺当。去年实在干不动了，我爸把船给卖了。

赌棍

结婚前，奶奶坐在炕头拉着我的手，殷切地嘱咐着：嫁男人，抽点烟喝点酒都不是毛病，长相不济也不碍事儿，可千万别沾赌。我连忙点头。奶奶却还是放不下心。

一个"赌"字，让奶奶提心吊胆了大半辈子。她的两个女婿，也就是我的两个姑父，都爱赌钱。爱到什么程度呢？爱到为了赌，能倾家荡产。

小时候走在街上，常有大人说，你的俩姑父都是赌棍。这"赌"字我明白，可为什么后面加个"棍"呢？人，怎么就成了棍？后来有了点文化，觉得这"棍"字实在用得好，恶棍、搅屎棍、赌棍，各种棍，都是横竖不招人待见。

大姑父是鱼贩子，1980年代，还不兴做买卖，半岛的大多数人都老老实实下海打鱼。可大姑父有头脑，胆子也大，硬是闯出了门道。刚开始倒卖点小鱼小虾，在城里鱼市上摆个摊儿，后来越做越大，开始给城里的海鲜饭店供货。

"财大气粗"这话说得一点也不假。人有了钱，说话的声儿就粗了，口气也大。大姑父一去奶奶家，吆五喝六的，打老远就能听见。大姑父有钱了，他不吃三块钱一斤的虾爬子，只吃三十块钱一斤的对虾。大姑父有钱了，人也开始发福，腰包鼓了肚子也跟着鼓，脸上放着光，一手戴好几只大金扳指，一看就跟苦哈哈的渔民两样。

大姑父爱赌，不是一天两天了。一般男人能挣钱，有点小毛病，老婆都能包容。大姑父发了财，大姑还能不让他赌钱吗？一年输个几万块钱不算什么，再说了，还有赢的时候呢！可谁也没想到，大姑父赌钱败了家。

大姑家住城里。突然有一天，大姑哭着打来电话，说出大事儿了，日子过不下去了。我爷爷叫上我爸就进城了，大姑父闻声儿早就溜了，只剩下大姑在炕上哭，估计都快嚎干了。

原来前一天傍晚，大姑父喝了点儿酒，跟人赌上了。那天赌局很大，可也奇怪，一帮人都赢钱，只大姑父一人输。输了就算了，可那天大姑父像是中了邪，越输越想捞本儿，不知不觉赌到天亮。要散的时候，算算打下的欠条，竟有七十多万。大姑父一下傻眼了，像是从梦中醒过来，明白自己被人给设了局。可闯下的祸收不回来，怎么办？别说大姑会不依不饶，他自己也知道日子没法过了。

大姑父的赌钱故事，像是余华的《活着》里的福贵。

七十多万，大姑父的积蓄差不多见底儿了。原来，大姑父也算不上富得流油，就是架势拉得大，爱吹牛。赌那一晚，真是要了他的命了。不然后来他怎么到外地去躲债了呢。大姑也不在家当太太享清福了，去宾馆找了个管仓库的活儿，一个月挣几百块。

前两年，大姑父回来了。近五十的人，又当起了鱼贩子，在鱼市上租了摊位，从头再来。据说已经不欠债了，老老实实挣钱攒钱张罗着给儿子结婚。儿子二十出头了，也没人给说亲，十里八乡都知道他爹是赌棍。

在鱼市上碰见，大姑父神秘地把我爸拉到拐角："哥，你妹夫我现在不赌钱了，我一年能挣这个数！"说着伸出一巴掌。五万块钱，说起来还不够他以前赌一天的，现在要吭哧吭哧忙活一年。

人啊人，上哪找后悔药吃呢。

我留心，大姑父瘦了，肚子小了，金扳指也都没了，只是还没改那吹牛的毛病："哥，给你弄俩鲍鱼吃吃，两头鲍，饭店卖三百八的，我常吃。"我爸一摆手走了。老远地看着大姑父，穿着黑胶皮靴子，吃力地挪着鱼箱子，忙着给海鲜换水，像是工地上当小工的。

再说这二姑父。大姑父是一夜败家，二姑父不一样，他是细水长流，一点儿一点儿地折腾。二姑父爱赌钱也是出了名，赌到把自家当了赌场。家里设好几个赌局，一年四季，白天黑夜，生生不息地赌着。

二姑父也是鱼贩子，虽然没干什么大买卖，却也不少挣钱，一年剩个十万八万也是有的。他挣的钱，都用来赌。春天挣钱，夏天赌钱，输光了，秋天再挣钱，冬天用来赌。

说来都不相信，辛辛苦苦挣的钱，干输，就不心疼吗？二姑父还真是不心疼，他认为，钱用来赌，是最过瘾的。除赌钱外，其他啥事儿都没意思。

就因为这个，二姑两口子总吵架，吵得凶的时候嚷嚷着要离婚。可最终没离成。半岛不兴离婚，再糟的日子，也能凑合过。我爷爷生气，不许这二女婿进家门。半岛人谁不笑话？这家天天赌，过得叫什么日子呢。

有一次，我爸过生日，全家聚着吃席，冷不丁二姑父喝多了，竟然哭起来了。趴在桌子上，边哭边喊，有些酒后吐真言的意思。他对我爸说，知道为什么赌钱吗？都怪你妹妹肚子不争气。真要有个儿子，将来继承家业，也能有个奔头。可偏偏生了俩丫头，这下好了，攒钱顶个屁用……

二姑父认为自己总结的是人生真谛，所以就这么坚持着，赌着。多年不变。他不变，我二姑倒是变了。她学精了，不再跟二姑父对着干，而是支持他开赌场，自己在家里做起买卖。中午蒸一大锅包子，十块钱一个。赌钱的上瘾，懒得回家吃饭。赢了钱的人不吝惜，抽出几张百元大钞，请全场的人吃包子。二姑的一锅包子能卖好几百块。再加上卖啤酒，卖瓜子，都是一口价，真不少挣钱。二姑整天乐呵呵的。

前两年，二姑的俩闺女都成了家，春秋两季跟着他爹贩鱼。半岛搬迁后，渔船越来越少，鱼贩子也缩水了，挣不出三家的钱。二姑父便让大闺女退出来，谁知这大闺女心里过不去这道坎儿，说他爹偏心眼儿，喝农药自杀了。幸亏抢救及时，人没死。

这次回家乡，在楼下碰见二姑父，不知为什么，他没赌。家里的麻将依旧噼里啪啦响着，他一个人蹲在墙根儿底下，轻轻摇着小车里半岁的外孙女，眼里流露着慈爱的目光。我凑过去，外孙女像是认生，撇着嘴要哭，二姑父连忙抱起来，用手在孩子后背轻轻拍打着。

我发现，二姑父老了，像是赌不动了。

是不是每个人老的时候，都会有后悔的事儿？二姑父不赌了，是不是说明他后悔了？人如果都能像老的时候那么明白该多好！干错事儿的时候，多少人拦着都没用，非等到把祸闯够了，把精力消耗得差不多了，才能消停。看看周围，糟蹋得不剩什么了。让以前骂他的人看起来，怪可怜的。

奶奶就生了俩闺女，都没嫁好。俩女婿结婚时看不出将来能赌。可人都是会变的，这会儿的好人，说不定以后变赌棍；这会儿的赌棍，也保不齐以后变好。俩姑姑摊上俩赌棍，是没办法的事儿，好在俩人现在都不赌了。

再过两年,这些事儿都变成陈芝麻烂谷子了。提起来也就是为解闷儿。都过去了。

选自《山西文学》2015年第9期

评鉴与感悟

胡烟写得不多。她写出来的文章我差不多都看了。童年,故土变迁,总是贮藏了人太多情感,而她内敛,懂得节制。简约几笔,就是一生。我喜欢她对人和事的表达,安静,清楚,不煽情,有悲悯心。

母亲的房子

/ 蔡崇达

母亲还是决定要把房子修建完成，即使她心里清楚，房子将可能在半年或者一年后被拆迁掉。

这个决定是在从镇政府回家的路上做的。在陈列室里，她看到那条用铅笔绘制的、潦草而别扭的线，像切豆腐一样从这房子中间劈开。

她甚至听得到声音。不是"噼里啪啦"，而是"哐"一声。那一声巨大的一团，一直在她耳朵里膨胀，以至于在回来的路上，她和我说她头痛。

她说天气太闷，她说走得太累了，她说冬天干燥得太厉害。她问："我能歇息吗？"然后就靠着路边的一座房子，头朝向里面，用手掩着脸不让我看见。

我知道不关天气，不关冬天，不关走路的事情。我知道她在那个角落拼命平复内心的波澜。

这座四层楼的房子，从外观上看，就知道不怎么舒适。两百平方米的地皮，朝北的前一百平方米建成了四层的楼房，后面潦草地接着的，是已经斑斑驳驳的老石板房。即使是北边这占地一百平方米的四层楼房，也可以清楚地看到，是几次修建的结果：底下两层是朝西的坐向，还开了两个大大的迎向道路的门——母亲曾天真地以为能在这条小路做点小生意，上面两层却是朝南的坐向，而且，没有如同一二层铺上土黄色的外墙瓷砖，砖头和钢筋水泥就这样裸露在外面。

每次从工作的北京回到家，踏入小巷，远远看到这奇怪的房子，总会让我想起珊瑚——一只珊瑚虫拼命往上长，死了变成下一只珊瑚虫的房子，用以支持它继续往上长。它们的生命堆叠在一起，物化成那层层叠叠的躯壳。

有一段时间，远在北京工作累了的我，习惯用 Google 地图，不断放大、放大，直至看到老家那屋子的轮廓。从一个蓝色的星球不断聚焦到这个点，看到它别扭地窝在那。多少人每天从那条小道穿过，很多飞机载着来来往往的人的目光从那儿不经意地掠过，它奇怪的模样甚至没有让人注意到，更别说停留。还有谁会在乎里面发生的于我来说撕心裂肺的事情。就像生态鱼缸里的珊瑚礁，安放在箱底，为那群斑斓的鱼做安静陪衬，谁也不会在意渺小但同样惊心动魄的死亡和传承。

母亲讲过太多次这块地的故事。那年她二十四岁，父亲二十七岁。两个人在媒人的介绍下，各自害羞地瞄了一眼，彼此下半辈子的事情就这么定了。父亲的父亲是个田地被政府收回而自暴自弃的浪荡子，因为吸食鸦片，早早地把家庭拖入了困境。十几岁的父亲和他的其他兄弟一样，结婚都得靠自己。当时他没房没钱，第一次约会只是拉着母亲来到这块地，说，我会把这块地买下来，然后盖一座大房子。

母亲相信了。

买下这块地是他们结婚三年后的事情。父亲把多年积攒的钱加上母亲稀少的嫁妆凑在一起，终于把地买下。地有了，建房子还要一笔花费。当时还兼职混黑社会的父亲，正处于天不怕地不怕的年纪，拍拍胸膛到处找人举债，总算建起了前面那一百多平方米，留下偏房的位置，说以后再修。

父亲不算食言——母亲总三不五时回忆这段故事，这几乎是父亲最辉煌的时刻。

她会回忆自己如何发愁欠着的几千块巨款，而父亲一脸不屑的样子，说，钱还不容易。母亲每每回忆起这段总是要绘声绘色，然后说，那时候你父亲真是男子汉。

但男人终究是胆小的，天不怕地不怕只是还不开窍还不知道怕——母亲后来几次这么调侃父亲。

第二年，父亲有了我这个儿子，把我抱在手上那个晚上据说就失眠了。第二天一早六七点就摇醒我母亲，说，我怎么心里很慌。

愁眉苦脸的人换成是父亲了。在医院的那两天他愁到饭量急剧下降。母亲已经体验到这男人的脆弱。第三天，因为没钱交住院费，母亲提前出了院。

前面有个姐姐，我算第二个孩子，这在当时已经超生，因而母亲是跑到遥远的厦门生的我。从厦门回老家还要搭车。因为超生的这个孩子，回家后父亲的公职可能要被辞掉。从医院出来，父亲抱着我，母亲一个人拖着刚生育完的虚弱身体，没钱的两个人一声不吭地一步步往公路挪，不知道怎么回到小镇上的家。

走到一个湖边，父亲停下来，迷惘地看着那片湖，转过头问，我们回得了家吗？

母亲已经疼痛到有点虚脱了，她勉强笑了笑：再走几步看看，老天爷总会给路的。

父亲走了几步又转过头：我们真的回得了家吗？

再走几步看看。

一个路口拐过去，竟然撞上一个来厦门补货的老乡。

"再走几步看看。"这句话母亲自说出第一次后，就开始不断地用它来鼓励她一辈子要依靠的这个男人。

公职果然被开除了，还罚了三年的粮食配给，内心虚弱的父亲一脆弱，干脆把自己关家里不出去寻找工作。母亲不吭声，一个人到处找活干——缝纫衣服、纺织、包装。烧火的煤是她偷邻居的，下饭的鱼是她到街上找亲戚讨的。她不安慰父亲，也不向他发火，默默地撑了三年。直到三年后某一天，父亲如往常一样慢悠悠走到大门边，打开门，是母亲种的蔬菜、养的鸡鸭。父亲转过身对母亲说："我去找下工作。"然后一个月后，他去宁波当了海员。

过了三年，父亲带着一笔钱回到了老家，在这块地上终于建成了一座完整的石板房。

父亲花了好多钱，雇来石匠，把自己和母亲的名字，编成一副对联，刻在石门上，雕花刻鸟。他让工匠瞒着母亲，把石门运到工地的时候还特意用红布盖着，直到装上大门宣布落成那刻，父亲把红布一扯，母亲这才看到，她与父亲的名字就这样命名了这座房子。

当时我六岁，就看到母亲盯着门联抿着嘴，一句话都没说。几步开外的父亲，站到一旁得意地看着。

第二天办落成酒席，在喧闹的祝福声中，父亲宣布了另一个事情：他不回宁波了。

酒桌上，亲戚们都来劝，在他们看来，这是一个难得的工作：比老家一般工作多几倍的工资，偶尔会有跑关系的商家塞钱。父亲不解释，一直挥手说反正不去了。亲戚来拉母亲去劝，母亲淡淡地说，他不说就别问了。

后来父亲果然没回宁波了，拿着此前在宁波攒的钱，开过酒店、海鲜馆、加油站，生意越做越小，每失败一次，父亲就像褪一层皮一样，变得越发邋遢、焦虑、沉默。然后在我读高二的时候，父亲一次午睡完准备要去开店，突然一个跌倒，倒在天井里。父亲中风了。

也是直到父亲中风住院，隔天要手术了，躺在病床上，母亲这才开口问："你当时在宁波是不是有什么事情处理不来，干脆躲了吧？"

父亲笑开了满口因为抽烟而黑的牙齿。

"我就知道。"母亲淡淡地说。

父亲当年建成的那座石板房子，如今只剩下南边的那一片了。

每次回家，我都到南边那石板老房走走。拆掉的是北边的主房，现在留下没完成拆建的部分，就是父亲生病长期居住的左偏房，和姐姐出嫁前住的右偏房。在左偏房里，父亲完成了两次中风，最终塑造出离世前那左半身瘫痪的模样。而在右偏房，姐姐哭着和我说，当时窘迫的家出不起太多嫁妆，她已经认定自己要嫁一个穷苦的人家，从此和一些家里比较有钱的朋友，断了联系。

我记得她说那句话的那个晚上。她和当时的男友出去不到一刻钟就回来了。进了房间，躲着父母，一声不吭地把我拉到一边，脸涨得通红，眼眶盈满了泪，却始终不让其中任何一滴流出来。平复了许久，她开口了："答应我，从此别问这个人的任何事情。如果父母问，你也拦住不要让他们再说。"

我点点头。

直到多年后我才知道，当时他问我姐："你家出得起多少嫁妆？"

那旧房子，母亲后来租给了一个外来的务工家庭。一个月一百五十元，十年了，从来没涨过价钱。那狭小的空间住了两个家庭，共六个人一条狗，拥挤得看不到太多这房子旧日的痕迹。

一开始我几次进入那房子，想寻找一些东西。中风偏瘫的父亲有次摔倒在地上留下的血斑，已经被他们做饭的油污盖住了，而那个小时候父亲精心打造给我作为小乐园的楼梯间，现在全是杂物。

母亲有意无意，也经常往这里跑。

我看着这样的母亲，心里想，母亲出租给他们家，只是因为，他们家拥挤到足够占据这个对她来说充满情感同时又有许多伤感的空间。

别人的生活就这么浅浅地敷在上面——这是母亲寻找到的与它相处的最好距离。

其实，母亲现在居住的这四层小楼房，于我是陌生的。

这是我读高三的时候修建的。那也是父亲生病第二年。母亲把我叫到她房里，打开中间抽屉，抽出一卷钱。她说我们有十万了。那是她做生意，姐姐做会计，我高中主编书以及做家教的收入。她说你是一家之主，你决定怎么用。我想都没想，说存起来啊。

在那两年里，母亲每天晚上八九点就要急急忙忙地拿着一个编织袋出趟门，回来时我会听到后院里她扔了什么东西，然后一个人走进来，假装每天这么准时的出入一点都不奇怪。其实当时我和姐姐也是装作不知道，但心里早清楚，母亲是在那个时间背着我们到菜市场捡人家不要的菜叶，隔天加上四颗肉丸就是一家人一顿饭的所有配菜。

她偷偷地出去，悄然把菜扔在后院，第二天她把这些菜清洗干净，去除掉那些烂掉的部分，体面地放置在餐桌上。我们谁也没说破，因为我们都知道，自己承受不了说破后的结果。

然而那个晚上，拿着那十万，她说，我要建房子。

"你父亲生病前就想要建房子，所以我要建房子。"这是她的理由。

"但父亲还需要医药费。"

"我要建房子。"

她像商场里看到心爱的玩具就不肯挪动身体的小女孩，倔强地重复她的渴望。

我点点头。虽然明白，那意味着"不明来路"的菜叶还需要吃一段时间，但我也在那一刻想起来，好几次一些亲戚远远见到我们就从另一个小巷拐走，和母亲去祠堂祭祀时，总有些人都当我们不存在。

我知道这房子是母亲的宣言。以建筑的形式，骄傲地立在那。

满打满算，钱只够拆掉一半，然后建小小的两层。小学肄业的母亲，自己画好了设计图，挑好日子，已经是我高考前的两周。从医院回来，父亲和母亲就住到了左偏房。到了适婚年龄的姐姐从小就一直住在右偏房。旧房子决定要拆了，我无房可住，就搬到了学校的宿舍。

旧房子拆的前一周，母亲"慷慨"地买了一串一千响的大鞭炮，每天看到阳光出来，就摆到屋顶上去晒太阳。她说，晒太阳会让声音更大更亮。偏偏夏日常莫名其妙地大雨，那几个下午，每次天滴了几滴水，母亲就撒开腿往家里跑，把鞭炮抢救到楼下，用电吹风轻轻吹暖它，像照顾新生儿一般呵护。

终于到拆迁的时刻了，建筑师傅象征性地向墙面锤了一下。动土了。在邻里的注视下，母亲走到路中间，轻缓地展开那长长的鞭炮，然后，点燃。

声音果然很响，鞭炮爆炸产生的青烟和尘土一起扬起来，弥漫了整个巷子。我听到母亲在我身旁深深地、长长地透了口气。

建房子绝不是省心的事，特别对于拮据的我们。为了省钱，母亲边看管加油站，边帮手做小工。八十多斤的她在加油站搬完油桶，又赶到工地颤颤悠悠地挑起那叠起来一人高的砖。收拾完，还得马上去伺候父亲。

我不放心这样的母亲，每天下课就赶到工地。看她汗湿透了全身，却一直都边忙边笑着。几次累到坐在地上，嘴巴喘着粗气，却还是合不上地笑。

看到有人路过工地，她无论多喘都要赶忙站起身过来说话："都是我儿子想翻盖新房，我都说不用了，他却很坚持，没办法，但孩子有志气，我也要支持。"

担心的事情终于发生了，我高考前一周的那个下午，她捂着肚子，在工地昏倒了。到医院一查：急性盲肠炎。

我赶到医院，她已经做完盲肠手术。二楼的住院部病床上，她半躺在那儿，见我进来就先笑："房子已经在打地基了？"她怕我着急到凶她。

我还是想发脾气，却听到走廊里一个人拄着拐杖拖着步子走的声音，还带着重重的喘气声。是父亲。他知道母亲出事后，就开始出发，拄着拐杖挪了三四个小时，挪到大马路上，自己雇了车，才到了这家医院。

现在他拄着拐杖一点点一点点挪进来，小心翼翼地把自己安排到旁边的病床上，如释重负地一坐。气还喘着，眼睛直直盯着母亲，问："没事吧？"

母亲点点头。

父亲的嘴不断撇着，气不断喘着，又问了句："没事吧？"眼眶红着。

"真的没事？"嘴巴不断撇着，像是抑制不住情绪的小孩。

我在旁，一句话都说不出来。

房子建了将近半年，落成的时候，我都上大学了。那房子最终的造价还是超标了，我只听母亲说找三姨和二伯借了钱，然而借了多少她一句话都不说。我还知道，连做大门的钱也都是向木匠师傅欠着的。每周她清点完加油站的生意，抽出赚来的钱，就一户户一点点地还。

然而，母亲还是决定在搬新家的时候，按照老家习俗宴请亲戚。这又折腾了一万多。

那一晚她笑得很开心，等宾客散去，她让我和姐姐帮忙整理那些可以回锅的东西——我知道将近一周，这个家庭的全部食物就是这些了。

抱怨从姐姐那开始的："为什么要乱花钱？"

母亲不说话，一直埋头收拾，我也忍不住了："明年大学的学费还不知道在哪呢！"

"你怎么这么爱面子，考虑过父亲的病，考虑过弟弟的学费吗？"姐姐着急得哭了。

母亲沉默了很久，姐姐还在哭，她转过身来，声音突然大了："人活着就是为了一口气，这口气比什么都值得。"这是母亲在父亲中风后，第一次对我们俩发火。

平时在报社兼职，寒暑假还接补习班老师的工作，这老家的新房子对我来说，就是偶尔居住的旅社。

一开始父亲对这房子很满意。偏瘫的他，每天拄着拐杖坐到门口，对过往的认识不认识的人说，我们家黄脸婆很厉害。

然而不知道听了谁的话，不到一周，父亲开始说："就是我家黄脸婆不给我钱医病，爱慕虚荣给儿子建房子，才让我到现在还是走不动。"

母亲每次进进出出，听到父亲那恶毒的指责，一直当作没听见。但小镇上，各种传言因为一个残疾人的控诉而更加激烈。

一个晚上，三姨叫我赶紧从大学回老家——母亲突然在下午打电话给她，交代了一些莫名其妙的话："你交代黑狗达，现在欠人的钱，基本还清了，就木匠蔡那还有三千，无论发生什么事情怎么样都一定要还，人家是帮助我们。他父亲每天七点一定要吃帮助心脏搏动的药，记得家里每次都要多准备至少一个月的量，每天无论发生什么事情，一定要盯着他吃；他姐姐的嫁妆其实我存了一些金子，还有我的首饰，剩下的希望她自己努力了。"

我赶到家，看到她面前摆了一碗瘦肉人参汤——这是她最喜欢吃的汤。每次感觉到身体不舒服，她就清炖这么一个汤，出于心理或者实际的药理，第二天就又全恢复了。

知道我进门，她也不问。

"你在干吗？"先开口的是我。

她说："我在准备喝汤。"

我看那汤，浓稠得和以前很不一样，猜出了大概。走上前把汤端走。

我和她都心照不宣。

我正把汤倒进下水道里，她突然号啕大哭："我还是不甘心，好不容易都到这一步了，就这么放弃，这么放弃太丢人了，我不甘心。"

那一晚，深藏于母亲和我心里的共同秘密被揭开了——在家里最困难的时候，想一死了之的念头一直像幽灵般缠绕着我们，但我们彼此都没说出过那个字。

我们都怕彼此脆弱。

但那一天，这幽灵现身了。

母亲带我默默上了二楼，进了他们的房间。吃饱饭的父亲已经睡着了，还发出那孩子一般的打呼声。母亲打开抽屉，掏出一个盒子，盒子打开，是用丝巾包着的一个纸包。

那是老鼠药。

在父亲的打呼声中，她平静地和我说："你爸生病之后我就买了，好几次我觉得熬不过去，掏出来，想往菜汤里加，几次不甘愿，我又放回去了。"

"我还是不甘心，我还是不服气，我不相信咱们就不能好起来。"

那晚，我要母亲同意，既然我是一家之主，即使是自杀这样的事情也要我同意。她答应了，这才像个孩子一样，坐在旁边哭起来。

我拿着那包药，我觉得，我是真正的一家之主了。

当然，我显然是个稚嫩的一家之主。那包药，第二周在父亲乱发脾气的时候就暴露了。我掏出来，大喊要不全家一起死了算了。全家人都愣住了。母亲抢过去，生气地瞪了我一下，又收进自己的兜里。

接下来的日子，这个暴露的秘密反而成了一个很好的防线。每次家里发生些相互埋怨的事情，母亲会一声不吭地往楼上自己的房间走去，大家就都安静了。我知道，那刻，大家脑海里本来占满的怒气慢慢消退，是否真的要一起死，以及为彼此考虑的各种想法开始浮现。怒气也就这么消停了。

这药反而医治了这个因残疾因贫穷而充满怒气和怨气的家庭。

大三暑假的一个晚上，母亲又把我叫进房间，抽出一卷钱。

我们再建两层好不好？

我又想气又想笑。这三年好不容易还清了欠款，扛过几次差点交不出学费的窘境，母亲又来了。

母亲很紧张地用力地捏着那卷钱，脸上憋成了红色，像是战场上在做最后攻坚宣言的将军。"这附近没有人建到四楼，我们建到了，就真的站起来了。"

我才知道，母亲比我想象的还要倔强，还要傲气。

我知道我不能说不。

果然，房子建到第四层后，小镇一片哗然。建成的第一天，落成的鞭炮一放，母亲特意扶着父亲到市场里去走一圈。

边走边和周围的人炫耀:"你们等着,再过几年,我和我儿子会把前面的也拆了,围成小庭院,外装修全部弄好,到时候邀请你们来看看。"一旁的父亲也用偏瘫的舌头帮腔:"到时候来看看啊。"

然后第二年,父亲突然去世。

然后,再过了两年,她在镇政府的公示栏上看到那条线,从这房子的中间切了下来。

"我们还是把房子建完整好不好?"在镇政府回来的那条路上,母亲突然转过身来问。

我说:"好啊。"

她尝试解释:"我是不是很任性,这房子马上要拆了,多建多花钱。我不知道自己为什么一定要建好。"

她止不住号啕大哭起来:"我只知道,如果这房子没建起来,我一辈子都不会开心,无论住什么房子,过多好的生活。"

回到家,吃过晚饭,看了会儿电视,母亲早早躺下了。她从内心里透出的累。我却怎么样也睡不着,一个人爬起床,打开这房子所有的灯,这几年来才第一次认真地一点一点地看,这房子的一切。像看一个熟悉却陌生的亲人,它的皱纹、它的寿斑、它的伤痕:

三楼四楼修建得很潦草,没有母亲为父亲特意设置的扶手,没有摆放多少家具,建完后其实一直空置着,直到父亲去世后,母亲从二楼急急忙忙搬上来,也把我的房间安置在四楼。有段时间,她甚至不愿意走进二楼。

二楼第一间房原来是父亲和母亲住的,紧挨着的另外一间房间是我住的,然后隔着一个厅,是姐姐的房间。面积不大,就一百平方米不到,扣除了一条楼梯一个阳台,还要隔三间房,偏瘫的父亲常常腾挪不及,骂母亲设计得不合理。母亲每次都会回:"我小学都没毕业,你当我建筑师啊?"

走进去,果然可以看到,那墙体,有拐杖倚靠着磨出来的刮痕。打开第一间的房门,房间还弥漫着淡淡的父亲的气息。那个曾经安放存款和老鼠药的木桌还在,木桌斑斑驳驳,是父亲好几次发脾气用拐杖砸的。只是中间的抽屉还是被母亲锁着。我不知道此时锁着的是什么样的东西。

我不想打开灯,坐在椅子上看着父亲曾睡过的地方,想起几次他生病躺在那的样子，突然想起小时候喜欢躺在他肚皮上。

这个想法让我不由自主地躺到了那床上，感觉父亲的气味把我包裹。淡淡的月光从窗户透进来，我才发觉父亲的床头贴着一张我好几年前照的大头贴，翻起身来看，那大头贴，在我脸部的位置发白得很奇怪。再一细看，才察觉，那是父亲用手每天摸白了。

我继续躺在那位置把号啕大哭憋在嘴里，不让楼上的母亲听见。等把所有哭声吞进肚子里，我仓促地逃离二楼，草草结束了这趟可怕的探险。

第二天母亲早早把我叫醒了。她发现了扛着测量仪器的政府测绘队伍，紧张地把我拉起来——就如同以前父亲跌倒，她紧急把我叫起来那无助的样子。

我们俩隔着窗子，看他们一会儿架开仪器，不断瞄准着什么，一会儿快速地写下数据。母亲对我说："看来我们还是抓紧时间把房子修好吧。"

那个下午，母亲就着急去拜访三伯了。自从父亲去世后，整个家庭的事情，她都习惯和三伯商量，还有，三伯认识很多建筑工队，能拿到比较好的价钱。

待在家里的我一直心神不宁，憋闷得慌，一个人爬到了四楼的顶上。我家建在小镇的高地，从这房子的四楼，可以看到整个小镇在视线下展开。

那天下午我才第一次发现，整个小镇遍布着工地，它们就像是一个个正在发脓的伤口，而挖出的红土，血一般地红。东边一条正在修建的公路，像只巨兽，一路吞噬过来，而它挪动过的地方，到处是拆掉了一半的房子。这些房子外面布着木架和防尘网，就像包扎的纱布。我知道，还有更多条线已经划定在一座座房子上空，只是还没落下，等到明后年，这片土地将皮开肉绽。

我想象着，那一座座房子里住着的不同故事，多少人过去的影子在这里影影绰绰，昨日的悲与喜还在那停留，想象着，它们终究变成的一片尘土飞扬的废墟。

我知道，其实自己的内心也如同这小镇一样：以发展、以未来、以更美好的名义，内心的各种秩序被太仓促太轻易地重新规划，摧毁，重新建起，然后我再也回不去，无论是现实的小镇，还是内心里以前曾认定的种种美好。

晚上三伯回访。母亲以为是找到施工队，兴奋地迎上去。

泡了茶慢慢品玩，三伯开口："其实我反对建房子。"

母亲想解释什么。三伯拦住了，突然发火："我就不理解了，以前要建房子，你当时说为了黑狗达为了这个家的脸面，我可以理解，但现在图什么？"

我想帮母亲解释什么，三伯还是不让："总之我反对，你们别说了。"然后开始和我建议在北京买房的事。"你不要那么自私，你要为你儿子考虑。"

母亲脸憋得通红，强忍着情绪。

三伯反而觉得不自在了："要不你说说你的想法。"

母亲却说不出话了。

我接过话来："其实是我想修建的。"

我没说出口的话还有：其实我理解母亲了，在她的认定里，一家之主从来是父亲，无论他是残疾还是健全，他发起了这个家庭。

事实上，直到母亲坚持要建好这房子的那一刻，我才明白过来，前两次建房子，为的不是她或者我的脸面，而是父亲的脸面——她想让父亲发起的这个家庭看上去是那么健全和完整。

这是母亲从没表达过，也不可能说出口的爱情。

在我的坚持下，三伯虽然不理解，但决定尊重这个决定。我知道他其实考虑的是我以后实际要面对的问题，我也实在无法和他解释清楚这个看上去荒诞的决定——建一座马上要被拆除的房子。

母亲开始奔走，和三伯挑选施工队，挑选施工日期。最终从神佛那问来的动土的日子，是在一个星期后——那时我已经必须返回北京上班了。

回北京的前一天下午，我带着母亲到银行提钱。和贫穷缠斗了这大半辈子了，即使是从银行提取出来的钱，她还是要坐在那一张张反复地数。清点完，她把钱搂在胸前，像怀抱着一个新生儿一样，小心翼翼地往家里走。

这本应该兴奋的时刻，她却一路的满腹心事。到了家门口，她终于开了口："儿子我对不起你，这样你就不够钱在北京买房子了吧。"

我只能笑。

又走了几步路,母亲终于鼓起勇气和我说了另外一个事情:"有个事情我怕你生气,但我很想你能答应我。老家的房子最重要的是门口那块奠基的石头,你介意这房子的建造者打的是你父亲的名字吗?"

"我不介意。"我假装冷静地说着,心里为被印证的某些事,又触动到差点没忍住眼泪。

"其实我觉得大门还是要放老房子父亲做的那对,写有你们俩名字的对联。"

然后,我看见那笑容就这么一点点地在她脸上绽放开,这满是皱纹的脸突然透出羞涩的容光。我像摸小孩一样,摸摸母亲的头,心里想,这可爱的母亲啊。

同事的邀约,春节第一天准时上班的人一起吃饭庆祝。那个嘈杂的餐厅,每个人说着春节回家的种种故事:排队两天买到的票、回去后的陌生和不习惯、与父母说不上话的失落和隔阂……然后有人提议说,为大家共同的遥远的故乡举杯。

我举起杯,心里想着:用尽各种办法让自己快乐吧,你们这群无家可归的孤魂野鬼。

然后独自庆幸地想,我的母亲以及正在修建的那座房子。

我知道,即使那房子终究被拆了,即使我有一段时间里买不起北京的房子,但我知道,我这一辈子,都有家可回。

选自《作品》2015年第3期

评鉴与感悟

他试图理解母亲。母亲的一生都在为建造她的房子努力。他的文字朴素,坦诚,在他耐心的叙述下,大量细节涌现,我也感受到了一位母亲的纠结和牵挂。我先前认为,绝佳的散文需要的是作家的见识,如果再节制一下文笔,总有惊心动魄的情感冲击。而读了《母亲的房子》,我又想修正,有些文章其实早就种在了生命里,需要的只是我们用心去感受。

我仍相信集市的魔法

/ 舒飞廉

　　长江二桥以下，是汉口的江滩公园，秋冬时节，芦花荻荻。江滩之上，是汉口的老租界，沿着北流的长江，分别是从前英、法、德、俄、日诸国百年前开埠江汉，兴建起来的街区。日租界附上了骥尾，山海关路、长春街、沈阳路、张自忠路、胜利街、佟麟阁路、陈怀民路……当年抗战胜利光复回城，大概是想用改名大法，镇压诸鬼子的妖气，后来南下进城的解放大军也欣然照准。从前这一片抗战迷宫，自从沦为儿子读初中上培优班的根据地之后，三年下来，我对它的熟悉，差不多可以比诸当时魏瞎子一根竹篙，对我们村沟沟坎坎的胸有成竹。周末一到，儿子去旁边的"先锋"补习，自朝至夕，甘受如饴，中午父子俩到"莉莉周"红房子里吃个饭，其余的时间，我多半都在长春街上的田园咖啡馆，喝他们酸涩的咖啡，写一点破稿子。有时候，走出咖啡馆，是跑到沈阳路的菜场去买菜。

　　小时候家里做菜农，我常随侍父母去附近的集市卖菜，近一点的金神庙，远一点的有朋兴店、涂家河、车站街，罗陂庙，都是露水集。卖菜的人，想抓住一闪而逝的辰光可不容易，早上三四点钟起床，将载重的"永久"自行车两边挂上蛇皮袋子，填满昨天整理好的蔬菜，七八里路对着天上的星月摸黑去赶集，在街场边铺开蓝红条纹的塑料布，将诸色菜品一一摆好，供听着新一轮鸡鸣，踏着霜露，挽着篮子来买菜的乡下人挑选。所谓人气,就是之后的个把小时里,人流涌动,人群身上的烘烘热气,终于让我在清冷的黎明里觉得有一点温暖。所谓幸福,就是集市散了,自行车驮来的菜卖得差不多,去沸油滚滚的早点摊上买到油炸的辣椒萝卜丝馅包子,一边吃一边推车走,后面跟着几条黄白黑狗,这时候,真的觉得,大路上的朝阳,就像金片在闪耀。

与金神庙比较,沈阳路集市令我望洋向若,兴叹不已。如果说,那些乡村墟集如"麻雀之心",扑扑跳动着惠及四方的乡农,这个沈阳路的市场,就像狂野的发动机似的,自朝至暮,征引着万千的人潮。当日的和式社区,已经掉进菜贩子们以蔬菜、水果、鱼肉、熟食、杂货等汇成的汪洋大海里。嫂子们穿着花花绿绿的睡衣,箩筐一样蓬着头徜徉在街头,老太太俯身在菜堆上讲价,由江滩公园打完太极拳的老头子推个自行车,叫着"擦油、擦油"往前走。卖老鼠药、粘鼠胶的人,骑着三轮车售卖竹器的小贩子,由工厂里运来毛巾袜子发卖的工人,则好像是由二三十年前"在希望的田野上"穿越过来的。那些巡回讨钱的乞丐,有的唱歌,有的穿着跳旱船的服饰,有的带着头上搭毛巾,僵卧在地上的"父亲",好像这些家伙由车船码头消失之后,又由沈阳路上钻了出来,我觉得,除了买菜的市民口袋里零钱太多,大妈们心肠软,另外一个原因,也是城管大叔们垂拱而治,大家都觉得,一个集市,如果没有乞丐出没,就像没有屠夫卖肉一样,不太对劲吧!

与中百超市、沃尔玛、麦德龙那些大卖场流水线上的售货员比较,沈阳路的小摊贩们显然有更多的热力,除了听任婆婆们铁棒磨成针一样讲价,好声音选秀一般挑选——一根一根地挑四季豆,一棵一棵地挑小白菜,一个一个地掐茄子……我还觉得他们特别专业,将各种各样的蔬菜由平原与山林里搜集出来,分门别类地摘清、洗净,摆好,卤菜店、咸菜店研发的新品的热情,也堪比我们发论文搞课题,对我这样的菜场漫游者来讲,发现新的菜蔬的喜悦自不待言,我还特别愿意品鉴他们收集起来的十数种白菜、萝卜,去想象这些普通的青菜在不同的风土里长成的殊异的样子,由牛心甘蓝到大白菜秧子到上海青的圆头白菜再到叶片皱皱巴巴的黑白菜,再到由我老家发掘出来的高杆黑白菜,由开水瓶一般的高山白萝卜到个头稍小的绿头白萝卜,再到手雷一般红心的心里美白萝卜,然后又是各种形状的红萝卜,这样沿着分类学往不可知的混沌里迸发、穷极田野的创造力的激情,迸发出来,真好。至于黄心土豆,白茄子,长阳球包菜,马鞍山铁棍山药,白黄皮的黄瓜,到珍珠菜、白花菜、荆芥、马齿苋、百合、田七、阳藿、黄秋葵这些野菜山蔬,也让我看得满心欢喜——晚上又可以炒出一盘不知名的青菜来发蒙儿子!

我还喜欢看鱼摊。多半是夫妻档,男的称秤收钱,女的杀鱼剐鳞,十好几个大脚盆与网袋,家鱼与野鱼,品类齐全,由青草鲢鳙到黑鱼、白条、黄牯鱼,到泥鳅、鳝鱼、牛蛙、马虾,或在清水里游行,或活蹦乱跳地冲突在网子,一旦被顾客选中,就由人家男牛头女马面,将它们活生生的性命猛然夺去,空余腥气铺天盖地。这些个鱼虾鳞介,昨天还在江汉平原的池沼河泽里游赏,是连夜被各条高速公路与铁路上的车辆送往汉口,来供城里人的口腹吧!乡下人买鱼,是一条一条称回去,这里的鱼贩子遇到大鱼,多半是分门别类,鱼子做鱼子,鱼鳔做鱼鳔,鱼头做鱼头,鱼身做鱼身,有时候,我看到他们将鱼身都分成不同的部分,鱼肚子会特别地割出来,专门以享那些"鱼划水"的爱好者。就是肉摊上,也是女屠户居多。有一家肉铺子,卖的是恩施州的"跑跑黑猪",我常光顾,就爱看中年女店主卸肉分肉的利索劲。有一次我买肋排回家去炖藕汤,女店主腾不出手,她女儿在一边写作业,被她喊了起来,那丫头与我儿子年纪大概也差不多,毫不含糊地举起厚背的砍骨刀,啪啪数十响,就将排骨搞定装到保鲜袋,我目瞪口呆,心里想,果然是武师的女儿会打拳,屠户的女儿会杀猪……

女屠户母女是孝感人,我跟她用家乡的方言扯来扯去,发掘了不少共同的"朋友圈",她先是在汉正街上卖鸭子,"手伸出去,能卡住六只鸭头,一刀了断,"果然是聂隐娘红线女之流……我打量她的店子,发现她身后的椅子上还坐着位老太太,她忙一会儿生意,就要转身去给老太太擦脸、喂药,老太太是她妈,"留在乡里造孽,带在身边,条件又不好……"她亲昵而交心的孝感话,让我觉得家乡的方言,其实蛮有表现力的——年少的女儿老来的妈,老太太乖乖地听着这个"女儿妈"指挥,一脸温顺。

事实上,我慢慢发现,沈阳路集市上的菜贩,多半是由黄陂、孝感、云梦、安陆一带过来的,一个村的能人来这里赚到钱,就会呼朋唤侣,将他的亲戚朋友都叫来发财吧,我的脑洞,补上的是辛亥革命时的新军,多半也是来自黄孝一带出身,黎黄陂的子弟兵嘛,只是当年这些乡下的年轻人,是一起来扛"汉阳造"搞革命的。我能由掌着电子秤的菜贩们互相嘲弄的谈话里,听出他们来自的县乡——如果是孝感人的话,我能听出他们来自的不同的乡镇,如果是来自我们那一个镇,大概能听出他们是来自哪一个村……这些大同小异的方言交会在一起,说着这些方言的乡亲,他们脸上的神色,也是我自小熟悉的,他们将各自村落里的出产带到武汉来,供先一步进城的"武汉人"挑拣——所谓沈阳路集市,其实是一个升级版的金神庙集市啊,这两年我无数次回金神庙去作田野的调查,感叹乡村集市的衰亡,一个一个露水集的关闭,生灭如海中浮沤,被城镇的"超市"替代,失去牵引周边村落的力量,令乡村失去勃勃生气与熠熠神采。可是,这些出没在乡间集市上的农民,不是在沈阳路重新集结起来,又建造出来一个更大的集市吗?

我也喜欢听莎拉·布莱曼翻唱的《斯卡布罗集市》,每一个人心里面,都会有这样一个"欧芹,鼠尾草,迷迭香和百里香"在晨风与清露中摇曳的地方吧,在浮世的气味里,有我们"最初的眼"。有一年我去德国中部一个名叫埃尔福特的小城市,正好遇到他们的圣诞季,在教堂前的广场上,棚户林立,人声鼎沸,图林根州的商贩们都来到此地,兴办一年一度的庞大市集,我穿行在圣诞老人创造出来的小商品迷宫里,喝着当地出产的一种热酒,觉得集市真的是一个奇妙的神话,哪怕是在清冷的老欧洲,也能够借此焕发出人们的热力。所以眼下中百超市、麦德龙、沃尔玛琳琅满目,淘宝与顺丰触手可及,到底也无法破除掉集市魔法,它一样会像蘑菇,鸟巢,头发,由都市林立的楼宇间生长出来,借重于这些来到城市的乡下人日夜劳作,将云梦故地的风土与日租界的风情混合在一起,朝九晚五,向由地铁里涌出来的人流发出召唤。

我拎着菜,在沈阳路集市上闲逛的时候,常常会遇到我们小区的一位老先生,年轻时他做司机走南闯北,晒出一脸的黑斑。我们在长江那边的小区里遇到,不太会打招呼,在菜摊前看到,却会报以微笑。吾道不孤,老先生也是被这一块大磁石所吸引,过江与会的"集市漫游者"吧!他一定也跟我一样,知道陈怀民路上十元一大碗的孝感老米酒,知道长春街上那个每天只会开门四个小时的老板很任性的牛肉店，知道佟麟阁路上的清真羊肉、恩施跑跑黑猪，张自忠路上那位老太太腌制的雪里蕻和大头菜，能够在十数种白菜与萝卜中间，挑出小时候经常吃到的，最能让人想起故乡的那一种？他的微笑，正是：悠然心会，妙处难与君说。

选自2015年2月24日《文汇报·笔会》

评鉴与感悟

舒飞廉是热情的，因为他喜欢，笔下的一切就有了动人鲜活的一面。跟随他一幅接一幅的画面转换，好像也感受到了他好奇目光下所追逐到的一切。还有什么比简单又日常的生活更纯粹？看着他是怎么描述集市上的一切，我似乎也体会到了那些日常的朴素幸福。

宇宙风

就是一个好玩儿

/ 老树画画

画画儿这档子事儿,本来就是件好玩儿的事儿。闲来涂涂抹抹,看着心里的一种样子,渐渐在布上、纸上,或者在石头上墙上反正是个什么地方显露了出来,渐渐是那个意思了,心中就高兴。或者只是看着那些花里胡哨的色彩相互地揖让、沟联、覆盖,看着水跟墨变过来融过去,氤氲漫洇,不成个什么东西,也高兴。

古人其实就是这么玩儿的。看看那些岩画,那些光着屁股的,围一圈儿树叶子的,或者是围一张老虎皮豹子皮的古人,也就是我们的古代亲戚们,为了些什么正经的理由才去画那些个牛啊羊啊野猪啊庄稼啊?图个什么价值去画那些星星啊月亮啊太阳啊?其实没什么理由,就是图个高兴。高兴了,就在石头上,在山崖上画来画去。画完了,挓挲着两只脏乎乎的手走到远处看着,还跟旁边的古人比画着炫耀半天:看看,我画的,怎么样?那古人就直点头儿,还朝他直竖大拇指,拍他马屁。那也是咱们的一位古代亲戚。

装正经的时候是有的。后来就有了中央,有了一系列的中央领导,当然,肯定有个皇帝。皇帝也喜欢画儿,或者是装作喜欢个画儿,显得自己挺有点儿情趣——用现在话讲,叫作有点儿文化。可自己又画得不怎么样,就将那些喜欢画画儿的人组织起来,集中到一个固定的地方,门前挂个牌儿,让他们凑一块儿天天画画儿。皇帝不时地还要过去看看,高兴了,还画上两笔。皇帝还喜欢时不时地给他们出个题儿,让他们按着这个主题来画。用现在的话来说,这叫作弘扬主旋律。于是画画儿开始变得正经起来,因为就跟今天的小学生写作文一样,你不能跑题儿乱画,离题太远了会不给分数的,弄不好还要杀头。我估摸着那些画家在画这些画儿的时候心里挺难受的,因为不好玩儿了。但也有些画家就喜欢画这种有主题的画儿,因为他会得到另外的好处,比如他会有个单位背景,出去递给别人名片时心里会有种自豪感。他还会按月拿到一份工资,一家老小无衣食之忧。画上一阵子,单位还要举办个画展、评个奖什么的。然后单位来论奖行赏,论奖评职称。这也算是做奴才的一种补偿或者说是一种利益交换吧。这个单位直到现在还有,归文联管着。

  但总体来说,画画儿一直还是比较好玩儿的,特别是那些不在这个单位里上班的文人墨客——用今天的话说,也就是那些没有单位却喜欢画画的社会盲流,包括那些不受待见骑头瘦毛驴四处走动找饭吃的书生,在勾栏瓦舍里与小姐们戏子们厮混的画手,还有那些猫在空山之央一座破庙里躲事儿的穷和尚。你都可以想象得到,画画儿对于他们来说,可不就是图个玩儿吗?有什么必须要负的责任?有什么了不得的重大主题?有什么一定要承受的担当?别逗了你,不就是个画儿吗?不就是个玩儿吗?你让个画画儿的去担当那么多且那么重要那么伟大的东西,那些伟大的社会精英和领导人物不就没事儿干了吗?不就下岗了吗?国家和社会的负担不就加重了吗?再说了,咱们担当得起吗?你这不是赶鸭子上架逼着兔子推磨逮个小鸡儿当鹰使唤吗?

  将画画儿这档子事儿搞得挺难过的,其实是现在的人,古人没那么多的想法。你说苏东坡兄弟捏个笔给朋友写个信打个借条儿都在想着这是书法艺术啊不能胡来啊运笔要注意屋漏痕折钗骨结体要想着公孙大娘舞剑器担夫争道什么的,这可能吗?你说八大同志画那几只赖鸟笨鱼烂荷花都满腔悲愤一肚子生不逢时就想着他家过去是多么多么的有钱有势了,这不是以小人之心度君子之腹纯属胡说八道吗?画山水搞得气势磅礴就是热爱祖国大好山河,画花鸟画得莺歌燕舞就是充满了高尚的革命情操,画工农兵两个男的一个扛枪一个扛大锤还有一个女的肯定是农民怀里抱着一捆麦子

（有时是谷子或稻子），就是革命立场站在了无产阶级一边，这是哪儿跟哪儿？

今人说古人，基本上就是在胡乱地想象古人，把古人想得跟自己一样没水平。而今人看今人，基本上就是两个话题：一个是与古人古画样子上得有所不同；一个是要去关心表现当下的问题。前一个好办，不同还不好办？癞蛤蟆想跟青蛙不同，不就起了一身的癞包吗？画画儿的在题材上、材料上、画法上使点劲儿，想跟古人一样也难。后一点稍微有点儿麻烦：当下的问题是些什么问题？当代性是个什么性？这些个听上去挺唬人的问题20世纪50年代的画家们就搞不大明白。后来由人指引着，才知道去画社会主义新农村，画电线杆子，画拖拉机，画冒烟的工厂，画公社食堂里排着队吃大包子，画十三陵水库佛子岭水库还有大大小小的其他什么水库。画家们一脑门子稀里糊涂，画着画着，真是手脚大乱，自己看着都有点儿不大好意思了。可后人却拿来说成个事儿，胡说八道一通，硬是要把这些画家们画烂了的画儿在拍卖会上炒出个好价钱。

当下有什么问题？当下的问题可就多了。除了天翻地覆慨而慷社会主义蒸蒸日上新生事物层出不穷，除了全球一体化美国金融危机股票大跌房产疲软官员腐败民族矛盾地区冲突钓鱼岛问题网络色情等等等等这些破事儿之外，还有那么一些人，都是生在新中国长在红旗下，都是社会主义初级阶段被教育好的良民，却在那里闭目塞听，对这些新鲜事物不闻不问，每天躲在自家买来的产权明确的房子里画来画去。一会儿像个古代的和尚，一会儿像个民国年间的书生，一会儿又像个深山之中不大懂世事的农民。

不管别人怎么看，他们就像一群被这个时代遗忘的人——其实是他们故意地忘掉了这个他们不怎么喜欢的时代，只管自己在那里玩儿、自摸。查查他们的身份证，查查他们的出生年月，他们年龄都不算太大嘛！他们都活得好好的，自食其力，不给国家出难题，不给社会添麻烦，也不给领导添堵。他们不聚众不练功不扰民，他们开小车住楼房吃中餐也吃西餐。他们买的房子还都挺贵，对拉动内需有具体而直接的贡献。他们按时地缴纳物业费煤气费水电费卫生费车位费还有各种各样的苛捐杂税。汶川地震了他们捐钱捐物还领养震区孤儿。他们的画被很多大老板买去送给了那些喜欢字画儿的各层领导导致了变相腐败。你说说，他们怎么就不当代了？

真的，画画儿这档子事儿被后来很多人搞得一点儿也不好玩儿了：过度意义化的想象和强制太多了，从现实功利的角度对绘画不怀好意的要求和利用太多了，绘画与画画儿那人的性情和内心已经没有多大关系了。总之，附加在画画儿这件事儿上的乱七八糟的东西太多了。但我认为那基本上是一些不懂画儿的外行人，和一些本身是画画儿的却压根儿就不明白画画儿是怎么一回事儿的人在那里瞎他妈忙活，并不影响那些心里明白的画家本身觉得这事儿还是挺好玩儿的。

我喜欢的画家都是一些特别好玩儿的人。他们活得挺快活，身体也挺健康，血压也不高，对H1N1流感病毒很有抵抗力。画画儿对于他们来说，就跟吃饭睡觉屙屎做爱一样，不可或缺，但也稀松平常。这种松弛无碍的心境，让他们的画直见性情，看着就特好玩儿，跟那些一脸的正儿八经、其实心中无限焦虑的伟大画家们有所不同。在那些伟大的画家们看来，这些个画画儿的简直没个正形儿，活得没什么意义。他们的画儿也没有什么伟大的社会价值哲学价值历史价值，根本就算不上是古典派浪漫派现代派后现代后后现代符号学结构主义解构主义还有什么其他的鸟主义。

但是，我不这样看。我觉得那些满口的当代生活现实意义艺术价值的艺术家理论家们都是在那里瞎扯淡，纯粹是吃饱了没事儿干在那里瞎起劲，还捎带着暴露出自己根本就是个四六不通。我们就是要好好地画画儿，好好地玩儿，玩儿痛快了，玩儿出个花样儿来。那些个庄严伟大的责任，就让那些伟大的人物去担当吧。我们只想做一个于社会无用的人，一个纯粹好玩儿的人，一个画起画儿来忘乎所以的人。反用我们一位古代亲戚陈胜同志说的话来回答，就是：鸿鹄安知燕雀之快活哉？

选自《花乱开》，江苏文艺出版社2015年4月版

评鉴与感悟

看老树画画，轻松。他的画，也就那么寥寥几笔，总有一个人，不是看山，就是在玩水。山还是山，水还是水，可经他一走神，眼前的世界好像又有些不同了。最绝的是还有信笔写下的几句打油诗配在旁边，感觉就是俩字：舒服。老树是个明白人。就像他的随笔，如果不是参透了很多事，怎么可能做到如此诙谐幽默，又不失率性天真？

温柔的天下体系(外二篇)

/ 张鸣

中国是天朝上国，天下中心。这样的观念，自打《禹贡》问世以来，被多少代的统治者固执着，即使外夷打将进来，占了半壁江山，像女真人那样，不仅逼着汉人的朝廷纳贡，而且还要称女真的君主为叔父，这样的观念，也依旧在。继承了明朝江山的满人，也继承了明朝的朝贡体系和天下观念。凭借武力和手腕，把朝贡体系扩大了。西北边的游牧人，也渐次被纳入其中。虽然说，原来给明朝纳贡的朝鲜和越南，肚子里对原来的狄夷满人并不买账，但该纳贡，却依旧纳贡。因为纳贡，在经济上，是个有大便宜的事儿。

历朝历代的中国皇帝，也包括那些在中土称帝的胡人，对欺负到头上的外人，都很头疼，但只要这样的欺负不严重了，就都热衷于怀柔远夷。隋炀帝下令外来的胡人吃饭可以不付钱的事情，有点过分，但对外来胡人的优惠，一直都存在。中国的皇帝，可以对自己的百姓狠，但对外来的胡人，却能怀柔，就怀柔。所谓的天朝上国，天下中心，理论上是个文化意义上的太阳。周边的各族人民，包括远恶边鄙地带的远夷，都应该向慕王化，主动接受太阳的普照。因此，那些来进贡的藩属，随便带来点什么东西，都会换回去一堆金银财宝。而且，天朝对于来进贡的藩属，一般不过问其国内的事务，只要你能接受我的册封。如果你像朝鲜那样，恭敬地接受册封当然好，如果像日本那样，随便将册封的金印一丢，也随便，没有人会因此而兴师问罪。至于这个地球上存在的那些众多的邦国，根本不理会天朝上国的存在，顶多跟你直接和间接地做过生意。那么天朝对这些国家也基本视而不见，连你们叫什么名字，都在哪个地方，都可以无视。明朝末年，耶稣会的利玛窦来华，带来了由地球仪展开的万国舆图，但中国人见了，也无非就是对世界上还有这么多国家感到了一点惊讶，并没有接着联想，为何这些国家都不来上贡，接受王化。中国人，从来都有对自己视力之外的事情存而不论的本事，他们不来，就假装他们不存在。

在英国马戛尔尼使团1793年来华之前，欧洲的"夷人"其实也来过。来传教、找工作的不算。葡萄牙和荷兰人的使节，也是来过的。只是，这些使节的面目不清，弄不清他们是东印度公司派来的，还是国王派来的。他们来华，胸无大志，只是想占点小便宜。所以，在礼仪上一点都不纠结，跟暹罗、越南一样，来了进礼部，贡品也稀松平常，见皇帝，让三跪九叩，就三跪九叩。所以，尽管是远夷来朝，却并没有引起太大的震动。

但是，1793年来的英国人不一样。首先，他们是带着一个舰队来的，其中狮子号，是艘带有六十四门大炮的巨舰。其次，这是一个庞大的使团，为首的马戛尔尼勋爵，是曾经做过驻俄大使的高级别职业外交官。使团不仅有各色专家，还有随行画师。其三，他们带来了大量的礼品，有中国人见过和没见过的各种天文仪器，地球仪和一架天文望远镜。还有中国没有的四轮马车，最先进的枪和炮，其中铜质的速射炮，可以每分钟发射二十到三十发炮弹。有中国人肯定见过的地毯、挂毯，各种产自欧洲的工艺品。当然，还有英国最自豪的巨大战舰的模型。

如果英国人真的是来进贡的，那么此番向慕王化的诚意，可是够大的。所以，马戛尔尼使团的到来，给中国朝野带来的是一片欢喜。当时的乾隆爷，已经八十三岁了，在位已经五十八年，自我感觉极好，当然臣子们也跟着他感觉好。有什么能比一个遥远没有听说过的国家前来进贡，更能说明王朝的强大，皇帝爷的威名远播呢？

可惜，英国人不是向慕王化来的，备了厚礼，仅仅是为了要建立外交商务关系。确切地说，就是中英两国互派使节，各自驻在对方的首都，双方全面通商，而不是像当时那样仅仅广州一口通商。为了全面通商的方便，英国方面还要求比照澳门，在舟山租用或者买一个基地，用来囤放商品。当然，按情势论，如果中国方面不答应这个要求，只要全面通商，英国人的这个要求，也是可以放弃的。

其实，如果马戛尔尼来的时候，中国人没有那么一厢情愿，在没有搞清情况的情况下，就把英人来朝的消息炒大，清朝政府其实也是可以比照俄罗斯，双方建立一种平等的不互派驻对方使节的商务外交关系。俄国沙皇的使节来华，对中国皇帝三跪九叩，中国朝廷的使节到了俄罗斯，也对沙皇三跪九叩。只是，后边这半截的事儿，需严格保密，不让朝中其他人，特别是其他国家的人知道就可以了。可是，英国人来了这事太大，太有面子，为了抢这个天大的功劳，和珅亲自操办，派自己的亲信，接待英国人。等到和珅明白人家不是来朝贡的，而是要建立平等外交商务关系，英国人来进贡这事早已满朝皆知，再想偷偷地办，已经不可能了。

所以，在马戛尔尼他们来承德避暑山庄见乾隆的路上，尽管马戛尔尼一个劲儿地告知对方，自己的君主，是西方的盟主，此番来华，就是要跟东方的盟主中国，建立平等的关系。但中国接待的官员，却想尽办法劝马戛尔尼按照中国的礼仪来见皇帝，最好，还要穿上中国的朝服。为此，他们费尽心思说服马戛尔尼，宽大中国的服装如何如何舒服。为了能说服马戛尔尼，他们甚至请出了在华的西方人。最后，和珅自己和乾隆的宠臣福长安都亲自出面了。为了吓唬马戛尔尼，他们中间有人甚至胡编说乾隆是蒙古人忽必烈的后代。此时的和珅们，对马戛尔尼的使命，已经不在乎了，知道这事，反正最后皇帝肯定不会答应。他们在乎的，是马戛尔尼见乾隆的礼仪。只要把马戛尔尼哄好了，让他答应见皇帝的时候，三跪九叩，让皇帝在众多藩属国的使节面前有面子，他们就算大功告成。所以，无论马戛尔尼怎样努力，都没有人来跟他谈他的使命，一群像苍蝇似的围着他转的中国人，说来说去，就是让他按照中国礼仪见乾隆。

最后，被逼得没办法了，马戛尔尼做了一点妥协。答应说我带来了我们国王的画像，如果你们中间一位大臣，在我的庐帐里，对着我的国王三跪九叩，那我就可以对着你们的皇帝也行中国的大礼。然而，这个皮球踢过来，竟然没有人敢接，谁也不敢对着蛮夷的国王行见君主的大礼，这事，对中国的大臣们，也是一个天大的难题。如果谁这么干了，以后漫说回家不好见祖宗，就是哪天被御史知道了，一个弹章出来，人就别做了。

最后，马戛尔尼还是见了乾隆，以打折的英国礼仪，单膝跪倒，但不吻手——这个中国人受不了。

不像传说的那样，说礼仪问题没有解决之后，中国方面表现出了非常的冷淡。其实，乾隆见了马戛尔尼好几次，有一次，甚至要拉马戛尔尼去拜佛塔。只是因为信仰问题，马戛尔尼才没去。每次见到在众多匍匐在地的群臣中单膝跪着的马戛尔尼，乾隆都要特意传旨慰问一下。临别的时候，乾隆还特意拿出了据说是准备传给后代的宝石，送给英国国王作为礼物。尽管马戛尔尼一个劲儿地贬低中国方面的还礼，但依照惯例，这些礼物应该不会比英国人送来的分量轻，虽然双方对于贵重的认识，并不一致。那封被后人反复引证的给英王的"敕书"，其实没有我们想象的那么傲慢。虽然拒绝了英国人的要求，但主要是强调祖宗之法不能改，而不是他乾隆不想答应英国人。为了说服英国人，敕书反复陈述西方人常驻中国的种种不便，使节以及驻在中国的非必要性，已经到了苦口婆心的地步。甚至在马戛尔尼们到了广州之际，还派人送来一份诏令，传达他不得不否定马戛尔尼要求的无奈。在马戛尔尼在中国期间，他每日的开销，按他们的国际惯例，是该由他们自己开支的，但乾隆却规定，所有的开支，都中国方面负责，每天的拨款，达到一千五百两白银。尽管马戛尔尼怀疑他们根本吃不了这么些银子买的东西，都被人贪污了，但乾隆的这份好意，却是真实的。

可是，对傲慢的英国人这样友好的清政府，对自己的臣民，却一点也不好。回去的时候，马戛尔尼，是一路从大运河乘船，然后该走驿道去广州的。一路上，不管水深水浅，纤夫都必须拉着船走，拉不动，就皮鞭军棍伺候。纤夫如果逃走了，就连夜在河边的村庄里拉人充役。这些充役的农民，能吃到一点英国人的残羹剩饭，就感恩不尽。

鸦片稽查戏

明清海禁，但中国海岸线辽阔，吃海之人众多，怎生禁得了？实际上自打海禁之后，在官方规定的贸易口岸之外的走私贸易，从来就没有断过。即使鸦片贸易未成规模之前，有关其他商品的走私贸易，也一直存在，茶叶就是一大宗。

走私贸易，有中国人自己做的，沿海的渔民兼营商品走私，是一个传统，另外一个传统，就是海盗走私。在中国沿海，一直就有庞大的吃对外贸易饭的商人，经常来往于日本、冲绳、南洋，甚至更远的地方。当然，沿海也存在海盗，干些打劫商旅，抢劫渔民买卖。海禁之后，这些商人由于原来就有武装，遂与海盗合流，形成庞大的亦商亦盗的走私集团，他们在很多地方，都设有自己的据点。郑成功所在的郑氏家族，其实就是这样一个集团。清朝扑灭郑氏家族，收复台湾之后，大的商盗集团没有了，但小的依然存在，而且渔民走私，也难以禁止。所以，在中西贸易过程中，走私贸易一直占有相当的份额。至于鸦片贸易，则走私的份额就更大。

不消说，凡是走私，政府都是要禁查的。清朝没有成建制的海关，仅存的粤海关，隶属于内务府，只管收钱。所以，缉私的事儿，就归两广总督麾下的水师负责。中国没有警察，凡是警察的买卖，分成两部分，一部分归衙役捕快，一部分归驻军。陆地上就归绿营，海上的事就归水师。其实水师也是绿营的一种。

水师在收复台湾之前，还算一个兵种，但此后就逐渐退化，变成了海上缉私队和炮台守备队，根本就没法用来打仗。不能打仗，缉私其实也不行。中国官方的所有职位，都是干什么吃什么。陆地上的衙役吃的就是官司，那么水上的水师，吃的也就是缉私。即使在鸦片大规模输入之前，绝大多数的走私，是根本就稽查不到的。双方达成默契，收了孝敬，水师就睁眼闭眼，放开生路。反正到时候走私者孝敬一点物品，当成稽查的战利品上缴，完事大吉。被海盗打劫的，如果报案，水师也会查，但查得出来与否，那就天知道了。

鸦片贸易，利益巨大，大到把此前所有的正常贸易都甩在后面好远。利益大的事情，激励人们去铤而走险。反过来，朝廷的禁查力度，也比此前的走私贸易要大很多。利益大了，上面查禁严了，对于执行禁查的水师来说，风险也大，因而受贿的额度自然也就大幅度提高。如果超过一定限度，走私者也就不大爽了，如果走私者依旧是此前那些人，大概他们也只能忍了。然而，新角色的加盟，改变了游戏规则。

新角色，就是外国走私者。在此之前，中国的鸦片走私者的利器，是快蟹船。但洋人来了，局面大为改观。这些人，引进了飞剪船。所谓飞剪船，就是一种小型的快速帆船，船体呈流线型，每只船都有一个大尖头，上部几乎没有什么建筑，但帆却不少，还配有许多三角帆，行使起来，比一般帆船快得多。用这种飞剪船做鸦片趸船，可以把大船上的鸦片，倒腾下来，直接进入内河。当年的鸦片走私船，就像一个热闹的市场，一边是鸦片交易，一边是银钱的兑换，人们熟练地将各种银洋和银两之间兑来换去，验明成色。当年，国内贩卖鸦片的店，被称为窑口，各个窑口只要在内河河岸设一些点，就可以直接接货，直接交易。更可怕的是，这些飞剪船上都有枪炮，比起中国水师的武装，这些枪炮射程远，射速快，威力大，真要是交火，水师根本就不是对手。

但是，外国鸦片贩子，知道自己是走私，而且是走私毒品，不乐意跟中国水师硬碰。所以，该交的贿赂，他们也交，只是，水师对于这些洋人，不再有对中国人那种威风和霸蛮，无度的勒索有点难了。水师和外国鸦片贩子如何达成的协议？已经无从考证了，反正有通事，有买办，办起来不难。英国人说，中国水师每箱鸦片收取五到十元，只要船到了，他们就派人上船点验，钱先放在英国鸦片商人手里，他们一个月来收一次。英国人说，中国的水师宁愿跟英国鸦片商人打交道，而不信任中国的走私商。不管怎么说，双方的默契，的确是存在的，有了这默契，查禁鸦片走私，就成了一场好戏。

在伶仃洋、黄埔洋面上，人们经常会看到这样一幅动态的画面，走私鸦片的飞剪船在前面走，水师的船在后面追，无论怎么跑，怎么追，但都会保持一定的距离。如果水师的船被拉远了，飞剪船还会等一等。就这样，前面跑，后面追，追到外海，后面的水师船放上几炮，鸦片船回几炮，都是空炮，像是在互相敬礼，然后回头。这场戏是给岸上的满大人看的，你看，人家的船快，我们的船慢，追不上，不赖我们。

另外的戏，在鸦片交易地演。内河河岸的大宗的鸦片地点，水师都知道，走私者也不瞒他们。外国鸦片贩子驾船来到这个地方，水师的船早就在那儿了。水师军官，登上飞剪船，把朝廷的有关严禁鸦片的谕令拿出来，出示给鸦片贩子，嘴里念叨几句谕令上的话，双方鸡同鸭讲，谁都听不懂谁的。鸦片贩子一句话也不用讲，把早准备好的银子递过去，这边收了银子，转身下船。剩下的事，就是外国贩子和内地贩子自己的事儿了。每次交易，都要这样，先讲官话，官话讲完了，然后就是贿赂交易。如果水师的人直接上来就收钱，走人，没准就会被怀疑是冒牌货。

当然，禁查执行者的所作所为，他们的上司，包括两广总督都门儿清。东印度公司跟他们的政府讲，广州的官员对于朝廷的禁查命令，只是要求英国鸦片商人将运鸦片的船驶离黄埔就可以了，在伶仃洋面上的鸦片船，可以停在那里大模大样地做走私的买卖。在那个年月，事实上，鸦片走私，都是在光天化日之下，公开进行，用不着夜半人静，掩人耳目。只要你不在广东最高的官员两广总督眼皮底下交易，一切都没有问题。当然，交易的好处，最高地方长官肯定也有一份。

禁查，是禁查执行者的摇钱树。这权归谁，谁就有了好处，查的东西利益越大，查禁者的好处也就越大。这在干什么吃什么的古代制度体系中，是家常便饭。只有在特别的政治高压到来，而且执行使命的人动真格的情况下，禁查才会变成真的。但只要执行高压的钦差大臣一走，禁查依旧会变成摇钱树。对此百思不得其解的皇帝不明白，这个制度里的所有人，即使可以依照制度规定的反面，"合法"致富。因为落到实处，官员的权力是没有制约的，没有常规制度制约的权力，所带来的好处和巨大的利益，是正常的血肉之躯所无法抵御的。更何况，清朝继承明朝的低俸制，使得官员即使想依法过一个平稳的富足日子都不可能，非捞外快，不足以过好日子。这样制度下的机构，怎么可能禁查得了利益如此丰厚的鸦片贸易？

鸦片的禁查，只能是演戏。上面来一个清官，认真办事了，演戏的就暂时收起行头，等他走了，再接着演。林则徐六三禁烟大获成功，如果英国人不开仗，等林则徐走了，鸦片依旧禁不了。毕竟，清朝只有一个林则徐。

八旗洋枪队

在太平天国战争中，八旗兵的无用，其中最感到痛的，当然是清廷最高统治者。镇压五省白莲教起义，依靠团练，还可以说，八旗兵比较宝贝，轻易不能调用。但是，太平军已经威胁到了江山的根基，却只能指望汉人帮忙，不是丢人的问题，而是满人江山虚了。

淮军大规模采用洋枪洋炮，用洋人洋操训练的事儿，惊醒了恭亲王奕䜣。在1862年，清廷接受英国人的建议，在京营八旗中，挑选了一百二十名官兵，聘了英国军官十七人作为教练，训练八旗洋枪队，复制淮军。不久，八旗洋枪队扩编为将近五百人。原本，奕䜣是准备用这五百人作为教导队，整体改造八旗兵的，但是，这五百人显然没练明白，更没这个本事训练众多的八旗兵，唯一的效果，是让朝廷用洋枪武装了神机营。从那以后，尽管神机营从来没有临敌应战过，连剿匪都没有派上过用场，但其武器装备，却一直都是最精良的。淮军用什么，他们用什么。

在整个的旧军改造过程中，虽说各省的绿营起色不大，但各地驻防八旗，却先后配置了洋枪洋炮。为了让八旗子弟们学会使用洋枪，各地驻防八旗都会成立一个样板队，先行训练，然后普及。跟淮军一样，用洋人做教练，在操场上练洋操，口令蹦英文单词。这个过程，一直到清廷推行新政，都没有停止过。一边在编练新军，一边在整顿八旗。京师的八旗新军，被整编为禁卫军，各地驻防八旗没有在编制上加以整编，但武器却是最好的。到辛亥革命发生，中央禁卫军和驻防八旗的武器，都要优于新军。辛亥革命镇江新军要起事，始终担忧驻防旗兵手里的重炮。

虽然说，从大的方面讲，八旗的整顿，是整体上旧军改造的一部分。但八旗的重新武装，对于满清王朝而言，却具有特别的意义。说一千道一万，八旗兵，才是他们自己的队伍。事实上，只有八旗兵重振雄风，变得有战斗力了，这个王朝上上下下，才会真正的踏实。当然，就当时而言，想要八旗兵变得有用，唯一的办法，是按西法训练，给他们装备以最先进的洋枪洋炮。

但是，养尊处优两百多年的八旗子弟，作为统治民族，这么多年养成的积习，如果不发生重大的变故，没有强大的压力，是不可能发生变化的。能够给八旗子弟施加足够压力的，只有皇帝和太后本人，但是，皇帝和太后，又不可能亲力亲为做旗兵的首领，督促他们训练。八旗兵不能骑马，不能射箭，畏马如虎这样的糗事，在乾隆时代，就已经屡见不鲜。强势如乾隆，都拿这些宝贝没有办法，何况他的后世不争气的子孙？原本作为皇室禁卫部队的神机营，就是一支最大的八旗洋枪队，这支部队，由西太后那拉氏最信得过的醇亲王奕譞亲自统领，但是，亲王也没办法让八旗老爷们振作起来。

八旗兵架鸟笼子遛鸟，逛戏园子，成为牢不可破的爱好，谁也不敢给他们把笼子给砸了。出操的事儿，都是雇人来做。老百姓说他们是，"见贼要跑，雇替要早，进营要少"。好不容易进营会一次操，每个人手里都架着鸟笼子，会操完毕，各自遛鸟去了。实在要玩真章的，就雇人替班。如果雇不到合适的人，当场出丑，也是常见的。对于洋枪，八旗洋枪队的人，不仅懒得学，而且连枪都懒得扛。平时就把枪锁在箱子里，真要是让他们出操，宁可带着大刀长矛。广州驻防八旗洋枪队，搞了一次打靶，一千多人里能挨上靶的，只有区区几个。1868年，捻军逼近京师，西太后准备让神机营出去应敌，命醇亲王奕譞出面点校，结果，神机营步法错乱，乱七八糟，成不了个阵势。后来，虽然也把队伍拉出去了，但没有人真敢让他们接仗。淮军众将把捻军打了，归功一份给这些老爷，也就结了。

再后来，八旗兵又染上了鸦片，吞云吐雾，平时连遛鸟的精神头都没有了。从南到北，只要有八旗兵的地方，出操都是雇人应替。有的驻防八旗，跟当年绿营学会了高招，平时雇几个高手，能骑马，能放枪，还能爬高，翻跟头，打把式，都会点。这样的高人，养在营里。但有点校的王大臣来了，就让这些人出来表演。反正点校大臣也知道怎么回事，拿点好处，也就过去了。

不仅如此，京师的神机营，还开办属于自己的神机营机器局，学洋务派大臣，搞自己的军火工业。光绪十年（1884），神机营的机器局，在醇亲王奕譞的主持下得以开办。跟其他机器局一样，雇了洋匠，买来西洋机器，建了西式的厂房，用以生产来复枪和子弹炮弹，生产出来的产品，装备神机营。这个机器局，总共花费一百多万两银子，比个能造船的福州船政局还要多。但是，这个属于神机营的军火工厂，效率却低得可怕。一年复一年，只见往里砸钱，却没有看到什么东西生产出来。到光绪十六年（1890）一把大火，给烧了个干净，只好不了了之。

说实在的，清政府在武装和重建八旗兵上，力气没少花，银子大把地扔。八旗兵的武器，一直都是挑最好的装备。只要是花在八旗身上，多少钱，朝廷都舍得，像修建神机营机器局这样扯淡的事，朝廷照样准。但是，汉人之中，还能有李鸿章，有张之洞，更有袁世凯，但满人则半个李鸿章都找不出来。又不能让汉人去管八旗，训练八旗兵。即使在新政时期，满人里出来一个良弼，日本士官学校毕业，号称是满人里懂军事的，是个将才。但他统帅的禁卫军一个旅，好像也没有太多的起色。

到了清朝覆灭之时，各地的八旗将士，不管自己武器多么精良，大炮多么厉害，一听说革命党到了，有气节的自杀，没气节的投降。镇江、杭州和广州的驻防八旗，都曾经让起义的新军感到相当的忧虑，但是他们都不战而降。京师里主要由八旗子弟组成的禁卫军，有些满人亲贵还指望他们杀光汉人呢，结果，一纸优待条件，和一个冯国璋个人的担保，就让他们乖乖就范了。在1911年革命党广州黄花岗起义之前，一个来自新加坡的革命党独行侠温生才，单枪匹马一个人，一支手枪。而当时的广州将军孚琦有几十个荷枪实弹的八旗兵护卫着，温生才闯到孚琦的官轿旁边，拿枪对着孚琦的脑门，一枪毙命。周围的八旗护卫，居然一哄而散。后来孚琦的妻子，要追究护卫队长的责任，听闻这个消息，队长居然晕过去了。一个世袭当兵的职业军人队伍，一个曾经以十万人征服关内的队伍，能烂到这个程度，真是匪夷所思。

比较起来，当年的八旗子弟对于办洋务，倒也不是说特别的抵触。他们，尤其是那些贵胄子弟，对于西洋的玩意，更加好奇，也更加稀罕。不仅对于轮船火车不抵触，连照相机、放映机这样的东西，都有强烈的兴趣。但是，他们对于洋玩意，只限于玩，好玩就玩。对于新奇的东西，可以爱不释手，一掷千金。但是，你要让他们来操办这个事儿，就比较麻烦了。一般来说，他们是能推就推，实在推不了了，担子落到自己肩上了，就会想办法找替代。他们不像汉人，经办洋务，经常会借机弄钱。对他们来说，即使有大把的弄钱的机会，也会因为操不起那个心，找个替身来做。所以，满人的洋务事业，无论洋枪队和机器局，如果浪费了很多的钱，大把银子丢在水里，多半背后有汉人。汉人打着满人的旗号，替皇上糟害这些银子，事儿，是一点也办不成。八旗子弟这么多年被人养着，供着，尊奉着，铁人也变成了豆腐，不，豆腐渣。人一点都不恶，其实也不笨，文化程度也不低，但就是喜欢摆谱，不干事。旗人风气，谁干事，谁丢人。即使大难临头，也依旧振作不起来。在整个编练八旗洋枪队期间，洋枪队的勇士,表现最神勇的行为,是庚子年神机营的一位好汉,射杀了单身去总理衙门议事的德国公使克林德。后来议和的时候,让清政府多赔了大把的银子。

过去,人们老是说北京大爷,光说不练。其实,真正的北京大爷,是满人。有这样的满人,他们的皇帝和太后再着急上火,也无济于事。八旗的重振,有多少好枪好炮都没有用。只要皇帝和太后不忍心改变他们的特权结构,怎么投入,都是白费。然而,我们看到,到了辛亥革命武昌起义发生,满人统治者,也没有舍得放弃八旗的特权。他们不知道,恰是这种特权,让八旗子弟,成了废物点心。无论怎么扶,都扶不起来。不仅自家的王朝覆灭,连挣扎的勇气都没有,连后来的复辟,都是汉人帮他们做出来的。

选自《随笔》2015年第1期

评鉴与感悟

喜欢看张先生的随笔,除了他的文章写得好,主要还是能明白一点历史。而我对历史,向来没有鉴别的能力,知道一点似是而非的答案,从没想过还要追问背后的真相。对历史的细节、因果关联更是无从谈起。自从迷上张先生的文章,终于明白他的文章为什么产生如此持久的魅力了。

闲抛碑帖

/ 胡竹峰

《鸭头丸帖》

《鸭头丸帖》写道:"鸭头丸,故不佳。明当必集,当与君相见。"此帖据说是王献之存世的唯一真迹,也有人说是唐人摹本,宁愿它是摹本,这样我辈后人读帖时能多一分惆怅与罔恋。

在艺术上,惆怅与罔恋有时候比欢喜与满足格调来得高,文学中写悲剧的作品明显比写喜剧的艺术价值大,《红楼梦》《金瓶梅》《水浒传》《桃花扇》可以不朽,《好逑传》《玉娇梨》《平山冷燕》这些才子佳人之类大团圆的东西看过即忘。

这一笔扯远了,只说王献之的书法,他的字风格与其父仿佛,但脱去了王羲之的形骸。从见到的墨迹照片看,王羲之,富中有逸气,毕竟是逸少;王献之,富中有贵气,到底是大令;朝玄虚上说,王献之的字有病气。

王献之多病,故帖中常常提到药,鸭头丸是种药,医书上说主治"水肿,面赤烦渴,面目肢体悉肿,腹胀喘急,小便涩少"。他另一名帖《地黄汤帖》提到的地黄汤也是味药。

今人谈到书法,第一想到的就是碑帖。"碑"和"帖",原是两个概念。歌功颂德、立传、纪事的文字,镌刻后立于某纪念处的称"碑"。关于"帖",欧阳修做过定义:"其事率皆吊哀、候病、叙睽离、通讯问,施于家人朋友之间，不过数行而已。"欧阳修倒无意中点出了晋人法帖比魏碑、唐楷、宋书的高明所在——施于家人朋友之间，也就是家常。

晋人法帖是油盐柴米之间留下的一些片段，魏碑当然好，唐楷也不坏，但太刻意了，远远不及晋人随便。宋以后，书的味道减弱，法的规矩增加，艺术上规矩越多，成就越小。晋人法帖有平淡生活中流露出来的气息。寄给友人的短信，随手写下的便条，不必正襟危坐地对待，也没有装裱悬挂的念头，笔墨间方有真性情的流露，唯其不经意，愈见真性情。

前些时读蒋勋文章，他说有回台静农先生拿出王献之的《鸭头丸帖》说："就这么两行，也不见怎么好。"第一次见今人批评王献之，觉得新奇，所以记住了。唐太宗曾说王献之有"翰墨之病"，大约不无道理。

王献之的书法我不喜欢，我更不喜欢他的为人，《世说新语》录有一段往事：王献之家里失火，他哥哥王徽之吓得鞋都不穿，奔逃而出。王献之却面色不变，让仆人扶着走出来。我初读感到好玩，现在想起觉得做作太甚，顿生嫌恶。

王献之的书法视角是家常的（如果视角可以用家常来形容的话），因为家常，弥漫其中的人间烟火味虽足，我还是觉得亲切。不像唐宋后人，唐宋人的书法当然好，但他们的书法里有刻意的成分（《祭侄稿》除外）。到了明清，笔墨在宣纸上几乎成表演了，话剧表演，明清的书法家都是话剧演员，尽管他们演技那么好，但毕竟站在舞台上。

演话剧当然好玩，过日子更不易。把日子过好，何其难哉！在当下，我越发迷恋晋人法帖。鸭头丸虽不佳，"明当必集，当与君相见"还是韵味无穷。

鸭头丸绝迹，摇头丸横行。

北冥鱼

本来文章的名字叫"扶老携幼"。"扶老携幼"是套话，前人见王羲之《兰亭序》字体有大有小，疏密俯仰，多好以"携老扶幼、顾盼生情"喻之。

近来疲了，对写作疲了，笔墨荒废久矣，冬夜试笔，只好说说套话。幸亏疲而不乏，每天还能读点书。昨夜读一本关于王羲之的册子，买来快俩月，没拆开塑封，还是新的。学而时习之，不亦乐乎，不亦乐乎的并非文字，而是书内所录王羲之的墨迹照片，读得我神清气爽，凌晨时分方有睡意。

今年秋天，开始写点字，每天临临帖，读读和书法有关的文章，给自己放松。写了六七年，说不麻木是假的，所以我就放下，不是"放下屠刀立地成佛"的放下，而是"放下写作站着临帖"的放下，既然不能顿悟，我索性将它搁置一旁，就像和妻子柴米油盐过日子，相处久了，难免疲惫，若疏淡些时日，再相会，倒能小别胜新婚。

写作以横行的姿态左右逢源，书法以竖立的方式寻幽取静。

既是谈书法，当然从王羲之说起。王羲之是天才中的天才——超级天才，所以天才的王献之"磨尽三缸水"还只能"唯有一点像羲之"，终究与其父差了一个层次。在我看来，超级天才与天才的差别是对人生的理解：

向之所欣，俯仰之间，已为陈迹，犹不能不以之兴怀。况修短随化，终期于尽。古人云："死生亦大矣。"岂不痛哉！

能说这样话的人，王羲之前有老庄，后只有曹雪芹。

公认王羲之的代表作为《兰亭序》，可惜我辈所见，皆是后人摹本。褚遂良、虞世南、冯承素、欧阳询诸贤都曾下力临过，每个人落墨的效果，风格有别。王羲之是北冥之鱼，褚虞冯欧好不容易织就渔网，刚扔进海里，羲之这条大鱼却化为大鹏展翅千里。一帮人湿淋淋地空着手，站在岸边目瞪口呆。正是：

羲之已化大鹏去，褚虞冯欧眉上愁。大鹏一去不复返，细浪拍沙荡悠悠。

中国书法，轻者不重，重者少轻；讷者不敏，敏者缺讷；刚者不柔，柔者欠刚；唯有王羲之的笔墨轻重缓急，刚柔共济《兰亭序》更是太极鱼，阴阳互参。

有一年，我把《兰亭序》的印刷品挂在家里。窗外春暖花开，柳风袭人，王羲之风神俊秀；窗外烈日高悬，暑气弥漫，王羲之风神俊秀；窗外秋意萧瑟，落叶飘零，王羲之风神俊秀；窗外晨霜匝地，雪片抖索，王羲之风神俊秀。我突然觉得，《兰亭序》不能临摹，看看就好了，四时佳兴对其凝眸沉思，想想王羲之的生平，或许可得书法一二。

墨迹让我与王羲之共醉，淡掉人生的悲欣，抹去世间的无奈，把玩着法帖，天朗气清，惠风和畅。

补记：除了《兰亭序》，我最喜欢《丧乱帖》。《丧乱帖》由行入草，随着情绪，草字愈来愈多。"临纸感哽，不知何言，羲之顿首顿首"，这两行已不见行书踪影，全是草字。

《丧乱帖》有大悲愤。还是补记。

本文又名《北冥之鱼》，羲之面前不写"之"字，故删之。再记。

春韭秋菘

韭菜是初春的好，白菜是晚秋的妙。如果时间再老一点，初冬——正冬——深冬，白菜滋味更好。冷飕飕的风席卷一切，窗外冰天雪地，盘腿坐在热炕头，吃白菜炖粉条，喝几杯辣酒，不亦快哉！倘若再有三两个言语对味的吃客，那简直快活似神仙了。其实春韭秋菘即便不吃进嘴里，也是好的，看看就很爽目。

正是余寒不去的时令，园子里一小块韭菜地，绿叶纤纤，一阵风吹来，它们窃窃私语，"它们"简直成"她们"啦。多像一大群绿裙子的女生啊，站在操场上做广播操，列队之际，大家叽叽喳喳地说着体己话。

白菜呢。我曾在北方平原上见过秋天的白菜地，仿佛沙场点兵，但不是打仗，而是演习，所以此沙场没有彼沙场带兵伐气。远望得气，博远之气。我突然觉得《伯远帖》有博远之气。春初新韭，秋末晚菘，倒也真与《伯远帖》滋味相近。

晋王家的传世墨迹珍品，仅存者唯王珣而已。二王写了那么多杂帖，居然没有真迹留下，"罔恋之至"，唯有慨叹，幸亏还有幅《伯远帖》，可以让我们一睹王家书风。

王珣的叔叔是王羲之，祖父是王导，货真价实的名门子弟，他不像现在的"官二代""富二代"那么不靠谱。王珣官运不错，桓温说"他当作黑头公"，就是头发尚黑已官至公卿，果不其然，后迁至尚书。令加散骑常侍，这是闲话，且按下不表。

董其昌说王珣的书法"潇洒古澹，东晋风流，宛然在眼"。其实不是书法风流，而是人物风流，晋人当真是潇洒的：

珣顿首顿首：伯远胜业，情期群从之实。自以羸患，志在优游。始获此出，意不剋申。分别如昨，永为畴古。远隔岭峤，不相瞻临。

如此情深义重，俨若兄弟。汪曾祺先生有篇文章叫《多年父子成兄弟》，晋人却稍胜一筹，多年叔侄成兄弟。在古代，长幼之间缺乏沟通，他们关系颇微妙，但《伯远帖》中有一个中年叔叔与青年子侄的心领神会，这让书法氤氲出人情之美，我不知道伯远收到信后感觉如何，反正一千多年后的外人如我者，心头温温一片。

入冬后，气温微凉，正是读书的好时光，读《伯远帖》，如沐春风，在室内穿一件衬衫，居然不觉得冷。

"如升初日，如清风，如云，如霞，如烟，如幽林曲洞"（姚鼐语）。姚鼐的文章我不喜欢，但论《伯远帖》之语堪称绝妙，让我平添了无数好感，昨天在旧书店看见他的《惜抱轩全集》，也就买了下来。

铜鼓敲之

司空图著《二十四诗品》，将诗歌分为雄浑、冲淡、纤秾、沉着、高古、典雅、洗练、劲健、绮丽、自然、含蓄、豪放、精神、缜密、疏野、清奇、委曲、实境、悲慨、形容、超诣、飘逸、旷达、流动二十四种。反正电脑方便，索性都录下来，我写作下笔从来"不厌其烦"，管你读者眼睛是否"不厌其烦"。

书法似乎也可以二十四品类之：郑道昭书风雄浑，张旭书风豪放，文徵明书风沉着，八大山人书风高古，何绍基书风清奇。但雄浑、高古、沉着、豪放、悲慨，颜真卿都有：《勤礼碑》雄浑，《祭侄稿》豪放（但也有悲慨与真情），《多宝塔碑》沉着，《自书告身帖》高古，《争座位帖》清奇。

每次见到《祭侄稿》，心里就会触动，隐隐的悲愤中仿佛看到铁马金戈，枪棒林立，斯时，杀伐之气大炽，马作的卢飞快，弓如霹雳弦惊。的卢是什么马，没见过，弓如霹雳弦惊，没听过，这只能是辛弃疾，而不是颜真卿，但看见《祭侄稿》，总会连带着想到辛弃疾。颜真卿大概是辛弃疾的前世，辛弃疾或许是颜真卿的来生。

刚强、大气、雄浑、威严、勃勃、从容，蟒袍宽幅，大袖翩翩，只是少了点韵味。到底是盛唐气象，庙堂巍峨，铜鼎香烟缭绕，我辈草民甫见之下，给镇住了。唐朝人即使写字，也写得器宇轩昂，欣欣向荣，自有天国气象。颜真卿以后的书法，普遍缺钙，尽管缺钙也未必是坏事，赵孟頫、董其昌辈索性不要钙，一千多年缺下来，今人书法普遍腿软。

《祭侄稿》在中国书法史上称为第二行书，和《兰亭序》一样，都是特定环境的产物。王羲之是得意忘形，颜真卿则是悲愤忘形，二人皆无意于书法，下笔却神采飞扬，姿态横生，写出了天地间一等一的艺术品。《祭侄稿》本是稿本，其中删改涂抹处颇多，墨团之中，心境了无掩饰，越发大美无言。

艺术也真是怪事，太刻意了不行，太无意了也不行，有意无意之间，妙处方能涌现，书法是这样，绘画也是这样，写作，雕刻，世间一切艺术都难脱此窠臼。

颜真卿曾师从张旭，名师有名师的好处，大树底下好乘凉，但也不容易走出大树的阴影。打不过人家，就说哥哥是谁；写不过人家，就说老师是谁。做张旭的学生谈何易哉。做张旭的学生谈何易哉。做张旭的学生谈何易哉。我重复三遍，以示其难。

颜真卿的字，不看书法看人，我以为更好。笔墨背后的人，敦厚，中庸，一身正气，就像祖父或者曾祖父，凝目而视，不知不觉被种大的东西包围，不是爱，不是文化气息，可以说是情怀，但更多的是说不出来的感觉，人性深处的体恤吧。

欧阳修说颜真卿的书法像忠臣烈士，道德君子，端严尊重，初见感觉有些害怕，但看久了，就觉得他可爱了。这话让我越发觉得颜真卿像祖父或者曾祖父了。颜真卿一身硬骨头，其字若拿铜锤敲之，必铮铮作响。

不系之舟

昨夜外出吃饭，回家时，经过莲湖，看见一条小舟泊在岸边，水浪轻和，舟摇摇晃晃，我想起苏轼的《自题金山画像》：心似已灰之木，身如不系之舟。问汝平生功业，黄州惠州儋州。写罢此诗两月后，苏轼病逝常州。因是暮年之作，回想平生，尽管有刻骨铭心的沉痛，但语气平静如水。

如果说人生是条船，踏上黄州后，苏轼的人生之船再也没有系上，命运的坎坷自黄州始，艺术的成熟亦从黄州始。在黄州，苏轼留下了前、后《赤壁赋》和《赤壁怀古》这些伟大的作品，当然也包括《寒食帖》。

《赤壁赋》被誉为苏版《兰亭序》，东坡先生用笔遒劲，在宽厚丰腴中，力聚筋骨，如纯棉裹铁，或者类似太极拳的《阴阳诀》。书家之力忽隐忽现，兔起鹘落，不经意中闪烁而出。我想写完之后，苏轼会掷笔大乐的，不善饮酒的他或许会说："朝云，拿酒来！"

以趣味论，苏字我最爱《寒食帖》，那是苏轼到黄州后的第三年所书。那年倒春寒，阴雨不绝，接连两月萧瑟如秋，令人郁闷。雨后污泥上凋落的海棠花瓣残红狼藉。江水高涨，水快要漫进门内，雨势未减，小屋像一叶渔舟，厨房里也没什么好吃的，煮些蔬菜，破灶下的芦苇潮了，火石打了很久也点不着，脸弄脏了，满面尘灰烟火色，苏轼喃喃自语，转头一看，乌鸦衔着纸钱，想到今天是寒食节，报效朝廷无望，回乡祭祖不能，心如死灰之下作诗于纸幅之上。

起句"自我来黄州"写毕，懵懵懂懂，情绪不高，以致整首诗下来，笔意犹自未脱恍惚之态。另起一格，写第二首诗，情绪终于好一点。饱蘸浓墨写毕"春江欲入户，雨势来不已"十个大字，顿时，满腔不平波澜起伏夹杂着无可奈何的哀怨，胸际如潮似海，以诗遣怀，以字泄气，笔走龙蛇，写到"乌衔纸"三字时，笔锋似脱缰野马，绝尘而去。"哭涂穷"三字又将野马拽回来，"嘶"的一声，前蹄跃起，势若山崩。

时间：公元1082年寒食。

地点：黄州。

人物：苏轼。

道具：高三十三点五厘米，长一百一十八厘米的纸幅。

这些连成一体，从此世间多了一则法帖。

前些时，朋友郝健送我一册《苏东坡书金刚经》，有人讥东坡楷书如同"墨猪"，的确是肥厚了一点，但苏字肥厚中有秋意，也就是肥厚中有筋骨，所以我入眼只觉得丰腴，甚至是香艳，像贵妃出浴，且是粉彩画或者水墨画。贵妃出浴的影视版我也看过，香艳倒香艳，但"侍儿扶起娇无力"的感觉几近于无，未免失之含蓄。

不知何故，我一直把苏东坡想象成浑球，浑圆的一个球形，大概是民间传说作祟。关于苏轼的相貌可以荡开一笔，李公麟绘本《扶杖醉坐图》，清人翁方纲考证说与苏轼本人的形象接近，画上是一小眼睛、八字胡、高颧骨、蓄长须，并不胖的书生，呈洗练之态。

民间传说的想象力是丰富的，苏东坡不是豁达嘛，给你按上"心宽"，心宽自然体胖，心宽体胖的人快乐呀，那就再添些胡须，于是大胖子，大胡子出笼了，东坡成员外啦，反正这老头脾气好，不会怪罪，也懒得辟谣，于是格外多了几则轶事。

灵气飞之

灵气飞之，不是说灵气飞走了，而是灵气飞了起来。有灵气不难，让灵气飞起来，却非国手莫能为也。昨夜，我在单位写完文章《水无声》就起身回家了，读《灵飞经》。走回家，凉气侵体，但觉得精神浑浊，读了片刻《灵飞经》，春回大地了。

我好晚上读书，中国古书里有夜气，经史子集皆不例外，即便佶屈聱牙如韩愈、怒气冲天似龚自珍者，字里行间也有白日去后的清凉。这个观点不知过去可有人提过。话说到这个份上，我索性引申开来：日本随笔适合清晨，露水未干的时光，翻翻《枕草子》之类，可去宿气；俄国小说适合上午，早餐结束，脑聪目明，正好有精力对付《安娜·卡列尼娜》《战争与和平》《静静的顿河》之类大部头；《浮士德》《荷马史诗》《神曲》《罗摩衍那》，中午读最好，晕晕欲睡之际，人书恍惚，人非人，书非书，最易得道；大小仲马、斯蒂文森、马克·吐温、拉伯雷，适合下午，尤其是夏天，精彩绝妙，能消酷暑。

我读帖，多在晚上。中国书法者，黑白艺术也。在日光灯下，黑的是夜，白的是光，斯时斯景，方能切合古人落墨之气氛。我看书法，推崇气息；我看绘画，讲究韵味；我看散文，追求个性。这大约是很文人的习惯。李渔看女人，不重姿色，独看其"态"。何谓态？笠翁解释说："犹火之有焰，灯之有光，珠贝金银之有宝色。"这话可作我书法气息，绘画韵味，散文个性之脚注。

有一年李渔出门，途遇骤雨，躲雨至一路边亭里，很多踏青的女子也来避雨。其中一位三十出头的白衣贫妇，站在亭檐下，因为亭中已经插不下脚了。避雨的人，都忙着抖落身上的水珠，她一人任其自然，反正檐下雨滴不止，抖也无用，已经不堪，何必狼狈。过一会雨停了，其他人相继离开，白衣女迟疑不去，果然，雨又下起来了，她两步就返回了亭中，其他人又跑回来，这次却只能立于亭外受淋了，白衣女子反替她们拂去衣服上的雨水，没有现今公交车上争得座位人的得意之色。李渔评论白衣女说：

其初之不动，似以郑重而养态，其后之故动，似以倘佯而生态。其养也，出之无心，其生也，亦非有意，皆天机之自起自伏耳。

之所以落墨旁逸，是因为我从《灵飞经》读出女子之态，纵览草草，体态婀娜，局部细看，肤若凝脂，此女子没有沉鱼落雁闭月羞花之艳，却有翩若惊鸿，婉若游龙之美。

据说《灵飞经》的书者是钟绍京，近来有专家说另一件唐人书作《转轮圣王经》也出自钟绍京之手。钟绍京真是成精了，不是精怪的精，而是精神的精，把小楷写得如此精神抖擞，前溯洪荒无古人，后至今日无来者。

快雪时晴

那天下午的秋意够浓，尽管当时已是冬天。

天笑人鲁鱼亥豕，人说天四季不明，不明确，冬天若不下点雪，总觉得无聊，走在无聊的冬天，我念念盼雪。

风吹着窗外的树叶，心里快荡出秋意了，太阳很好，情绪也很好，想读书了，近来迷恋书各种碑帖，有几天没认真读书。

我挑了一些与中国传统文化有关的——谈书法、说绘画、论戏剧的书。看着看着，不禁走神，暗自思忖：中国文学是秋文学，或者可以这么说，中国上层的文学有属于秋天的味道——老子、庄子、屈原、龚自珍、鲁迅，《金瓶梅》《红楼梦》《野草》，这些作品内在质地就是秋天的，入眼只觉得帘卷西风，落叶无声。

但书法恰恰相反，中国书法的底色是春意迷离的，《兰亭序》如此、《书谱》如此、《灵飞经》如此、《韭花帖》如此，几乎所有上乘的书法，入眼都是春意迷离，或者说让人想到明媚、通畅、透亮的东西。

以上是引子，虽是闲话，但非说不可，因为我片刻就把书丢开了，又开始读帖——读《快雪时晴帖》，这则法帖的底色恰恰也是春意迷离的。

快雪时晴四个字可谓晋人的绝句，文辞之美，前可比曹植"翩若惊鸿，宛若游龙"，后可比杜甫"两个黄鹂鸣翠柳，一行白鹭上青天"。

快雪时晴的心情，我是有过的，常常是早上起来，但见得窗外一层新白，薄雪未晴的空气，穿过纸糊的窗棂，进入房间，穿衣时，清凉的气息见缝插针，顺着衣领，从脖子到后背，抹在皮肤上，一下子醒了，醒得悠闲惬意。我能体会王羲之在写《快雪时晴帖》时候快活的心绪。

王羲之的法帖，书艺俱佳可谓双绝者，譬如《兰亭序》，我读《兰亭序》，常常进入书法的笔墨流动中不可自拔而忘了文字，但我读《快雪时晴帖》，更多的趣味停留在文字上，或者说文字背后的场景上。

纷纷扬扬一场大雪过后，天气放晴，天地间猛然安静了下来，青山镀银，绿树镶玉，狗吐着热气，屋檐下的冰溜儿晶莹璀璨，王羲之早起不久，在窗前深呼吸，清新的空气从鼻入腔进肺，打个激灵。准备给朋友写信，砚台冻上了，笔也冻上了，用嘴呵些热气把它化开，王羲之心情大好，于是提笔写字：

羲之顿首：快雪时晴，佳想安善，未果为结，力不次，王羲之顿首。山阴张侯。

有人将这则法帖当作王羲之的真迹，张伯驹先生曾说："《快雪时晴帖》为唐摹，且非唐摹中最佳者。"熊秉明先生也认为《快雪时晴帖》相当拙劣，"不但是假的，而且是颇坏的临本"，"第一个羲字的戈钩就很笨拙，力不次三字最显得勉强描凑"。

是不是真迹不重要，笔墨中有点王羲之的影子就够了，雪泥鸿爪到底是蛛丝马迹犹可讯息，让后人还有些安慰。

我来南方很久了，今年南方，久晴无雪，今起上班，见路边草皮上抹了淡淡一层白，先以为是霜白，戴上眼镜才发现原来不过是露水打湿的灰尘，不禁想起中原快雪时晴之旧事。

老僧无戒

这两天天气很好，恰巧朋友送来一册怀素《食鱼帖》的影印本，心情愉悦，更觉得天气很好。

《食鱼帖》，草书八行，五十六字。怀素之书，已有定论，我喜欢的是其文：

> 老僧在长沙食鱼，及来长安城中，多食肉，又为常流所笑，深为不便，故久病不能多书，实愧予报。诸君欲兴善之会，当得扶羸也。即日怀素藏真白。

想想这个馋嘴的和尚，食鱼吃肉，招来他人非议，弄得很尴尬，以致生了很久的病，我就高兴——好个老和尚，也有"深为不便"的时候啊，看你怎么跳出三界外。

怀素性情疏放，虽是和尚，却无心修禅，饮酒吃肉，交结名士。这一次，他为常流所笑，久病不能多书，会不会生生闷气？会不会挠挠头皮？会不会把庙里小沙弥骂一顿？会不会扔掉木鱼托钵呢？或者心情不好，打翻了案头的墨池。想想老和尚满身焦黑，墨汁淋漓，就忍不住偷乐，倒不是幸灾乐祸，而是老和尚让我看见了生活的本质，所以高兴。

想想"深为不便"的原因，不过"常流所笑"，这正是怀素的了不起处。古往今来，了不起的人，往往会被"常流所笑"。大概在怀素看来，佛门戒荤酒之类，不过是骗人的鬼话罢了。所笑常流今不在，唯有老僧留其名。所笑常流东逝水，唯有老僧立江心。

说来，我也算个饮食男，自诩厨艺不错，但不会烧鱼。前些年，刚去郑州工作，有天下班看见卖鱼翁，一车厢鱼，鲜活乱跳，我买了十尾。我以为自己能烧好鱼，谁知道不是将鱼煎得七零八落如凌迟状就是煎得黑乎乎一片，锅底乌云骤起，快下雨了，最后只得送人。别人送钱送卡送烟酒送汽车洋房，我送鱼。送人鲜花，手有余香，送人鲜鱼，手有鱼鳞。有没有送美女的？古人倒喜欢用美人计，西施入吴，昭君出塞，貂蝉侍董卓。前些时和一朋友闲聊，说倘若谁对他使美人计，他就将计就计。

从《食鱼帖》中看，当时佛门似乎食鱼无妨，吃肉则不可。我对佛学毫无研究，不知其然。

古人书法，不从书法的角度看更好。譬如这则《食鱼帖》，出于老僧之手，而且还在久病当中，但行文飞动如意，精神饱满，着实令人佩服。今人的书法，倘若不从书法角度看，大抵只能相对无言了。长安米贵，居之不易，你一个老和尚，天天有得肉吃，别人不骂你才怪。

我姑妈烧鱼有绝活。

水无声

前天从书柜里翻书，看见黄复彩先生送的一摞字帖，有赵孟𫖯《赤壁赋》，取出来读到半夜。字写得不怎么样，师友们却赠我那么多笔墨纸砚以及碑帖之类文玩，是鼓励也是鞭策。

赵孟𫖯的名字小学三年级就知道，不过我不念赵孟𫖯，有时念赵梦兆，有时念赵梦页。那年头农村经常晚上停电，梦兆也是对的，就想有灯照我读书；那年头书籍紧缺，梦页也无可厚非，就想有书供我乱读。

一见赵孟𫖯，脑际水粼粼。篆隶行楷草，松雪样样精。也的确样样精，赵孟𫖯传世作品多，正行草隶皆非凡品，不好说哪一件是代表作，像陆游的诗，近万首，整体水平都很高。松雪是赵孟𫖯的号，他又号水晶宫道人。以松雪、水晶宫道人自署，有赵孟𫖯的用心，时人因他降元，从品节上挫之，薄其人遂薄其书，以"松雪"为名，是种无声的争辩吧。

赵孟𫖯仕元生涯如笼中之鸟，无人理解的哀怨，外界的指责，内心的压抑，都是让他潜心艺术的因由。不可能居庙堂之高运筹帷幄，指点江山，更不可能回到前朝，与其扭曲地活着，不如在诗酒书画中隐逸。

在艺术上，赵孟𫖯是自负的，或者说是自信的。我看赵帖《赤壁赋》，可见书法家神采奕奕的流观顾盼，分明藏着一份自得。米芾也是自负的，或者说是自信的，但他的自负自信中有小富即安的自以为是，赵孟𫖯则是深宅大院的富足殷殷。与赵孟𫖯相比，米元章是暴发户。不知何故，米芾的字让我觉得暴发户气息颇足，这么说并没有损他的意思，笑贫不笑娼，毕竟人家也腰缠万贯，赚够了骑鹤下扬州的本钱，自然名士风流。

赵孟𫖯在书法上是复古派，篆书学习《石鼓》《诅楚》，隶书学习梁鹄、钟繇，行草学习王羲之父子，楷书深得《洛神赋》的法度，所以很多人对其书艺评价不高，觉得前人痕迹太浓。中国艺术，不管是小说、散文、诗歌、绘画、戏剧，还是书法，都讲究一个师承。任何大师，身上都重叠有一代代先贤的影子。赵孟𫖯师承广泛，但已走出前人的影子，或者说在前人的影子中揉进了属于自己的色彩，所以虞集才赞扬他"饱十七帖而变其形"。

赵孟頫苦心孤诣的继承，比杨维桢、郑板桥等人信马由缰的创新，更具腕力与胸襟，也更有难度。赵孟頫是描摹虎豹，杨郑等人则是画录鬼魅，虎豹有态，掺不得假；鬼魅无形，反正谁也没见过，信笔草草，就说自出胸襟好了。

观赵孟頫的字，一派浑厚饱满，绝无寒相机巧处，正是困窘处格局犹在，多难时品格不变，我对他怀有冰清玉洁的好感。水无声地流着，有人扔进果皮，有人扔进纸屑，有人扔进破衣旧絮……

选自《杭州日报》2015年副刊

评鉴与感悟

胡竹峰的散文有味。随便一读，似乎就能联想到明清小品、民国散文。他的气息的旧，不单是字词用法的刻意回归。这是他的主动追求，要的就是这种况味。他如此年轻，落笔却能如此悠闲自在，说到底还是自信。他的骨子里浸泡着传统文化的讯息，纵横捭阖，总能看出历史的格局。

普洱出山记

/ 曾园

缺席

唐代陆羽的《茶经》在宋朝有了陈师道的序："夫茶之著书，自羽始；其用于世，亦自羽始。……山泽以成市，商贾以起家，又有功于人者也。"陈师道不愧是名诗人，谈饮食话题同样精准而周密。通常人们会认为陆羽有眼光，会品鉴，但陈师道发现陆羽其实推动了一个产业的发展，自从有了《茶经》之后，荒山野岭成了熙熙攘攘的集市，商人有了发家的资本。

唐朝诗人白居易在《琵琶行》里的名句"商人重利轻别离，前月浮梁买茶去，去来江口守空船"很重要，一来透露出茶叶能够有不错的利润，二来更说明茶商以他的经济实力可以娶到明星级别的妻子。据台北故宫博物院研究员廖宝秀介绍，"唐中叶之后，茶诗成为重要的诗歌题材，刘禹锡、白居易都写过不少茶诗，他们喝茶品茗，不是单为解渴，而是上升为精神领域的活动。"唐代茶碗和茶托很多，像白居易宅出土的就是邢窑的白瓷盏，这更说明茶文化的兴起不仅带动了一个行业的发展。

唐代王敷撰写的变文体写本《茶酒论》中提到"浮梁歙州，万国来求"，这是将中国茶叶销售的盛况很早记录下来的文字。

正是因为《茶经》的重要性太强，后世读者发现《茶经》中的记载并没有覆盖国内茶叶的全貌，会有一种惊讶。

宋朝的蔡襄发现陆羽在《茶经》里"不第（品鉴）建安之品"，实在不应该，于是特地写了本《茶录》向皇帝推荐福建的北苑贡茶。

更有甚者，宋朝的黄儒觉得蔡襄没说清楚，天下第一的建安茶现在出名的根本原因在于天下太平，"故殊绝之品始得自出于蓁莽之间，而其名遂冠天下。借使陆羽复起，阅其金饼，味其云腴，当爽然自失矣。""爽然自失"这个成语的意思大致是"心中无主，空虚怅惘"。茶人的见异思迁与厚此薄彼是很普通的事，推广家乡茶的热忱也可以体谅，但说茶圣陆羽只要喝到了黄儒的家乡茶，就恍然若失，好像陆羽一生的茶全白喝了，未免太刻薄，太自大了。

有一件事情是真的，陆羽的确生活在不太平的时代，深受安史之乱的痛苦，战乱结束后，陆羽在自铸的煮茶风炉上刻下"圣唐灭胡明年铸"几个字作纪念。

陆羽的《茶经》其实还包含着一个秘密，就是陆羽未必是发明出了一种全新的茶道。中国人大多都知道先民喝茶的时候会在茶叶中加入盐巴、芝麻、花生等一起熬煮，陆羽提倡了一种比较纯粹的饮茶方法。日本学者青木正儿发现，在陆羽之前，这种纯粹的饮茶方式就已经存在。晋代杜育的《荈赋》描述晋代茶人的趣味："惟兹初成，沫沉华浮，焕如积雪，晔若春敷。"这段文字之所以被敏感的日本学人发现，当然是因为这段文字所描写的内容与日本抹茶相似。这段残留的文字也保留在陆羽的《茶经》里。比较合理的解释是，多种茶道在汉文明中同时存在，陆羽倡导的只是历史上有过的一种茶文化。这种茶文化在宋代皇帝宋徽宗那里达到了最高的水平。

陆羽的《茶经》没有记载普洱茶，这是很多茶人想弄明白的一个谜。《金戈铁马大叶茶》的作者邹家驹先生认为："陆羽为《茶经》准备资料期间，正值天宝战争和'安史之乱'，他没有条件进入云南考察。""到南诏同大唐修好时，陆羽已经是六十多岁的老人。这次和好臣服，南诏仍然以一个事实上独立的政体存在。同小叶茶不可能进入云南一样，云南大叶茶并没有因为重新修好而进入唐地。"

孔明

南诏在中学历史教科书中所费笔墨不多,但南诏却是当时不容轻视的重要政治力量。对普洱茶来说,更是一个重要的发展阶段。

普洱茶严格地说起来是商品名,一般可以说是云南大叶种晒青毛茶。普洱茶有可能是所有茶叶的祖先,茶山地处中海拔、低纬度,北回归线横贯东西,被古生物学家认定为没有受到第四纪冰川波及的地方。从科学角度看,普洱茶是水浸出物含量最高的茶叶。云南濮人也有可能是世界上最早饮用茶的民族。

云南少数民族传说中,茶祖有多种说法,濮人后裔布朗族所崇奉的茶祖是叭岩冷,不过,最有意思的应该是诸葛亮。

清朝道光年间编撰的《普洱府志·古迹》中有记载:"六茶山遗器俱在城南境,旧传武侯(诸葛亮)遍历六山,留铜锣于攸乐,置铜于莽枝,埋铁砖于蛮砖,遗木梆于倚邦,埋马蹬于革登,置撒袋于慢撒,因以名其山。莽枝、革登有茶王树较它山独大,相传为武侯遗种,今夷民犹祀之。"

"武侯遗种"的说法不太可信,植物学证明四川并没有大叶种茶。诸葛亮与云南茶叶的关系更有可能只是诸葛亮对云南的产业规划进行了比较合理的布局,北部种植蜀国需要的粮食,道路艰险的南部种植茶叶,安居乐业。

"孔明七擒孟获"的故事早已经深入人心,孔明当然带来了儒教、道教等先进文明,不过历史记载,孟获的哥哥孟优到了巍宝山出家,传授天师道,天师道是当时比较先进的文化,可见孟获孟优族人文化程度不低。但朴实的少数民族至今仍然尊敬孔明,这是云南历史文化引人注目的现象。

著名导演田壮壮和作家阿城走过一次茶马古道,拍摄了一部纪录片《德拉姆》(2004年),导演斯科塞斯称这部电影"是一部永恒的历史教材,向世界展示了那个地区不同文化和宗教的融合统一。"《纽约时报》说该片是"一部在质量和艺术上都堪称伟大的影片"。此片虽然没有刻意去讲茶,但少数民族感人的精神气质却展露无遗。其中也提到了当地部分民众信仰天主教的场景。邹家驹在他的书里写过:"从怒江丙中洛通往藏域的古道边,坐落着一个二十来户叫秋那桶的怒族小村庄,村中最大的建筑是一座简易的天主教堂。我问村里长者祖上改信洋教的缘由,他说洋传教士说他们是孔明派来的。"

南诏

唐贞观十五年（641），文成公主进藏，茶作为陪嫁之物而入藏。文成公主爱喝茶，松赞干布当然也就爱喝。饮茶之风，一时蔚为时尚。

吐蕃、南诏、大唐三者的关系在茶气的氤氲氛围中开启了一段急管繁弦的外交、军事与政治纠葛。不可否认的一点是，南诏的独立，促使了云南大叶种茶的快速发展。

原先，因大叶种茶味酽苦涩，"蒙舍蛮以椒、姜、桂和烹而饮之"，这种饮用方式随着种茶民族在喜马拉雅山麓两侧的迁徙，随处传播。有学者认为，印度吃茶习惯是景颇族（境外叫克钦族）带进去的。荷兰人范·林索登1598年写的《旅行日记》记载，印度吃茶方式很特别，拌着大蒜和油，当作蔬菜一起食用。印度人也会把茶放入汤中煮食（周重林《茶叶战争》）。

南诏的饮茶方式是特有的罐罐烤茶。"洱海地区烤茶很讲究火色，烤茶时，用拳头大小的小陶罐，先在栗炭火上把罐子烤热，再把茶叶装进去放在火上烘烤，不时摇动，把茶叶焙成黄色，再冲进开水烧涨，倒进杯中。不能倒满，加进适量开水即可饮用，味道清香可口，这样可喝三次。如果再喝，又重新再烤。当地人喜用小罐烤茶招待客人，俗称'雷响茶'。"

2015年3月20日，我从广州新白云机场起飞，经昆明转机抵达临沧。临沧，因濒临澜沧江而得名，既是地理书里通往缅甸和东南亚的重要门户，素有滇西南"边陲宝地"和通向东南亚、南亚"黄金口岸"之称。见到临沧机场的数驾战斗机我才醒悟过来，这里也是近期果敢战事新闻里频频提到的地点。

我乘坐大巴赶往双江拉祜族佤族布朗族傣族自治县（据说是全称最长的县）勐库镇。入夜，勐库戎氏举办的歌舞晚会中，有两位哈尼族少女表演冲泡罐罐烤茶，她们用茶则从茶罐中取茶，倒入罐中摇动。动作舒缓优美。过了一会，可能又倒入小米之类，然后倒入沸水，罐罐中发出不小的噼里啪啦的声音。煮好后倒入一个个黑色小碗端给我们。茶清香扑鼻，有蜂蜜味道，非常甜，茶的涩味感受不到，茶气温和。当然也会有人喝了之后下意识问道："这还是茶吗？"这当然是茶，有可能这种饮茶方式在汉族种茶之前就存在了。

随着南诏势力的扩展，罐罐烤茶延伸到很远的地方。少数民族往往在火塘边烤茶，如果生活方式改变，比如进入城市，罐罐烤茶可能会消失。难以想象的是，邹家驹在缅北重镇果敢见到的传奇人物彭家声也喝罐罐烤茶。邹家驹问主人其他民族喝不喝罐罐烤茶，回答是都喝，而且天天喝。一个火塘，一个土陶罐，一把大叶茶，成了缅北地区人们生活中不可缺少的生活内容。

按照英国人类学家麦克法兰的观点，茶消灭了细菌，这让中国的唐宋时期的人免于疾病困扰，还增加了营养，这让广大的人口得以持续创造财富。

唐代，恰好是大唐、吐蕃、南诏茶叶命运发生重大变化的时代。大叶种茶和小叶种茶齐头并进，平行拓展着自己的空间。

禁欲

北宋乾德三年（965年），后蜀被平定不久，因烧杀过度被降职的王全斌"欲乘势取云南"，以地图进献。太祖赵匡胤"鉴唐天宝之祸起于南诏，以玉斧划大渡河以西曰：'此外非吾有也。'"

大宋用茶叶同北疆易"陕马"，南渡以后，"陕马"来源断绝，不得不主要依靠来自大理的战马。在宋代的记录中，云南不可以用茶叶易马，必须付现购买。原因很简单，云南有自己的罐罐烤茶，不习惯味道淡薄的小叶种茶。

宋徽宗将中国茶道发挥到登峰造极，他的《大观茶论》中的标准至今仍然是饮茶的标准，如雀舌、谷粒、一枪一旗，一枪二旗。他制定"斗茶"与"咬盏"的规则，亲自为臣下点茶。

可以发现，宋代中国茶道中，游戏与品饮是兼顾的。但对照"茶仙"卢仝《走笔谢孟谏议寄新茶》（又名《七碗茶歌》）中写的内容：

> 一碗喉吻润，二碗破孤闷。
> 三碗搜枯肠，惟有文字五千卷。
> 四碗发轻汗，平生不平事，尽向毛孔散。

五碗肌骨清，六碗通仙灵。

七碗吃不得也，唯觉两腋习习清风生。

我们会发现卢仝极为强调的品饮标准有些被忽视了。

宋代灭亡，中国茶道于是式微，正式灭绝是在明朝。有一天，住在皇宫里的朱元璋突然觉得农民制作末茶太辛苦了，于是下令贡茶不用末茶。明沈德符的《野获编补遗》卷一"供御茶"条记载，明初所贡给朝廷的茶是用宋代以来的制法做的团茶。但太祖洪武二十四年（1391）九月，洪武帝为了节省民力下令不要再制造团茶，可以直接进贡叶茶，末茶于是渐渐灭绝。青木正儿考证，此时正是日本抹茶（中日末茶有相关性，不尽相同，写法也不一样）最隆盛之时。

在著名的《茶之书》里，冈仓天心曾对中国人对茶缺乏恭敬颇有微词："我们发现明代的一位训诂学者竟不能想起宋代古籍里茶筅的形状。"这里的"竟"字强调的是训诂学者忘得快。朱元璋明初下令灭绝末茶，二百年后，1586年王圻在《续文献通考》说："元犹有末茶之说，今则闽广之地，间用末茶，若叶茶之用遍天下，几不复知有末茶矣。"

冈仓没明说，但这位训诂学家很容易查到是毛奇龄，他在《辨定祭礼通俗谱》一书中口吻的确是轻慢的："祭礼无茶，今偶一用之，若朱礼（应该是指朱熹的《家礼》）每称茶筅，吾不知茶筅何物，且此是宋人俗制，前此无有。"毛奇龄至少有一个地方是错的，茶筅绝不是"俗制"，宋徽宗本人在《大观茶论》里定下了茶筅的形制。

清流

明代文人不仅忘掉了宋徽宗的末茶，还颇有些自得。明代张源在他的《茶录》中记下了明代人的新茶道："茶道，造时精，藏时燥，泡时洁。精、燥、洁，茶道尽矣。"

备受读者青睐的张岱自成一格，有些追求，但似乎对茶道的传统不甚了然。他那篇传诵至今的《闵老子茶》神乎其神，但止于神话。朱元璋灭绝传统茶道之后，新兴的茶道元气很足，生命旺盛，也有其精妙处，但在我看来，这种精妙散发出一种枯燥、禁欲的气息。罗廪的《茶解》要求

"茶须徐啜,若一吸而尽,连进数杯,全不辨味,何异佣作。卢仝七碗,亦兴到之言,未是事实。山堂夜坐,手烹香茗,至水火相战,俨听松涛,倾泻入瓯,云光缥渺,一段幽趣,故难与俗人言。"屠隆认为要紧处在于"神融心醉,觉与醍醐甘露抗衡,斯善鉴者矣。使佳茗而饮非其人,犹汲泉以灌蒿莱,罪莫大焉。有其人而未识其趣,一吸而尽,不暇辨味,俗莫大焉。"

明代饮者的焦虑症在于:茶是雅事,但极容易落俗。于是饮茶变成了一种炫耀性的行为,而且,传统的茶道丧失后,饮者丧失了对了解的兴趣,所以罗廪才指责经典的"卢仝七碗""未是事实"。这种病发展到了晚期,就集中表现在《红楼梦》小说人物妙玉身上。这种禁欲茶道无视茶原有的玩乐、游戏、炫技等有生命力元素,还歪曲、肢解卢仝的见解,格局太小。

当然,某些明代茶人也有让人眼前一亮的新特色,台湾学者吴智和认为:

明代茶人是由文人集团中游离出来的成员,他们是强调文化落实于生活的一群志同道契的当代人士。他们的出身,大抵以乡居的布衣、诸生为主体,结合淡泊于仕途或失意于政坛的科举人士。以志趣相高,往返酬游于园亭、山水之间;以饮茶相尚,艺文消融为事,在当代是一支鲜明的清流人物。

在与明代专制制度抗争中的清流人物中,状元杨慎的遭遇堪称奇特。他在"论大礼"后被皇帝发配云南。杨慎居滇三十四年,足迹遍布昆明、大理、建水、丽江、保山等地区,创作近三千首描绘、吟诵云南的诗歌。邹家驹认为"杨慎在火塘边品饮罐罐烤茶的诗词,韵味独特,境殊情笃,是内地茶人难以体会到的。"

从杨慎的"彩线利如刀,解破团圆明月"一句可以看出,云南人此时已经做紧压圆茶了。不仅如此,杨慎这位从京城来的大文人,觉得大叶种茶要比江南的"春前""明前""雨前"味道要好。

好事近·煮茶和蔡松年

彩线利如刀,解破团圆明月;

兰薪桂火筠炉，听松风翻雪。
　　唤取眠云跂石人，赛十洲三绝；
　　焚香朗诵黄庭，把肺肝清彻。

杨慎所和的是金代茶人蔡松年的《好事近》：

　　天上赐金奁，不减壑源三月。
　　午椀春风纤手，看一时如雪。
　　幽人只惯茂林前，松风听清绝。
　　无奈十年黄卷，向枯肠搜彻。

"向枯肠搜彻"，这是蔡松年在向卢仝致敬。蔡松年父亲降金，自己也在金朝任显宦，但内心颇为挣扎。金兀术攻宋与岳飞等交战时 蔡松年为兀术"兼总军中六部事"，内心痛苦可想而知。

蔡松年词中"壑源"在福建省建瓯市内，产团茶极有名。一直反抗朝廷的杨慎在向蔡松年致敬中，将云南的普洱茶称为"团圆明月"，内涵极深，似乎暗示虽然团茶（末茶）被朱元璋灭绝，但普洱茶其实延续了宋代茶道的精神。这一次，大叶种与小叶种茶合一了。

日本茶人青木正儿也认为，普洱茶与宋朝茶道有一脉相承之感。

乾隆

清朝皇帝乾隆发现《陆羽》没有记载他喜欢的普洱茶，当下御制一首《烹雪用前韵》，其中四句如下："独有普洱号刚坚，清标未足夸雀舌。点成一椀金茎露，品泉陆羽应惭拙。"皇帝刻薄不合适，于是轻点一下，"应惭拙"。

余秋雨在《极端之美》一书中也提到这段历史："雍正时期普洱茶已经有不少数量进贡朝廷，乾隆皇帝喝了这种让自己轻松的棕色茎叶，就到《茶经》中查找，没查明白，便嘲笑陆羽也'拙'了。"

说乾隆没查明白《茶经》，应该是冤枉了他。

陆羽在《茶经》中不提普洱茶，民间有一种解释说陆羽在撰写《茶经》的时候，茶叶发源地南诏已脱离了唐朝，陆羽对此很有看法，"圣唐灭胡明年铸"可见他的态度。

对"夷夏之防"有更强烈看法的乾隆在编辑《四库全书》期间，对书中的"夷狄""北虏""女真"等字词尽情删改。傅增湘先生说乾隆"挟雷霆万钧之力，与枯骨遗魂争胜负于朽简之内"，"居九重之尊，躬参与删订之役""欲使天下后世咸归于束缚衔勒之中。"

我查了一下《四库全书》中的《茶经》，"圣唐灭胡明年铸"被猥琐地删改为"圣唐年号某年铸"。

胸中燃烧着无孔不入删字的炽烈情感，怎可就此罢休？一句"品泉陆羽应惭拙"就完事了？万籁俱寂的深宫之夜，书案上亮堂堂的烛火旁，那张宽厚的大手必定招来了屏风后睡得不亦乐乎的纪晓岚："小纪，来来！"

清代畅销书《瀛奎律髓》当时产生了"海内传布，奉为典型"的巨大影响，纪晓岚于是动手写了一本"刊误"。《瀛奎律髓汇评》第十八卷为"茶类"诗，纪晓岚点评"辨卢仝诗句殊无谓"，在《送陆羽》一诗后写下"非高格"，在《故人寄茶》诗后写下"不雅""体格颇卑，后四句尤拙鄙。"在梅尧臣的《阁门水》后，写下"浅薄无味。"在宋朝品茶大家丁谓的《煎茶》诗后，因无音律可挑剔，于是写下"细碎敷衍，未见佳处"。宋代饮者的气度与风神，清代皇帝的"文学侍从"哪能梦想得到？扬之水为丁谓辩护："'自绕风炉立''铛新味更全'，咏煎茶甚切。"

纪晓岚在其他卷里，往往有赞有弹，唯独在"茶类"诗一卷里，几乎全是负面评价，处处可见"拙鄙"。这显然是在替主子"与枯骨遗魂争胜负"，以技术手法打击汉族茶道。

汉族茶道遗漏了一度属于外族的普洱茶，乾隆就偏要发明出一种异于汉族茶道的、以普洱茶为中心的新茶道。

乾隆推行新茶道效果如何？《红楼梦》里确实写到哪天什么人吃多了，就有人劝"该焖些普洱茶喝"，但普洱茶在清代官场与民间的普及情况并不清晰。

这一情况直到韩国学者姜育发写出了《清代普洱茶海外史稿研究》才发生重大变化。姜育发利用《燕行录》等韩国史料，发现"今燕都茶品之藉藉盛行者，普洱茶为第一。"（《五洲衍文长笺散稿》），《日省录》等书记载乾隆八十大寿颁赐国内外诸臣的唯一茶叶是普洱茶。姜育发也认为，正是因为乾隆的提倡，"普洱茶在清代权府中的声誉与崇尚是其他茶叶无法比拟的"。洪大容在其《湛轩燕记》中记载中国"茶品多种，青茶为最下常品。普洱茶都下（京都）最所珍赏，亦多假品"。普洱茶被推崇到如此程度，今人难以想象。

就品种来说，雍正乾隆嘉庆爱喝易武，道光喜欢上了娜罕，此茶汤色虽清浅，却有兰花香气，回甘持久，茶气强劲霸道。道咸年间的议政大臣谈公事的时候经常喝此茶，不过想想道咸年间政事废弛，朝廷衮衮诸公实在是对不起这款好茶。

清末民初的浙江博雅之士柴小梵在《梵天庐丛录》里说："普洱茶产云南普洱山，性温味厚，坝夷所种，蒸制以竹箬成团裹，产易武、倚邦者尤佳，价等兼金。品茶者谓普洱之比龙井，犹少陵之比渊明，识者韪之。"总之喝了之后心花怒放，觉得有重大发现，迸发出大量精彩比喻，专家也只好徐徐颔首。普洱茶此后一直重复经历着普及—遗忘—普及的遭遇。

民国时期鲁迅喝过普洱茶，他收藏的二十克的普洱茶在后来卖到二十万的天价。对乾隆有看法的傅增湘先生也喜欢喝普洱茶，唐鲁孙在文章中有描写："傅老已拿出核桃大小颜色元黑的茶焦一块，据说这是他家藏的一块普洱茶，原先有海碗大小，现在仅仅剩下一多半了。这是他先世在云南做官，一位上司送的，大概茶龄已在百岁开外。……等到沏好倒在杯子里，颜色紫红，艳潋可爱，闻闻并没有香味，可是喝到嘴里不涩不苦，有一股醇正的茶香，久久不散，喝了这次好茶。才知道什么是香留舌本，这算第一次喝到的好茶。"

唐鲁孙在《北平四川茶馆的形形色色》一文中报道了民国时期普洱茶的饮用情况，极为珍贵："重庆和西南各地的茶馆，很少有准备香片、龙井、瓜片一类茶叶的，他们泡茶以沱茶为主。沱茶是把茶叶制成文旦大小一个的，拆下一块泡起来，因为压得确实，要用滚热开水，焖得透透的，才能出味。喝惯了龙井香片的人，初喝很觉得有点怪怪的，可是细细品尝，甘而厚重，别有馨逸。有若干人喝沱茶上瘾，到现在还念念不忘呢！普洱茶是云南特产，爱喝普洱茶的人也不少，不过茶资比沱茶要稍微高一点。"

唐老说的沱茶是下关沱茶,其实也是普洱茶的一种。

1949年之后,故宫里还曾经分发过许多存放的茶叶当福利,许多人已经不懂得普洱茶可以存放,直接就倒掉了。

(本文写作参考了邹家驹先生的《金戈铁马大叶茶》、周重林先生的《茶叶战争》《茶叶江山》等书。)

选自2015年第14期《南都周刊》

评鉴与感悟

怎么说呢,学琴学古琴,开店开会馆,学佛修密宗,喝茶喝普洱,已经成了四大俗,但真能沉进去,有个平常心,人的面貌还是大不一样。比如,看到人认真谈论普洱茶,而且还讲得头头是道,由不得不喜欢。我总是对有见地的人心存敬畏。

遥远的葵花地

/ 李娟

灾年

乌伦古河从东往西流,横亘阿尔泰山南麓广阔的戈壁荒漠,沿途拖拽出唯一的绿痕。荒野中所有的村庄、草场、耕地都紧紧傍依在这条河的两岸,像冰天雪地中的人们傍依着唯一的火堆。

什么都离不开水。这条唯一的河被两岸村庄和耕地源源不断地吸吮,等流经中下游我们的阿克哈拉小村,就已经很浅窄了。若是头一年遇上降雪量少的暖冬,更是几近断流。因为北疆的河流差不多全靠积雪融汇。

这一年正是罕有的旱年。在灌溉时节,因抢水而引起的纠纷此起彼伏。轮到哪块地浇灌时,哪块地的主人便日夜守着水阀不敢离开。被褥也铺在水渠边,提防睡觉时水流被人截走。

暖冬不但会引起旱灾,还会引起蝗灾及其他严重的病虫害。不够冷的话,冻不死过冬的虫卵。

此外,干旱令本来就异常贫瘠的戈壁滩更加干涸,几乎寸草不生。南面沙漠中的草食野生动物只好向北面乌伦古河畔的村庄和人群靠近,偷吃农作物。这也是很严重的农业灾害之一。

然而正是这一年,我妈独自在乌伦古河南岸广阔的高地上种了八十亩葵花地。葵花苗刚长出十公分就惨遭鹅喉羚的袭击。一夜之间,八十亩地给啃得干干净。

虽说远远近近有万余亩的葵花地及打瓜地都被鹅喉羚糟蹋了，但谁也没有我妈损失严重。一来她的地在这万亩耕地的最边缘，直接敞向荒野，总是最先沦陷；二来她的地少，不到一百亩。没两下就全给啃没了。而那些承包了上千亩的大户，特经啃。最后多少会落下几亩没顾上啃的……当然，哪能这么比较……

我妈只好又买来种子补种了一遍。天气暖和，又刚下过雨，土壤墒情不错，第二茬青苗很快出头。然而地皮刚刚泛绿时，一夜之间又被啃光了。

她咬牙又补种了第三遍。

很快，第三茬种子重复了前两茬的命运。

我妈伤心透顶，不知找谁喊冤。不久，她听说野生动物归林业局管。便跑到城里找县林业局告状。林业局的人倒很爽快，满口答应给补偿。但是——

"你们取证了吗？"

"取证？"我妈懵了："啥意思？"

"就是拍照啊。"那人微笑着说："当它们正啃苗时，拍张照片。"

我妈大怒！种地的顶多随身扛把铁锹，谁见过揣照相机的？再说，那些小东西警觉非凡，又长着四条腿，稍有动静就撒开蹄子跑到天边了。拍"正在啃"的照片？恐怕得用天文望远镜拍吧！

总之，这是令人沮丧的一年。

尽管如此，我妈还是播下了第四遍种子。所谓希望，就是付出努力有可能会比完全放弃强一点点。

说起来，鹅喉羚也很可怜。它们只是为饥饿所驱。对它们来说，大地没有边界，大地上的产出也没有所属。它们白天在远方徘徊，遥望这边唯一的绿色地域。夜里悄悄靠近，一边急促啃食，一边警惕倾听……

它们也很辛苦啊，秧苗不比野草，长得稀稀拉拉，就算是八十亩地，啃一晚上也未必填得饱肚子。于是有的鹅喉羚直到天亮了还舍不得离去，便被愤怒的农人开车追逐、撞毙。

但人的日子又好到哪里去呢？春天已经完全过去，眼下这片上万亩的耕地仍旧空空荡荡。

无论如何，第四遍种子的命运好了很多。似乎一进入七月，鹅喉羚们就熬过了一个难关，从此再也没有见到它们的身影。它们去了哪里？哪里水草丰美？哪里暗藏秘境？这片大地平坦无物，其实，与浓茂森林一样擅于隐瞒。总之第四茬种子一无所知地出芽了，分外蓬勃。毕竟它们是第一次来到这个世界。

丑丑和赛虎

大狗丑丑一点也不丑，浑身卷毛，眼睛干净明亮。它三个月大时被我妈收养，带进了荒野。每天所见无非我妈、赛虎和鸡鸭鹅兔，以及日渐华盛的葵花地。因此当鹅喉羚出现时，它的世界受到多么强烈的震荡——

它一路狂吠而去！经过的秧苗无能幸免。很快，它和鹅喉羚前后追逐所搅起的烟尘向天边腾起。鹅喉羚身形如鹿，高大瘦削、矫健敏捷、爆发力强。奔跑之势，完全配得上"奔腾"二字。而丑丑也毫不含糊，开足了马达紧盯不落，气势凶狠暴烈。唯有那时才让人明白，狗是野物啊！虽然它大部分时间总是冲人摇头摆尾。

我妈说："甚至有一次，它已经追上一只小羊了！我亲眼看到它和羊并行跑了一小段。然后丑丑猛扑过去，小羊被扑倒，丑丑也没刹住脚，栽过了头。小羊翻身再跑，就那一会儿工夫，给它跑掉了。"

——羊是小羊，体质弱了些，可能跑不快。可那时丑丑才四五月，也是个小狗呢。

我妈到哪儿都把丑丑叫上。一个人一条狗，在空旷大地中走很远很远，直到很小很小。

每当我妈突然站住："丑丑，有没有羊？"它立刻浑身紧崩，冲出几步，锐利四望。

丑丑不但认识了鹅喉羚，还能听懂"羊"这个字。

而赛虎虚长几岁，能听懂得就更多了。有"兔子""鸡""鸭鸭"等等。

问它："兔子呢？"

立刻屁颠屁颠跑到兔子笼边瞅一瞅。

"鸭鸭呢？"

扭头看鸭鸭。

"鸡呢?"

满世界追鸡。

我家养过许多狗。叫"丑丑"的其实一点也不丑,叫"笨笨"的一点也不笨;叫"呆呆"的也绝对不呆。所以一提到赛虎,我妈就非常悔恨……当初干嘛取这名?这下可好,连只猫都赛不了。

赛虎温柔胆怯,偶尔仗势欺人。最大的优点是沟通能力强,最大的缺点是不经脏。它是个白狗。

赛虎从不曾真正见过鹅喉羚,但一提起这类入侵者,也会表示忿恨(我猜丑丑平时没事时肯定对它普及过相关知识)。它也从不曾参与过对鹅喉羚的追捕,但每当丑丑英姿飒爽投入战斗,它一定会声援。真的是"声"援,就站在家门口冲远方卖力地吼。吼得比丑丑还凶。完事后,比丑丑还累。

进入盛夏,鹅喉羚集体消失了。明显感到丑丑有些寂寞。但它仍然对远方影影绰绰的事物保持高度警惕。每当我妈问它"有没有羊"的时候,还是会迅速进入紧张状态。

那时它又长高长大了不少,更加威风了,也更加勇敢。

而赛虎很快就找到了别的事做。它整天逮耗子。我们附近的田鼠洞几乎都被它刨完了。一直刨得两只狗爪子血淋淋的还不罢休。为什么呢?惭愧,我妈给它开的伙食太差了。

选自凤凰网2015年6月10日

评鉴与感悟

李娟的散文还有什么好说的呢?能开怀一笑。还不会失望。去哪里找这样的文章?读李娟,只要想一想阿勒泰那辽阔的土地,想一想那块土地上的万物生长,好像整个人都变得明亮了。

赣南七则

/ 雷平阳

南赣的蝉

那一年,天下狼烟。王阳明在通天岩讲学,弟子六七人,蝉数枚。阳明先生年轻时,也是一个神神鬼鬼之徒,此时他的心室敞亮了,杀尽心中贼,也让南赣山河之间的瘴气消散了不少。

有弟子问儒、问道、问佛,只有南赣的蝉,一个劲地叫,什么都不问。尽管先生一再坚持心外无事,但还是隐隐觉得,这些叫蝉,似乎就是死去的山中贼,就是些孤魂野鬼。弟子陆澄曾经问过他:"有人晚上怕鬼,怎么办?"他的回答并不服众,明显的道貌岸然:"如果平时行事合乎神明,有什么好怕的?"

南赣的蝉一直叫着。五百多年过去,我到通天岩,曾与某人说,到不了天国,也入不了地狱的鬼魂,全部都会变成蝉,它们的叫鸣,意在让人心不得安宁。所以先生诗曰:"醉卧石床凉,洞云秋来扫。"

某人一笑,接着说了一句:"这些该死的蝉!"

宋城墙下夜饮

从郁孤台上下来,城墙就高大了,人就渺小了,世俗生活的底部,没有那么多的悲愤,江岸上摆着的是一张张可以狂饮的酒桌。一个老和尚赋诗曰："老僧笑指风波险,坐看江山不出门。"另一个老和尚则诗曰:"人间诗草无官税,江上狂徒有酒名。"

我喜欢后者。庞培、郑骁锋、葛芳、我以及我的十岁小儿雷皓程,坐在了江边的酒桌上。花生、干鱼、鸭肝,一件啤酒。酒桌上的话题不能嗜血,但可以论道,以道诛心,道的偏旁部首里埋数不清的人骨和刀枪,似乎是酒席之外的另一酒席。

江风总是晚上才吹来,这些见不得太阳的风,或说这些被太阳驱逐到夜晚的风,它们在江面上赛跑,与江水形成并行的两支队伍。

我们推杯换盏,江西酒薄,谁都不醉,木然地望着江面,不知道这条一次次浮尸千万的江,今夜,它是站在幸存者的一边,还是继续履行它秘密的使命。后来,晚风冲上岸来,带着雨水,将我们赶回了旅馆——那旅次中小小的避难所。

登汉仙岩

过一线天,两边通天的绝壁上长满绿茸茸的苔类植物,它们贴附、斜着针尖之躯,样子像经书里的文字。到了出口,巨石之下有几张茶桌,凉风里饮绿茶,味苦,香无。来自海南的散文家赵瑜,临风铺纸,默写《心经》,我内心无经,另桌写了"太初有道"四个字。

在白鹭村

我的心胸里有一群白鹭在飞。水做的,风做的,血做的,木做的,铁做的,气做的,骨做的,土做的,草做的,黑做的,死做的,火做的,空做的,纸做的。一大群白鹭。

偶然进到一座家祠,香樟树的躯干长满苔藓,一大片竹林里,所谓七贤:落叶、野草、石头、塑料袋、腐殖土、影子和静默。出祠门时,见台阶下站着一个石狮子,头颅被削掉了一半,十分诧异。老乡长告诉我,这儿曾被征用为屠宰场,屠夫们在狮子头上霍霍霍地磨刀。

城市中央公园

赣州古城的地下排水工程由一堆汉字组成,这是汉字无所不能的功能之一。在中央金脊人工建造的城市中央公园则由一批符号组合在一起，这说明符号学的隐喻与象征主义，已经做实为我们时代的文化灵魂。其占地1002亩，其中湖区626亩、水系323亩，引水渠53亩，这意味着有相应体量的镇静剂和致幻剂同时出现在人们的生活中。作为对反自然的修正，再造自然从根本上衍生了一大批景观设计与绿化公司，而它们又自然而然地与公园周边的地产公司媾和为一体，从而形成了尖锐的土地伦理学。

当真的山水故乡消亡殆尽，这种替换方式无疑是强硬而又具有合法性的补救措施之一。为此，湿地、溪林、亭台、水面、水榭、广场、八月桂，乃至每天涌进公园的上万人的面孔，似乎都逃不掉"设计"的嫌疑，都曾经是规划图、效果图和施工图上的专业符号。

按照现代建筑学观念，城市是带状的，它拓展边界的进程中，遇到河流、山丘、寺庙、村庄，都要一一绕开，然而，如果我们事先就构建了一座城市中央公园，即城市的原点或说核心地标，其风险也就悄悄降临了——在一些才华平庸而内心充满建筑暴力的规划师的蓝图上，中央公园就是棋盘上的天元，他们会围绕天元不按棋理地在四周展开一轮又一轮的厮杀，也就是四面摊大饼，以中心象征主义荡平文化的多元性，让一座新的城市也迅速地沦落为脸谱化的集体主义大本营。章江和贡江是自然之神散步的走廊，可一旦只有江面是空的，动的，一座壮丽的大城，人们也很难在内心将其视为故乡。

那天黄昏，我和儿子坐在中央公园的一条长凳上聊天，儿子认为这座城市的心脏是郁孤台，并读出"青山遮不住，毕竟东流去"作例证，我认可十岁小儿的说法，但直面了这座公园的"人民性"，或说当我意识到这座公园以人民的名义建造又得到了人民的认可，什么也没说，而是指着一棵树问儿子："这是棵什么树？"儿子不知道。那是一棵香樟。

郁孤台上

登楼的人，帝子或平民，都熬不过江水。江水也在替换，但因为没有阶级性，一味地致力于史诗性结构，所以我们都觉得它们不变，拒绝变。其实这不变也是一种令人恐慌的暴力，静悄悄的就拆散了王阳明、文天祥和辛弃疾等人的骨架。

知识分子都认为，少数人会借文字而永远活着，殊不知这活，是一种死掉的活，就像我们的活约等于活埋一样。死掉的活，活给活埋者看，这是地府里面才有的话剧……悟到这些的时候，我已登上郁孤台，不敢贪恋台上的清凉，吓得立即转身下楼。

石城县看荷花

荷花都有佛的气象，尤其是残荷。在看荷花时，能看见污泥的人，都是心理阴暗的人，看见荷花完美开放，却想着残荷的人，都是悲从心来的人。

我一直想做荷花的邻居，看它露出水面、长高、开花，但我却只是一个江西省的过客，看到荷花时，它开得正艳，绿色里能滴出血。

选自《散文选刊》2015年第7期

评鉴与感悟 —— 他的散文看似乎质朴无华，其实，却大有讲究。他胸中有山川，有万物，笔下的世界自然生动，禅意十足。他总是收束得恰到好处。

致作者

  本套《北岳年选系列丛书》,收录了本年度众多优秀文学作品。在编选过程中,我们及各选本主编已尽力与大多数作者取得了联系,然仍有部分作者无法取得联系,见此消息,烦请来电,以便奉送薄酬及样书。

  联系人:史晋鸿
  电 话:0351-5628695